Heidrun Hurst

Die Kinder des Bergmanns

Roman

mediaKern

Bibliografische Information der Deutschen Nationalbibliothek
Die Deutsche Nationalbibliothek verzeichnet diese Publikation in der
Deutschen Nationalbibliografie; detaillierte bibliografische Daten sind im Internet über
http://dnb.d-nb.de abrufbar.

ISBN 978-3-8429-2305-8

Bestell-Nr. 512 2305

Umschlagfotos:
Hintergrund altes Papier: © lassedesignen/Fotolia
Rankenornament: © HiSunnySky/Fotolia
Bergbauzeichen: © Jörg Rautenberg/Fotolia
Umschlaggestaltung: Ch. Karádi
Layout: Ch. Karádi
Gesamtherstellung: Drukarnia Dimograf, Bielsko-Biała, Polen
Printed in Germany 2013

www.media-kern.de

Teil I

Winter 1606

Nicht geliebt zu werden ist die schlimmste aller Krankheiten.
Mutter Teresa

Glück auf

Es war der 5. Dezember. Der Tag zwischen dem Fest der Heiligen Barbara, der Schutzpatronin der Bergleute, und dem Nikolaustag. Auf den sanft geschwungenen Linien des südlichen Schwarzwaldes lag Schnee. Noch war es nicht viel. Nicht mehr als ein Hauch, der sich in den Zweigen und Nadeln der Bäume festgesetzt hatte und den Boden mit einer weißen Kruste bedeckte.

Der Winter kam dieses Jahr spät. Doch bald würden die schindelgedeckten Dächer des Dorfes Hofsgrund eine schwere Last zu tragen haben.

Das Dorf war nicht groß. Es bestand aus einer verstreuten Ansammlung von Gehöften und ärmlichen Katen. Die prächtigeren Häuser erstreckten sich talwärts in südlicher Richtung über gerodete Flächen etwas unterhalb vom Gipfel des *Erzkastens*, hoch über der Stadt Freiburg. In ihnen wohnten die Meierfamilien auf den Erbpachthöfen des hiesigen Wilhelmitenklosters sowie der Müller, der Schmied, der Bergrichter und die Hutmänner, wie man die Aufseher der Bergwerke nannte. In den armseligen Katen, nicht weit von ihrer Grube entfernt, lebten die Bergmänner nebst Weib und Kindern.

Ein eisiger Wind ließ die Zweige der knorrigen Rotbuchen erbeben, welche man zum Schutz des Viehs auf den Matten stehen gelassen hatte. Er säuselte flüsternd durch den Wald, vorbei an den im Winter verlassenen Kohlplätzen, der Mühle, dem Pochwerk und der

Schmelzhütte. Das Licht begann bereits zu schwinden. Nicht mehr lange und die Nacht würde sich wie eine schwarze Decke über den Berg legen. In Hofsgrund würde man zeitig zu Bett gehen, um Holz und Kerzen zu sparen.

Während dieses kurzen Übergangs, der das frühe Ende des Tages und den Beginn der Nacht verkündete, eilte ein junger Mann durch das *Mundloch* der Grube, in der er arbeitete. Seine schlanke Gestalt und das *Gezähe* auf seinem Rücken hoben sich noch deutlich von dem grauen Licht ab, das die Landschaft in triste Farben tauchte. Er nickte grüßend dem Schmied zu, der neben dem Eingang des Bergwerks eine kleine Werkstatt errichtet hatte und hämmernd einen neuen Schlägel herstellte.

Der Name des jungen Mannes war Johann Selzer. Er war auf dem Heimweg, doch heute ging er nicht gemütlich schwatzend neben seinen Kameraden her. Er lenkte seine Schritte so schnell er konnte den Berg hinunter. Er fröstelte. Sein Kittel aus ungebleichtem Leinen wärmte ihn nicht sonderlich. In den Stollen herrschte immer die gleiche Temperatur, was dazu führte, dass es im Winter angenehmer war als draußen, doch wenn man vor das Mundloch trat, musste man sich erst an die Kälte gewöhnen, die an der Oberfläche des Berges herrschte. Mit klammen Fingern zog Johann seinen Schachthut, eine schild- und krempenlose Kopfbedeckung in konischer Form, deren Inneres er mit Stroh ausgestopft hatte, fester über die Ohren.

Doch es war nicht die Kälte, die ihn nach Hause trieb. Vor ein paar Minuten hatte man einen Nachbarsjungen geschickt, um ihm ausrichten zu lassen, dass er rasch nach Hause eilen sollte, sobald der Hutmann es ihm gestattete. Anna, sein Weib, bekam ihr erstes Kind. Johanns graublaue Augen fixierten die ärmlichen Katen, die sich fast wie Ameisenhügel unter den hohen Tannen und verwachsenen Laubbäumen ausnahmen. Wenigstens hier hatte man die Bäume zum Schutz der Katen stehen gelassen. Das restliche Gelände an der Oberfläche der Stollen ragte wie der kahle Schädel eines alten Mannes aus dem Berg heraus.

Ein heißer Stich fuhr ihm in die Magengrube. Heute Morgen

hatte Anna schon Wehen gehabt. Er wollte erst gar nicht zur Arbeit gehen, doch ihre Worte und ihre tapfere Haltung hatten ihn schließlich dazu bewogen, es dennoch zu tun. Sie sagte, dass es bestimmt mehrere Stunden dauern würde, bis das Kind geboren wurde. Überdies konnten sie es sich nicht leisten, dass Johann einen Tag der Arbeit fernblieb. Vielleicht war das Kind nun auf der Welt? Er hoffte es! Nicht auszudenken, wenn Anna noch immer leiden musste, oder – was noch schlimmer war – ihr etwas zustoßen würde! Erst vor ein paar Wochen war die Drexlerin bei der Geburt ihres Kindes gestorben. Und dabei war es noch nicht einmal das erste gewesen. Fünf Kinder musste der Drexler nun allein versorgen. Johann graute es schon beim bloßen Gedanken daran, denn die Zeiten waren schlecht. Schlechter, als er und Anna es sich ausgemalt hatten, als sie vor zwei Jahren beschlossen, in die Fremde zu ziehen. Der Grund dafür war sein Erbe gewesen. Es reichte nicht aus, um als Bauer zu überleben, nachdem der ohnehin schon kärgliche Besitz zwischen ihm und seinem Bruder Kaspar aufgeteilt worden war. In seiner Heimat im Rheintal war der Hanfanbau ein gutes Geschäft – vorausgesetzt, man hatte genug Land, um ihn anzubauen. Da Johann nicht über dieses Land verfügte und Annas Mitgift alles andere als üppig war, blieb ihnen nichts weiter übrig, als das Leben ärmlicher Taglöhner zu führen. Doch er wollte nicht die billige Arbeitskraft derer sein, die es besser erwischt hatten als er, und sich unter ihren hochfahrenden Blicken arm und elend fühlen. Er wollte auch kein Bittsteller werden, der seinen Bruder um Almosen anbettelte, während dieser an einem reich gedeckten Tisch saß. – Kaspar hatte die einzige Tochter des Hanfbauern Diebold geheiratet und verfügte nun über einen großen Hof. Der Herrgott allein wusste, wie er das angestellt hatte! – Lieber wollte Johann in die Fremde gehen, um dort mit Anna sein Glück zu suchen. So beschlossen sie, in die Nähe eines Bergwerks zu ziehen. Bergbau lohnte sich ebenfalls – zumindest hatte ihm das ein Fuhrmann erzählt, der weiter in der Welt herumgekommen war als er. Was kannte ein armer Taglöhner denn schon von der Welt? Doch im Nachhinein fragte sich Johann, ob der Fuhrmann wirklich so viel wusste, wie er vorgab. Die goldenen Zeiten des Bergbaus schienen längst vorüber. Monatelang waren sie von Bergwerk zu Bergwerk gezogen, von Haslach nach Oberwolfach und über Waldkirch zum Erzkasten. Nirgendwo fand er eine rechte Arbeit, und der Lohn war so niedrig, dass man kaum davon leben konnte. Hier oben endlich hatte er eine Anstellung als *Hundestößer* ergattert, die zwar ebenfalls schlecht bezahlt wurde, aber man gab ihm ein Stück Land, auf dem sie einen Krautgarten anlegen konnten, zusammen mit der Aussicht, bald als Lehrhauer anfangen zu können. Noch ein oder zwei magere Jahre, dann konnte er die Prüfung ablegen und war anschließend ein richtiger Bergknappe, dem acht Schilling in der Woche zustanden. Diese Möglichkeit war verlockend, obwohl die Arbeit hart und kräftezehrend war und der Mut ihn in den letzten Jahren schon oft verlassen wollte. Doch der Herrgott hatte ihm Anna geschenkt. Sie verkörperte all das, was er nicht besaß. Anna war eine Kämpferin. Sie sprudelte über vor Temperament, Entschlossenheit, Zuversicht und Stärke. Ohne sie war er verloren. Er schickte ein Stoßgebet zum Himmel. Es durfte ihr einfach nichts geschehen!

Endlich erreichte er die ärmliche Kate, in der sie wohnten. Der Bergrichter hatte sie ihnen zugewiesen, nachdem ihre früheren Besitzer weitergezogen waren. Anna hatte das schmutzige Häuschen gründlich geputzt, die Ritzen mit frischem Moos verstopft und es mit wenigen Handgriffen etwas freundlicher gemacht.

Durch das Holz der Tür hörte er die Stimme eines älteren Weibes. *Wahrscheinlich die Wehmutter*, schoss es Johann durch den Kopf. Die Geburt musste schon weit fortgeschritten sein, wenn sie da war. Das Gefühl in seinem Magen verstärkte sich. Die Stimme im Innern der Kate sprach in einem eigentümlich gedämpften Ton, bevor sie erstarb. Nun war es still. Unnatürlich still, wie Johann fand. Weder das Schreien eines neugeborenen Säuglings noch die erleichterten Ausrufe der Mutter und ihrer Helferinnen drangen an sein Ohr. Plötzlich hatte er Angst hineinzugehen. Angst vor dem, was ihn hinter dieser schlichten Tür erwartete. Zögernd trat er von einem Fuß auf den anderen, doch dann siegte die Ungewissheit. Resolut schob er den Riegel zurück und hastete mit langen Schritten in den größeren der beiden Innenräume, der Küche, Stube und Schlafzimmer in einem war. Der andere Raum diente als Stall für die Ziege.

Feuchter Dampf, der von einem Topf kochenden Wassers herrührte, schlug ihm entgegen und nahm ihm fast den Atem. Er schnappte unbewusst nach Luft. Es war übermäßig warm im Innern der Kate, die außer dem gemauerten Herd ein Bett, eine frisch gezimmerte Wiege, einen Tisch mit Schemeln, einen Herrgottswinkel und eine Truhe beherbergte, in der ihre ganze Habe verstaut war. Der brennende Kienspan, der in einem hüfthohen Lichtstock aus Eisen klemmte, spendete nur dürftiges Licht. Kerzen konnten sie sich nicht leisten. Durch die düstere Feuchtigkeit hindurch entdeckte er drei Frauen, die sich um das Bett scharten. Die alte *Wehmutter* erkannte er an ihrer schwarzen Tracht und der leicht gebeugten Haltung, die ihr zu eigen war. Neben ihr stand Marie, eine Nachbarin. Sie betete voller Inbrunst: »O Mutter des Heiligsten der Heiligen, die seiner göttlichen Vollkommenheit am nächsten kam und so Mutter eines solchen Sohnes wurde, gewähre der Anna durch deine Gnade die Pein, die sie überwältigt hat, mit Geduld zu ertragen, und erlöse sie von diesem Übel. Erbarme dich ihrer. Amen.«

»Glück auf«, entfuhr es Johann, als sie geendet hatte. Es war der Gruß der Bergleute, doch schon, als er ihn aussprach, wurde ihm bewusst, wie unpassend er war. Sein erster Eindruck draußen vor der Tür schien ihn nicht getäuscht zu haben. Die überwältigende Gebärde unterdrückter Verzweiflung lag in den Gesichtern der Frauen. Jäh richteten sich die feinen Haare in seinem Nacken auf. Seine Brauen schoben sich fragend in die Höhe, während drei Augenpaare den Eindringling mit einer Mischung aus Angst und Sorge betrachteten. Irgendetwas stimmte hier nicht! Er wusste, er hätte nicht so hereinpoltern sollen. Eine Geburt ging ihn nichts an. Sie war einzig und allein das Refugium der Frauen. Er hätte wieder gehen und draußen warten sollen, bis man ihn hereinrief, aber schließlich hatten sie ihn holen lassen. Und es war sein Weib, *sein Kind*, das hier geboren wurde, doch offensichtlich lief nicht alles nach Plan. Ein lang gezogenes Stöhnen drang aus dem Bett. Er schluckte den Kloß in seinem Hals hinunter und räusperte sich.

»Was ist? Warum starrt ihr mich so an?« Seine Stimme klang rüder, als er es beabsichtigte. Marie zuckte zusammen und zu allem Überfluss fing Lisbeth, eine weitere Nachbarin, die ohnehin wie ein aufgescheuchtes Huhn wirkte und etwas jünger als Anna war, zu weinen an.

Die alte Wehmutter warf ihr einen alarmierenden Blick zu, fasste sich aber als Erste. »Das Kind kann nicht heraus. Wir haben alles versucht, aber es nützt nichts. Sie hat bereits ihre letzte Kommunion empfangen.«

Er öffnete vor Bestürzung den Mund, doch nichts als ein heiseres Flüstern entrang sich seiner Kehle. »Nein!« Das *durfte* nicht wahr sein. Mit zwei langen Schritten stolperte er auf das Ehebett zu und beugte sich über sein Weib. »Sei stark, Anna«, flüsterte er. »Lass mich nicht allein!«

Der Ausdruck des Schmerzes in ihren dunklen Augen drang Johann bis ins Mark, doch ihr Blick glitt an ihm vorbei und traf ins Leere.

»Anna, hörst du mich?«

Sie murmelte etwas, aber er verstand es nicht.

»So helft ihr doch! Warum tut ihr denn nichts?«, presste er anklagend hervor. Zitternd strich er ihr volles, schwarzes Haar, das sich aus der Haube gelöst hatte, aus dem schweißnassen Gesicht. Tränen schossen ihm in die Augen. Es stand schlimm um sie. Das sah sogar er.

Ein tiefer Seufzer entrang sich ihrer Kehle. Ihre Haut war leichenblass, selbst ihre Lippen schienen keine Farbe mehr zu haben.

»Anna, verlass mich nicht!«, jammerte er. »Was soll ich denn ohne dich tun?«

Doch Anna gab keine Antwort.

Sein Blick glitt voller Verzweiflung über ihren Körper und den kugeligen Bauch, der ihm so gut gefallen hatte. Warum kam dieses

Kind nur nicht heraus? Plötzlich sah er das Blut. Ein riesiger Fleck hatte sich in der Höhe ihres Unterleibs auf dem ungefärbten Leinenhemd ausgebreitet und war dann auf das Laken und das sich darunter befindende Bettstroh gesickert. Der Tod griff bereits mit langen Fingern nach ihr.

»Verabschiede dich«, sagte die Wehmutter leise. Ihr faltiges Gesicht wirkte bekümmert. »Es wird nicht mehr lange dauern.«

Die Frauen traten taktvoll zurück.

Johann nickte wie ein kleiner Junge, dem man etwas befohlen hatte. Seine schwieligen Hände liebkosten Annas schmales Gesicht. Sie war nicht bildschön, aber er liebte sie so, wie sie war. Heiße Tränen des Kummers tropften von seinem Kinn und vermischten sich mit ihrem kalten Schweiß. Er versuchte zu beten, doch er fand keine Worte. Sie hatten so viele Träume gehabt. Zusammen wollten sie sich ein besseres Leben aufbauen. Und nun? Nun war alles dahin! Er würde wieder allein sein, ohne die Kraft und den Trost seines Weibes! Wie sollte nur alles werden? Und wo würde es enden?

Johann fühlte sich plötzlich so abwesend wie ein Schlafwandler, der auf dem Dach spazierte. Der Schmerz betäubte ihn und versetzte ihn in einen Zustand, der die Ungeheuerlichkeit vor seinen Augen nicht wahrhaben wollte. Marie hatte ihm einen Schemel gebracht und ihn mit sanfter Gewalt niedergedrückt. Hier saß er nun neben dem Bett und hielt Annas Hand, unfähig, sich auch nur zu rühren.

Die Wehmutter zog eine Taufspritze aus ihrem Bündel hervor. Ein großes metallisches Unikum mit einem langen Schnabel. Sie verfluchte ihr eigenes Pech. Dies war schon die vierte Frau, die ihr binnen weniger Wochen unter den Händen wegstarb. Selbst der *Adlerstein*, den sie Anna auf den Bauch gelegt hatte, tat nicht seine gewünschte Wirkung. Die Leute tuschelten schon über sie. Wenn sie nicht aufpasste, würde man Nachforschungen anstellen. Es war nur ein schmaler Grat, der eine Wehmutter in den Augen der Leute zu einer Hexe werden ließ. Sie war alt genug, um zu wissen, dass sich kaum jemand für sie einsetzen würde, falls dies passierte. Gedankenverloren betrachtete sie den zuckenden Bauch der Todgeweihten.

Trotz der Kräuter, die sie Anna gegeben hatte, waren die Wehen verschwunden, doch das Kind in ihrem Innern wehrte sich. Es stieß und trat gegen die Bauchdecke seiner Mutter wie ein verzweifelter Gefangener gegen die Tür des Kerkers. Sie betrachtete die Taufspritze in ihrer Hand und überdachte die Möglichkeiten, die ihr blieben. Mit dieser Spritze konnte sie das Kind im Mutterleib nottaufen. Der Priester überließ ihr die Spendung dieses Sakraments, denn es brachte den Vorteil, dass er nicht länger als nötig anwesend sein musste, und man konnte Mutter und Kind zusammen in geweihter Erde begraben. Mit einem ungetauften Kind im Leib durfte dies nicht geschehen, es sei denn, man schnitt das Kind heraus und begrub die Mutter auf dem Kirchhof, während man den toten Säugling zwischen Mördern und anderen Missetätern im hintersten Eck des Gottesackers verscharrte. Bis jetzt musste sie diese Möglichkeit noch nie in Erwägung ziehen. Doch sie hatte auch noch nie gesehen, dass ein Kind so offensichtlich am Leben war, während seine Mutter im Sterben lag. Plötzlich kam ihr ein Gedanke. Er lief wie glühendes Eisen bis zu ihren Zehen hinab. Falls Anna starb und das Kind sich weiter tapfer wehrte, konnte sie den Säugling aus dem Mutterleib schneiden und so möglicherweise sein Leben retten. Wenn ihr das gelang, würde ihr Ruf als Wehmutter wieder hergestellt sein!

Sie packte Johann bei den Schultern. »Sieh mich an«, sagte sie in strengem Tonfall. »Der Herrgott hat dein Weib dem Tod überantwortet, aber das Kind in ihrem Bauch kann ich vielleicht noch retten.«

Johann blickte mit dumpfer Überraschung auf. »Wie soll das gehen?«

»Der Säugling hat sich eben noch bewegt. Es könnte sein, dass er auch nach Annas Tod noch am Leben ist. In diesem Fall kann ich ihn aus ihrem Bauch herausschneiden.«

Für einen Moment verlor sein Gesicht jeden Ausdruck, dann verzerrte es sich zu einer Grimasse, das die Abscheulichkeit dieses ungeheuerlichen Gedankens zum Ausdruck brachte.

»Du willst meinem Weib den Bauch aufschneiden?« Angewidert wandte er sich von der Wehmutter ab. »Niemals!«

Die Vorstellung, dass Annas Leib nach ihrem Tod geöffnet wurde, war zu viel für ihn. Er wollte dieses Kind nicht. Es war schuld daran, dass Anna sterben musste.

Der besorgte Blick der Wehmutter pendelte zwischen Anna und Johann hin und her. Der Atem der Frau wurde schwächer. Viel Zeit blieb ihr nicht. »Du begehst eine große Sünde, wenn du es nicht erlaubst!« Die Alte rüttelte unsanft an seinen Schultern. »Oder willst du, dass der Teufel sich der kleinen Seele bemächtigt?«

»Nein ... nein!« Johann raufte sich das kurz geschnittene, hellbraune Haar.

Die Wehmutter hörte die leichte Unsicherheit in seiner Stimme und griff danach wie eine Ertrinkende nach einem Strohhalm. »Es gibt ein Gesetz, das verbietet, ein schwangeres Weib zu bestatten, bevor die Leibesfrucht aus ihr herausgeschnitten wurde.« Sie hob mahnend den Finger. »Hör gut zu: Dies soll geschehen, *solange* die Hoffnung besteht, dass das Kind noch lebendig ist. – Wer dem zuwiderhandelt, setzt sich dem Vorwurf aus, dessen einzige Hoffnung auf Überleben zerstört zu haben.« Erschöpft von ihrer kleinen Rede ließ sie den Finger sinken. Die Wehmutter, bei der sie einst die Geburtshilfe gelernt hatte, hatte größten Wert darauf gelegt, dass sie sich mit solchen Dingen auskannte. Nun war sie froh darum. »Willst du das?«, hakte sie noch einmal nach.

Johann schlug die Hände vor sein Gesicht. »Sei still!«, schrie er. »Ich will es nicht hören!«

Annas Atem ging in ein stoßweises Röcheln über. Die Wehmutter betrachtete voller Sorge ihre blutleeren Lippen. Plötzlich fühlte sie die Last des Alters auf ihren Schultern. Die langen Stunden der Geburt waren auch an ihr nicht spurlos vorübergegangen. Wenn ihr nicht bald etwas Besseres einfiel, würde sie diesen Kampf verlieren! Mit dem Mut der Verzweiflung zerrte sie eine Hand von Johanns Gesicht und legte sie auf den Bauch seiner Frau. Johann zuckte zusammen, als ob ihn eine Ohrfeige getroffen hätte. Die Alte hatte recht! Er fühlte die Bewegungen des Kindes!

»Spürst du es?«, fragte sie leise. »Kannst du verantworten, dass dieses Kind, das noch dazu dein eigenes ist, sterben muss?«

Er sank in sich zusammen. »Dann tu, was du für richtig hältst«, stöhnte er.

Die Wehmutter atmete erleichtert auf. Sie legte tröstend eine Hand auf Johanns Schulter. »Gut so, mein Junge. – So soll es geschehen.«

Etwa eine Stunde später entschwand Anna mit einem letzten Seufzer aus Johanns Leben. Es war ein leises Hinübergleiten, das seine aufgewühlte Seele kaum bemerkte. Nur den scharfen Augen der Wehmutter entging es nicht. Er küsste Anna noch einmal sanft, dann schloss er für immer ihre Augen.

»Geh hinaus«, sagte die Wehmutter knapp. »Du brauchst nicht zu sehen, was ich hier tue.«

Gehorsam ließ sich Johann von Marie nach draußen in die Dunkelheit führen. Die Luft vor der Kate war schneidend kalt und bildete im Lichtschein der halb geöffneten Tür kleine Atemwölkchen vor seinem Mund, doch Johann achtete nicht darauf. Er war taub vor Kummer und Leid. Eine bleierne Schwere legte sich auf seine Glieder. Die Versuchung, sich einfach auf den kalten Boden zu legen und wie Anna aus diesem Leben zu scheiden, wurde beinahe übermächtig. Was wollte er noch hier? Ohne Anna fühlte er sich, als ob er selbst gestorben wäre, und er war grenzenlos allein. Selbst wenn das Kind in ihrem Bauch überleben sollte!

Marie ging wieder in die Kate hinein und kam mit einem brennenden Kienspan und einem Becher Schnaps zurück. Letzteren drückte sie ihm in die Hand.

»Hier, den wirst du brauchen können.«

Mechanisch setzte er den Becher an die Lippen und nahm einen großen Schluck. Der Schnaps rann ihm mit ungewohnter Schärfe die Kehle hinab, doch er tröstete ihn nicht.

»Es tut mir leid«, sagte Marie heiser. Marie war nicht nur eine Nachbarin, sondern auch Annas beste Freundin gewesen. Sie senkte schüchtern die Lider über ihre sanften, haselnussbraunen Augen. »Ich weiß, was du durchmachst.« Ihr schlichtes Gesicht leuchtete im Schein des Kienspans in ihrer Hand, der an der frischen Luft aufglühte. Es war vom Weinen gerötet. Das aschblonde Haar steckte sorgsam unter einer Haube, was ihre breiten Wangenknochen stark hervortreten ließ. Maries Mann war letztes Jahr bei einem Grubenunglück ums Leben gekommen. Kurz darauf hatte sie eine Fehlgeburt erlitten, und nun stand sie so allein da wie Johann selbst. Um sich über Wasser zu halten, arbeitete sie in der *Scheidstube*. Nur heute war sie früher nach Hause gegangen, um Anna bei der Geburt beizustehen. Sie blickte schüchtern zu Boden. »Falls du einmal Hilfe brauchst ...« Der Rest des Satzes erstarb auf ihren Lippen.

Er wusste auch so, was sie sagen wollte. Sie würde kommen, wenn er sie brauchte.

»Ich geh wieder hinein. Vielleicht kann ich helfen.« Marie reichte ihm den Kienspan und wischte sich die Hand an ihrer Schürze ab. Dann kehrte sie ihm den Rücken zu und verschwand in der Tür.

Die Wehmutter sog scharf die Luft in ihre Lungen und stieß sie durch die angespannten Lippen wieder aus. In Augenblicken wie diesen pries sie Gott, dass sie zu alt war, um selbst noch ein Kind zu empfangen. Sie hatte keine Lust auf das, was ihr nun bevorstand. Dennoch musste es getan werden, zum Wohl des Kindes – und zu ihrem eigenen. Sie warf einen letzten Blick auf die Taufspritze, die sie vorsichtshalber mit Weihwasser gefüllt und in Reichweite gelegt hatte. Falls es nötig sein sollte, konnte sie diese immer noch benutzen.

»Dann wollen wir mal«, sagte sie tapfer. Sie schob Annas Hemd in die Höhe und entblößte ihren gewölbten Bauch. Prüfend legte sie die Hände darauf. »Na also«, murmelte sie zufrieden. Das Kleine zappelte noch, wenn es auch dieses Mal mehr ein leises Zucken als ein richtiger Tritt gewesen war. Sie musste sich beeilen, wenn sie das Kind retten wollte. Sie schluckte nervös. Lisbeth beobachtete jeden ihrer Handgriffe. Sie durfte jetzt keinen Fehler machen, sonst war sie geliefert. Schweißtropfen bildeten sich auf ihrer Stirn und sammelten sich zu kleinen Rinnsalen zwischen den Falten ihres Gesichts. Sie nahm ihr Messer, schob konzentriert die Zunge zwischen die

Zähne und ging an die Arbeit. Der Schweiß begann bald dunkle Flecken auf ihrem Kleid zu bilden. Es war nicht einfach, die Schnitte sicher zu setzen, ohne das Kind zu verletzen. Endlich förderte sie ein schmieriges Bündel zutage, das starr in ihren Händen lag und mit einer bläulich verfärbten Nabelschnur mit der Mutter verbunden war. »Schnell, hol eines der vorbereiteten Tücher«, wies sie Marie an. Die Wehmutter rieb den Säugling kräftig damit ab und er holte angesichts der unsanften Behandlung empört Luft. Nur einen Atemzug später gab er einen zarten Ton von sich, der in entrüstetes Schreien überging.

»Gut so, mein Kleiner«, sagte die Alte zufrieden. »Schrei du nur. Das wird deine Lungen stärken.«

Trotz aller Vorsicht hatte sie ihn mit dem Messer an der Stirn erwischt. Eine Blutspur führte vom Haaransatz fast bis zur Nasenwurzel. Doch der Schnitt war nicht tief und wahrscheinlich würde er ohne Komplikationen verheilen. Sie tupfte sorgsam darüber, trennte das Kind von der Nabelschnur und wickelte es fest in eine Windel. Dann gab sie das Bündel Marie.

»Hier, bring Johann seinen Sohn. Er ist gesund und kräftig. Das wird ihn ein wenig trösten. Er soll auf ihn aufpassen, bis wir hier fertig sind. – Und schick Lisbeth nach Hause.«

Marie tat, was ihr aufgetragen wurde, während die Wehmutter Annas Bauch mithilfe eines gewachsten Hanffadens wieder zusammennähte. Die Anspannung der letzten Stunden fiel dabei von der Alten ab, wie ein lästiges Kleid, das man vom Körper streifte. Sie konnte es kaum fassen, dass dieser unglückselige Tag nun doch ein gutes Ende genommen hatte. – Wenn schon nicht für Johann und Anna, so wenigstens für sie. Der Kleine war am Leben, und selbst wenn er es sich noch anders überlegen sollte und seiner Mutter in den Tod folgte, so würde man ihr die Schuld dafür nicht mehr geben können. Zusammen mit Marie wusch sie die Tote und half ihr, sie für das Begräbnis herzurichten, jedoch nicht ohne zuvor den Fensterladen und die Tür einen Spaltbreit zu öffnen, wie es Brauch war, damit Annas Seele nach draußen entweichen konnte. Anschließend empfing sie ihren Lohn und ging erleichtert und in der Vorfreude auf einen kräftigen Schluck Bier nach Hause.

Marie war in ihr eigenes Heim zurückgekehrt, nachdem sie die Kate gesäubert, sich um die Ziege gekümmert und einen frischen Kienspan in den eisernen Lichtstock geklemmt hatte. Kaum etwas erinnerte an den Kampf, der vor wenigen Stunden hier stattgefunden hatte, wäre da nicht Anna gewesen, die man auf einem Brett aufgebahrt hatte, das nun den freien Platz zwischen Tisch und Bett ausfüllte. Trostlos saß Johann auf einem Schemel, das Kinn in die Hände gestützt. Er war sterbensmüde und doch waren seine Nerven so überreizt, dass an Schlaf nicht zu denken war. Er wollte sowieso nicht schlafen, er wollte Anna ein letztes Mal ganz nahe sein und über sie wachen, bis man sie fortschaffen würde, um sie für immer von ihm zu trennen. Er zwang sich, Anna anzusehen, sich dieses letzte Bild von ihr einzuprägen, damit er es in Erinnerung behalten konnte, wie einen kostbaren Schatz, den er in seinem Herzen bewahren würde. Sie trug das einzige Kleid, das sie besaß, eine saubere Schürze, eine frische Haube und die Holzpantinen, die sie immer getragen hatte. Die makellose Haut an Gesicht und Händen schimmerte wächsern und kalt. Ihr frisch frisiertes Haar war unter der tadellos weißen Haube verborgen. Sie sah aus wie die hölzerne Marienstatue, die in der Kirche aufgestellt war.

Der Priester hatte eine Kerze dagelassen. Irgendjemand hatte sie auf einen Schemel gestellt und neben Annas Kopf angezündet, als Gnadenlicht für die Tote. Plötzlich kam ihm etwas in den Sinn. Er sprang auf und schob vorsichtig die Haube von Annas Kopf. Dann nahm er ein Messer und entfernte an einer unauffälligen Stelle eine Locke ihres prächtigen schwarzen Haares. Zufrieden steckte er sie in seine Tasche. »Sie wird immer bei mir sein, – genau wie mein Herz immer bei dir sein wird. – Das verspreche ich«, flüsterte er.

Ein heftiger Graupelschauer ging prasselnd auf das Dach nieder. Das Wetter schien sich seinem Gemüt anzupassen. Es wurde von Stunde zu Stunde schlechter.

Der Kleine in der Wiege greinte. Das Trommeln der Eiskörnchen auf dem Dach störte für einen Moment seinen friedlichen Schlaf. Johann sah zu ihm hinüber. Unter einem wollenen Käppchen verbargen sich weiche, dunkle Haare. Ein Erbstück seiner Mutter. Unter dem Rand des Käppchens sah man einen Teil der Schnittwunde, die ihm die Wehmutter zugefügt hatte. Sie war mittlerweile mit einer bräunlichen Kruste überzogen. Dunkle Brauen und lange, dichte Wimpern umrahmten die geschlossenen Lider. Seine zarten Lippen zuckten im Schlaf. Darüber befand sich ein entzückendes Knollennäschen, das Johann unter anderen Umständen sicherlich berührt hätte, doch nun hatte er keinen Sinn dafür. *Was soll ich nur mit dir anfangen?*, dachte er verzweifelt. Bis jetzt hatte der Kleine nicht mehr geschrien, seit er in seinen Armen eingeschlafen war. Aber morgen würde er sich nach einer Amme umsehen müssen ... Er schloss bekümmert die Augen. Die Aufgaben, die er zu bewältigen hatte, standen wie die Berge vor ihm, die draußen aus der Landschaft ragten. Wie sollte ihm das alles nur gelingen? Jetzt, da Anna nicht mehr da war und ihm nicht mehr helfen konnte. Wie sollte er einen Sohn großziehen, wenn er keine Mutter für ihn hatte?

Er schrak zusammen, als es zaghaft an der Tür klopfte. Er antwortete nicht, stattdessen zog er die Haube wieder an ihren Platz zurück, damit niemand bemerkte, was er getan hatte. Er war nicht in der Stimmung, zu dieser späten Stunde Besuch zu empfangen. Doch die Tür knarzte unbarmherzig unter der Bewegung ihrer Scharniere, ohne jegliche Rücksicht auf seine Gefühle.

Marie streckte schüchtern ihren Kopf herein. »Wie geht es dir?«

Noch während sie die Frage stellte, kam sie sich dumm und ungeschickt vor. Natürlich wusste sie, wie es ihm ging. Johann hatte sein Weib geliebt. Diese Tatsache war auch ihr nicht entgangen. Außerdem hatte Anna ihr oft erzählt, wie liebevoll er sich ihr gegenüber verhielt – und sie hatte sie darum beneidet, weil sie es nicht so gut getroffen hatte. Ihre Ehe war arrangiert worden, und da sie aus armen Verhältnissen stammte, war die Auswahl der Bewerber nicht groß gewesen. Ihr Mann warb nicht um sie, weil er sie liebte, sondern weil sie gesund war und arbeiten konnte. Und ihre Eltern waren entzückt über die Aussicht, bald einen Esser weniger am Tisch zu haben. Es spielte keine Rolle, was sie über diese Ehe dachte. Für ihre Familie ging es ums nackte Überleben und nicht um das Beachten irgendwelcher Gefühle. Alles andere würde sich schon finden. Marie war kein Mensch, der aufbegehrte, und so willigte sie gehorsam in diese Heirat ein. Doch ihr Mann behandelte sie wie einen Hund, der zum Hof gehörte, und nicht wie ein geliebtes Eheweib. Sie war für ihn nicht viel mehr als eine Notwendigkeit, die das Essen zubereitete, das Haus sauber hielt und ihm nachts das Bett wärmte. Dennoch hatte er sie vor seinem Tod mit dem Nötigsten versorgt. – Und das war schließlich das, was zählte, wenn man am Leben bleiben wollte. Von Liebe allein wurde man leider nicht satt.

Johann antwortete nicht auf ihre Frage, stattdessen starrte er düster vor sich hin. Er schien sie gar nicht zu bemerken, und so sprach sie weiter, um die peinliche Stille zu überbrücken. »Du wirst eine Amme brauchen.«

Johann gab einen überdrüssigen Ton von sich. Als ob er das nicht schon wüsste!

»Die Harlacherin hat erst vor zwei Monaten ein Kind bekommen. Vielleicht legt sie deinen Sohn auch an ihre Brust?«

Zum ersten Mal sah er sie an.

»Soll ich sie fragen?«

Er nickte, froh, eine Sorge weniger zu haben.

»Wie soll er denn heißen?«

Johanns Brauen schossen in die Höhe. Seine Hand fuhr in die Hosentasche und liebkoste die schwarze Haarlocke, die sich darin befand.

»Jakob«, sagte er bestimmt. »Anna wollte, dass er Jakob heißen soll, falls es ein Junge ist. – Nach ihrem Vater«, fügte er zögernd hinzu. Für einen kurzen Moment war ein verträumter Ausdruck in seine Augen getreten, doch nun verdunkelten sie sich wieder zu einem Blick voller Trauer und Schwermut.

Verstört sah Marie zu Boden. »Also Jakob«, sagte sie schüchtern. »Dann ... dann gehe ich jetzt.«

Johann nickte, froh, bald wieder seine Ruhe zu haben. »Gute Nacht«, sagte er.

Der Erzkasten

Die Jahre vergingen und aus dem kleinen Jakob wurde ein feingliedriger Junge, der in seiner Statur und der geschmeidigen Art, mit der er sich bewegte, seinem Vater glich. Das rabenschwarze Haar und die dunklen Augen hingegen stammten von seiner Mutter und auch sein Temperament schien er eher von Anna geerbt zu haben als von Johann. Die Wunde an seiner Stirn hatte sich in eine schmale, silbrige Narbe verwandelt, die sich flammend rötete, sobald Aufregung und Ärger sein inneres Gleichgewicht störten.

Nach einer angemessenen Zeit der Trauer hatte Johann Selzer die stille und zurückhaltende Marie geheiratet. Maries Hoffnung, dass sich aus dieser Verbindung mehr als eine bloße Zweckmäßigkeit entwickeln würde, erfüllte sich jedoch nicht. Trotz ihrer Bemühungen war sie für Johann nicht mehr als eine folgerichtige Lösung ihrer Probleme, denn er brauchte eine Mutter für sein Kind – und sie einen Mann, der sie versorgte. Johann war alles in allem kein übler Kerl. Er war freundlich und schlug sie nicht, doch sie bemerkte die lastende Schwere der Melancholie, die ihn niederdrückte. Oft griff er dann in seine Hosentasche. Sie wusste, was sich darin befand. Es war Annas schwarze Locke, die sie gefunden hatte, als sie eines Nachts heimlich seine Hose durchsuchte. Marie vermisste das liebevolle Werben, wie er es bei Anna getan, und das sie auch für sich erhofft hatte. Oft kam es ihr so vor, als ob er sie und den Jungen gar nicht bemerkte. Dennoch schluckte sie ihren Ärger und ihre Enttäuschung darüber tapfer hinunter. Es gab viele Frauen, die es schlimmer traf als sie.

Als Jakob zwei Jahre alt war, bekam Marie eine kleine Tochter mit heller, fast durchscheinender Haut und rötlichen Haaren. Sie wurde auf den Namen Barbara getauft, doch von Anfang an nannte jeder sie Bärbel. Die beiden Geschwister verlebten dank Marie eine glückliche Kindheit, obwohl es ein bescheidenes Leben war, das sie führten und der Tod zu einem ständigen Begleiter der Familie wurde. Marie gebar noch weitere Kinder, zwei Jungen und ein Mädchen, von denen keines überlebte. Zwei starben schon kurz nach der Geburt, und ein weiteres raffte im Alter von zwei Jahren der gefürchtete Sommerdurchfall dahin, der jedes Jahr unter den kleinen Kindern grassierte. Der Tod seiner Geschwister gehörte zu den erschütternden Erfahrungen in Jakobs jungem Leben, doch er lernte, dass das Abschiednehmen so selbstverständlich dazugehörte wie Essen und Trinken. Die Umstände seiner Geburt hatten sich wie ein Lauffeuer in Hofsgrund verbreitet. Manche beobachteten seine Entwicklung mit Interesse. Vielleicht zeigten sich irgendwelche Anzeichen des Bösen an ihm, die das ungewöhnliche Ereignis verursacht hatte? Vielleicht wurde er ja auch ein Heiliger, wie es der Heilige Raimund Nonnatus gewesen war. Auch ihm sagte man nach, dass er aus dem Bauch seiner Mutter herausgeschnitten wurde, als diese bereits tot war. Jakob entwickelte sich jedoch, allen Spekulationen zum Trotz, wie ein ganz normaler Junge. Das Gerede über ihn tauchte langsam im Strudel der Neuigkeiten unter und die Klatschmäuler wandten sich anderen wichtigen Ereignissen zu. Erst als er acht – fast neun Jahre alt war, ereignete sich etwas, das die Bewohner von Hofsgrund wieder an den erstaunlichen Anfang seines Lebens erinnerte.

Es war an einem schönen Abend mitten im Juli, als Jakob und seine etwa gleichaltrigen Freunde Gerg, Hans und Paule einen verhängnisvollen Plan ausheckten. Die Jungen lagen dösend unter dem ausladenden Blätterdach einer Weidbuche. Im Gras neben ihnen hatte es sich eine Herde Kühe gemütlich gemacht. Gerg, der Hirtenjunge, ließ sie nicht aus den Augen, doch die wiederkäuenden Tiere machten keine Anstalten, sich davonzuschleichen. Die Sonne schien in goldenen Strahlen auf ihre dicken Bäuche herab und wärmte ihnen angenehm das Fell. Sie waren ebenso faul wie die Jungen, die sie bewachten. Es war eine jener seltenen Stunden, in denen die Kinder nicht viel zu tun hatten. Alle vier stammten aus armen Bergarbeiterfamilien, die in den Katen in der Nähe der Grube wohnten. Da sie noch nicht mit ihren Vätern zur Arbeit gehen konnten, mussten sie sich in den umliegenden Gehöften ihr Brot verdienen. Die Arbeit dort hörte, vor allem im Sommer, niemals auf. So waren sie in dieser Jahreszeit eine willkommene Hilfe bei den Arbeiten, die auf einem Meierhof anfielen. Zum Lohn bekamen sie etwas zu essen, wofür ihre Eltern sehr dankbar waren.

»Was haltet ihr davon, wenn wir uns heute Nacht die Grube einmal genauer ansehen?«, fragte Hans plötzlich.

Die Grube des Erzkastens war kein Ort, an dem sich Kinder aufhalten durften. Die Schächte und Stollen bedeuteten eine zu große Gefahr für sie, doch wie so oft im Leben übten manche Dinge gerade deshalb eine magische Faszination aus, weil sie verboten waren.

»Meinst du wirklich?«, erwiderte Paule träge. Schon eine ganze Weile träumten die Jungen von diesem Abenteuer. Ihre Väter erzählten nicht viel, wenn sie abends erschöpft und schmutzig nach Hause kamen, mit dreckigen Gesichtern und den blinzelnden Augen einer Eule, die man aus dem Schlaf gerissen hatte. Die Männer waren entweder zu erschöpft, um davon zu berichten, was sie im Bergwerk erlebt hatten, – *oder* es steckte ein Geheimnis dahinter, von dem die Kinder nichts wissen durften. Es war natürlich ein Wagnis, sich in die Stollen zu schleichen, vor allem, weil sie es nur nachts tun konnten, denn nur dann war außer einem Wächter niemand dort. Doch die Dunkelheit hatte auch etwas Unheimliches an sich.

»Warum denn nicht?«, fragte Hans. »Schließlich wollten wir schon lange mal wissen, was sich hinter dem Mundloch befindet.«

»Mein Vater sagt, die Grube ist für Kinder viel zu gefährlich«, warf Gerg ein.

»Der will dir bloß Angst machen, damit du nicht reingehst«, schnaubte Hans verächtlich. Er war einen halben Kopf größer und etwas älter als die anderen.

»Was ist mit dem Wächter? Wir werden eine ordentliche Tracht Prügel bekommen, wenn er uns erwischt«, gab Jakob zu bedenken.

Hans setzte sich auf. »Hast du etwa Angst, Nichtgeborener?«

Die Narbe auf Jakobs Stirn flammte auf. Diesen Namen hatten sie ihm gegeben, weil er nicht durch die natürliche Pforte seiner Mutter zur Welt gekommen war. Er hasste ihn. Er schwebte wie ein Dünkel über seinem Leben, zeigte er doch an, dass etwas nicht mit ihm stimmte. Man hatte ihm gesagt, dass seine Mutter bei seiner Geburt gestorben war, und dass man ihn aus ihrem toten Leib herausgeschnitten hatte, doch was konnte *er* denn dafür? »Hab ich nicht«, antwortete er schneidend.

Hans grinste. Er wusste, dass er Jakob an einer empfindlichen Stelle getroffen hatte. »Wegen der paar Schläge kneife *ich* jedenfalls nicht. Außerdem ist es nur der alte Lorentz, der heute Nacht Wache schiebt. Bestimmt schläft er irgendwann ein.«

Paule zuckte zweifelnd mit den Achseln. Er war sich da nicht so sicher.

»Also, was ist?«, fragte Hans in verächtlichem Tonfall. »Macht ihr mit oder soll ich allein gehen?«

»*Das* traust du dich ja doch nicht«, gab Jakob zurück.

Hans prustete überheblich. »Wollen wir wetten?«

»Ist ja schon gut«, versuchte Gerg ihn zu besänftigen. »Wir gehen alle rein. Oder ist jemand dagegen?« Er warf einen prüfenden Blick in die Runde, bevor er sich wieder den Kühen zuwandte.

»Ich bin dabei«, erwiderte Jakob. Wenn sie ihn schon einen Nichtgeborenen nannten, wollte er wenigstens kein Feigling sein.

Auch der ängstliche Paule nickte zögernd.

Gerg setzte sich mit einem Ruck auf. »Also gut. Treffen wir uns bei dem alten Baumstumpf, sobald alle schlafen. Doch jetzt muss ich dem Harlacher seine Kühe zurückbringen.«

Es dauerte eine halbe Ewigkeit, bis es Zeit war, zu Bett zu gehen. Jakob konnte es kaum noch erwarten, obwohl er genug zu tun hatte. Er half Gerg, die Kühe in den Stall zu treiben. Anschließend gingen die beiden Buben den Milchmädchen zur Hand und streuten ein, bevor sie ein Butterbrot und etwas Milch für ihre Dienste erhielten.

Als Jakob nach Hause kam, waren Marie und Bärbel damit beschäftigt, weichen Ziegenkäse in kleine Spanschachteln zu füllen, um sie anschließend auf einem Holzgestell zu lagern, das unter der Decke hing. Dort konnte der Käse reifen, ohne dass er im Weg stand. Danach zeigte Marie der kleinen Bärbel, wie man flickte, während Jakob seinem Vater helfen musste, ein Loch im Dach der Kate mit neuen Schindeln zu decken. Erst als die Dunkelheit jegliche Arbeit verhinderte, war es Zeit zu schlafen. Normalerweise liebte Jakob es, spät zu Bett zu gehen, doch heute war er mürbe, bis er endlich neben Bärbel unter der Decke lag. Ungeduldig wartete er darauf, dass in der kleinen Kate Ruhe einkehrte. Er strengte sich an, gleichmäßig zu atmen und lauschte in die Dunkelheit des Raumes hinein, dabei bemüht, die Schwere aus seinen eigenen Augen zu vertreiben. Er hörte das Nesteln von der anderen Seite des Bettes, das sich die ganze Familie teilte. Endlich ertönte das geräuschvolle Schnarchen seines Vaters. Das wurde aber auch Zeit! Bärbel, die in der Mitte neben ihrer Mutter lag, atmete schon längst in tiefen Zügen. Nun musste er nur noch ein Weilchen warten, bis auch Marie fest schlief. Ihr entging sonst nicht das leiseste Geräusch.

Plötzlich drehte sich Bärbel unruhig zur Seite. Ihre kleine Stupsnase bohrte sich in seine Schulter. Leise begann sie zu murmeln. Jakob verdrehte die Augen. Seine Schwester hatte manchmal böse Träume und fing mitten in der Nacht an zu schreien. Nicht auszudenken, wenn dies nun geschah! Marie würde augenblicklich hellwach sein und er würde niemals von hier wegkommen. Die Jungen würden ihn für einen Feigling halten! Das durfte unter gar keinen Umständen geschehen! Er strich Bärbel sacht über den Kopf.

»Scht! Ist schon gut«, flüsterte er. Und tatsächlich, sie beruhigte sich. Ein kurzer Seufzer, und ihr Atem wehte wieder ruhig und gleichmäßig über seinen Hals hinweg. Anscheinend hatten sich ihre Träume angenehmeren Dingen zugewandt. Vorsichtig hob er den Kopf und spähte zu Marie hinüber. Der volle Mond schien durch die Ritzen des Fensterladens. Seine offenen Augen hatten sich längst an das unwirkliche Licht gewöhnt, das den Raum ein klein wenig erhellte. Maries dunkler Umriss lag unbeweglich unter der Decke, nur die weiße Nachthaube blitzte daraus hervor. Behutsam setzte er sich auf und verharrte. Nichts rührte sich. Nun wurde er mutiger. Leise glitt Jakob aus dem Bett, schnappte sich seine Hose und schlich mit vorsichtigen Schritten zur Tür. Als er sie hinter sich schloss, atmete er auf. So weit, so gut. Schnell schlüpfte er in die Hose, stopfte sein Hemd hinein und vergewisserte sich, dass der Kienspan immer noch in seiner Tasche steckte.

Die Nacht war unheimlich. Er war so spät noch nie allein draußen gewesen und die großen Bäume um ihn herum erschienen ihm wie Riesen, deren Arme sich rauschend bewegten. Abertausende von Sternen leuchteten aus dem Dunkel des Himmels, kleine Lichtpunkte in einem großen schwarzen Meer, in dem der Vollmond träge vor sich hin dümpelte. Trotz ihrer Schönheit tat sich eine abweisende, fremde Welt vor ihm auf, die ihn ängstigte. Schon lange hatte er sich nicht mehr so klein und schutzbedürftig gefühlt. Das Herz sank ihm in die Hose, doch er zwang seine Beine nach vorne, Schritt für Schritt, um zum vereinbarten Treffpunkt zu gelangen. Er würde jetzt nicht mehr umkehren! Er würde kein Feigling sein, der in sein Bett zurückschlüpfte, auch wenn ihm diese Aussicht im Moment sehr verlockend erschien. Er schrak zusammen, als das entfernte Heulen eines Wolfs ertönte. Ob es wirklich eine gute Idee gewesen war, nachts zur Grube zu schleichen? Doch er gab nicht auf und allmählich gewöhnte er sich an die fremden Geräusche, die Dunkelheit und die noch dunkleren Schatten der flatternden Fledermäuse, die von Zeit zu Zeit an ihm vorbeihuschten. Bald darauf hatte er sein Ziel erreicht: ein alter Baumstumpf, nicht weit vom Mundloch entfernt. Seine drei Freunde erwarteten ihn bereits ungeduldig.

»Endlich«, flüsterte Hans vorwurfsvoll. »Wir dachten schon, du kommst nicht mehr.«

»Was soll ich machen, wenn Marie so lange braucht, bis sie schläft«, erwiderte Jakob beleidigt. »Oder hast du gedacht, ich trau mich nicht?«

»Fangt jetzt bloß nicht an zu streiten«, zischte Gerg leise. »Lasst uns lieber nachschauen, ob der alte Lorentz schon sein verdientes Schläfchen hält.«

Vorsichtig schlichen sie weiter. Der alte Lorentz schlief nicht. Er hockte auf einem flachen Stein in der Nähe des Mundlochs und pfiff leise vor sich hin.

»Da hast du es«, wisperte Jakob in Hans' Richtung. »Und was machen wir jetzt?«

»Abwarten.«

Noch einmal wurde die Geduld der Jungen auf eine harte Probe gestellt. Doch dann beschloss Lorentz, dass es an der Zeit war, seine Blase zu leeren, und er schlurfte hinter einen Stapel Brennholz, das man dort für die Schmiede lagerte.

»Jetzt«, zischte Hans. Vier kleine, gebückte Gestalten schlichen auf die Öffnung im Berg zu. Ohne dass der Alte es bemerkte, schlüpften sie in das gähnende Loch, das aus nichts anderem als aus Dunkelheit zu bestehen schien, noch undurchdringlicher als die Nacht.

»Zünden wir unsere Kienspäne an«, flüsterte Paule, »damit wir wenigstens etwas sehen.«

»Jetzt nicht«, erwiderte Gerg, »sonst wird uns Lorentz entdecken. Wir müssen erst weiter in den Berg hinein.«

Die Finsternis des Stollens verschluckte sie wie ein gähnender Schlund. Jakob fröstelte. Selbst das tröstliche Licht von Mond und Sternen war nun verschwunden. Ein beständiges Tröpfeln drang an seine Ohren, während er sich mit Händen und Füßen vortastete.

»Los jetzt! Her mit dem Licht!«, flüsterte Hans plötzlich. »Ich hoffe, wir sind weit genug vom Eingang entfernt.« Man hörte es seiner Stimme an, dass auch seine Tapferkeit mit jedem weiteren Schritt dahinschwand.

Paule hatte ein kleines Kohletöpfchen mitgebracht. Nun deckte er es ab und die vier Jungen hielten das harzige Holz ihrer Kienspäne in die Glut, bis es sacht zu glühen begann.

»Gehen wir weiter«, sagte Hans angesichts des Lichts wieder etwas mutiger. Er übernahm die Führung der nicht mehr ganz so wackeren Gesellen.

Die glimmenden Späne in den zitternden Händen der Jungen erhellten nur dürftig den Weg. Jakob hielt seinen höher und entdeckte, dass sie sich in einem Gang befanden, der tief in den Berg hineinführte. Das Gestein an den Wänden war lehmbraun. An manchen Stellen quoll etwas Wasser daraus hervor und lief als Rinnsal über den Boden. Daher stammte also das Tröpfeln. Die hölzernen Schienen, die sich durch den Gang schlängelten, waren die Führung für die Hunte, kleine Karren, die man mit ausgebrochenen Steinen füllen konnte, um sie nach draußen zu schaffen. Nun waren sie leer und standen nutzlos herum, als warteten sie darauf, wieder beladen zu werden. Je weiter die Jungen vordrangen, desto öfter wurde das Gestein von glitzernden Bahnen durchzogen, die Jakob faszinierten. Ob das wohl das begehrte Silber war, das hier abgebaut wurde?

»Vielleicht finden wir einen Schatz«, flüsterte Gerg, der das Gleiche wie Jakob entdeckt hatte.

Plötzlich fing Paule zu jammern an. »Ich muss mal!«

»Dann halt's zurück«, zischte Hans. »Hier wird nicht in die Ecke gepinkelt!«

»Warum nicht?«, jammerte Paule weiter, doch dann stieß sein Fuß an einen Kübel, der polternd in die Tiefe stürzte.

»Pass doch auf«, flüsterte Hans entrüstet. »Hoffentlich hat das der alte Lorentz nicht gehört.«

»Puh, das war knapp«, seufzte Gerg. Er hatte sich in die Hocke gesetzt und leuchtete in den Schacht, in den der Kübel gestürzt war. »Wenn du da hineingefallen wärst!«

»Hier steht eine Leiter«, sagte Jakob, der mit seinem Kienspan ebenfalls an der Schachtöffnung entlangfuhr. »Lasst uns hinunterklettern, dann wird der Alte uns nicht finden.«

»Du hast recht«, erwiderte Hans, »verschwinden wir nach unten. Soweit wird er uns nicht folgen.«

Einer nach dem anderen stieg auf den Sprossen der Leiter in die Tiefe. Als sie unten ankamen, breitete sich ein weitverzweigtes Netz aus Stollen vor ihnen aus. Diese wurden kleiner und schmäler, je weiter sie hineingingen. Manche waren so schief, dass man sich verrenken musste, um durch sie hindurch zu gelangen. Es war unmöglich, dass ein erwachsener Mann hier noch aufrecht stehen konnte. Jakob wurde es eng um die Brust. Die Last des Berges schien ihn zu erdrücken. Hier unten also verbrachte sein Vater die größte Zeit des Tages. Dies war der Grund, warum er abends müde und gebeugt nach Hause kam. Solange er denken konnte, wollte er ein Bergmann werden, wie alle Männer, die hier lebten. Doch nun graute ihm davor, bald selbst in einem dieser Stollen zu hocken, um mit Schlägel und Eisen das Gestein aus den Wänden zu brechen. Es musste schrecklich sein, den Himmel nicht zu sehen und die wärmenden Strahlen der Sonne auf der Haut zu vermissen. Nicht einmal der frische Duft einer Heuwiese drang in diese Tiefe hinab, genauso wenig wie der würzige Duft des Waldes. Hier unten war nichts als Dunkelheit, Kälte und ein seltsames Gefühl der Geruchlosigkeit.

Panik ergriff ihn. Hinaus! Er musste fort von dieser Enge. Fort von dem Gefühl, hier unten lebendig begraben zu sein. Er konnte die Bedrohung, die von den felsigen Wänden ausging, förmlich spüren. Was, wenn sie nicht hielten? Wenn sie zusammenbrechen und ihn unter sich begraben würden? Er fing an zu rennen und riss dabei einen halb gefüllten Karren mit sich, dessen Inhalt sich scheppernd und polternd entleerte.

»Jakob, was ist?«, rief Paule ängstlich, doch Jakob hörte ihn nicht mehr. Er rannte und rannte, zwängte sich durch die Engpässe und stieß sich den Kopf. Ein kleines Rinnsal aus Blut lief an seiner Stirn herunter, doch er spürte keinen Schmerz. Er wollte nur fort von diesem grässlichen Ort. Es war ihm egal, ob sie ihn für mutig hielten oder nicht. Er brauchte den Schacht, der ihn nach oben führte. Selbst der alte Lorentz und die damit verbundenen Prügel waren ihm gleichgültig. Doch wo war der Schacht nur? Er konnte sich nicht mehr erinnern! Nach einer Weile blieb er schwer atmend stehen. Die Lichter seiner Freunde waren verschwunden. »Hans, Gerg, Paule«, rief er. »Wo seid ihr?« Sein Ruf verhallte ungehört und schreckte stattdessen eine Schar Fledermäuse auf. Die Tierchen schossen aus ihrer schützenden Spalte und flogen wie kleine, schwarze Dämonen um seinen Kopf, bevor sie im Dunkel des Ganges verschwanden. Jakob erstarrte vor Schreck, dann drang endlich ein menschliches Geräusch an seine Ohren. Die Stimmen der drei Jungen schallten aus der Ferne, doch er sah nicht über den kleinen Lichtkreis des Kienspans hinaus, der ihm den Weg leuchtete. Nun begann er die Gegenrichtung einzuschlagen. Wie konnte er nur so dumm sein und davonrennen! Ohne seine Freunde hatte er viel weniger Licht und wenn er sich hier unten verirrte, war er verloren! Plötzlich verbrannte er sich die Finger. Auch das noch! Sein Kienspan war fast heruntergebrannt. Kurz darauf ging ihm das Licht aus, ohne dass er es verhindern konnte.

»Jakob! Wo bist du?« Die ferne Stimme Gergs hallte seltsam hohl durch das weitverzweigte Gangsystem, doch er sah nichts mehr und konnte sich nur noch tastend fortbewegen.

»Ich bin hier!«, rief er verzweifelt. Kalter Schweiß brach ihm aus. »Heilige Barbara, hilf mir«, murmelte er leise vor sich hin, während er einen Schritt nach dem anderen setzte. Doch er fühlte sich grenzenlos allein.

Plötzlich stieß sein Fuß an etwas, das ihm sonderbar weich und nachgiebig den Weg versperrte. Fast wäre er darüber gestolpert, doch da er sich nur noch langsam fortbewegte, fing er den Schwung ab und prallte stattdessen mit der Schulter gegen die Felswand. *Seltsam*, dachte er, während er über die schmerzende Stelle rieb. Als er vorhin durch den Stollen gerannt war, war ihm nichts dergleichen aufgefallen. Aber vielleicht war er ja aus Versehen in einen anderen Stollen geraten? Vorsichtig stieß er noch einmal mit dem Fuß gegen das Hindernis. *Vielleicht ein mit Lumpen gefüllter Sack?*, obwohl irgendetwas an dieser Vorstellung nicht stimmte. Er hatte immer noch Angst, doch das sonderbare Bündel weckte trotz allem seine Neugierde. Er musste wissen, was da auf dem Boden lag! Mit klopfendem Herzen ging er in die Hocke. Ein merkwürdiger Geruch drang in seine Nasenlöcher beißend, metallisch und schwer. Er stutzte. Es war das erste Mal, dass er das Gefühl hatte, im Innern dieses Berges etwas zu riechen! Seine Finger streckten sich mit zögerlicher Langsamkeit nach vorne. Bedächtig strich er über etwas, das sich wie struppiges Haar anfühlte. Er versuchte mit den Händen zu ertasten, was seine Augen nicht sehen konnten, bis er verdutzt innehielt. Er riss vor Schreck die Lider weit auf, obwohl er immer noch nichts sehen konnte. Eine Gänsehaut überzog seine Unterarme und raste von dort über seinen ganzen Körper. Seine Hände fuhren zurück, als ob er sich verbrannt hätte. Er wusste plötzlich, was vor ihm lag. Es war ein Wolf! Eben hatten sich seine Finger in dem mächtigen Gebiss des Tieres verfangen, und die klebrige Flüssigkeit, die aus seinem Maul troff, war bestimmt nichts anderes als Blut! Er fuhr auf, als ob ihn eine Hornisse gestochen hätte. Wölfe waren nicht das, was er hier unten erwartet hätte. Dieser hier schien tot zu sein, aber vielleicht waren noch andere in der Nähe. Vielleicht warteten sie bereits auf ihn, begierig darauf, ihn zu packen und zu verschlingen. Abrupt drehte er sich und schoss in der Dunkelheit davon. Das Grauen, das sich in ihm breitmachte, ließ ihn jede Vorsicht vergessen. Fort! Er musste fort! Weg von diesem entsetzlichen Ort, dessen Geheimnisse ihn zu Tode erschreckten! Doch seine hastige Flucht wurde bald darauf von einem Tritt ins Leere gestoppt. Er ruderte mit den Armen, konnte sich dieses Mal aber nicht mehr fangen und geriet vollkommen aus dem Gleichgewicht. Noch im Fallen erwischte er das Seil einer Haspel, die über dem Schacht aufgehängt war, um Körbe mit Steinen nach oben zu ziehen. Doch seine Hände waren zu fahrig, um es richtig zu greifen. Er glitt ab, hinab in eine unergründliche Tiefe, die ihn immer weiter nach unten zog. Er fiel und fiel … Ein harter Aufprall bremste ihn jäh ab. Jakob spürte einen stechenden Schmerz in seinem Rücken. Bunte Lichtpunkte funkelten vor seinen weit aufgerissenen Augen, er wunderte sich, woher sie so plötzlich kamen, und dachte kurz darüber nach, wie traurig Marie sein würde, wenn er jetzt starb. Dann schwanden ihm die Sinne.

Jakob hörte nicht, wie Gerg, Hans und Paule schreiend aus der Grube rannten und dabei den alten Lorentz fast zu Tode erschreckten, der nun doch eingeschlafen war und bis dahin gar nichts mitbekommen hatte. Jakob merkte nicht einmal, wie er von seinem Vater und drei anderen Bergmännern aus der Grube geborgen und in sein Bett gelegt wurde. Wie Marie ihn pflegte und Bärbel heulend an seiner Seite saß, während Vater stumm zur Arbeit ging. Es dauerte Tage, bis er aus den Tiefen der Bewusstlosigkeit empordrang und fühlte, wie ihn das Bettstroh durch das Laken hindurch in die Haut stach. Dieser Zustand verwunderte ihn doch sehr, denn er war immer noch der Meinung, dass er tot sei. Aber wie passten die herrlichen Erzählungen über den Himmel und dieser alltägliche Zustand zusammen? Vorsichtig öffnete er ein Auge und blickte geradewegs in Maries schlichtes, gutmütiges Gesicht. Dies erstaunte ihn noch mehr und er schlug auch das andere Auge auf, um sicherzugehen, dass er sich nicht täuschte.

»Jakob!« Ihre Stimme zitterte vor Überraschung und Freude. Erleichtert bekreuzigte sie sich. »Dem Herrgott sei Dank! Du bist wieder bei uns!«

Das Lächeln seiner Stiefmutter und ein Floh, der seelenruhig über seine Wange spazierte, während er reglos im Bett lag, brachten ihn vollends zu der Überzeugung, dass er doch nicht gestorben war. Was er nur einen Moment lang bedauerte, dann siegte die Freude darüber, dass er weiterleben durfte. Maries Hand schwebte plötzlich über seiner Wange, zerquetschte den Floh und legte sich ihm anschließend kühl auf die feuchte Stirn. Er spürte die Schwielen ihrer abgearbeiteten Hände auf seiner weichen Haut.

Ihre Berührung rief ihm noch etwas anderes in den Sinn. Irgendetwas war in der Dunkelheit der Stollen geschehen. Etwas Befremdliches! Doch so krampfhaft er auch überlegte, in seiner Erinnerung befand sich an dieser Stelle nur ein großes schwarzes Loch. So dunkel wie die Stollen selbst, in denen er sich aufgehalten hatte.

Bärbels Kopf erschien neben dem von Marie, um das Wunder seiner Auferstehung zu bestaunen. Ihre zarte Haut war vom Weinen gerötet. Die wasserblauen Augen fixierten übergroß und forschend sein Gesicht. – Plötzlich fiel ihm alles wieder ein. Er hatte etwas in den Stollen entdeckt. Stinkend und struppig, mit einem gefährlich scharfen Gebiss!

»Was?«, krächzte er mühsam.

»Du weißt es also noch?«

Er hörte den Schauder in Maries Stimme. Sie schob eine Haarsträhne unter ihre Haube, während sie weitersprach. »Es war ein Wolf, der sich in die Gänge geschlichen hat.« Sie brach ab und schluckte. »Vermutlich war er alt und krank und hat einen Platz zum Sterben gesucht. Dann ist das Biest in einen Schacht gestürzt und dort verendet. Es muss dich so erschreckt haben, dass du geradewegs auf eine der Schachtöffnungen zugerannt bist.«

Jakobs Brauen schossen in die Höhe. Seine Pupillen weiteten sich und ließen die dunklen Augen fast schwarz erscheinen. Noch einmal durchlebte er das Grauen, das ihn in der Tiefe des Berges ergriffen hatte.

Marie drückte tröstend seine Hand, ihr Mund verformte sich zu einem dünnen, geraden Strich. »Oh Jakob, mir wäre es mit Sicherheit nicht anders ergangen.«

»Ich ... habe ... schreckliche Angst ... ge...« Die Erwiderung blieb ihm förmlich im Hals stecken. Sein Rachen war wund und ausgetrocknet und seine Zunge klebte immer wieder am Gaumen fest und reizte ihn zum Husten. Doch die Erschütterung löste einen heftigen Schmerz in seinem Rücken aus. Er keuchte entsetzt auf.

Marie gab ihm einen Schluck Wasser, den Bärbel eiligst herbeigeschafft hatte.

»Berta sagt, du hast dir die Rippen gebrochen«, fügte sie erklärend hinzu. »Wirst wohl noch eine Weile liegen müssen, bis alles wieder verheilt ist. – Trotzdem hast du unwahrscheinliches Glück gehabt. Einen Sturz in eine solche Tiefe überlebt man normalerweise nicht.«

Berta war die neue Wehmutter, die glücklicherweise ihren Dienst aufnahm, nachdem man die Alte letztes Jahr tot in einer Schneeverwehung gefunden hatte. Ein paar Tage zuvor war sie wieder einmal bei einer Geburt gewesen. Während die Frau in den Wehen lag, schlug das Wetter um. Innerhalb weniger Stunden brach der Winter mit aller Macht über Hofsgrund herein. Ein stürmischer Wind wirbelte Schneeflocken wie Daunenfedern durch die Luft und fegte sie über den Boden, bis sich trügerische Verwehungen gebildet hatten. Nachdem das Kind geboren war, riet der Kindsvater der alten Frau, bei ihnen zu bleiben und abzuwarten, bis das Wetter wieder besser wurde. Es war schon dunkel und in einer solchen Nacht setzte man normalerweise keinen Fuß vor die Tür. Doch die Alte wollte nicht in einem fremden Haus übernachten. Sie wollte unbedingt in ihre eigene Kate zurück. Dort kam sie aber nie an und da sie allein lebte, vermisste sie auch niemand. Vielleicht hatte sie sich verirrt oder sie war zu schwach gewesen, um den anstrengenden Marsch bis zu ihrem Heim durchzustehen. Drei Tage später fand sie das Weib eines Bergmanns, das mit einem Sack Gerste auf dem Weg zur Mühle war. Die Alte lag in einer Mulde, gar nicht weit von ihrer Kate entfernt. Der Wind hatte sie mit Schnee zugedeckt, nur eine Holzpantine und ein Stück ihres schwarzen Rocks ragten aus der weißen Masse hervor.

So wurde also Berta zur neuen Wehmutter bestimmt, ein rundliches Weib in mittleren Jahren, der man ihr Alter nicht ansah. Erst wenige Monate zuvor war sie mit ihrem Mann und zwei halbwüchsigen Kindern nach Hofsgrund gekommen, wo sie mit ihrer Familie in einer der Bergarbeiterkaten wohnte. Berta kannte sich nicht nur in der Geburtshilfe aus, sie wusste auch Bescheid über eine Vielzahl von Arzneien und Tinkturen, die man gegen verschiedene Krankheiten einsetzen konnte. Und da sich die wenigsten einen Arzt leisten konnten, hatte sie immer viel zu tun.

Was Jakob betraf, so hatte Berta seine Verletzung richtig eingeschätzt. Der Sturz in den Schacht hatte ihm auf seiner rechten Seite mehrere gebrochene Rippen beschert, umrahmt von einem riesigen Bluterguss in tiefem Dunkelblau, der dann in allen Farben zu schillern begann, bis er schließlich verschwand. Der Schmerz in seinem Rücken war wie ein wildes Tier, das bei jeder Bewegung kratzte und biss. Es dauerte mehrere Wochen, bis er wieder vollständig hergestellt war. So kroch bereits der erste herbstliche Morgennebel wie ein gewaltiges Wolkenmeer aus den Tälern, bis er endlich keine Schmerzen mehr hatte und wieder nach draußen gehen konnte.

Vom Vater erhielt er wegen seiner Verletzung nur eine gehörige Standpauke, doch Gerg, Hans und Paule traf es weitaus schlimmer. Sie bezogen die schlimmsten Prügel ihres Lebens, wie selbst Hans kleinlaut feststellen musste. Dennoch waren alle froh, dass ihr Abenteuer glimpflich ausgegangen war. Und die Bewohner von Hofsgrund fanden, dass Jakob schon einen besonderen Schutzengel haben musste, wenn er gleich zweimal auf so aufsehenerregende Weise mit dem Leben davongekommen war.

Für Jakob hatte dieses Abenteuer aber noch einen bitteren Nachgeschmack. Seit dieser Zeit konnte er den Zustand der Enge nicht mehr ertragen. Sein Herz schnürte sich vor Angst zusammen, sobald er nur daran dachte, dass er eines Tages selbst in den engen Stollen arbeiten musste. Doch diese Zeit würde kommen. Sie war ihm vorherbestimmt wie jedem Sohn eines Bergmanns. Zum Glück war es noch nicht so weit, denn wie alle Jungen würde er nach seinem zehnten Geburtstag zunächst als Pochknabe anfangen.

Die Poche

Im folgenden Jahr änderte sich für Jakob nicht viel. Jeder Tag folgte dem nächsten im eintönigen Trott des alltäglichen Daseins. Er ging Marie zur Hand und sorgte dafür, dass jederzeit dürre Ästchen zum Anfeuern des Herdes bereitlagen und der Holzkorb in der Kate nicht leer wurde. Er schleppte frisches Wasser aus der Quelle herbei, erledigte all die kleinen Arbeiten, zu denen sein Vater keine Zeit hatte, und half den Bauern, wann immer er gebraucht wurde. Überdies genoss Jakob die unbewachten, freien Stunden, die an manchen Tagen übrig blieben. Doch sein zehnter Geburtstag rückte unaufhaltsam näher und an einem düsteren Tag im Dezember ging er das erste Mal zur Arbeit.

Die Poche war ein zugiger Holzbau mit einem großen Tisch, den man Pochbank nannte, und einer riesigen Vorrichtung, in der schwere Pochstempel aus Eichenholz steckten. Diese Stempel waren gut zwei Mann hoch und wurden an ihrem unteren Ende durch eine eiserne Sohle verstärkt. Ein Wasserrad trieb sie an und ließ sie auf- und niedersausen, damit sie das Erz aus der Grube zerkleinern konnten. Jakob bekam einen Platz an der Pochbank zugewiesen, wo er mit anderen Jungen seines Alters geförderte und vorsortierte Erzbrocken mit einem Hammer zerschlagen musste. Danach wurden diese in die Scheidstube gebracht, wo das zerkleinerte Gemisch aus Metall und Stein auf der Klaubetafel noch einmal nach erzhaltigen und tauben Steinen getrennt wurde. Die erzhaltigen wurden wiederum in reichen oder geringen Erzgehalt geteilt. Schließlich wanderte das reiche Erz-Steingemisch in den Röstofen, wo es mürbe gemacht wurde, damit es von den Stempeln der Pochmühle besser zerschlagen werden konnte.

Das dauernde Hämmern und das Auf- und Niederschlagen der mit Wasserkraft angetriebenen Pochstempel klang Jakob auch nach der Arbeit noch in den Ohren. Selbst in seinen Träumen hörte er das rhythmische Stampfen der schweren Hämmer, die ununterbrochen auf das Gestein einschlugen. Die Pochmühle war für ihn ein düsterer Ort, was vielleicht auch daran lag, dass er im Winter zum ersten Mal einen ganzen Tag darin verbrachte. Seine Arbeit war an Eintönigkeit kaum zu unterbieten und sie war kräftezehrend. – Nicht wegen der Schwere der Steine, sondern wegen der Beständigkeit, mit der die Handgriffe ausgeführt werden mussten.

Jeden Morgen um drei Uhr in der Früh wurde er nun von Marie geweckt, und während Bärbel sich noch einmal gemütlich im Bett zur Seite drehte, zog er sich hastig an, schlang sein Brot hinunter und machte sich bei Dunkelheit und Kälte auf den Weg hinab zur Pochmühle, die sich ein gutes Stück unterhalb der Katen befand. Um vier Uhr begann seine Arbeitszeit, von der die erste halbe Stunde als Gebetsstunde diente. Unter der Aufsicht des *Steigers* sprach jeder Pochjunge ein kurzes Gebet, das der Älteste von ihnen mit diesen Worten abschloss:

Lass mich nun mit Freuden meine Arbeit tun,
o treuer Gott.
Lass die Englein mich bewahren,
schütze mich vor aller Not.
Wenn die Arbeit ist geschehn,
lass mich fröhlich nach Hause gehn,
führe mich gesund nach Haus.
Amen

Nach dem Schichtsegen des Steigers ging Jakob um halb fünf Uhr zu seinem Platz an der Pochbank. Der Steiger war ein kleiner Mann mit krummen Beinen, der keinen Spaß verstand, was der *Ochsenziemer* an seinem Gürtel deutlich unterstrich. Jakob hatte ihn gleich in den ersten Tagen zu spüren bekommen. Der Hunger hatte ihn dazu verführt, seinen Brotbeutel auszupacken, in dem sich zwei Scheiben Brot mit etwas Butter dazwischen befanden. Doch der Steiger duldete keine unerlaubten Unterbrechungen und Jakob wurde mit fünf Schlägen auf sein Hinterteil bestraft, die ihn von nun an daran erinnerten, jegliche Fehler zu unterlassen.

Im Winter setzte ihm die Kälte in der Pochmühle zu. Zwar hatten sie ein Dach über dem Kopf, doch in der Mühle brannte kein Feuer und Jakobs einfache Kleidung, die aus einem Hemd, einer dünnen Jacke, einer Hose und Holzpantinen bestand, wärmte ihn nicht sonderlich. An solchen Tagen wünschte er sich, draußen am Röstofen zu stehen. Dort war es wenigstens warm. Doch diese Arbeit war erfahrenen Bergmännern vorbehalten, die entweder zu alt waren, um einzufahren, oder aus anderen Gründen nicht mehr unter Tage arbeiten konnten. Stattdessen lernte Jakob die Erze an ihrer Farbe zu erkennen. Lernte die Merkmale von Bleiglanz und der für sie wertlosen Zinkblende, von Edelgrün und Eisenglanz. Dass man aus Bleiglanz sowohl Blei als auch geringe Mengen von Silber gewinnen konnte, das in Freiburg vor allem zu Münzen geprägt wurde. Dass Edelgrün einen hohen Silbergehalt hatte, und Eisenglanz durch Verwitterung rot anlief und deshalb auch Blutstein genannt wurde. Die Rotlache, ein leicht abschüssiges Stück Land, auf dem sich ebenfalls eine Grube befand, hatte aus diesem Grund ihren Namen erhalten. Der Eisenglanz hatte sich an der Oberfläche des Berges zersetzt und eine rötliche Färbung des Bodens hervorgerufen.

Nach zwölf schier endlosen Stunden, von denen Jakob die meiste Zeit mit Hämmern verbrachte, war seine Schicht zu Ende. Danach lief er nach Hause, doch dieses Mal ging es den Berg hinauf. Sein Vater hatte ihm aufgetragen, auf dem Heimweg jedes Mal einen Armvoll Holz für den Herd zusammenzuklauben, was ihn noch einmal seine ganze Kraft kostete. Oben angekommen war er so müde, dass er kaum imstande war, von der Grütze zu essen, die Marie für ihn gekocht hatte, obwohl der Hunger an ihm nagte. Mit brennenden Augen schleppte er sich schließlich ins Bett, das er mit seiner Familie teilte, und fiel in einen tiefen Schlaf – bis ihn Marie wieder weckte. Die ganze Woche über war dies der tägliche Trott. Die Schinderei bereitete Jakob keine Freude. Trotzdem musste er es tun, denn für die Familie war sein erbärmlicher Lohn eine Erleichterung. Sein Vater war zwar schon einige Jahre ein ausgebildeter Hauer, aber das Geld, das er verdiente, verlor ständig an Wert. Es zerrann ihnen zwischen den Fingern, sobald er es nach Hause brachte.

Nicht nur die Arbeit in der Poche gehörte zu Jakobs Pflichten. Samstags musste er seinem Vater helfen, um die Arbeiten zu erledigen, die unter der Woche nicht möglich waren, und am Sonntagmorgen ging es in die Kirche. Marie hatte ihm eingeschärft, dass der Kirchgang ein wichtiges Ereignis war, das man auf keinen Fall versäumen durfte, denn die Bergleute waren fromme Leute, die sehr wohl wussten, wie schmal der Grat zwischen Leben und Tod war, und wem sie ihr Leben zu verdanken hatten. Auch Marie war eine gläubige Frau. Er hatte sie schon oft dabei beobachtet, wie sie vor dem Herrgottswinkel niederkniete, sich den Rosenkranz um die Finger schlang und in ein tiefes Gebet versank.

So blieb nur noch der Sonntagnachmittag, an dem er tun und lassen konnte, was er wollte. In der Pochmühle hatte sich Jakob mit

Thoman angefreundet. Er war etwas kleiner als Jakob, dafür aber stabiler gebaut, ohne dass man ihn dick nennen konnte, denn auch in Thomans Familie gab es keinen Überschuss an Nahrung. Seine Knochen folgten einfach einem gröberen Muster, als es bei Jakob der Fall war. Das runde, pausbäckige Gesicht passte dazu, ebenso wie die verschmitzten blauen Augen und das hellbraune Haar. Thoman war der Sohn von Wolf, dem Köhler.

Die Köhler in Hofsgrund zählten zu den Ärmsten der Armen, und das nicht nur des Geldes wegen. Fast ein Dreivierteljahr verbrachten sie Tag und Nacht bei ihren Kohlenmeilern, um die Umwandlung von Holz in Kohle zu überwachen. Das Feuer im Meiler durfte weder ausgehen, noch sich so sehr entfachen, dass es ihn zerstörte. Dies musste durch das ständige Öffnen und Schließen von Luftlöchern auf der Außenhaut des Meilers reguliert werden. In dieser Zeit war Wolf ein einsamer Mann, der wenig Schlaf fand, weil er ständig auf der Hut war. Thoman besuchte seinen Vater jeden Sonntag, und eines Tages im Frühling ging Jakob mit ihm tief in den Wald hinein, dorthin, wo es noch genug Holz gab, denn der Wald schrumpfte zusehends in sich zusammen. Der Bergbau verschlang Unmengen davon für die benötigte Kohle, um Röstöfen und Schmelzhütten in Betrieb zu halten. Darüber hinaus trieben die Bergarbeiter ihr Vieh in den Wald, damit es sich satt fressen konnte, ganz zu schweigen von einer Unmenge an Feuerholz, das sie benötigten. Viele verdienten sich als *Schnefler* ein Zubrot und stellten Gebrauchsgegenstände wie Teller, Dachschindeln und Rebstecken her, um sie in Freiburg zu verkaufen. Dieser Raubbau hatte in der Vergangenheit schon mehrfach zu Streitigkeiten zwischen dem Bergrichter und dem Prior des Wilhelmitenklosters geführt, denn der Wald gehörte dem Kloster. So war es nicht verwunderlich, dass der Prior sich über den schrumpfenden Besitz beschwerte.

Je weiter Jakob mit Thoman in den Wald ging, desto unwegsamer wurde er. Am Waldrand gab es zwar dichte Hecken, aber es führten Wege durch sie hindurch, niedergewalzte Rinnen, die von den Holzkarren herrührten, die auf ihnen entlangfuhren. Dort, wo die Karrenspuren aufhörten, wurden sie durch die Pfade der Tiere ersetzt, die nur ein erfahrenes Auge erkennen konnte. Der Wald hatte hier etwas Märchenhaftes an sich. Moos und zahlreiche Kletterpflanzen wucherten an Buchen, Bergahorn, Tannen und Fichten empor. Hier und da war einer der mächtigen Bäume zu Boden gestürzt und lag vermodernd im Unterholz, oder lehnte wie ein Trunkenbold an seinen Gefährten. Schroffe Felsen ragten unvermittelt aus dem feuchten Boden, der mit Dornfarn, Weißwurz und Milchlattich bewachsen war. Die Luft war erfüllt vom Gesumm der Insekten, den unterschiedlichen Singstimmen der Vögel und dem Gurgeln der Bäche, die talwärts strömten. Es war eine Welt für sich, in die kaum ein menschliches Wesen vorgedrungen zu sein schien. Doch in jedem Märchen gab es auch etwas Böses, etwas, wovor man auf der Hut sein musste, und so war es nicht verwunderlich, dass Jakob just in diesem Moment daran dachte. War es nicht ein Leichtes, zwei Jungen in den Wald zu folgen, um ihnen etwas anzutun? Jakob schluckte nervös und sah sich argwöhnisch nach allen Seiten um. Erleichtert stellte er fest, dass außer ihnen niemand zu sehen war. Stattdessen fiel ihm auf, dass er schon längst die Orientierung verloren hatte.

Thoman schien seine Gedanken zu erraten. »Du musst keine Angst haben«, sagte er. »Ich kenne mich hier aus. Es ist ganz leicht, wenn du ein paar Mal hier gewesen bist.«

Jakob zuckte mit den Achseln. »Für mich sieht hier alles gleich aus.«

»Siehst du die umgestürzte Fichte dort vorne?«

»Ja.«

»An ihr müssen wir links vorbei, und dann immer geradeaus, bis wir zu einer Buche gelangen, in die der Blitz eingeschlagen hat. An ihrem Stamm ist ein Zeichen angebracht, das uns in eine Senke führt. Von dort aus ist es nicht mehr weit.«

Tatsächlich wusste Jakob jetzt, wohin der Weg sie führte, nachdem sie an der geborstenen Buche vorbeigegangen waren. Schon von Weitem stieg ihm der intensive Geruch nach Rauch und Teer in die Nase.

Zwei Meiler rauchten auf einem Kohlplatz, dessen Umgebung kahl und seltsam traurig aus dem Grün des Waldes herausstarrte. Fast jeder Baum war hier dem Köhler zum Opfer gefallen. Kurz darauf entdeckten sie Wolf. Er lehnte selbstvergessen an der schiefen Wand seiner kärglichen Kate, die wie ein abgesägtes Dach aus dem Boden ragte, – und schlief. Sein rußverschmiertes Gesicht, die schwarzen, mit Narben übersäten Arme und die dreckige Kleidung erzeugten einen Furcht einflößenden Eindruck. Jakob stellte sich vor, wenn er ihm allein im Wald begegnet wäre. Er hätte ihn mit Sicherheit für einen Unhold gehalten, der irgendeine Schandtat im Schilde führte.

Doch Thoman benahm sich nicht so, als ob er sich fürchtete. »Vater!« Seine Stimme war voller Freude.

Wolf schreckte aus dem Schlaf empor und sprang in die Höhe. »Was? – Was ist?« Verdutzt und noch nicht ganz bei Sinnen sah er sich um. »Steht der Meiler in Flammen? Brennt der Wald?«

»Nein, nein«, beruhigte ihn Thoman. »Es ist alles in Ordnung.«

Erleichtert stieß Wolf die Luft aus den Lungen und fuhr sich mit der Hand durch sein schmutziges Haar, dessen Farbe sich nicht eindeutig feststellen ließ. Das Weiße in seinen Augen war von roten Äderchen durchzogen, als er die beiden Jungen musterte. Man sah ihm an, dass er schon lange nicht mehr richtig geschlafen hatte.

»Junger Mann«, sagte er plötzlich in gespieltem Ernst und hob anklagend den Zeigefinger. »Du hast mich zu Tode erschreckt!« Doch dann hellten sich seine Züge auf. »Aber ich freue mich trotzdem, dich zu sehen.« Er lachte wie ein kleiner Junge und nahm Thoman liebevoll in die Arme. »Ich muss wohl eingenickt sein.« Wolf drückte seinen Sohn fest an sich, doch dann erinnerte er sich an den Grund von Thomans Besuch. »Hast du mir etwas zu essen mitgebracht?«

»Natürlich«, Thoman strahlte. »Ich habe sogar eine Extraration Ziegenmilch dabei. Mutter hat es gar nicht gemerkt.«

»Aber Thoman«, erwiderte Wolf und runzelte die Stirn, »du sollst nichts hinter dem Rücken deiner Mutter verschwinden lassen. Hat uns der Priester nicht schon oft genug eingeschärft, dass wir weder stehlen noch lügen sollen?«

Thoman machte ein schuldbewusstes Gesicht, das Wolf zum Lachen brachte. In seinen Augen lag der gleiche verschmitzte Ausdruck wie bei seinem Sohn.

»Ich danke dir trotzdem – aber tu es nie wieder. Hörst du?« Dann nahm er die Kanne mit der Ziegenmilch und trank genüsslich davon. »Ah, tut das gut. Ziegenmilch ist etwas Wunderbares. Und nun erzähl mir, was es zu Hause für Neuigkeiten gibt. Geht es deiner Mutter gut? Und was machen deine Geschwister?«

Jakob genoss die Stunden mit Thoman und Wolf. Er begann zu ahnen, warum Thoman jede Woche seinen Vater besuchte und warum er sich so offensichtlich darauf freute. Trotz seines gespenstischen Aussehens war Wolf ein liebenswerter Mensch. Er war so ganz anders als sein eigener Vater, der ihn zwar selten schlug, sich aber auch nicht sonderlich um ihn kümmerte. Seinen Vater interessierte es nicht, was seine Kinder dachten oder fühlten. Er war zu sehr in seiner eigenen Welt gefangen, als dass andere noch einen Platz darin fanden. Nicht einmal für Marie hatte er mehr übrig, als die gewohnheitsmäßige Aufmerksamkeit des Alltags. Die arme Marie konnte einem leidtun. Er ahnte, dass sie litt, obwohl sie es vor den Kindern tapfer zu verbergen versuchte.

Den ganzen Sommer über ging Jakob sonntags mit Thoman in den Wald, um Wolf zu besuchen. Oft kamen auch Thomans Mutter und seine zwei kleineren Brüder mit. Der Kohlplatz mit der kärglichen Kate wurde für Jakob zum aufregenden Spielplatz. Eine geschützte Höhle in einer sonst so mühseligen und kalten Welt. Sie konnten mit Wolf scherzen, manchmal passten sie auch auf den Meiler auf, während er in Ruhe schlief oder in einem der Bäche ein Bad nahm, um sich den Ruß von der Haut zu spülen. Oft taten sie so, als ob sie edle Ritter wären. So wie die Ritter Schnewlin, die in dieser Gegend einmal eine Burg besaßen. Diese war schon vor langer Zeit zerstört worden, doch die Alten wussten noch, wo sie gestanden hatte, und wenn man aufmerksam hinschaute, konnte man das von Wald und Moos überwucherte Fundament erkennen.

Eines Tages saß ein Mann auf einem umgestürzten Baumstamm und beobachtete sie. Jakob blieb fast das Herz stehen, als er ihn entdeckte. Noch nie hatte er jemand anderen als Wolf und seine Familie so tief im Wald gesehen.

»Wer ist das?«, raunte er Thoman zu.

Thoman zuckte mit den Achseln. In seinem runden Gesicht zeigte sich keine Spur von Angst oder Misstrauen. »Das ist Melchior. Ein komischer Kauz – aber vollkommen harmlos.«

»Bist du sicher?« Jakob betrachtete Melchior verstohlen. Alles an ihm schien ein wenig zu schmal geraten zu sein. Auf dem hageren Körper saß ein ovaler Kopf, aus dem eine lange, gekrümmte Nase ragte. Die eng beieinanderstehenden Augen verstärkten die Ähnlichkeit mit einem Raubvogelgesicht. Doch sie blickten freundlich und er winkte ihnen lächelnd zu, nachdem er erkannt hatte, dass seine Anwesenheit nicht unentdeckt geblieben war.

»Kümmer dich nicht weiter um ihn«, zischte ihm Thoman zu. »Er schaut nur und irgendwann ist er wieder verschwunden.«

Thoman sollte recht behalten. Der seltsame Mann sah ihnen eine Weile bei ihrem Spiel zu und verschwand dann so leise, wie er gekommen war. Doch Jakob blieb diese Begegnung im Gedächtnis und in den darauffolgenden Monaten sollte es noch ein paarmal geschehen, dass Melchior wie aus dem Nichts auftauchte, um sie zu beobachten.

Im Spätsommer halfen sie Wolf, einen neuen Meiler zu errichten. Zuerst wurde mit einer Schaufel die kreisrunde Fläche des abgeernteten Kohlenmeilers geglättet, dabei zogen Jakob und Thoman übrige Reste an den Rand, damit man sie später wieder verwenden konnte. Auf den vorbereiteten Boden wurde ein Gitter aus Ästen gelegt. Dann setzte Wolf in die Mitte des Kreises einen Feuerungsschacht, den Quandel. Um ihn herum kam ein Zündkegel aus kleinen Holzscheiten. Danach halfen die beiden Jungen, gutes Buchenholz in zwei übereinander stehenden Stockwerken um Quandel und Zündkegel zu schichten, bis die Form einer Halbkugel entstand. Darüber legten sie eine Haube aus Schwachholz. Dann wurde der Meiler mit Tannenreisig und zum Schluss mit einer Mischung aus feuchter Erde, Asche und den Resten des vorigen Meilers abgedeckt, bis er fest und dicht war. Nachdem Wolf ihr Werk noch einmal von allen Seiten begutachtet hatte, entzündete er es mit brennenden Holzstücken über den Quandel. Von nun an würde sich das regelmäßige Kontrollieren und Regulieren der Luftzufuhr wiederholen, bis das Holz verkohlt war.

Es gehörte einiges an Erfahrung und Geschick dazu, den Meiler auf der richtigen Temperatur zu halten. Und Wolf würde die nächsten zwei oder drei Wochen erneut zwischen Langeweile und Aufmerksamkeit verbringen, bis er die Kohle ernten konnte. Doch das war sein Leben und im Grunde seines Herzens war er zufrieden damit.

Als Jakob an diesem Abend nach Hause kam, war die Stimmung in der kleinen Kate bedrückt. Marie machte ihm Vorwürfe, weil er wie ein dreckiger Köhler aussah. Jakob war gekränkt und erstaunt zugleich. Marie schalt ihn nicht oft und wenn sie es doch einmal tat, hatte es einen gewichtigeren Grund. Mürrisch scheuchte sie ihn in einen Holzzuber, den Bärbel mit heißem Wasser füllen musste. Schimpfend schrubbte Marie ihn von oben bis unten ab, bis seine Haut glühte und kein schwarzes Stäubchen sie mehr befleckte. Sein Vater saß derweil schweigend am *Schniedesel* und schnitt Schindeln zurecht. Jakob blickte fragend zu Bärbel, doch diese zuckte nur mit den Achseln. Irgendetwas lag in der Luft, aber auch sie schien nicht zu wissen, was es war.

Am nächsten Morgen ging er wie gewöhnlich in die Pochmühle. Während der Sommermonate war es dort wenigstens nicht kalt, dafür schwitzten die Arbeiter am Röstofen umso mehr. Jakob schmunzelte. Vielleicht war dies die ausgleichende Gerechtigkeit dafür, dass sie es im Winter schön warm hatten. Er arbeitete nun schon fast ein Dreivierteljahr in der Poche und hatte sich an die schwere Arbeit gewöhnt. Seine Arme hatten durch das ständige Hämmern kräftigere Muskeln bekommen, obwohl er seine Feingliedrigkeit dadurch nicht verlor. Auch das frühe Aufstehen fiel ihm nicht mehr ganz so schwer wie zu Anfang. Er blinzelte Gerg, Paule und Thoman zu, die auf der gegenüberliegenden Seite der Pochbank standen. Auch sie mussten arbeiten, nicht einmal der vorlaute Hans kam darum herum. Es war also am besten, sich in sein Schicksal zu fügen. Ändern konnte er es sowieso nicht.

Der Winter kam in diesem Jahr so früh, dass das Laub noch an den Bäumen hing, als es zum ersten Mal schneite. Eine dicke Schneeschicht sammelte sich auf den Ästen, bis sie unter ihrer schweren Last zusammenbrachen. Es war gefährlich, in den Wald zu gehen, und selbst im Haus war man sich des Lebens nicht mehr sicher. Ein Stück von der Kate der Selzers entfernt stand ein mächtiger Bergahorn, dessen Krone sich wie ein alter Zausel gen Himmel reckte. Seine Rinde war mit Moos überwuchert und in seinem Stamm prangte ein großes Loch, das einem Eichhörnchen als Wohnung diente. Schon viele Jahre spendete er den Katen, die man in der Nähe seiner Wurzeln erbaut hatte, Schutz und Schatten. Doch nun konnte er die dicke Kruste, die auf ihm lag, nicht mehr länger tragen. Ein riesiger Ast brach eines Nachts und durchschlug mit Getöse das Dach einer Bergarbeiterkate. Die fünfköpfige Familie in ihrem Innern lag schlafend im Bett, was ein Glück war, denn der Tisch, an dem sie sich während des Winters oft aufhielten, war vollkommen zerstört. Doch ohne das schützende Dach konnte die Kate nicht weiter genutzt werden und so wurden ihre Bewohner kurzerhand auf die benachbarten Familien verteilt, bis die Männer das Dach repariert hatten. Auch die Selzers nahmen eines der Kinder eine Zeit lang bei sich auf, einen kleinen unterernährten Jungen mit einem aufgetriebenen Bauch und krummen, rachitischen Beinen. Marie versuchte nach Kräften, auch für ihn zu sorgen, doch es war eine weitere

Last, die ihr auferlegt wurde. Immer öfter machte sie den Eindruck, als ob sie keine Kraft mehr hätte. Dann war sie launisch und so streng mit Jakob und Bärbel, wie es sonst nicht ihre Art war. Oder sie lag auf den Knien und betete noch inbrünstiger, als sie es zuvor getan hatte. Ihre runden Wangen wirkten auf einmal fahl und ausgezehrt und ihre breiten Wangenknochen traten noch stärker daraus hervor. Jakob bekam es mit der Angst zu tun. Ob Marie krank war? Aber dann nahm ihr Bauch trotz der kargen Kost an Umfang zu und er erkannte, dass ein ganz anderer Grund dahintersteckte.

»Weißt du was?«, wisperte er Bärbel eines Abends im Bett zu, als die Erwachsenen sich noch nicht hingelegt hatten.

»Was denn?«, fragte sie neugierig.

»Ich glaube, Marie bekommt ein Kind«, flüsterte er in verschwörerischem Tonfall.

»Ach das«, erwiderte Bärbel gelangweilt. »Das weiß ich schon längst!«

»Wirklich?« Seine Stimme klang ein wenig enttäuscht darüber, dass sie schon wusste, was er für eine Neuigkeit hielt, *und* dass sie es nicht für nötig gehalten hatte, ihn über diese Tatsache aufzuklären. »Seit wann hast du's gewusst?«

»Schon eine ganze Weile«, Bärbel klang triumphierend. »Aber weißt du, was ich gar nicht verstehen kann?«

Jakob schüttelte sacht mit dem Kopf, doch Bärbel fühlte seine Bewegung an ihrer Schulter.

»Warum sie manchmal so böse zu uns ist. Eigentlich müsste sie sich doch freuen.«

»Ich habe keine Ahnung.«

Jakob wusste, was Bärbel meinte. Marie hatte vor ein paar Jahren ein Bild von einem Hausierer gekauft, das sie an die verrußte Wand der Kate geheftet hatte, direkt über ihrem Bett. Das Bild zeigte eine Lebensleiter, auf der man ein ganzes Stück aufwärts klettern konnte, bevor sie auf der Hälfte des Weges nach unten einknickte. Jede Sprosse stand für einen Abschnitt des Lebens. Marie mochte dieses Bild sehr und hatte den Kindern erklärt, was die Zeichnungen neben jeder Sprosse bedeuteten. Die aufsteigende Leiter zeigte einen Jungen und ein Mädchen, wie sie heranwuchsen, bei ihren Gebeten, bei der Verlobung, als Braut und Bräutigam, als Mutter und Vater. Dieses Stadium war der Höhepunkt ihres Lebens, danach knickte die Leiter nach unten ein, und man sah, wie die beiden alterten – bis sie schließlich von den Engeln, die sie unablässig bewacht hatten, hinfortgetragen wurden, um vor dem Jüngsten Gericht zu erscheinen. Die Frau war oft im Haus zu sehen, beim Nähen und Sticken neben der Wiege. Ein idyllisches Bild der Häuslichkeit, das sie so nicht kannten. Marie arbeitete seit ihrer Heirat zwar nicht mehr in der Scheidstube, doch sie versorgte neben ihrem Haushalt mit Bärbel die Tiere: eine Ziege und eine Häsin mit ihren Jungen. Die Häsin hatten sie, als sie noch trächtig war, gegen ein frisch entwöhntes Zicklein eingetauscht, das ihnen gehört hatte. Auch eine Handvoll Hühner scharrte inzwischen in einem abgezäunten Gehege hinter der Kate und dann gab es noch den Krautgarten. Sie hatte viel mehr zu tun, als sich den ganzen Tag neben die Wiege eines Kindes zu setzen und zu nähen. Obendrein flocht sie in ihrer freien Zeit Körbe, um sie ein paar Mal im Jahr auf dem Markt in Freiburg zu verkaufen.

»Hat die Frau denn gar nichts anderes zu tun?«, wollte Bärbel an jenem Tag wissen.

»Doch«, hatte Marie geantwortet, »aber dies Bild soll zeigen, dass das Leben eines Weibes dazu bestimmt ist, Kinder zu bekommen. Ihr Leben erfüllt sich darin, versteht ihr?«

Bärbels helle Augen, deren zartes Blau gut zu ihrem rotblonden Haar passte, und Jakobs viel dunklere Augen starrten sie rund und fragend an. Marie seufzte und versuchte es den Kindern mit anderen Worten zu erklären. »Der Priester sagt, dass ein Mädchen nur aus einem Grund geboren wird: Sie soll neues Leben schenken. Dazu ist sie da und erst dann ist sie glücklich.«

Wenn Marie also ein Kind bekam, *musste* sie doch glücklich sein.

»Vielleicht kommt's ja noch«, murmelte Jakob schlaftrunken. Das Denken hatte ihn müde gemacht. Noch während er antwortete, schlief er ein.

Der Winter zeigte sich in den folgenden Monaten in seiner ganzen Härte und die Jungen schlotterten vor Kälte trotz der beständigen Arbeit in der Pochmühle. Am schlimmsten traf es ihre Füße, die meist nackt in den selbst geschnitzten Holzpantinen steckten. Die wenigsten Bergarbeiterfamilien konnten sich Wolle für ein paar anständige Socken leisten. Auch Jakobs Füße schmerzten, bis sie so gefühllos wurden, dass er sie nicht mehr spüren konnte, und sie sich ebenso hölzern und fremd anfühlten wie die Schuhe, in denen sie steckten. Als er eines Abends den Heimweg einschlug, fühlte er sich unendlich müde und zerschlagen. Kalter Wind schnitt ihm ins Gesicht und fuhr beißend durch seine Kleider. Jeder Knochen seines Körpers tat ihm weh. Er hatte den innigen Wunsch, einfach ins Bett zu sinken und sich dem Schlaf zu ergeben, der ihn oft in eine schönere, wärmere Welt führte, als diejenige, die er kannte. Doch zuerst musste er durch den knietiefen Schnee stapfen und Holz sammeln, damit es wenigstens in der Kate mollig warm war. Der Himmel hing wolkenverhangen und schwer über ihm. Kaum ein Stern leuchtete durch die grauschwarze Masse hindurch, was seine Stimmung noch verschlechterte. Er brauchte seine ganze Willenskraft, um sich den Berg hinaufzukämpfen, doch jeder Schritt beförderte ein weiteres Häuflein kalten Schnees unter seine Hosenbeine und vergrößerte seine Qualen. Zum Glück hatte es in der letzten Nacht einen kräftigen Sturm gegeben und als endlich der Mond durch eine Lücke in den Wolken blinzelte, fand Jakob eine Menge Bruchholz am Weg. So dauerte es nicht lange, bis er einen Armvoll abgebrochener Äste beisammen hatte. Zu Hause angekommen, legte Jakob seine Beute in den geflochtenen Holzkorb neben dem gemauerten Herd, damit sie trocknen konnte. Aufatmend stellte er sich vor das Feuerloch und hielt seine kalten Hände so nah wie möglich an die heißen Flammen, bis seine Finger anschwollen und er ein durchdringendes Gefühl von Wärme verspürte.

»Geh ein wenig zur Seite«, sagte Marie. »Du verstellst mir die Sicht.« Sie saß auf einem Schemel und nutzte neben dem brennenden Kienspan das Feuerloch als Lichtquelle für ihre Flickarbeit. Gehorsam rückte er aus dem hellen Kreis des Feuers und beobachtete, wie sich das goldene Licht in Maries Gesicht spiegelte. Der warme Schein machte ihre Züge milder, doch er konnte nicht verbergen, dass sie ihre Jugendlichkeit verloren hatte. Ihre Wangen waren in der letzten Zeit hohl geworden und die Gesichtshaut spannte sich straff um die Knochen. Der Schatten, den das Feuer hinter ihr an die Wand warf, sah hingegen solide aus. Ein übergroßes Abbild ihres Körpers, unzerbrechlich wie eh und je.

Bärbel saß auf einem weiteren Hocker, ein Stück vom Herd entfernt, und bearbeitete emsig den Inhalt eines Butterfasses, das sie sich zwischen die Beine geklemmt hatte. Ganz im Gegensatz zu Jakob fror sie nicht. Schweißperlen hatten sich auf ihrer Stirn gebildet und durchtränkten den Ansatz ihres rötlichen Haares, während sie mit der einen Hand den Deckel des Fasses nach unten drückte und mit der anderen unaufhörlich einen Stößel auf und niederfahren ließ, bis aus dem abgeschöpften Rahm der Ziegenmilch Butter wurde.

Maries Kinn zeigte auf einen Topf, in dem etwas leise vor sich hin köchelte. »Dort steht das Essen für dich und deinen Vater. Nimm dir etwas davon. Er ist noch nicht zu Hause.«

Jakob stieg der Geruch von Gerstenbrei in die Nase. Er mochte diesen Brei nicht sonderlich, gab es ihn doch fast jeden Tag, und die Eintönigkeit der Speisen machte keinen besonderen Appetit. Doch der Hunger war ein guter Koch und normalerweise freute er sich trotzdem, etwas Warmes in den Bauch zu bekommen. Heute stieg ihm stattdessen ein Gefühl des Ekels in die Kehle.

Er schüttelte verneinend den Kopf. »Ich möchte nichts mehr essen«, sagte er schwach und unterdrückte dabei ein Würgen. »Ich leg mich gleich ins Bett.«

Maries haselnussbraune Augen blickten matt, doch für eine kurze Zeit weiteten sich die dunklen Pupillen vor Sorge, bevor sie sich wieder ihrer eigenen Schwäche ergaben. »Was ist mit dir? Bist du krank?«

Jakob zuckte mit den Achseln. »Weiß nicht.« Er schlurfte zum

Bett und ließ sich wie ein alter Mann darauf sinken. Das Stroh unter dem Laken knisterte leise. Er schob die Holzpantinen von den Füßen und betrachtete nachdenklich seine Zehen.

Marie legte mit einem Seufzer ihre Flickarbeit zur Seite und stand auf.

»Nun sag schon, was du hast«, sagte sie sanft. Sie folgte Jakobs Blick und gab ein alarmierendes Geräusch von sich. Dann holte sie den Lichtstock, in dem der Kienspan klemmte, und beleuchtete damit seine Zehen. Sie waren rot und an einigen Stellen geschwollen. Prüfend umschlang sie sie mit ihren warmen Händen.

»Deine Füße sind ja ganz kalt!«, ihre Stimme klang besorgt. »Zieh dich aus und leg dich hin. Ich werde dir etwas bringen.«

Gehorsam tat er, was sie verlangt hatte. Nur noch mit dem Hemd bekleidet, schlüpfte er unter die Decke und streckte sich auf dem Laken aus. Schläfrig beobachtete er, wie sie einen großen Stein in die Herdglut legte.

Als sein Vater zur Tür hereinkam, bedachte ihn Marie mit einem bedeutsamen Blick und Jakob fragte sich ängstlich, ob es etwas Schlimmes war, das in seinen Zehen steckte. Doch Marie verlor kein einziges Wort darüber. Schließlich umwickelte sie den Stein mit dem Rest des Stoffes, den sie zum Flicken benutzt hatte, und legte ihn an seine Füße. Mit der Wärme kam das Leben in seine Zehen zurück. Sie begannen zu pochen und zu funkeln, bis ein durchdringender Schmerz sie erfüllte. Er schloss seine Augen. Er war zum Umfallen müde, doch die Schmerzen hinderten ihn daran, einzuschlafen. Er konzentrierte sich auf das gleichmäßige Geräusch, das Bärbel beim Buttern machte und ließ sich endlich treiben, bis die sanften Schwingen des Schlafes ihn davontrugen in eine warme, friedliche Welt. Plötzlich wurde er jäh zurückgerissen, bevor er noch richtig dort angekommen war. Es war Maries aufbrausende Stimme, die ihn weckte.

»Schau dir die Zehen deines Jungen an«, sagte sie vorwurfsvoll. »Sie sind mit Frostbeulen übersät. Ein Wunder, dass sie ihm noch nicht abgefallen sind bei dieser Kälte!«

Jakob öffnete angestrengt ein Auge. Sein Vater saß über den Tisch gebeugt und schlürfte seinen heißen Brei. Ein unbestimmtes Grunzen entstieg seiner Kehle, das seine Zuhörer darüber im Unklaren ließ, ob er den Worten seines Weibes nun zustimmte oder nicht. *Vielleicht ist es ihm auch einfach egal*, dachte Jakob bitter. Es war schwer zu erraten, was in seinem Vater vorging. Er redete nicht viel. So fiel es kaum auf, ob er zu Hause war oder im Bergwerk arbeitete, wo er sich nach wie vor die meiste Zeit des Tages aufhielt. Und wenn er bei seiner Familie war, zog er sich oft in sich zurück, wie ein Einsiedler, der sich von der Welt abgesondert hatte.

»Eine Schande ist das, wie man uns hier oben schuften lässt. – Und zu welchem Preis? Für nichts und wieder nichts!«, wetterte Marie weiter. »Das Geld ist immer weniger wert und nun bekommst du auch noch geringeren Lohn. Wie soll das nur weitergehen?«

Sein Vater sagte immer noch nichts. Stattdessen zuckte er hilflos mit den Achseln.

Er weiß es selber nicht, dachte Jakob erschrocken. Selbst sein Vater wusste nicht, wie es weitergehen sollte! Alles schien an Marie zu hängen, die dafür sorgte, dass sie etwas zum Anziehen hatten, das Essen auf den Tisch kam und das Nötigste zum Leben vorhanden war. Eine tiefe Dankbarkeit erfüllte ihn. Er war froh, dass er sie zur Stiefmutter hatte. Sie behandelte ihn wie ihr eigenes Kind und dank ihrer Liebe wusste er, dass diese überhaupt existierte. Sein Vater hingegen schien solche Gefühle nicht zu kennen. Ein vager Gedanke regte sich in Jakob: Vielleicht verschloss er sie vor ihnen, weil sie seine Liebe nicht verdient hatten? Ja, manchmal kam es ihm so vor, als ob er für etwas büßen musste, von dem er keine Ahnung hatte. Doch er konnte mit seinem Vater nicht über solche Dinge sprechen. Er war eben nicht wie der fröhliche, liebenswürdige Köhler Wolf.

»Wir sollten von hier fortgehen.« Maries Stimme war weicher geworden und Jakob hörte den bettelnden Unterton darin.

»Lass mich zufrieden«, erwiderte Johann barsch.

Unendliches Mitleid strömte durch Jakobs Herz. Die arme Marie. Auch sie bekam nicht die Liebe, die sie verdiente. Vielleicht freute sie sich deshalb nicht auf das Kind, das sie in ihrem Bauch trug? *Es wird nur noch eine weitere Last für sie sein,* dachte er.

Schließlich siegte die Erschöpfung über Jakobs aufgewühlte Gedanken. Er bemerkte vage, wie Bärbel sich seufzend neben ihn legte und sich mit ihrem warmen Bauch an ihn kuschelte. Eine tröstliche Stütze in seinem Rücken, die ihm Wärme und Geborgenheit schenkte. Dann glitt er hinüber in die Welt seiner Träume. Doch auch dort fand er dieses Mal keine Ruhe, denn er träumte die ganze Nacht von dem Röstofen vor der Poche, in den er seine Füße steckte, bis sie schwarz und verkohlt und so mürbe waren wie das erzhaltige Gestein, das man hineinbeförderte. Trotz alledem schien es ihm am nächsten Morgen besser zu gehen. Er fühlte sich gestärkt und die Schmerzen in seinen Gliedern waren verschwunden. Vorsichtig schwang er seine Füße aus dem Bett, doch sobald er sie auf den kühlen Lehmboden stellte, fingen seine Zehen wieder zu pochen an. Er beugte sich vornüber und betrachtete sie im Licht des frisch geschürten Herdfeuers. Die roten Schwellungen waren leicht zurückgegangen, aber sie waren immer noch da. Marie gab ihm ein altes Tuch, das sie in Streifen gerissen hatte und er wickelte es dankbar um seine Füße, bevor er sie in die Holzpantinen steckte.

An diesem Tag brachte Gerg einen alten Tontopf von zu Hause mit, den seine Mutter entbehren konnte. Er warf Jakob, Paule und Thoman, der inzwischen zu der kleinen Gemeinschaft gehörte, einen verschwörerischen Blick zu. Der vorlaute Hans war vor ein paar Wochen zu den Jungen am Pochtrog aufgerückt. Dort arbeiteten ältere Jungen, deren Aufgabe es war, die Pochstempel mit mürbem Gestein aus dem Röstofen zu füttern. Das zerstampfte Ergebnis wurde anschließend gesiebt und alles, was größer als ein Daumennagel war, wurde noch einmal unter die Pochstempel geworfen, bis es zu feinem Sand zerfiel. Im Waschwerk schließlich wurde das Erz ausgewaschen und zur Schmelzhütte transportiert. Seit Hans hier arbeitete, hielt er sich für zu erwachsen, um sich noch mit ihnen abzugeben.

»Heute Mittag bekommen wir etwas Warmes zu essen«, sagte Gerg. »Gebt mir euer Brot.«

Die Jungen gehorchten zögernd und betrachteten argwöhnisch, was er damit anstellte. Schließlich war es das einzige, was sie während der Arbeit zu sich nehmen konnten. Gerg füllte frisches Quellwasser in den Topf und schnitt das Brot in die Wassersuppe. Dann stellte er den Topf dicht an den Röstofen.

Zu Mittag hatten sich Brot und Wasser in einen dicken Brei verwandelt, der neben dem Ofen warm geworden war. Gerg holte einen Löffel aus seinem Bündel und sie aßen abwechselnd, aber vergnügt die dicke Suppe, die ein solides Wärmegefühl in ihrem Innern hinterließ. Solchermaßen gestärkt konnte man viel besser arbeiten.

»Das war wirklich ein guter Einfall«, sagte Jakob. Es machte ihn ein klein wenig stolz, dass er zu denjenigen gehörte, die das warme Mahl mit Gerg teilen durften.

»Das machen wir jetzt immer so«, erwiderte Gerg triumphierend. »Dann wird uns wenigstens zwischendurch etwas wohler.«

Sieben Tage später gingen sie in der Mittagszeit nach draußen, um wie gewohnt ihre warme Suppe zu löffeln. Doch als sie vor die Tür der Pochmühle traten, prallten sie entsetzt zurück. Zwei Jungen hatten es sich neben dem Topf gemütlich gemacht und löffelten daraus, als ob es ihr eigener wäre. Jakob fiel die Kinnlade herunter, als er einen der beiden erkannte. Es war kein anderer als Hans, der bei ihrem Erscheinen verschämt den Blick senkte. Wenigstens ein schlechtes Gewissen schien er noch zu haben, doch der andere, ein großer, stämmiger Bursche mit pockennarbigen Wangen, teilte seine Skrupel nicht.

Gergs Gesicht verdunkelte sich. »He«, rief er aufgebracht, »das ist unser Essen!«

»Wir waren aber zuerst da.« Der Bursche erhob sich und baute sich breitbeinig vor ihnen auf. Sein Name war Claußs. Er war mindestens einen Kopf größer als Jakob, Gerg, Paule und Thoman. Sein breiter Brustkorb blähte sich auf. Jakob betrachtete die schiefe Nase, die sein Gesicht zierte. Das Ergebnis einer Schlägerei, bei der er trotzdem den Sieg davongetragen hatte. »Macht, dass ihr fortkommt«, bellte er überheblich. »Sucht euch etwas anderes zu essen. Das hier gehört uns!«

Jakob ballte wütend die Faust.

Er sah zu Hans, der die Augen immer noch verlegen auf den Boden heftete. »Schämst du dich denn nicht?«, rief er ihm zu. »Ich dachte, du bist unser Freund.«

Hans zuckte nachlässig mit den Achseln. »Na und«, er gähnte in gespielter Langeweile. Seine Augen hefteten sich bewundernd auf Clauß. »Ich hab jetzt eben neue Freunde.«

Clauß reckte angesichts dieses Lobs sein Kinn in die Höhe und verzog das Gesicht zu einem höhnischen Grinsen.

Die Narbe auf Jakob Stirn begann sich rot zu verfärben. Paule, der anhand dieses Zeichens ahnte, was in Jakob vorging, zog ihn warnend am Ärmel. »Mach bloß keinen Mist«, raunte er ihm zu. »Der ist viel stärker als du – und mindestens drei Jahre älter.«

Doch Jakob wollte jetzt nicht vernünftig sein. Sein Magen knurrte und die Suppe war das einzige, was diesem misslichen Gefühl Abhilfe verschaffen konnte. »Verschwindet«, sagte er eisig. »Ihr habt kein Recht, euch über unser Essen herzumachen.«

»So? Haben wir das nicht? Dann bin ich mal gespannt, was du dagegen tun wirst«, tönte Clauß überheblich. Die anderen Pochjungen waren in der Zwischenzeit auf die Meinungsverschiedenheit aufmerksam geworden und scharten sich in einem respektvollen Kreis um die Streithähne. Inmitten dieses Publikums schien sich Clauß noch wohler zu fühlen. »Na, Nichtgeborener, was ist? Hast wohl den Mund etwas zu voll genommen.«

Jakobs dunkle Augen verengten sich. Vielleicht war es dieses Wort, das er nicht ausstehen konnte, aber auch so war sein Gefühl für Gerechtigkeit für seinen Geschmack etwas zu oft strapaziert worden. Er senkte den Kopf und rammte ihn wie ein brüllender Stier dem verdutzten Clauß in den Bauch. Der große Bursche knickte ein und Jakob nahm ihn, unter den anfeuernden Rufen der Pochjungen, in den Schwitzkasten, bis er den Fausthieben des Älteren nicht mehr standhalten konnte. In der nun folgenden Keilerei ging der Tontopf zu Bruch und die gute Suppe verteilte sich zum Verlust für alle auf dem Boden. Nun war Jakob nicht mehr zu bremsen. Er ballte die Fäuste und schlug auf Clauß ein, der ihm seinerseits einen so kräftigen Kinnhaken verpasste, dass ihm schwindlig wurde. Jakob atmete heftig durch den Mund ein und aus, um die schwarzen Schlieren zu vertreiben, die sich vor seinen Augen bildeten, dann ballte er erneut die Fäuste. Doch bevor er ein weiteres Mal auf Clauß losstürmen konnte, wurde er von hinten gepackt. Als Jakob benommen den Kopf drehte, blickte er in die zornigen Augen des Steigers.

»Was ist hier los?« Das Gesicht des Steigers war zu einer wütenden Fratze verzerrt. »Ist euch so wohl, dass ihr noch miteinander streiten könnt? Na wartet, euch werd ich's zeigen.« Er duldete keine Streitereien unter den Jungen, und wenn es dennoch dazu kam, griff er mit unnachgiebiger Härte durch. Er holte seinen Ochsenziemer hervor und schlug auf die beiden Streithähne ein, bis sie wimmernd und gedemütigt am Boden lagen.

Betretene Stille ersetzte die vorherigen Anfeuerungsrufe.

»Los, an die Arbeit«, zischte der Steiger. »Die Mittagsruhe ist vorbei. Bedankt euch bei den beiden, wenn ihr heute mit leerem Magen wieder dran müsst.«

Jakob rappelte sich mühsam auf alle viere. Er wusste nicht, was ihm mehr wehtat. Sein Kinn oder der ganze restliche Körper, der die peitschenden Hiebe des Ochsenziemers empfangen hatte. Gerg streckte ihm helfend die Hand entgegen.

Clauß, der gleichermaßen lädiert mit seiner Haltung kämpfte, kam dicht an sein Ohr. »Dir werd ich's noch zeigen!« Clauß' Stimme war leise, doch die Feindseligkeit, die aus den Worten sprach, bedurfte keiner weiteren Erklärung.

Es wurde ein langer Arbeitstag in der Poche, den Jakob mit knurrendem Magen und schmerzenden Wunden überstehen musste. Der Hunger fraß sich zusammen mit einer bohrenden Angst in seinen Bauch, als er den Nachhauseweg antrat. Es würde nicht lange dauern, bis sein Vater von der Sache Wind bekam, und er hatte genug Zeit, um sich auszumalen, was dann geschehen würde. In der Kate angekommen tupfte ihm Marie Schmalz auf seine Wunden und schalt ihn einen Esel wegen seiner Ungezogenheit. Dann kam Johann nach Hause. Ein Blick genügte Jakob, um zu wissen, dass Maries Mühe umsonst gewesen war. Sein Vater zog den Gürtel aus der Hose und die nächste Strafe brach wie das Jüngste Gericht über ihn herein, bis er nicht mehr trotzig die Zähne zusammenbeißen konnte. Er ließ seinen Tränen freien Lauf und legte sich immer noch hungrig und geschunden ins Bett. Für ihn würde es heute Abend kein Essen mehr geben, doch er war zu schwach, um noch länger über sein Elend nachzudenken. Kurze Zeit später fiel er in einen tiefen, traumlosen Schlaf, der ihn allen Kummers beraubte.

Der nächste Tag in der Poche verlief so ereignislos wie schon viele Male zuvor. Jakobs Kinn war blau und geschwollen und er war übersät mit leuchtenden Striemen, die der Ochsenziemer und der Gürtel seines Vaters verursacht hatten. Jeder Muskel seines Körpers schmerzte so sehr, dass er seine Zehen darüber ganz vergaß, die ihm hin und wieder noch zu schaffen machten. Die strengen Augen des Steigers beobachteten ihn prüfend und ohne Mitleid. Er riss sich zusammen und versuchte zu arbeiten, als ob nichts geschehen wäre. Er durfte jetzt keinen Fehler machen, sonst konnte es geschehen, dass er am Ende noch seine Arbeit verlor. Es waren bittere Stunden, die Jakob an diesem Tag an der Pochbank verbrachte. Nur in der Frühe, als er Clauß erblickte, wurden sie ihm für eine kurze Weile versüßt. Clauß sah nicht besser aus als er und er bewegte sich mit der Vorsicht eines alten Mannes, der keine Kraft mehr in seinen Knochen verspürte. Sein Blick hingegen war genauso vielsagend wie sein Körper. Jakob spürte, dass Clauß keine Ruhe geben würde, bis die Schande gesühnt war, die er verschuldet hatte.

Von nun an waren Jakobs Augen wachsam, wenn er allein unterwegs war. Es konnte jederzeit geschehen, dass Clauß seine Vergeltung einforderte.

Doch der Winter verging, ohne dass sich in dieser Hinsicht etwas ereignet hätte.

Die Frostbeulen an Jakobs Zehen verschlimmerten sich dank der Stoffstreifen, die er nun jeden Tag um seine Füße wickelte, nicht. Ende April brach das Frühjahr an, das die Landschaft in zarten Farben erblühen ließ und eine angenehme Wärme mit sich brachte. Jakobs Frostbeulen verschwanden in dieser Zeit gänzlich. Doch Maries Zustand änderte sich nicht. Sie bekam einen schlimmen Husten, der die Beschwerden der Schwangerschaft noch verschlimmerte und den auch der Frühling nicht vertreiben konnte. Johann schien der Zustand seines Weibes nicht sonderlich zu kümmern. Weder ein beunruhigtes Wort kam über seine Lippen, noch zeigte er eine Geste, bei der man eine gewisse Zärtlichkeit, die er für Marie empfand, hätte erahnen können. Jakob beobachtete, wie seine Stiefmutter immer mehr unter der Gefühlskälte ihres Ehemannes litt. Eine stumme Wut stieg in ihm auf, die er aus Angst vor Strafe sorgsam unter der Oberfläche hielt. Doch Marie tat ihm von Herzen leid und so pflückte er eines Sonntags, an dem er wieder einmal mit seinen Freunden unterwegs war, ein paar Blumen und brachte sie mit nach Hause.

Marie war allein in der Kate. Sie hatte den Fensterladen geöffnet und die Sonne schien mit milden Strahlen in den kleinen Raum. Winzige Staubkörnchen tanzten in der ungewohnten Helligkeit. Ein Duft nach knospenden Bäumen, blühenden Blumen und frischem Gras hatte die muffige Winterluft, die nach Ruß und den Leibern der hier wohnenden Menschen roch, für eine Weile vertrieben. Nur das Feuer, das im Herd brannte, verteidigte unangefochten seinen Platz unter den Gerüchen in der Kate. Marie hatte es entzündet. Sie bereitete gerade das Essen zu, das wieder einmal aus Gerstenbrei bestand, doch dieses Mal mit allerlei frischen Kräutern gewürzt wurde. Bärbel war mit der Ziege in den Wald gegangen, um sie dort grasen zu lassen. Wo sein Vater war, wusste er nicht. Jakob kam sich ein bisschen dumm vor, als er die Blumen überreichte, und blickte verschämt zu Boden. Doch als er die Augen aufschlug, wurde er mit einem Strahlen aus Maries kränklichem Gesicht belohnt, das auch sein Herz erfreute. Er sah, wie sie schluckte, und betrachtete voller Sorge die Kanten ihres Schlüsselbeins, die sich überdeutlich unter der Haut abzeichneten.

»Das ist sehr lieb von dir, Jakob«, flüsterte sie. »Ich danke dir.«

Jakob nickte und sah wieder zu Boden. »Wo ist Vater?«, fragte er, um die Stille zu unterbrechen.

»Im Wirtshaus«, antwortete sie bitter, »um das wenige Geld, das wir haben, zu versaufen.«

Jakob holte tief Luft. Sein Vater war glücklicherweise kein Trinker, dennoch wäre es besser gewesen, er wäre heute bei seinem kranken Weib geblieben, um es zu trösten, oder für das Geld, das er ausgab, eine anständige Medizin zu kaufen, anstatt sich zu vergnügen.

Holz knackte in der prasselnden Hitze des Herdfeuers und sein Rauch rief bei Marie einen Hustenanfall hervor, bis sie sich erschöpft auf einen Schemel fallen ließ.

»Du bist nicht wie er«, sagte sie, nachdem der bellende Husten verklungen war und sie wieder genügend Luft zum Sprechen hatte. »Du kommst mehr nach deiner Mutter.«

Jakob horchte auf. Niemand hatte jemals mit ihm über sie gesprochen. Sie war eine Unbekannte, der er zwar sein Leben zu verdanken hatte, aber mehr als die Tatsache, dass sie bei seiner Geburt gestorben war, wusste er nicht. »Wie war sie denn, meine Mutter?«

Marie runzelte gedankenverloren die Stirn. Ihre Augen wanderten über die verrußte Holzwand, doch das Bild, das sie sahen, stammte aus einer längst vergangenen Zeit. »Sie war freundlich und stets gut aufgelegt. Ich kann mich nicht daran erinnern, dass sie jemals schlechter Laune gewesen ist. Was ja auch kein Wunder war, denn sie waren ein glückliches Paar ... sie und dein Vater.« Der Ton in ihrer Stimme kippte leicht, während sie sprach. Ihre letzten Worte klangen nach Wehmut und Bitterkeit. »Er hat sie abgöttisch geliebt – nicht so wie ...« Nun brach sie vollends ab und Maries Augen kehrten in die Gegenwart zurück.

Nicht so wie dich, ergänzte er in Gedanken. Das Herz wurde Jakob schwer. Er legte Marie tröstend eine Hand auf die Schulter. Das war es also, was Vater in seinem tiefsten Innern verbarg. Er hatte sein erstes Weib so sehr geliebt, dass es nun niemanden mehr zu geben schien, der diese Liebe ebenso verdient hätte.

»Und was ist mit dir?«, entfuhr es ihm. Bestürzt über die unbedachten Worte, die sich so unversehens aus seinem Mund geschlichen hatten, biss er sich auf die Unterlippe.

Marie drehte den Kopf und sah zu ihm auf. Ihre haselnussbraunen Augen waren voller Trauer. »Ich begnüge mich mit der Liebe des Herrn«, erwiderte sie. »Sie ist alles, was ich brauche.« Ihr Kehlkopf bewegte sich, als sie schluckte. »Du siehst deiner Mutter sehr ähnlich, du ...« Sie räusperte sich und hustete zweimal kurz und bellend. »... hast die gleichen schwarzen Haare und ihre Augen waren ebenso dunkel wie deine.« Sie strich ihm liebevoll über die Wange. »Versprich mir eins.«

»Was denn?«

»Kümmere dich um deine Schwester und das Kleine«, sie senkte den Blick und sah auf ihren geschwollenen Bauch. Es würde nicht mehr lange dauern, bis das Kind geboren wurde. »... falls – falls mir irgendetwas zustoßen sollte.« Sie sah ihn bittend an. »Versprichst du es mir?«

Jakob schluckte. Ein ängstliches Gewicht füllte seine Brust bei dem Gedanken, dass er Marie verlieren könnte. Seine Stimme zitterte, als er antwortete: »Ich verspreche es dir.«

Das Ende einer Kindheit

Der Mai kam und Jakob nahm seine sonntäglichen Besuche bei Wolf, dem Köhler, wieder auf. Er lechzte geradezu danach, ein paar angenehme Stunden voller Herzwärme mit ihm und Thoman zu verbringen, denn die Stimmung daheim wurde nicht besser. Unter den täglichen Verrichtungen des Alltags lauerte eine sprachlose Kälte, die sich nicht verscheuchen ließ. Wahrscheinlich war sie schon viel früher dagewesen, nur hatte er sie gar nicht bemerkt, weil er zu jung gewesen war, um die Zusammenhänge zu verstehen. Doch jetzt, da er davon wusste, konnte er sie nicht mehr übersehen.

Sanft gewellte Matten breiteten sich vor Jakob und Thoman aus, als sie nach einem angenehmen Sonntagnachmittag auf dem Kohlplatz aus dem höher gelegenen Bergwald traten. Idyllisch ragten die Gehöfte, die Mühle, sogar die Poche und die Schmelzhütte daraus hervor. Die vom Wind zerzausten Bäume trugen eine liebliche Krone aus zartem Grün, junges Gras hatte das alte, vom Schnee verblichene überwuchert und an manchen Stellen wurde es von gelben Tupfen aus blühendem Löwenzahn geschmückt. Dahinter thronte majestätisch das dunkle Massiv des Feldbergs und weiterer Berge, deren Namen Jakob nicht kannte. Bald würde die Sonne hinter ihrem gewaltigen Kamm untergehen, doch noch stand sie ein gutes Stück darüber und vergoldete die Landschaft zu einem bezaubernden Bild, das ihn vergessen ließ, wie hart und anstrengend das Leben hier oben im Winter war.

»Lass uns noch eine Weile hierbleiben«, schlug Jakob vor. Thoman willigte ohne Widerworte ein und die beiden Jungen setzten sich ins Gras, um der Sonne beim Sinken zuzusehen.

»Du gehst nicht gern nach Haus, nicht wahr?«, fragte Thoman nach einer Weile des Schweigens.

»Nein«, bestätigte Jakob. »Meine Familie ist nicht wie deine – so fröhlich und voller Leben.«

Thoman nickte. Seine blauen Augen richteten sich mitfühlend auf Jakob. »Ich hab wohl echt Glück gehabt, wie?«

Diesmal war es Jakob, der nickte. Thoman war wirklich zu beneiden.

»Der Furtwängler, unser Nachbar, der schlägt sein Weib«, sagte Thoman unvermittelt. »Zuerst geht er ins Wirtshaus und kommt erst spät nachts wieder heim. Dann hört man, wie sie sich streiten.« Er hob seine Hand in einer unbewussten Geste und schnippte einen Grashalm von seiner Hose. »Sein Weib macht ihm Vorwürfe. Letztens habe ich mit angehört, wie sie ihn beschuldigt hat, dass er das ganze Geld versäuft und sie noch nicht einmal neues Tuch für die Kinder kaufen kann, deren Kleider schäbig und zu kurz sind.«

Jakobs schwarze Brauen schnellten in die Höhe. Er blickte erstaunt in das Gesicht seines Freundes.

»Na ja, sie wohnen halt gleich nebenan.« Thomans Hals versank zwischen seinen kompakten Schultern und er breitete entschuldigend die Hände aus. »Und die Wände sind so dünn, dass man nachts jedes Wort versteht.«

Jakobs Lippen verzogen sich zu einem amüsierten Strich. »Und was geschah dann?«

»Manchmal denke ich, es wäre besser, sie würde den Mund halten, denn dann würde er nicht so zornig werden und zurückschreien. – Irgendwann hörte ich ein komisches Geräusch, so ähnlich wie ein Klatschen und danach ein Scheppern.« Thoman senkte die Lider und starrte auf seine schmutzige Hose, doch vor seinen Augen entstand das Bild der Frau, das er vor einigen Tagen gesehen hatte. »Als die Furtwänglerin am nächsten Morgen aus dem Haus kam, hatte sie einen dunkelblauen Fleck auf der Wange und ihr Auge war so geschwollen, dass man nur noch einen kleinen Schlitz davon sehen konnte. Da wusste ich, was das für Geräusche waren.«

Die beiden Jungen versanken erneut in Schweigen und betrachteten, wie die untergehende Sonne den Himmel in purpurne Töne färbte. Bläuliche Wolkenbänke ragten daraus hervor und die Farbe des Bergkamms war nur einen Hauch dunkler als die dahinfahrenden Himmelskörper.

»Macht dein Vater das auch?«, fragte Thoman plötzlich.

»Nein«, erwiderte Jakob, immer noch versunken in das Bild des Friedens, das sich vor seinen Augen ausbreitete. »Das macht er nicht. Bei ihm ist es vielmehr das, was er nicht tut. – Aber manchmal glaube ich, es tut deswegen nicht weniger weh.«

Abrupt stand er auf und klopfte sich den Dreck vom Hosenboden. »Komm lass uns nach Hause gehen, bevor die Sonne ganz untergeht.«

Der Weg führte sie bergab, bis sie schließlich die Kate von Jakobs Familie erreichten. »Bis morgen in der Poche«, verabschiedete sich Thoman und beeilte sich, den Berg noch ein Stück weiter hinunterzugehen bis zu der Kate, die sein Heim war.

»Gehen wir nächsten Sonntag wieder deinen Vater besuchen?«, rief ihm Jakob hoffnungsvoll hinterher.

Thomans Körper hob sich dunkel und so scharf umrandet wie ein Scherenschnitt von dem purpurnen Licht ab, das die Bergsenke erfüllte. Jakob sah, wie er nickte, und wünschte sich, die Tage bis dahin wären schon gezählt und würden nicht wie eine unangenehme Last vor ihm liegen.

Als er die Tür öffnete, prallte er fast gegen die rundliche Gestalt der Wehmutter Berta, die sich eben zum Gehen fertigmachte.

»Schnell, schließ die Tür hinter dir«, sagte sie streng und zog ihn in den kleinen Raum hinein. »Zugluft ist jetzt pures Gift für deine Mutter.«

In der Kate war es so warm, dass er fast keine Luft mehr bekam. Sogar der Fensterladen war verschlossen und versperrte der guten Frühlingsluft den Weg nach drinnen, die seiner Meinung nach nötig gewesen wäre, um den Geruch nach Blut und anderen Dingen zu vertreiben, der unangenehm in dem kleinen Raum schwebte. Doch er schloss gehorsam die Tür. Schließlich musste die Wehmutter ja wissen, was zu tun war. Ein Kienspan brannte in der Nähe des Bettes und das Feuerloch des Herdes spendete zusätzliches Licht. Jakobs Augen erfassten in kurzer Zeit, was sich in der Kate abspielte, und ein flüchtiger Blick auf Marie genügte, um zu wissen, dass sie ihr Kind geboren hatte.

»Marie«, in seiner Stimme lag die Angst, die ihn beschlich wie eine lautlose Schlange. »Geht es dir gut?«

Marie lag auf dem Bett. Eine Wiege mit einem greinenden Säugling stand daneben. Bärbel hielt sie in Bewegung, damit das Kind sich beruhigte, während ihr Vater am Tisch saß und vor sich hin starrte.

Mit drei langen Schritten erreichte Jakob das gemeinsame Bett.

Marie sah erschöpft aus, ihr Gesicht schimmerte wächsern im Licht des Kienspans. Sie hielt ihre Lider geschlossen, als er ihre Hand berührte. Nur ein leises Stöhnen drang aus ihrer Kehle.

»Eure Mutter braucht jetzt Ruhe«, sagte die Wehmutter, »damit sie wieder zu Kräften kommt.« Sie wandte sich an Bärbel, die nun die Pflichten der Hausfrau übernehmen musste. »Acht Tage lang darf kein Wasser an sie kommen, auch keine frische Wäsche. Hast du verstanden?«

Bärbel nickte und ihre zartblauen Augen blickten dabei ernst und sorgenvoll. »Und haltet Fenster und Tür gut verschlossen, damit sie sich nicht noch mehr erkältet. – Eine Medizin für ihren Husten lasse ich da.«

Am nächsten Morgen mussten Jakob und Johann wie gewohnt zur Arbeit gehen, während Bärbel sich um ihre Mutter und den kleinen Jungen kümmerte, den diese geboren hatte. Ein rötlicher Flaum wuchs auf seinem Köpfchen – derselbe Farbton, der auch auf Bärbels Zöpfen schimmerte. Mit zarten Fingern strich sie darüber, dann drückte sie ihm einen Kuss auf die Stirn und legte den zierlichen Körper zurück in die Wiege.

»Schlaf gut, kleiner Bruder«, flüsterte sie zärtlich.

Bärbel warf einen besorgten Blick auf das Bett, in dem ihre Mutter lag. Ein grober, viereckiger Kasten aus abgewetzten Brettern mit einer Füllung aus Stroh, einem schmutzigen Laken, nebst Kissen und Decken. Sie stieß entmutigt die Luft aus den Lungen. Marie lag so teilnahmslos wie eine Tote darin. Nur der Husten riss sie dann und wann aus ihrer Lethargie. Ein feiner Schweißfilm hatte sich auf ihrer Haut gebildet, was auch kein Wunder war. Hier drinnen war es so heiß wie in einem Backofen! Bärbel unterdrückte den Impuls, den Laden aufzureißen, um frische Luft hereinzulassen, schließlich hatte Berta es ausdrücklich verboten. Stattdessen wischte sie sich mit dem Ärmel ihren eigenen Schweiß von der Stirn und warf noch einmal einen prüfenden Blick in die Wiege. Ein Glück, dass der Kleine so brav war. Aber er brauchte Milch und Bärbel glaubte nicht, dass

Marie genug davon hatte. Noch eine Aufgabe, bei der sie nicht wusste, wie sie handeln sollte. Wie sollte sie das nur alles bewältigen? Sie war doch nur ein kleines Mädchen. Grübelnd fuhr sie sich mit dem Daumen über die Oberlippe. Doch, es gab etwas, das sie tun konnte. Es war eins von den Dingen, die ihre Mutter sie gelehrt hatte. Entschlossen kniete Bärbel sich nieder, faltete ihre Hände und schüttete dem Herrgott ihr Herz aus. Schließlich war er es, der Himmel und Erde in seiner Hand hielt. Er würde auch in ihrem Fall wissen, was zu tun war. Wesentlich ruhiger stand sie danach auf und beschloss, eine Suppe zu kochen, damit ihre Mutter wieder zu Kräften kam.

Cilli, eine Nachbarin, streckte nach einer Weile den Kopf durch die Tür. »Na Bärbel, kommst du zurecht?« Cilli fixierte sie mit einem fürchterlich schielenden Blick, oder versuchte es zumindest, denn nur das rechte Auge schien sie zu treffen, während das linke in die Richtung der Wand abdriftete.

Bärbel winkte sie herein. »Schnell, mach die Tür zu, damit es nicht zieht.«

Ein bellender Husten erklang aus der Richtung des Bettes. Cilli huschte in die Kate und schloss pflichtschuldigst die Tür hinter sich. Sie war einige Jahre älter als Marie und ihr Gesicht war faltig und verwittert. Ihre Augen fuhren zum Bett, in dem die Kranke lag. Sie bekreuzigte sich, bevor sie sich wieder Bärbel zuwandte. »Du lieber Herrgott, es steht schlimm um sie, nicht wahr?«

Bärbel schluckte den Kloß in ihrem Hals hinunter und rührte energisch in dem Topf, dessen Inhalt auf dem Herd leise zu köcheln begann. Ein paar alte Möhren und eine Zwiebel schwammen in dem Wasser, sonst nichts.

Cilli warf einen prüfenden Blick hinein, der Bärbel zu der stummen Frage veranlasste, welches Auge sie wohl dafür verwendete, dann runzelte die ältere Frau ihre Stirn. »Ein Stückchen Fleisch würde nicht schaden.«

Bärbel zuckte mit den Achseln. »Wir haben keins«, sagte sie.

Die Nachbarin nickte wissend. »Ich hab auch keins, aber ein

Stückchen Speck könnte ich dir geben.« Sie lächelte und entblößte eine Reihe halb verfaulter Zähne.

»Dafür wäre ich dir sehr dankbar«, erwiderte Bärbel.

Cilli legte tröstend eine Hand auf die Schulter des Mädchens. »Ich geh und hole es.«

Es dauerte eine halbe Ewigkeit, bis der Speck und die Möhren endlich weich genug waren, damit Marie davon essen konnte. Doch es waren nur wenige Löffel, die sie aß. Danach drehte sie verneinend den Kopf zur Seite und schloss erschöpft die Augen.

Bärbel wischte eine Träne fort, die sich angesichts dieses Elends aus ihren Augen stahl. Was sollte sie nur tun? Ihr Blick fiel auf die Medizin, die Berta dagelassen hatte.

»Nur noch etwas Medizin, Mutter. Damit du wieder gesund wirst«, sagte sie aufmunternd. Dann nahm sie den Löffel und flößte Marie etwas davon ein.

Schließlich setzte sich Bärbel auf das Bett und ergriff die feuchte Hand auf dem Laken. Sie war so heiß, dass sie die Hitze durch ihre Handflächen spüren konnte. Bärbel wusste, dass dies kein gutes Zeichen war. Ein beklemmendes Gefühl der Hilflosigkeit sank in ihre Brust. Sie wusste nicht, was in solch einem Fall zu tun war. Was würde geschehen, wenn ihre Mutter starb? Nein, sie wollte nicht daran denken, sich nicht ergeben in das, was daraus folgen würde. Plötzlich kam ihr ein Gedanke. Sie war sich nicht sicher, ob sie damit Erfolg haben würde, aber einen Versuch war es wert. Sie hob den Kleinen aus der Wiege und legte ihn ganz nah an Maries Körper. *Vielleicht hilft er ihr, wieder gesund zu werden,* dachte sie, dann ging sie hinaus, um die Tiere zu füttern und nach den Eiern zu sehen.

Als Jakob an diesem Abend nach Hause kam, hatte Marie hohes Fieber. Trotz der Medizin und der Nähe des Säuglings hustete sie fast ununterbrochen. Es klang wie ein keuchendes, lang gezogenes Bellen, das nichts Gutes verhieß. Ihre Nachthaube klebte an ihrem schweißnassen Haar und unter der unnatürlich geröteten Haut ihrer eingefallenen Wangen schien die Krankheit wie ein Dämon zu wüten.

»Ich habe alles getan, was ich konnte.« Bärbel wischte sich die Tränen aus den Augen. »Ich glaube, sie stirbt, Jakob«, schluchzte sie, »und wir können nichts tun, als ihr dabei zuzusehen.«

Jakob rannte zu Berta und bat sie, noch einmal zu kommen.

Als Berta die Kranke untersucht hatte, schüttelte sie traurig den Kopf. »Ich habe getan, was in meiner Macht stand«, sagte sie bekümmert. »Alles andere liegt in der Hand des Allmächtigen.«

Kurz darauf betrat Johann die Kate. Die Wehmutter unterhielt sich flüsternd mit ihm, dann ging sie ihrer Wege.

Johann warf einen trostlosen Blick auf sein Weib. Schließlich richteten sich seine Augen auf Jakob. »Geh und hol den Priester.«

Die beiden Kinder sahen sich schweigend an. Es brauchte keine Worte, um sie über den Ernst der Lage aufzuklären, – selbst wenn ihr Vater dazu imstande gewesen wäre. Die Erfahrung hatte sie gelehrt, dass der Tod wieder einmal bei ihnen anklopfte und wahrscheinlich würde er sich auch diesmal nicht mehr vertreiben lassen.

Der Priester nahm Marie in einem lichten Moment die Beichte ab, danach malte er mit heiligem Öl ein Kreuz auf ihre Augenlider, ihre Ohren, die Nase, Mund, Hände und Füße. »Durch diese heilige Salbung und seine mildreichste Barmherzigkeit lasse dir der Herr nach, was du durch das Sehen, Hören, Riechen, Schmecken, Reden, Berühren und Gehen gesündigt hast.« Ein feierliches »Amen« schwoll aus der Kehle des Priesters.

Jakob, Bärbel und Johann standen neben dem Bett und schlugen das Kreuzzeichen vor ihrer Brust.

Bärbel schluchzte laut auf. Sie beobachtete kummervoll die rituellen Bewegungen des Priesters. Jakob legte schützend den Arm um sie und unterdrückte nur mit Mühe seine eigenen Tränen. Für einen kurzen Moment klärte sich Maries Blick. Ihre haselnussbraunen Augen richteten sich zuerst liebevoll auf Bärbel, dann mit all ihrer Willenskraft auf ihn, als wollten sie ihm in Erinnerung rufen, was er unlängst beteuert hatte. *Vergiss nicht, was du mir versprochen hast,* schienen sie zu sagen. Jakob nickte bekümmert. Er hatte verstanden. Er würde auf Bärbel und den Kleinen aufpassen.

Maries Aufmerksamkeit richtete sich wieder auf den Priester, der ihr Brot und Wein reichte, bevor er sie segnete:

»Dóminus vobíscum.«

Mechanisch murmelten Jakob, Bärbel und Johann die Antwort, die sie schon viele Male in der Kirche wiederholt hatten. »Et cum spíritu tuo.«

»Sit nomen Dómini benedíctum.« Die geübte Stimme des Priesters schallte wehmütig und doch auf eine gewisse Weise feierlich durch den kleinen Raum. Maries Gesicht entspannte sich und Jakob fühlte, dass sie auf ihre Art Frieden fand. ›Ich begnüge mich mit der Liebe des Herrn‹, hatte sie zu ihm gesagt. Nun würde sie bald für immer in dieser Liebe geborgen sein.

»Ex hoc nunc et usque in sæculum«, murmelten sie, im Wechsel mit der tragenden Stimme des Priesters: »Adiutórium nostrum in nómine Dómini.«

»Qui fecit cælum et terram.«

»Benedícat vos omnípotens Deus, Pater, et Filius, et Spíritus Sanctus.«

»Amen.«

Danach taufte der Priester den kleinen Jungen auf den Namen Friedrich, so wie es der Wille des Vaters war.

Die folgenden Tage waren für Jakob und Bärbel wie ein böser Albtraum, aus dem es kein Erwachen gab. Marie verfiel zusehends und der Husten und das Fieber bemächtigten sich ihrer, bis der Lappen, mit dem Bärbel ihre Mutter säuberte, voller Blut war. Dem kleinen Friedrich erging es nicht viel besser. Das Fieber, das in Marie wütete, sprang auch auf ihn über und fünf Tage nach seiner Geburt folgte er ihr binnen einer Stunde in den Tod.

Johann öffnete die Tür und den Fensterladen, damit ihre Seelen entweichen konnten – wie es Brauch war. Dann sank er auf einen Schemel und überließ sich, wie so oft, seiner stummen Melancholie.

Die Nachbarinnen eilten herbei, um Marie zu waschen. Ihr Haar wurde frisiert, zu schönen Zöpfen geflochten und aufgesteckt, obwohl Jakob das nicht verstand, denn man konnte ihre Frisur unter der Haube gar nicht sehen. Zuvor hatte man ihr Kleid ausgeschüttelt und über ein frisches Hemd gestreift. Dann wurde sie auf einem Brett aufgebahrt. Den kleinen Friedrich bettete man sorgsam in ihre Arme. Noch einmal zogen die Frauen alles adrett zurecht und stellten die brennende Kerze, die der Priester dagelassen hatte, an ihr Kopfende.

Die ganze Nacht verbrachten Jakob, Bärbel und Johann zusammen mit einigen Nachbarn wachend und betend bei Marie und dem Kleinen. Am nächsten Morgen erschienen der Priester und die restliche Gemeinschaft der Bergleute, um sie auf ihrem letzten Gang zu begleiten.

»Im Namen des Vaters, des Sohnes und des Heiligen Geistes. Amen.« Der Priester besprengte die Versammlung mit Weihwasser.

»In Ewigkeit. Amen«, schallte es aus den Reihen der Trauergäste. Sie bekreuzigten sich und warteten schweigend auf die vier Männer, die im Innern der Kate das Brett mit seiner Fracht in die Höhe hievten. Die beiden Toten wurden mit den Füßen voraus aus der Tür getragen, in dem Glauben, dass so ihre Geister nicht wiederkehren könnten. Die Männer folgten einer kleinen Schar aus singenden Pochknaben, die ihr kärgliches Gehalt durch den Gesang bei Bestattungen aufbesserten. Hinter den Trägern führte der Priester den Leichenzug an, dann folgten Johann, Jakob und Bärbel zusammen mit den Bergmännern, die Marie und dem kleinen Friedrich die letzte Ehre erwiesen. Den Schluss der Prozession bildeten die Frauen.

In der Kirche hielt der Trauerzug an, wo der Priester die Totenmesse las. Danach ging es zum angrenzenden Kirchhof. Ein frisch ausgehobenes Grab wartete dort auf sie. Die Worte des Priesters drangen Jakob in die Ohren, aber nicht in sein Herz. Er starrte immerzu auf den leblosen Körper seiner Stiefmutter, betrachtete ein letztes Mal ihr liebes, wächsernes Gesicht, bevor es verhüllt wurde, und dachte voller Trauer darüber nach, wie er und Bärbel nur ohne ihre Herzwärme überleben sollten. – Noch dazu mit einem Vater, der nicht imstande war, sie zu trösten. – Er wusste es nicht und beobachtete mit brennenden Augen, wie Marie und der Kleine von ihrem vorübergehenden Bett gehoben und in die Erde gelegt wurden. Der Totengräber bedeckte sie unerbittlich mit schwerer, brauner Erde, bis sie seinen Blicken entschwunden waren. Und über seine einst so glückliche Kindheit legte sich ein Mantel aus dräuender Schwere, der ihn mehr und mehr zu ersticken drohte.

Die Wochen nach Maries Begräbnis zählten zu den schwierigsten im Leben der Familie Selzer. Die kleine Bärbel war nun für den Haushalt zuständig. Sie musste das Feuer in Gang halten, sich um das Essen kümmern, für frisches Wasser sorgen, putzen und flicken, und all die Dinge erledigen, die normalerweise ihre Mutter getan hätte. Darüber hinaus musste sie sich auch noch um die Tiere kümmern. Doch Bärbel war erst neun Jahre alt. Nun war sie es, die abends kaum noch die Augen offenhalten konnte und todmüde ins Bett sank. Jakob half ihr, so gut er konnte. Er hatte sein Versprechen nicht vergessen. Wenn er sich schon nicht um den kleinen Friedrich kümmern konnte, so wenigstens um Bärbel. Doch Johann tat nichts, um das Elend der Kinder zu mildern. Er war so wortkarg wie eh und je. Oft ging er nach der Arbeit ins Wirtshaus und überließ alles Übrige seinem Schicksal.

Es war ein schöner Sommertag, als Bärbel beschloss, mit der Ziege in den Wald zu gehen, damit diese frisches Gras fressen konnte. Aufatmend ging sie in das Meer aus wuchernden Pflanzen und duftendem Laub hinein. Bärbel liebte den Wald. Es war so friedlich hier. Fernab der übrigen Welt konnte sie den beschwerlichen Alltag für eine Weile vergessen und sich am Anblick der hübschen Blumen, der gurgelnden Bäche und der mächtigen Bäume freuen, von denen manche wie fantasievolle Gebilde in den Himmel ragten. Tief atmete sie den Duft nach Harz, Moos und Laub ein und vertrieb dabei den

Rauch des Herdfeuers aus ihren Lungen. Ein leichter Wind strich durch die Baumkronen. Ihre Blätter raschelten sanft. Sie seufzte zufrieden und tätschelte das borstige Fell der Ziege. Jeder Schritt entfernte sie ein Stück mehr von der Mühsal in der kleinen Kate. Die verhärteten Muskeln in Schultern und Nacken begannen sich allmählich zu lockern und sie genoss das wohlige Gefühl der Entspannung. So ging sie immer tiefer in den Wald hinein.

Auf einer Lichtung mit dichtem Gras hielt Bärbel an und ließ die Ziege frei. Sie setzte sich an den Fuß einer hohen Buche und schob ihre rotgoldenen Zöpfe, die ihr fast bis an die Hüften reichten, über die Schultern. Ein Waldkauz saß direkt gegenüber im Geäst einer weiteren Buche. Er blinzelte sie aus großen, dunklen Augen an, bevor er sich wieder seinem wohlverdienten Schlaf ergab.

Bärbel senkte den Blick und betrachtete die Ziege. Saftiges Gras hing aus den kauenden Winkeln ihres Maules. Danach entschied das Tier, etwas Abwechslung in seinen Speiseplan zu bringen, und knabberte emsig an den jungen Trieben einer Hecke. Dies rief ein aufgebrachtes Rascheln in den Zweigen hervor, auf das ein empörtes Gezwitscher der Vögel folgte. Der Waldkauz trat nervös von einem Bein auf das andere, doch die Ziege ließ sich davon nicht beirren. Seelenruhig fraß sie weiter. Bärbel hörte den vielstimmigen Lauten der Vögel zu und ließ ihre Gedanken treiben. Sie dachte an ihre Mutter und den kleinen Bruder, der so früh gestorben war. Ein Rinnsal aus Tränen lief an ihren runden Wangen hinab. Sie vermisste sie schrecklich. Jakob versuchte sie zu trösten und half nach seiner Arbeit, so gut es ging, aber Marie fehlte an allen Ecken und Enden. Wie oft hätte Bärbel ihre Mutter gern um Rat gefragt oder sich einfach in ihrer Gegenwart wohl und geborgen gefühlt. – Doch nun war es zu spät dafür. Eine tiefe Hoffnungslosigkeit überfiel sie und machte sie sterbensmüde. Sie schlief ein, ohne es zu bemerken, und erst als sich abendliche Kühle über den Wald legte, erwachte sie fröstelnd. Erschrocken schlug sie die Augen auf. Der Waldkauz schlief noch immer auf seinem Ast. Doch irgendetwas stimmte hier nicht. Die Ziege! Sie war fort! Entsetzt sprang sie auf und fing an, das Tier zu locken. Nichts tat sich! Kein Laut, kein Meckern oder ein anderes Lebenszeichen des Tieres drang an ihre Ohren. Nicht auszudenken, wenn sie die Ziege nicht wiederfinden konnte! Ihr Vater würde böse auf sie sein und ihr eine Tracht Prügel verabreichen, aber noch schlimmer war, dass sie dann keine Milch mehr haben würden, keine Butter und keinen Käse! Wie sollten sie den Winter ohne die wertvolle Milch der Ziege überstehen? Panik stieg in Bärbel auf. Sie lief suchend durch den Wald, doch das Tier kam nicht zu ihr zurück. Sie fing an zu rennen. In eilender Hast kämpfte sie sich durch das Unterholz. Dornen rissen an der nackten Haut ihrer Arme und Beine. Verbissen hastete sie weiter, unterdrückte die Tränen und rief ängstlich nach allen Seiten. Ein Tier stob plötzlich auf und Bärbel fasste wieder neuen Mut. Enttäuscht erkannte sie, dass es nur ein Reh war, das sie aus seinem Versteck getrieben hatte. Was sollte sie nur tun? Plötzlich kam ihr ein rettender Gedanke. Jakob! Sie würde nach Hause eilen und Jakob holen. Bestimmt war er nun daheim, denn die Sonne sank bereits. Er würde die Ziege wiederfinden. Er *musste* es einfach tun! Entschlossen drehte sie sich um, und rannte hastig davon. Nach ein paar Schritten stolperte sie über etwas und fiel der Länge nach hin. Bärbel unterdrückte einen Fluch, als sie sich wieder aufrappelte. An ihrer Schürze klebte Schmutz. Sie wischte entnervt darüber. Jetzt war auch noch die Schürze dreckig! Es würde ewig dauern, bis sie den Stoff in einer Lösung aus Holzasche gereinigt hatte. Ein durchdringender, widerlich süßer Geruch wehte ihr plötzlich in die Nase. Sie rümpfte sie empört. So etwas Ekelhaftes roch man nicht alle Tage. Über was war sie nur gestolpert? Ihre Augen suchten den Boden ab und blieben an dem hängen, was sie zu Fall gebracht hatte. Sie öffnete vor Schreck den Mund und holte tief Luft, was sie gleich darauf bereute. Auf dem Boden lag ein Körper, der sich in seine Bestandteile aufzulösen begann. Es war irgendein Tier, das vor einiger Zeit hier verendet sein musste. Sein Anblick war entsetzlich. Bärbel stieß einen Schrei aus, dann wurde ihr übel. Sie übergab sich neben einer Hecke und ließ anschließend ihrer Panik freien Lauf. Ihre Füße flogen geradezu über den Waldboden.

Heim! Sie wollte nur noch heim, in die Sicherheit zu Jakob und ihrem Vater. Sollte er sie doch schlagen, – ihr war es egal. Doch wo war der Weg, der sie zu ihrer Kate führte? Schwer atmend blieb sie stehen und blickte in jede Richtung, drehte sich wirr im Kreis. Sie wusste es nicht. Sie hatte die Orientierung verloren!

Als Jakob nach der Arbeit die Kate erreichte, bemerkte er, dass etwas nicht stimmte. Im Herd brannte kein Feuer. Nicht die Spur eines Essens war darauf zu entdecken. Er ging vor die Tür und rief nach Bärbel, doch er bekam keine Antwort. Dann ging er in den Stall und sah, dass auch die Ziege nicht an ihrem üblichen Platz angebunden war. Voller Sorge lief er durch die Ansammlung der Bergarbeiterkaten, rief nach seiner Schwester und fragte jeden, den er traf, nach ihr. Ein kleiner Junge hatte vor ein paar Stunden beobachtet, wie sie mit der Ziege in den Wald gelaufen war, doch seither hatte sie niemand mehr gesehen. Jakobs Magen ballte sich zu einer harten Kugel zusammen. Hoffentlich war ihr nichts zugestoßen! Zutiefst in Sorge lief er wieder nach Hause. Er musste seinen Vater holen. Er musste ihm helfen, nach Bärbel zu suchen. Doch Johann war nicht da. Wahrscheinlich war er wieder einmal ins Wirtshaus gegangen, anstatt nach seiner Familie zu sehen. Wütend knallte Jakob die Tür hinter sich zu und machte sich allein auf den Weg in den Wald. Er musste Bärbel finden. Nicht auszudenken, wenn er sie auch noch verlieren würde!

Das Licht im Wald begann zu schwinden. Schatten legten sich über Büsche und Bäume und krochen aus dem Unterholz. Bärbel zog fröstelnd den Kopf ein, nicht so sehr wegen der Kühle, sondern aus Furcht vor dem, was sie erwartete. Sie wurde das Gefühl nicht los, dass man sie beobachtete. Hinter jedem Busch schien etwas zu lauern, – etwas, das heimtückisch und böse war. Eine Gänsehaut überzog ihren Nacken bei dieser Vorstellung. Sie war ein hilfloses, kleines Mädchen. Was in aller Welt sollte sie nur tun? Plötzlich nahm sie aus den Augenwinkeln eine Bewegung wahr. Mit klopfendem Herzen verlangsamte sie ihre Schritte. Da – dort drüben! Was war das? Das raschelnde Laub hatte ihren Blick zu einer Stelle etwas oberhalb von ihr gelenkt. Ein verkrüppelter Bergahorn wuchs dort aus einem Felsen, auf dessen Wänden sich grüne Moosflecken gebildet hatten. Direkt davor führte ein Wildpfad am Fuß des Felsens vorbei. Ihr Herzschlag setzte für einen kurzen Moment aus, dann beschleunigte er sich in Sekundenschnelle zu einem rasenden Galopp. Auf dem Pfad stand eine Gestalt, so reglos und starr wie sein Hintergrund aus Stein. Weit über dem Kopf der seltsamen Erscheinung riss die Decke aus dichten Baumkronen ein wenig auf. Die Helligkeit des Abends reichte noch aus, um die eng stehenden Augen zu erkennen, die sie fasziniert betrachteten. Der Schock über diese Erkenntnis jagte Bärbel das Blut schmerzhaft in Arme und Beine. Sie schrie entsetzt auf, sah, wie der Mann – denn das war er zweifellos – zusammenzuckte, und trat ihrerseits einen Schritt zurück. Ihr pochendes Herz dröhnte bei seinem Anblick dumpf in ihren Ohren, als sie bemerkte, wie abstoßend er aussah. Auf einem hageren Körper saß ein schmaler Kopf. Die scharf hervortretende Hakennase und die zurückweichende Stirn unter dem schütteren Haar formten das Ganze zu einem Menschen, der alles andere als vertrauenerweckend wirkte. Ihr Schrei hatte ihn erschreckt. Er prallte mit seinem Rücken gegen den Fels, ohne den Blick von ihr zu wenden, dann drehte er sich um und rannte davon.

Die zunehmende Dunkelheit steigerte ihre Angst ins Unermessliche. Was würde geschehen, falls der unheimliche Mann noch einmal zurückkehrte? Sie machte sich auf alles gefasst, als sie weiter durch den Wald lief, nach dem kleinsten Hinweis suchend, der ihr den richtigen Weg aus dieser Hölle zeigen würde. Die Bäume um sie herum veränderten sich. Ihre fantasievollen Gebilde wurden zu bedrohlichen Gestalten, zu lebendigen Wesen – oder zum Versteck für den grässlichen Mann, der sich aller Wahrscheinlichkeit nach auf sie stürzen würde, sobald es dunkel genug dafür war. Mit der Nacht verwandelten sich auch die Geräusche. Der hübsche Gesang der Singvögel verstummte. Stattdessen erklangen die unheimlichen Laute der Nachtvögel. Ihr Geheule und Geflatter ... Geschichten von Hexen und Unholden kamen ihr in den Sinn. Nach allem, was sie erlebt hatte, war es nicht schwer, sich einen Unhold vorzustellen, der mit dröhnendem Gelächter auf dem Weg zum Hexensabbat war. Dicke Tränen rollten über ihre Wangen, während sie weiter nach dem Heimweg suchte und ein Ave Maria nach dem anderen flüsterte. Schließlich war sie zu erschöpft, um weiterzulaufen. Resigniert lehnte sie ihren Rücken an den Stamm einer Esche, nachdem sie sich davon überzeugt hatte, dass diese fest und solide in der Erde steckte, und sich niemand dahinter verbarg. Das Leuchten einzelner Sterne drang durch Lücken im Geäst und warf ein wenig Licht auf den grau-schwarzen Waldboden. Ob der fremde Mann jetzt kommen würde, um sie zu holen? Voller Angst faltete sie ihre Hände. »Bitte, lieber Herrgott, hilf mir und beschütze mich vor diesem schrecklichen Mann.« Das Gebet machte sie ruhiger. Sie wurde so müde, dass sie nach einiger Zeit versuchte, einzuschlafen. Es wäre ein Segen gewesen, wenn es ihr gelungen wäre, doch die Furcht drang immer wieder an die Oberfläche und hielt sie wach. So wurde es eine lange Nacht, in der sie sich schwor, niemals mehr allein in den Wald zu gehen ... falls sie dieses Abenteuer überleben sollte.

Zu Hause wurde sie nun mit Sicherheit vermisst. Jakob und Vater hatten sich bestimmt schon auf die Suche nach ihr gemacht. Sie hoffte inständig, dass man sie bald finden würde, damit die Qual endlich ein Ende hatte.

Nach langen Stunden der Angst und des Wartens schreckte sie plötzlich auf. Was war das für ein Geräusch? Es klang wie das Heulen eines Wolfes oder wie ein Unhold der durch die Wolken fuhr! Doch es war weit von ihrem Platz unter dem Baum entfernt und sie entspannte sich bei diesem Gedanken wieder ein wenig. Trotz alledem reckte sie den Hals und spitzte die Ohren. Langsam kam das Geräusch näher, wurde lauter und deutlicher, dann entfernte es sich zu ihrer Erleichterung wieder. – Kurz darauf kam es geradewegs auf sie zu! Sie biss vor Angst auf ihre geballte Faust, damit nicht der geringste Ton aus ihrem Mund entschlüpfen konnte. Die gedehnten

Laute näherten sich mit einer Unerbittlichkeit, die ihr trotz der Kühle den Schweiß aus den Poren trieb. Plötzlich stockte ihr der Atem. Dies war kein Heulen, sondern der Ruf eines Menschen! Einen Augenblick später konnte sie ihren eigenen Namen erkennen. »Bääärbel!«, schallte es durch die Wand aus Gesträuch und Finsternis um sie herum. Bärbels Herz klopfte stürmisch.

»Hier! Ich bin hier!«, schrie sie. Sie wagte kaum zu atmen. War das nicht Jakob, der nach ihr gerufen hatte? Und würde er ihr antworten?

»Bärbel?«

Nun war sie sich sicher, dass es Jakob war. Sie schrie aus Leibeskräften. Kurz darauf lag sie in seinen Armen und drückte ihn, dass ihm fast die Luft wegblieb.

»Bin ich froh, dich zu sehen!« Dieses Mal waren es Tränen der Erleichterung, die in Bärbels Augen traten. »Obwohl man das nicht unbedingt behaupten kann, denn es ist ziemlich dunkel hier.« Sie lachte und schluchzte dann laut auf.

»Ist ja schon gut!« Jakob tätschelte tröstend ihren Rücken.

Er war so erleichtert wie seine Schwester und ebenso erschöpft. Er hatte einen langen Arbeitstag hinter sich und die anstrengende Suche hatte ihn noch einmal seine ganze Kraft gekostet. So setzten sie sich erneut ins Moos unter der Krone der alten Esche.

»Ich ... habe ... die Ziege verloren«, berichtete Bärbel stockend und immer noch schluchzend von ihren Erlebnissen. »Und dann ... hab ich mich verlaufen. Doch das war noch nicht das Schlimmste.« Sie hielt einen Moment lang inne, um sich mit der Hand über die triefende Nase zu fahren.

Er ahnte die Bewegung mehr, als dass er sie sah.

»Ich bin geradewegs in ein totes Tier hineingefallen.«

Jakobs Nase nahm den Duft auf, der von Bärbel ausging. »Muss wohl schon ziemlich lange tot gewesen sein.«

»Die Würmer krochen bereits darauf herum! So wie bei dem Igel, den wir letztes Jahr beim Holzsammeln gefunden haben.«

Jakob gab ein angewidertes Geräusch von sich. Auch er konnte sich noch gut an den Kadaver des Igels erinnern. Es war kein schöner Anblick gewesen.

»Und dann ist mir dieser schreckliche Mann begegnet.«

Jakobs Rücken straffte sich vor Schreck. »Welcher Mann?«, fragte er, während seine Augen versuchten, das Dunkel um sie herum zu ergründen. Doch es war immer noch stockfinstere Nacht. Langsam wurde auch ihm mulmig zumute.

»Ich weiß nicht. Ich kenne ihn nicht. Aber es war ein abscheulicher Mensch. Hässlich und Furcht einflößend war er. – Ich glaube, er ist sehr böse.«

»Wie sah er denn aus?«

»Er war so dürr wie ein Rebstecken.« Die Haare auf Bärbels Unterarmen stellten sich prickelnd auf, als sie sich an die kurze Begegnung zurückerinnerte. »Sein Gesicht war lang und schmal, mit eng stehenden Augen. Eine *riesige* Hakennase ragte daraus hervor.« Sie machte eine übertriebene Bewegung, was die Größe des betreffenden Organs betraf. Die Gänsehaut erfasste nun Bärbels ganzen Körper und sie hob ihre Schultern, um dieses Gefühl zu vertreiben. »Er hat mich beobachtet. – Und dann hat er sich umgedreht und ist weggelaufen. – Mir war die ganze Zeit angst und bang.«

Jakobs Wirbelsäule hatte sich bei Bärbels Beschreibung wieder entspannt. »Ach der«, erwiderte er gelassen. »Das ist nur Melchior. Der ist völlig harmlos. Jedenfalls behauptet das Thoman.«

»Du kennst ihn?«, fragte Bärbel erstaunt.

»Er ist Thoman und mir schon ein paar Mal im Wald begegnet. Thoman sagt, er wohnt hier irgendwo, in einer einsamen Hütte, mitten im Wald. Ab und zu kommt er heraus und beobachtet uns, wenn wir bei Wolf sind.«

»Aber vielleicht ist er *doch* böse«, wandte Bärbel ein. »Schließlich ist er hinter mir hergeschlichen, seit ich mich verirrt hatte.«

»Bist du dir sicher?«

Bärbel zuckte ratlos mit den Achseln. Vielleicht hatte sie es sich auch nur eingebildet? Erschrocken, wie sie war. Doch auch in Jakob regten sich Zweifel. Thoman konnte sich ebenfalls täuschen.

Möglich, dass Melchior doch nicht so ungefährlich war, wie er dachte.

»Dann bin ich hier gelandet. Ich hab den Herrgott um seine Hilfe angefleht. – Wie es aussieht, hat er mein Gebet erhört, denn schließlich hast du mich gefunden. – Aber was ist nun mit der Ziege?« Bei all der Aufregung hatte Bärbel das Tier ganz vergessen, doch nun stand ihr diese Sorge wieder deutlich vor Augen.

»Vielleicht finden wir sie, wenn wir nach Hause gehen«, erwiderte Jakob.

»Das werden wir, Jakob, – ganz bestimmt.« Bärbel drückte zuversichtlich seinen Arm. Jetzt, da er sie gefunden hatte, würde auch alles andere gut werden.

Sie saßen eine Weile schweigend nebeneinander. Dann sank Bärbels Kopf auf ihre Brust und Jakob hörte ihren tiefen, gleichmäßigen Atem. Endlich konnte auch er sich der erlösenden Schwerelosigkeit des Schlafes ergeben.

Es war nur ein kurzer Schlaf, denn mit dem Wald und dem lauten Gezwitscher der Vögel erwachten auch sie.

»Schnell, lass uns heimgehen. Ich muss zur Arbeit.« Jakob sprang auf. »Komm, wir dürfen keine Zeit verlieren.«

Die Ziege blieb trotz Bärbels Hoffnung unauffindbar, dafür wurden die beiden Kinder bereits erwartet, als sie die Tür zur Kate öffneten. Ihr Vater saß auf seinem üblichen Platz am Tisch und sah sie aus hohlen Augen an. Er wirkte müde und abgespannt. Johann schien nicht viel geschlafen zu haben, denn die Falten in seinem freudlosen Gesicht erschienen an diesem Morgen tiefer als sonst und sein Blick war alles andere als freundlich.

»Wo kommt ihr her?«, fragte er streng.

Die beiden Kinder standen schuldbewusst und mit gesenkten Köpfen vor ihm.

»Bärbel hat sich verlaufen, als sie die Ziege suchte«, erklärte Jakob mit leiser Stimme.

Die Gestalt ihres Vaters erhob sich. Er straffte seine müden Schultern und umrundete den schäbigen Tisch, dessen Platte von tiefen Kratzern zerfurcht war. Groß und gefährlich baute er sich vor ihnen auf. Sein Atem erfüllte die Luft mit einem durchdringenden Geruch nach Schnaps.

»Die Ziege«, fragte er verblüfft. »Wo ist sie?«

»Ich weiß es nicht«, wisperte Bärbel ängstlich. »Sie ist mir davongelaufen, als ich ...«, sie schluckte angestrengt, »... als ich im Wald eingeschlafen bin.«

»Du bist *was*?«

Bärbel sah furchtsam zu Boden. Sie wagte nicht mehr zu antworten.

»Du dumme Kuh«, polterte Johann. Er trat noch einen Schritt näher an Bärbel heran. »Du kannst doch nicht mitten im Wald einschlafen und die Ziege entwischen lassen! Was sollen wir denn ohne sie anfangen?« In seiner Stimme lag eine drohende Empörung.

Die beiden Kinder bebten vor Angst. Mit Vater war nicht zu spaßen, wenn er in einer solchen Stimmung war. Sie war noch schlimmer als sein Schweigen.

Bärbel fing unterdrückt an zu schluchzen, was ihren Vater noch mehr in Rage brachte.

»Na warte, dir werd ich's zeigen!« Schäumend vor Wut hob er die Hand und versetzte Bärbel eine schallende Ohrfeige.

Jakob ballte zitternd die Fäuste hinter seinem Rücken. Seine Fingernägel gruben sich schmerzhaft in die Handflächen. Er wusste, dass es klüger war, den Mund zu halten. Doch in seinem Innern verwandelte sich der stumme Zorn, den er in sich getragen hatte, in etwas, das sich einem Vulkan gleich an die Oberfläche drängte, bis es in seiner Kehle zu explodieren begann, und ohne dass er es verhindern konnte, wie heiße Lava aus ihm herausfloss. Es war eine bittere Wut, die seine Narbe auf der Stirn in ein tiefes Dunkelrot färbte. Schützend stellte er sich vor Bärbel, die heulend ihre brennende Wange hielt.

»Hör auf«, schrie er. »Dies alles ist deine Schuld! Du hast noch nicht einmal *bemerkt*, wie müde Bärbel in letzter Zeit ist.«

Verblüfft starrte Johann in das Gesicht seines Sohnes.

Jakobs dunkle Augen, die denen von Anna so herzzerreißend ähnlich waren, blitzten auf. »Ich habe recht, nicht wahr? Dir ist es nie um uns gegangen. Du denkst immer nur an *dich*!«

Johann suchte nach Worten, doch Jakob war noch nicht fertig mit ihm.

»Wann hast du dich je um uns gekümmert? Wann wusstest du von unseren Ängsten und Sorgen? Nie hat es dich interessiert, was wir dachten oder fühlten – noch nicht einmal dein eigenes Weib hat dir irgendetwas bedeutet! Und jetzt machst du Bärbel Vorwürfe, weil sie eingeschlafen ist? Merkst du denn nicht, dass sie sich fast zu Tode schuftet? Und für wen tut sie das alles? Für dich und für mich! Obwohl *du* es am allerwenigsten verdient hast.« Schwer atmend blickte er seinem Vater ins Gesicht. Wahrscheinlich würde er jetzt für das bezahlen müssen, was er gesagt hatte, doch er würde nicht zurückweichen, ganz egal, was geschah.

Johanns graublaue Augen schimmerten dunkel im trüben Licht der Kate, doch zum ersten Mal leuchtete die Erkenntnis in ihnen auf, wie kalt und unbarmherzig er gegen diejenigen war, die ihm am meisten am Herzen liegen sollten. Er griff nach der Jacke und seinem Gezähe und hastete zur Tür hinaus. Ein lautes Poltern zeigte an, dass er sie nicht sehr sanft geschlossen hatte. Dann war er fort.

Bärbel zitterte wie Espenlaub. »Oh Jakob«, flüsterte sie. »Er wird uns windelweich prügeln, wenn er wiederkommt.«

»Er wird nichts dergleichen tun«, erwiderte Jakob bitter, »denn er weiß, dass ich die Wahrheit gesagt habe.«

Johann rannte den Berg hinauf zur Grube. Die Gedanken rasten in seinem Kopf. Das Schicksal hatte es nicht gut mit ihm gemeint. Er dachte an Anna. Seine geliebte Anna! Mechanisch griff er in seine Hosentasche und liebkoste die Locke, die sich darin verbarg. Warum nur hatte sie sterben müssen? Jeden Tag hatte er seit diesem schrecklichen Ereignis an sie gedacht. Auch Marie konnte ihn nicht von diesen Gedanken erlösen – oder die Kinder. Er hatte so vieles falsch gemacht. Er hatte in einer Scheinwelt gelebt, die jedem anderen den Zutritt verwehrte. Er hatte ihnen seine Liebe verweigert, weil er Anna in seinem Herzen festhalten wollte. Sogar für Jakob, Annas eigenen Sohn, hatte er nichts übrig. Kein Wunder, dass er sich nun gegen ihn stellte. Noch einmal sah er den Hass in den dunklen Augen des Jungen und ein Gefühl der Schuld keimte in ihm auf. Jakob hatte recht. Er, Marie und die kleine Bärbel ... sie konnten nichts dafür, dass er so kalt und abweisend war, gefangen in seinen Gefühlen wie in einem Käfig. Er war ein Schwächling, der es nicht verdiente, eine Familie zu haben. Atemlos blieb er ein Stück vom Mundloch entfernt stehen. Das Läuten der Glocke, die den Schichtanfang verkündete, hallte durch die Luft. Niemand bemerkte, wie aufgewühlt er war, als er schließlich vor der Grube ankam. Seine Kameraden hatten sich längst an seine Schweigsamkeit gewöhnt. Wie gewöhnlich erhielt er seinen *Unschlitt* und nahm an der Betstunde teil. Nach dem Schichtsegen band er sich das Bergleder um, eine um die Hüften gebundene Schürze, die man verkehrt herum trug, damit sie den Hosenboden vor Nässe und Kälte in den Stollen schützte. Dann ging er in die Grube und verrichtete seine Arbeit, so als ob nichts gewesen wäre. Doch seine Gedanken drehten sich weiter in einem Karussell aus Schuld und Versagen. Als die Glocke vom Ende der Schicht kündete, ließ er sich Zeit, um den Rückweg anzutreten. Er schickte seine Kameraden unter dem Vorwand voraus, dass er dringend noch den hölzernen Abortkübel benutzen musste. Als er sich sicher war, dass er allein im Stollen zurückblieb, ging er zu dem tiefsten Schacht, den er kannte.

Er wusste, was er zu tun beabsichtigte, war eine Sünde. Eine schwere Sünde, die sein Seelenheil in Gefahr brachte. Doch was sollte er tun? Er ertrug dieses Leben nicht mehr. All das Unglück, das er erdulden musste. – Es war ihm zuwider! Er trat einen Schritt näher an die Öffnung des Schachts heran. Das Bild seiner Kinder erschien vor seinem inneren Auge. Er zögerte. Was würde mit ihnen geschehen, wenn er tat, was er vorhatte? Würden sie zurechtkommen? – Vielleicht waren sie ohne ihn ja besser dran? – Johann schnaubte verdrießlich. Wahrscheinlich würden sie ihn nicht einmal vermissen! Er hob den gesenkten Kopf und starrte in die Dunkelheit des Stollens, als könnten seine Blicke die Wände des Berges durchdringen und bis zum Himmel hinaufreichen. »Pass du auf sie auf«, flüsterte er, »... und sei mir gnädig, denn ich kann nicht anders.« Sein Kinn sank ihm erneut auf die Brust und er bekreuzigte sich. »Gegrüßet seist du Maria, voll der Gnade, der Herr ist mit dir, du bist gebenedeit unter den Weibern, und gebenedeit ist die Frucht deines Leibes, Jesus. Heilige Maria, Mutter Gottes, bitte für uns Sünder jetzt und in der Stunde unseres Todes«, murmelte Johann, dann warf er sich in den schwarzen Schlund hinein.

Keiner konnte sich denken, warum Johann in den Schacht gestürzt war. Man redete von einem Unfall. Vielleicht war ihm übel geworden oder er hatte einen Herzanfall erlitten und konnte sich nicht mehr halten? Einzig in Jakob und Bärbel keimte eine Ahnung auf, ein leiser Verdacht über das, was geschehen war. Doch sie erzählten es niemandem, ja, es berührte sie nicht einmal sonderlich. Der Tod ihres Vaters war fast wie der eines Fremden, dessen Ableben man zur Kenntnis nahm, ohne dass es die eigenen Gefühle in Aufruhr brachte, – was normalerweise das Sterben eines geliebten Menschen zur Folge hatte. Und doch war es die Frucht von Johanns Verhalten. Durch ihr Schweigen blieb ihnen wenigstens das Eselsbegräbnis erspart, bei dem man ihren Vater im hintersten Eck des Kirchhofs verscharrt hätte. Dort, wo auch die ungetauften Kinder und die Missetäter lagen, die in geweihter Erde nichts zu suchen hatten. Kein Priester, nicht einmal die Nachbarn wären zu diesem Begräbnis erschienen. Nur der Totengräber, dessen Aufgabe es war, sich um solche Fälle zu kümmern, hätte ihn des Nachts ohne großes Aufsehen unter die Erde gebracht.

Da die beiden Kinder nun keine Eltern mehr hatten und der Tote zur Bruderschaft der Bergleute gehörte, kümmerte sich der Bergrichter um alles Nötige. Das Begräbnis von Johann war eine nüchterne Angelegenheit im Vergleich zu dem von Marie. Es war der stille Abschied von einem schweigsamen Mann. Seit Maries Tod war niemand mehr gestorben und so legte man Johann neben sein Weib, damit ihre sterblichen Leiber auch im Tod beieinander waren. Jakob fragte sich, ob ihm das recht gewesen wäre. Er wusste es nicht, aber er konnte ohnehin nichts daran ändern. Anders als bei Marie war sein Herz dieses Mal nicht voller Trauer. Er schämte sich deswegen, doch es war auch nicht weiter verwunderlich, dass er keine großen Gefühle für seinen Vater hegte. Als Johann in der Erde verschwand, kam Jakob der Gedanke, wie wohl die Seelenwaage des Heiligen Michael für ihn ausschlagen würde, wenn er dem Erzengel am Tag des Jüngsten Gerichts gegenüberstand. Was würde überwiegen, wenn er die guten und die schlechten Taten gegeneinander aufwog? – Und wie würde sie bei ihm ausschlagen, wenn er eines Tages sterben würde?

Für Jakob und Bärbel wurde das Leben fortan nicht leichter. Jakob ging seiner Arbeit in der Poche nach und Bärbel mühte sich nach Kräften, ihrer beider Hunger zu stillen und die Hausarbeit zu erledigen. Die Ziege blieb verschwunden, was ein großes Loch in ihrem Speiseplan mit sich brachte. Wenige Tage später stand der Bergrichter erneut vor ihrer Tür. Er war ein großer, breitschultriger Mann mit einem gut genährten Bauch, der sich unter Wams und Hose wölbte. Verlegen nahm er seinen Hut ab, als er eintrat, und knetete ihn nervös mit den Händen. Die Kinder sahen ihn mit großen Augen an. Der Besuch des Bergrichters verhieß nichts Gutes.

Er räusperte sich. »Ihr fragt euch sicherlich, warum ich gekommen bin«, begann er schließlich in seinem eigentümlichen Dialekt, der seine österreichische Herkunft verriet. Die Worte fielen ihm sichtlich schwer, doch er wusste, dass er sich sein Mitleid nicht leisten konnte. Die Gruben mussten florieren und dafür brauchte er Bergmänner, die ihre Sache verstanden. »Nun, da euer Vater gestorben ist, brauche ich einen neuen Mann, der ihn ersetzen kann«, fuhr er fort.

»Kann ich das nicht tun?«, fragte Jakob hoffnungsvoll.

Der Bergrichter befreite seinen Hals von dem Kloß, der in ihm steckte und strich sich mit einer Hand über den gestutzten Knebelbart. »Nein, das kannst du nicht. Du bist zu jung, um die Stelle deines Vaters einzunehmen. Außerdem bist du nur ein Pochknabe und kein erfahrener Hauer.«

»Ich kann es aber lernen«, entgegnete Jakob tapfer.

»Das würde zu lange dauern«, erwiderte der Bergrichter. »Die Zeiten sind schlecht. Das Geld verfällt immer mehr und wir brauchen mehr Silber, um den Säckel der Stadt Freiburg zu füllen. Nur ein ausgebildeter Bergmann kann hier Abhilfe schaffen und kein Junge, der noch lernen muss.« Die Rede des Bergrichters stockte. Er wischte sich mit dem Ärmel über die schweißnasse Stirn. Du lieber Gott, wie er Besuche dieser Art verabscheute. »Ihr müsst fort von hier«, sagte er abrupt. »Ein neuer Hauer wird in den nächsten Tagen hier einziehen und er duldet keine fremden Kinder in seiner Kate.«

Die Kinder traf es wie ein Schlag. Mit diesen Worten wurde ihnen auch noch die letzte Lebensgrundlage entzogen, die ihnen blieb. Ohne eine Bleibe waren sie schutzlos und verloren.

»Aber ... was wird dann aus uns?«, fragte Bärbel ängstlich.

»Habt ihr denn keine Verwandten?«

»Wir wissen es nicht«, erwiderte Jakob verzweifelt. Vor ein paar Tagen war der Bergrichter schon einmal bei ihnen gewesen, um die Hinterlassenschaft ihres Vaters zu regeln. Aus diesem Grund hatten sie die Truhe der Eltern geöffnet. Etwas, das ihnen bis zu diesem Augenblick verwehrt war. Ganz zuunterst lag eine Heiratsurkunde auf dem Boden der Truhe. Der Bergrichter hatte ihnen mehrmals vorgelesen, was darauf stand, und Jakob kannte den Wortlaut auswendig:

Getraut wurden im Juli, dem 24., dem Tag der Geburt Johannes des Täufers,

Johann Selzer, Taglöhner in Odelshofen, mit Anna geb. Schublerin, des verstorbenen Jakob Schubler und der Johanna geb. Walther, eheliche, ledige Tochter.

»Vielleicht gibt es in Odelshofen noch Verwandte«, Jakobs Stimme klang resigniert.

»Dann müsst ihr dorthin gehen und sie suchen«, erwiderte der Bergrichter.

Teil II

August 1618

Im Rheintal

Am folgenden Sonntag ging Jakob noch einmal mit Thoman in den Wald, um sich von Wolf zu verabschieden. Gerg und Paule kamen dieses Mal auch mit. Es war der letzte Freundschaftsdienst, den sie Jakob erweisen konnten, und sie wollten diese Gelegenheit nicht ungenutzt verstreichen lassen. Der Besuch bei Wolf war ein Teil des schrittweisen Abschieds, der sich in der letzten Woche vollzogen hatte. Es gab so vieles, von dem Jakob und Bärbel sich trennen mussten. Vieles, was alt, vertraut und bis zu diesem Zeitpunkt das feste Fundament ihres Lebens darstellte: Die Ansammlung an Bauernhöfen und Bergarbeiterkaten, die Menschen, die darin wohnten, das Bergwerk, ja sogar der Abschied von der Poche fiel Jakob auf einmal schwer, obwohl die Arbeit darin eine elende Schinderei war. – Selbst die Gräber ihrer Eltern und Geschwister mussten sie zurücklassen und wahrscheinlich würden sie nie wieder zurückkehren.

Ihre ganze Welt geriet aus den Fugen.

Am schwersten aber würde Jakob der Abschied von Wolf, Thoman und dem Kohlplatz im Wald fallen und natürlich auch von Gerg und Paule, während Bärbel mehr an der Kate hing.

Der Erzkasten zeigte sich noch einmal in seiner ganzen Pracht. Ein leichter Wind bewegte die hohen Wipfel der Tannen und ließ mit einem leisen Rauschen die Blätter der Laubbäume erzittern. Schönwetterwolken schoben sich über einen stahlblauen Himmel. Die Sonne leuchtete golden daraus hervor und goss ihr strahlendes Licht in vielen Schattierungen über das Grün und Braun des Waldes.

Es wurde ein schöner Tag auf dem Kohlplatz, obwohl er von einer unterdrückten Melancholie überschattet wurde.

Als Jakob sich am Abend von Wolf verabschiedete, nahm dieser ihn stürmisch in die Arme und drückte ihn für einen Moment fest an seine Brust. Jakob roch den vertrauten Duft nach Rauch und Teer in Wolfs Kleidern und sein Herz zog sich vor Schmerz zusammen.

»Machs gut, mein Junge.« Wolfs Stimme klang rau und brüchig. »Möge der Herrgott dich und deine Schwester behüten.« Er räusperte sich krampfhaft und ein Rinnsal aus Tränen lief durch seine rußverschmierten Wangen, als er ihn wieder freigab.

Jakobs Mundwinkel zitterten. Er glaubte nicht, dass er sprechen konnte, ohne ebenfalls zu heulen, und so nickte er nur. Nichts wünschte er sich mehr, als hier in dieser vertrauten Umgebung bleiben zu können. Doch er wusste, dass dies nur ein törichtes Sehnen war, das sich nicht erfüllen würde. So trat er schweren Herzens den Rückweg an. Gerg, Paule und Thoman folgten ihm. Gerg versuchte die Stimmung etwas aufzulockern und riss ein paar Witze, doch niemand konnte darüber lachen und so schlief die Unterhaltung bald völlig ein.

Kurz bevor sie aus dem Wald traten, nahm Jakob hinter einer mannshohen Tanne eine Bewegung wahr. Ein flüchtiges Huschen, das ihn an Bärbels Begegnung mit Melchior erinnerte. Ein Auerhuhn schoss daraufhin empört aus seinem Versteck unter den dichten Ästen hervor. Die Jungen fuhren erschrocken zurück. Irgendetwas musste es aufgeschreckt haben. Ob es wieder einmal jener eigentümliche Mann war, der sich dahinter versteckte? Jakob legte seinen Zeigefinger auf die Lippen und machte eine bedeutungsvolle Geste in die Richtung des Baumes. Die Jungen waren keine fünf Schritte davon entfernt. Sie schienen zu verstehen, was er meinte und blickten konzentriert auf die Flut aus grünen, duftenden Nadeln. Die Tanne war dicht bewachsen und ihre Äste reichten fast lückenlos bis zum Boden. Nur an einer einzigen Stelle – etwa zwei Ellen von ihrer Wurzel entfernt – konnte man mit etwas Mühe durch sie hindurchsehen. Dort war ein Ast abgebrochen und gab den Blick auf das Gewebe eines Hosenbeins frei. Das Bein, das darin steckte, hielt es mit einem nervösen Wackeln in Bewegung, als ob sein Besitzer ungeduldig darauf wartete, dass die Jungen endlich weitergingen.

Na also, dachte Jakob. Sein Gespür hatte ihn nicht getäuscht. Zweifellos verbarg sich dort jemand. Ob es Melchior war, ließ sich nicht eindeutig feststellen. Er blickte seine Freunde fragend an.

Gerg ergriff das Wort. »Wer immer du bist, komm heraus«, rief er laut und reckte keck die Nase. »Zeig dich uns und versteck dich nicht wie ein Feigling im Gebüsch.«

Der ängstliche Paule zog vor Unbehagen den Kopf ein und lugte wie eine argwöhnische Kröte hinter Thoman hervor.

Der wackelnde Hosenstoff hielt verdutzt inne. Anscheinend hatte sein unbekannter Träger nicht damit gerechnet, dass man ihn ebenfalls beobachten könnte. Dann verschwand die Hose ihren Blicken.

»Bist also doch ein Feigling«, rief Jakob beherzt.

»Komm heraus oder wir holen dich«, fügte Thoman, nun selbst mutig geworden, hinzu.

Der namenlose Hosenträger saß in der Falle. Seine Möglichkeiten, ungesehen zu verschwinden, schrumpften zusehends dahin. Überall würde man ihn zwischen den Lücken in den Bäumen erkennen können. Mit einem kühnen Schritt trat er aus seiner Deckung und schob sich an den Ästen des Baumes vorbei. Sein verschlagener Blick richtete sich auf die Jungen. Jakob fiel vor Staunen fast die Kinnlade herunter. Es war kein anderer als Clauß, der ihn herausfordernd anblickte! Was hatte *der* hier zu suchen? Plötzlich wusste er die Antwort: Clauß war ihnen gefolgt, um sein Versprechen einzulösen. Wahrscheinlich hatte er nur auf einen günstigen Moment gewartet. Jakobs Brauen zogen sich finster zusammen. »Bist du gekommen, um dich mit mir zu schlagen, bevor du keine Gelegenheit mehr dazu hast?«

Clauß erwiderte seinen Blick, doch dann senkte er beinahe beschämt den Kopf, als wären ihm plötzlich Zweifel gekommen. Gegen eine Übermacht aus vier Jungen kam selbst er nicht an. Er schien über etwas nachzudenken, man konnte förmlich sehen, wie es in seinem runden Schädel arbeitete. Nur wenige Augenblicke später war er wieder ganz der Alte. Die Zurückhaltung in seiner Miene war verschwunden. Er warf den Kopf in den Nacken und ein boshaftes Grinsen verzerrte seine pockennarbige Haut. »Nein«, sagte er. »Ich weiß etwas Besseres. Ich will sehen, wie einer aussieht, der wie ein Hund davongejagt wird. – Ganz besonders, wenn es sich dabei um dich handelt, *Nichtgeborener.*«

Jakobs Narbe auf der Stirn begann sich zu färben. Der Schmerz der letzten Tage verwandelte sich in eine grimme Wut. Er ballte die Fäuste. Dieser Clauß kam ihm gerade recht. Er würde schon dafür sorgen, dass er sich mit ihm schlagen wollte. Nichts war ihm lieber, als dem Ärger und der Enttäuschung der letzten Tage freien Lauf zu lassen! Langsam ging er auf Clauß zu, bis er ihm direkt in die Augen sehen konnte. Er wusste, dass die anderen ihn gebannt beobachteten. Doch jäh kam ihm ein neuer Gedanke. War es klug, sich jetzt auf eine Keilerei einzulassen? Er war nicht aus Eisen und konnte es sich nicht leisten, eine Verletzung davonzutragen. Er musste gesund und stark bleiben, damit seine Schwester einen Beschützer hatte, auch wenn er nichts lieber täte, als Clauß eine Tracht Prügel zu verabreichen. Doch er würde nicht ohne Blessuren daraus hervorgehen, dafür war Clauß zu groß und zu kräftig. Jakob holte tief Luft und zwang sich, einen kühlen Kopf zu behalten. »Ich hoffe, du bist mit dem Ergebnis zufrieden«, sagte er mit einer Ruhe, die nicht in seinem Herzen war.

Clauß erwiderte nichts, aber sein Blick hielt den von Jakob noch eine Weile fest, dann schlenderte er langsam und ohne ein Wort davon.

Ein letztes Mal sahen sich Jakob und Bärbel in der Kate um. Ihre schmalen Bündel lagen geschnürt und an Stöcke gebunden neben der Truhe. Es war Montag und der Morgen neigte sich bereits dem Ende zu. Im Herd lag ein Häuflein aus kalter Asche, doch er würde nicht lange kalt bleiben, – die neue Bergmannsfamilie stand schon bereit. Die jungen Eheleute warteten ungeduldig vor der Tür, um ihr Heim in Besitz zu nehmen, sobald Jakob und Bärbel von dannen gezogen waren. Der Lärm eines sorglosen Jungen drang durch die Bretterwand und ein Kleinkind brabbelte im Wechsel mit den neckenden Worten seiner Mutter vor sich hin.

»Ich glaube kaum, dass wir all dies je wiedersehen werden«, sagte Bärbel traurig. Geräuschvoll zog sie ihre kleine Stupsnase hoch und wischte mit dem Handrücken darüber. Ihr Blick streifte die vom Ruß geschwärzte Bretterwand, den Herd, das gemeinsame Bett, den Herrgottswinkel, den Lichtstock aus Eisen und jede noch so kleine Einzelheit in der Kate, um sie ein letztes Mal in sich aufzunehmen.

»Das denke ich auch«, sagte Jakob bekümmert. »In ein paar Tagen wird es hier so aussehen, als ob es uns nie gegeben hätte.«

Der Bergrichter, der respektvoll in den Hintergrund getreten war, räusperte sich. »Wir sollten jetzt hinausgehen«, sagte er leise.

Jakob nickte. Seine Hand fuhr in die Hosentasche, wo er in einem Beutel die Münzen verwahrte, die ihm der Bergrichter zugesteckt hatte. Der letzte Lohn seines Vaters und sein eigener, neben einem Schilling, den er zusätzlich bekommen hatte, mit schönen Grüßen von der Bergarbeiterzunft. Er atmete auf. Der Beutel war noch an Ort und Stelle. Die Heiratsurkunde seiner Eltern verwahrte er in der anderen Hosentasche. Keines dieser beiden Dinge durfte verloren gehen. Das Geld würden sie auf ihrer Reise brauchen und die Urkunde würde sie hoffentlich als Johanns rechtmäßige Erben ausweisen, *falls* sie tatsächlich auf Verwandte stoßen sollten. Jakob nahm sein Bündel, doch dann fiel ihm noch etwas ein. Er ging zum Herrgottswinkel hinüber und nahm das kleine Kruzifix ab, das dort hing. Marie hatte das kleine Kreuz mit der schön bemalten Jesusfigur geliebt und er wollte es als Erinnerung an sie behalten. Der Bergrichter erhob keinen Einspruch, als er es in sein Bündel steckte, und so reichte er Bärbel das andere. »Komm, lass uns gehen«, sagte er. »Es ändert ja doch nichts.«

Ein sonniger Tag empfing sie, als sie vor die Tür traten. Das gleichmäßige Hämmern der Pochstempel drang zu ihnen empor. Für Jakobs Kameraden hatte der Arbeitstag schon längst begonnen.

Er blickte in das Gesicht der jungen Bergarbeiterfrau, die ihr jüngstes Kind auf die Hüfte gesetzt hatte. Ihr Mund bebte, als sie seinen Blick erwiderte. Eine Träne stahl sich aus einem ihrer Augenwinkel und zog eine Straße aus Feuchtigkeit über das schmale Gesicht. Sie wirkte bekümmert, doch sie fasste sich ein Herz und trat auf die Kinder zu. »Gott sei mit euch«, sagte sie leise.

Ihr Mann, ein breitschultriger Hüne, blickte zu Boden, damit er das Elend nicht sehen musste, das sich vor seinen Augen abspielte.

Jakob tat einen tiefen Atemzug. Alles in ihm bäumte sich gegen das Unrecht auf, das ihnen widerfuhr. Doch nicht genug damit, dass er kein ausgebildeter Bergmann war, so bestimmte es das Gesetz: ›*Stirbt ein Lehnsmann oder Taglöhner in Hofsgrund, dann muss dem Grundherrn ein Todfall entrichtet werden. Man soll seine fahrende Habe anschlagen, also das unverschnittene Fleisch oder den Speck, das unverschnittene Tuch, Heu, Korn, Halm und alle Früchte, das Geld oder die Barschaft*‹, hatte der Bergrichter zitiert. ›*Von je 100 Gulden angeschlagen Guts sollen die Erben als Fall entrichten 5 Gulden oder, wenn der Wert geringer als 100 Gulden ist, von 10 Gulden einen ½ Gulden.*‹

Die Hinterlassenschaft ihres Vaters enthielt fast nichts dergleichen. Und nachdem die Kosten für das Begräbnis beglichen waren und der Grundherr seinen Teil bekommen hatte, war außer dem, was ihm der Bergrichter gegeben hatte, nichts mehr übrig. Da Jakob keinen vollwertigen Bergmann ersetzen konnte, war es offensichtlich, dass sie die Kate verlassen mussten, um einem neuen Arbeiter Platz zu machen. Zwar hätte sie eine andere Familie aufnehmen können, doch das Geld, das die Zunft dafür zahlte, war so gering, dass es sich nicht lohnte. Hier oben waren fast alle Menschen arm. Zu arm, um noch zwei Esser mehr durchzufüttern, wenn es nicht unbedingt nötig war. Auch sein jämmerliches Gehalt würde daran nichts ändern.

Der Bergrichter gab ihnen die Hand. »Nun versucht euer Glück im Rheintal«, sagte er. »Geht zuerst nach Freiburg. Von dort aus ist es nicht schwer, an den Rhein zu gelangen. Bleibt immer auf dem

Weg, damit ihr euch nicht verirrt oder Dieben und Wegelagerern zum Opfer fallt.«

Dass der Ort mit dem eigentümlichen Namen »Odelshofen« sich im Rheintal befinden musste, war alles, was sie wussten. Marie hatte ihnen einmal erzählt, woher ihr Vater stammte. Doch viel mehr konnte auch sie nicht sagen, schließlich war sie nie dort gewesen.

Es würde eine schwierige Reise werden. Jakob fühlte die Last der Ungewissheit in seinem Bauch. Sie lag so schwer wie Blei in seinen Eingeweiden. Ein unangenehmes, brennendes Gewicht, das ihm bis unter die Rippen drückte. Noch nie hatte er den Berg verlassen. Seine weiteste Reise war die zu Wolfs Kohlplatz und zum Kloster der Wilhelmiten gewesen. Er kannte sich nicht aus in der Welt und ihm graute vor dem Unbekannten und der möglichen Gefahr. Wer wusste schon, was sie alles erwarten würde? Er kannte nicht einmal den genauen Weg. Doch Jakob straffte seinen Rücken. Er würde nicht aufgeben. Er hatte Marie versprochen, dass er sich um seine Schwester kümmern würde, und er würde alles tun, was in seiner Macht stand, um dieses Versprechen zu halten.

Langsam schritten sie durch die Siedlung der Bergarbeiterkaten, in der ihnen manch mitleidiger Blick begegnete. Ein kurzes Stück führte sie anschließend an einer Matte vorbei, auf der Kühe weideten. Kauend steckten die Tiere ihre Mäuler ins Gras und genossen die Sonne auf ihrem zuckenden Fell, während ein Hirtenjunge im Schatten einer Weidbuche hockte und sie beobachtete. Ein Schwarzkehlchen saß auf einem Zweig dieser Buche. Die zierlichen Krallen sicher im Holz verankert betrachtete es die Kinder aus dunklen Knopfaugen.

»Alles geht hier seinen gewohnten Gang«, sagte Bärbel trostlos. »Nur wir tun es nicht.« Sie wandte den Kopf und sah Jakob ins Gesicht. Um seine dunklen Augen lag ein Schleier aus Sorge und der gleichen Angst, die auch sie ergriffen hatte.

»Bärbel«, flüsterte er bang, »hat der Herrgott uns vergessen?«

Bärbel nahm die Hand ihres Bruders, um ihm Trost zu spenden.

»Nein, Jakob«, antwortete sie sanft, »das hat er nicht.« Dann holte sie tief Luft, um das Leben zu spüren, das mit der reinen Bergluft in ihre Lungen strömte. »Er wird schon wissen, was er tut.«

Wie zur Antwort schlossen sich seine Finger kalt aber fest um die ihren. Seltsamerweise tröstete ihr solider Druck auch sie. Ein kleines Lächeln huschte über ihre Lippen.

»Komm, Bärbel«, sagte Jakob trotzig. »Packen wir's an! Vielleicht gilt es ein Abenteuer zu bestehen, um das man uns eines Tages beneiden wird.«

Dann folgten sie dem Weg, der sie in zahlreichen Windungen immer weiter bergab führte. In einer der Biegungen entdeckten sie Freiburg unter sich, das sich zwischen den Bergen ins Tal schmiegte.

»Dort müssen wir hinunter«, sagte Jakob zu Bärbel.

Ihr Gesicht wurde bleich unter den erhitzten Wangen und den Sommersprossen, die ihre Stupsnase zierten. Auch Jakob pochte das Herz bis zum Hals, wenn er daran dachte, dass sie sich dort zurechtfinden mussten. Von hier oben sahen die vielen Häuser winzig klein aus, doch je weiter sie nach unten kamen, desto größer wurden die Ausmaße der Stadt. Hofsgrund dagegen bestand aus einer geradezu lächerlichen Anzahl an Häusern und Katen, wie Jakob plötzlich fand, und doch waren sie bis jetzt seine ganze Welt gewesen.

Den Rest des Tages folgten sie dem Weg, der aus nichts weiter als zwei tiefen Rinnen bestand, die von den Pferdefuhrwerken herrührten, die das gewonnene Silber sowie Blei und Zink nach Freiburg transportierten. Bäume beschatteten ihren Abstieg und manchmal erhaschten sie einen Blick auf das Tal und die Stadt, die sich vor ihnen ausbreitete. Nur einmal hielten sie an, um die Vesperpakete aus ihren Bündeln zu nehmen, die ihnen der Bergrichter zugesteckt hatte. Wenigstens dies hatte das schlechte Gewissen des beleibten Mannes bewirkt. Zwei Laibe frisch gebackenes Brot befanden sich darin, dazu Speck und Käse.

Bärbel kaute auf einem schmalen Stück Räucherspeck herum und ließ es genüsslich durch ihren Gaumen gleiten. Wie lange hatte es diese Köstlichkeit nicht mehr gegeben! Auch als ihre Eltern noch am Leben waren, kam nur wenig Fleisch auf den Tisch. Ein paar Mal hatte Marie einen der Stallhasen geschlachtet, die Bärbel – geplagt durch die Erinnerung an die netten Tierchen – kaum essen konnte. Ein Schwein hatten sie nie gehabt und Wild kam nicht infrage. Die Bergleute hatten zwar viele Freiheiten, aber das Jagen und Fischen war ihnen verboten. So gab es nur ab und zu Fleisch und im Winter hing gelegentlich eine schmale Saite Speck im Rauch über dem Herd. Doch als Mutter sterbenskrank wurde, hatten sie nichts mehr davon gehabt, außer dem Stückchen, das ihnen Cilli geschenkt hatte. Aus den Augenwinkeln erhaschte Bärbel plötzlich eine Bewegung. Sie hörte auf zu kauen und sah auf. Ihre Augen verengten sich zu misstrauischen Schlitzen, als sie ein Wesen zwischen Holz und Gestrüpp entdeckte. Sie schluckte krampfhaft und legte ihre Hand warnend auf Jakobs Arm. »Da«, raunte sie, »da ist er wieder!«

Melchior stand so reglos wie ein Reh hinter den Ranken einer Brombeerhecke. Sein Raubvogelgesicht blickte ihnen schüchtern, fast schutzbedürftig entgegen, doch er blieb an Ort und Stelle und hielt ihrem Blick stand.

»Ist das der Mann, den du gesehen hast?«, flüsterte Jakob Bärbel zu.

Sie nickte wortlos.

Erst jetzt fiel Jakob auf, welche Farbe seine Augen hatten, was wahrscheinlich daran lag, dass er ihn noch nie so nah vor sich gesehen hatte. Es waren helle, graue Augen, die Pupillen rund und weit, wie bei einem Nachttier. Ein Geschöpf, das das Licht fürchtete. Ob er wohl wirklich gefährlich werden konnte, wie Bärbel vermutete? Melchior war ohne Zweifel ein Sonderling und diese Tatsache machte ihn in den Augen der Leute verdächtig. Doch dieser Mann erschien ihm viel zu ängstlich, um anderen Menschen etwas anzutun. »Hab keine Angst«, flüsterte er Bärbel zu. »Melchior ist völlig harmlos.« Wenn er sich auch nicht sicher war, so gab es doch keinen Anlass, seine Schwester zu beunruhigen.

Melchior lächelte plötzlich, als ob er ihn verstanden hätte. Dann hob er eine Hand zum Gruß. Kurz darauf verschmolz seine hagere Gestalt mit dem dichten Gestrüpp des Waldes.

Bärbel holte tief und erleichtert Luft, als er verschwand. »Bist du dir sicher, dass dieser Mann ungefährlich ist?« Ihre Stimme klang argwöhnisch.

Jakob zuckte nachlässig mit den Achseln. »Ich glaube schon«, erwiderte er. »Und selbst wenn er es nicht ist, werden wir es wahrscheinlich nie erfahren.«

»Hoffentlich hast du recht! Ich jedenfalls möchte ihn nie mehr wiedersehen.« Voller Inbrunst schlug Bärbel ein Kreuz vor ihrer Brust, um das Böse von sich fernzuhalten.

Als es dunkel wurde, machten sie sich ein Lager im Wald. Selbst Bärbels Gezeter, dass sie unter keinen Umständen noch einmal eine Nacht hier verbringen wolle, änderte nichts daran. Doch die lange Wanderung zeigte ihre Wirkung. Sie schliefen tief und traumlos und die Vögel hatten schon längst ihren Gesang angestimmt, als sie endlich wieder erwachten.

Es war nur noch ein kurzer Weg ins Tal, das eingebettet in das tiefe Grün der Berghänge vor ihnen lag. Hier erschien ihnen alles viel unübersichtlicher. Von oben hatten sie die Stadt genau vor sich gesehen, doch nun war sie verschwunden und ihre Blicke reichten höchstens bis zur nächsten Wegbiegung.

»Lass uns einfach geradeaus laufen«, schlug Jakob vor und da Bärbel auch nichts Besseres einfiel, folgte sie ihm.

Bald darauf erreichten sie die dicken Mauern einer Klosteranlage. Ganz in ihrer Nähe hatten sich mehrere Höfe angesiedelt. Sie wähnten sich schon am Anfang von Freiburg, doch ein Kuhhirte klärte sie darüber auf, dass es sich nur um ein Dorf mit dem Namen Günterstal handele und wies ihnen den Weg in nördlicher Richtung.

»Ihr müsst noch ein gutes Stück durch den Wald«, erklärte er. »Aber verlauft euch nicht.«

Der wohlgemeinte Ratschlag erwies sich als ernstes Problem, doch schließlich kamen sie durch ein weiteres Dorf, dessen Gehöfte sich ebenfalls um die viereckigen Mauern eines Klosters scharten. Ihre Verwirrung nahm zu, als immer mehr Häuser hinzukamen, von ärmlichen Katen bis hin zu stattlichen Gehöften. Bald wussten sie nicht mehr, wo sie waren, doch offensichtlich hatten sie die Stadt selbst noch nicht erreicht, die – wie man ihnen versicherte – durch eine Mauer vom Rest getrennt war. Dann schienen sie den falschen Weg einzuschlagen, denn plötzlich entdeckten sie, dass die Stadt weiter von ihnen entfernt liegen musste als zuvor. Es folgte eine Reihe von Irrungen und Wirrungen, doch nach einiger Zeit stießen sie auf eine geschotterte Straße, auf der sie nicht mehr allein unterwegs waren. Die Straße bevölkerte sich zusehends. Sie mussten kurz vor dem Ziel sein. Pferdefuhrwerke mit eisenbeschlagenen Rädern rumpelten an ihnen vorbei. Ihre Lenker hielten die Besitzer der Handkarren mit lauter Stimme an, aus dem Weg zu gehen. Diejenigen, die nicht das Glück hatten, ein Pferd oder einen Wagen zu besitzen, trugen ihre oft schwere Last in einer Kiepe auf dem Rücken. Diese Menschen waren ihnen sehr ähnlich, denn sie sahen arm und ausgemergelt aus, wogegen besonders die Männer auf den Fuhrwerken einen gut genährten Eindruck machten. Eines jedoch schien die Reisenden miteinander zu verbinden: Sie liefen alle in die gleiche Richtung. Angezogen wie die Motten vom Licht steuerten sie auf ein einziges, unsichtbares Ziel zu. – Und das konnte nur die Stadt sein.

So ließen sie sich einfach von der Menge treiben wie Wasser, das dem Flussbett folgt, bis sie der Strom der Menschen vor ein Brückenhaus spülte. Ein Strom – dieses Mal tatsächlich aus Wasser – floss darunter hindurch.

Die Räder der Fuhrwerke und Karren rollten polternd über die Holzbohlen des Brückenhauses hinweg. Manche Pferde bekamen es bei diesem Krach mit der Angst zu tun und scheuten vor dem Eingang zur Brücke. Dies führte zu einer Verzögerung auf dem Weg in die Stadt, was ein aufgebrachtes Gemurmel der Einreisenden mit sich brachte. Während sich Jakob und Bärbel in die Schlange der Wartenden einreihten, betrachteten sie die mächtige Befestigungsanlage, die Freiburg umschloss: eine zinnenbewehrte Mauer, die durch einen Wall und eine Vormauer verstärkt wurde.

Plötzlich bohrte sich etwas Weiches in Jakobs Rücken und gab ihm einen leichten Stoß, sodass er einen Schritt nach vorne machte und für einen kurzen Moment mit den Armen ruderte, um nicht das Gleichgewicht zu verlieren. Als er sich wieder gefangen hatte, blickte Jakob erstaunt nach hinten und sah in das schaumtriefende Maul eines Kaltblüters, der, sich keiner Schuld bewusst, arglos auf seinem Gebiss herumkaute.

»Nichts für ungut«, tönte es von weiter oben. Ein Mann saß auf dem Kutschbock eines vierrädrigen Wagens. Die Zügel locker in einer Hand haltend, tippte er mit der anderen grüßend an die Krempe seines Hutes. Sein rundes Gesicht, das einen gutmütigen Eindruck machte, zierte ein brauner, gestutzter Bart. Sein Lächeln passte zu dem fröhlichen Blick, mit dem er die beiden Kinder bedachte.

Jakob erwiderte das Lächeln des Mannes und streichelte dem gescheckten Kaltblüter beruhigend über die Nüstern. Das stämmige Pferd schnaubte und stampfte unterdessen mit seinen schweren Hufen ungeduldig auf. »Ist schon in Ordnung«, erwiderte Jakob an den Mann gewandt. »Es ist ja nichts passiert.«

»Ziemlich heiß heute«, der freundliche Herr nahm seinen schwarzen Hut vom Kopf und wischte sich mit dem Ärmel den Schweiß von der Stirn. Es war sommerlich warm vor der Brücke, doch er setzte tapfer den Hut wieder auf und zog sein ebenso schwarzes Wams zurecht, das ihn als einen Menschen auszeichnete, der über einen gewissen Wohlstand verfügte.

Bärbel betrachtete inzwischen grübelnd den Fluss. »Ob das wohl der Rhein ist?«, wandte sie sich an Jakob.

Der Mann lachte. »Nein, kleines Mädchen, das ist nur die Dreisam. Der Rhein ist ein viel größerer Strom als dieses Flüsschen hier.«

Der Kaltblüter wieherte leise und verlegte sich darauf, beharrlich mit den Hufen im Straßenstaub zu scharen.

»Sagt, könntet ihr mich wohl vorbeilassen?« Der Mann sah sie fragend an. »Mein Pferd braucht Wasser und ich kann es erst tränken, wenn ich in der Stadt bin.«

Die beiden Kinder nickten und traten zur Seite.

Dankend tippte der Mann noch einmal an die Krempe seines Hutes und lenkte sein Gefährt an ihnen vorbei. Sie folgten ihm, als sich die wartende Schlange der Menschen und Tiere in Bewegung setzte. Klappernde Hufe und das Rumpeln eisenbeschlagener Räder hallten von den Wänden des Brückenhauses wider.

Bald darauf erreichten sie einen großen Hof, der von einer Mauer und zwei Wachhäusern auf beiden Seiten gesäumt war. Zwei mit Musketen bewaffnete Männer standen in der Nähe eines der beiden Häuser und betrachteten die vorbeiziehende Menge, die dem Tor zustrebte. Nachdem die Kinder den Hof überquert hatten, gelangten sie an das spitzbogige Tor eines Turms, wo der Mann vor ihnen sein Pferd erneut zum Stehen brachte. Der Wächter musterte ihn gründlich, bevor er ihn nach dem Grund fragte, der ihn in die Stadt führte.

»Ich bringe euch Salz aus Hallein«, entgegnete er. »Seht her.« Er stieg von seinem Wagen, öffnete einen der Säcke und schlug das Sacktuch zurück, damit der Torwächter einen Blick auf seinen Inhalt werfen konnte. »Es ist von bester Qualität.«

Der Torwächter ließ das Salz durch seine Finger rieseln und nickte zufrieden.

»Seid Ihr auf dem Weg ins Salzhaus?«

»Aber sicher. «

»Dann geht mit Gott«, sagte der Wächter und ließ ihn ziehen.

Endlich waren auch die Kinder an der Reihe.

»Was ist euer Begehr?«, fragte sie der Torwächter.

»Wir suchen einen Weg, auf dem wir ins Rheintal gelangen«, erwiderte Jakob. »Könnt Ihr uns helfen?«

Der Torwächter, ein grobschlächtiger Mann mit einem gewöhnlichen Gesicht, schüttelte den Kopf. »Ich bin nur der Wächter des Schwabentores«, mit einer ausladenden Geste wies er auf den Turm, der den bogigen Durchlass umschloss. »Für solche Spielchen habe ich keine Zeit. Fragt einen der Händler. Die meisten sind von weit her gekommen und können euch den Weg sowieso besser beschreiben als ich.« Er kratzte sich kurz hinter dem Ohr und schien noch einmal über diese Angelegenheit nachzudenken. »Am besten geht ihr ins Kaufhaus, dort halten sich zurzeit viele von ihnen auf.« Dann nickte er ihnen freundlich zu und winkte sie durch das Tor.

Freiburg empfing sie mit dem Gestank nach Mensch und Tier, Kochgerüchen und Exkrementen. Lange Häuserzeilen schlossen sie zu beiden Seiten ein. Ein Haus reihte sich an das andere und ließ ihre bescheidene Bergarbeiterkate lächerlich klein dagegen erscheinen. Mitten durch die gepflasterte Straße floss ein Bächlein, doch obwohl die Kinder inzwischen großen Durst hatten, wagten sie nicht, daraus zu trinken. Eine Menge Unrat säumte seinen Weg und verunreinigte das Wasser. Dort, wo die Straße sich teilte, stand eine große Linde. Zu ihrer Erleichterung entdeckten sie in der Nähe ihres Stammes einen Brunnen, an dem sie ihren Durst löschen konnten. Über der Krone des Baumes ragte der große Turm des Münsters hinter den Häusern auf. Marie hatte ihnen von dieser riesigen Kirche erzählt, die sie schon mehrfach bewundert hatte, als sie ihre Körbe vor dem Münster verkaufte. Zur Linken der Kirche stand ein fast ebenso großes Gasthaus, auf dessen Türschild ein behäbiger Bär prangte.

Die vielen Straßen und Gässchen verwirrten die Kinder genauso wie die schier unendlichen Reihen der Häuser. Die Ausmaße der Stadt waren riesig. Fast überall war das kleine Bächlein gegenwärtig, das in einer Rinne durch die Straßen floss. Die hoch in den Himmel aufragenden Häuser hatten etwas Bedrohliches an sich. Jakob und Bärbel fühlten sich wie in einem nicht enden wollenden Wald aus Straßen und Gebäuden – nur, dass es darin nicht einsam war. Unzählige Menschen und Fuhrwerke tummelten sich in der Stadt, doch keiner schien sie zu bemerken oder sich gar zu fragen, ob sie Hilfe brauchten. Den freundlichen Kaufmann aus Hallein hatten sie längst aus den Augen verloren. Vornehme Damen und Herren schlenderten in farbiges Tuch gekleidet über das Kopfsteinpflaster. Ihre eigene Kleidung erschien dagegen fade und ärmlich. Vielleicht war das der Grund, weshalb man geradezu durch sie hindurchzublicken schien?

Schließlich gelangten Jakob und Bärbel in eine Gasse, die ihnen gar nicht gefiel. Eine haarsträubende Mischung aus Herumtreibern, Bettlern und Weibern in unsittlichen Kleidern tummelte sich dort. Sie gingen rasch weiter und kamen an einer Schenke vorbei, die den passenden Namen »Zur Wolfshöhle« trug. Wesentlich freundlicher zeigte sich die Münzgasse, die sie näher zum Münster führte. Einige Gassen weiter befanden sich die Häuser der Handwerker: Schneider, Schuster, Töpfer und Holzschnitzer reihten sich aneinander. So gelangten sie vor das Münster mit seinen wuchtigen, rötlichen Mauern aus Sandstein, den unheimlichen Wasserspeiern und großen mit Glas ausgekleideten Spitzbogenfenstern. Doch wo war das Kaufhaus? Vor dem riesigen Gebäude herrschte ein geschäftiges Treiben. An eine Mauer, die, wie sie erstaunt feststellten, die Kirchhofsmauer war, lehnten sich Krämerbuden und Brotlauben an. Heute war Markt und überall fand ein reger Austausch von Waren und Geld statt. Mägde mit prall gefüllten Körben feilschten mit den Marktfrauen an den Ständen um den besten Preis. Vieh wurde zum Verkauf angeboten oder zum Schlachten in die große Metzgerei, die sogenannte ›Metzig‹ gebracht. Üble Gerüche, die von den Schlachtabfällen herrührten, durchwehten die Luft, doch schienen sie niemanden zu stören. Überall sah man Gewusel und Geschäftigkeit. Den Kindern gingen vor Staunen die Augen über, doch es war zum Verzweifeln – in dieser großen Stadt würden sie sich nie zurechtfinden.

»So finden wir das Kaufhaus nie«, sagte Bärbel erschöpft. »Mir tun jetzt schon die Füße weh vom vielen Laufen.«

»Lass uns eine Rast einlegen«, entschied Jakob und schob Bärbel kurzerhand zum Hauptportal des Münsters, dessen Vorhalle mit bunten Figuren geschmückt war. Hier fand Jakob den Heiligen Michael mit seiner Seelenwaage wieder, der die guten gegen die schlechten Taten der Menschen aufwog. Die guten Taten schienen zu überwiegen, obwohl ein Teufelchen versuchte, die andere Schale mit all ihrer Schlechtigkeit herunterzuziehen, was ihm aber nicht gelang.

Hinter dem Eingang tauchten die Kinder ihre Finger in die Weihwasserschale und bekreuzigten sich. Im Halbdunkel der großen Kirche war es angenehm kühl und so ruhig, als ob die vielen Menschen hinter den dicken Sandsteinwänden gar nicht existierten. Auch hier zeigten sich die Ausmaße der ganzen Stadt. Alles in ihr war riesig im Vergleich zu dem, was sie kannten, und doch schien jede Säule, jede Wand und jeder Winkel bis ins Kleinste verziert zu sein. Es war ein passendes Haus für einen großen Gott. Erschöpft betrachteten die Kinder die bunten Glasfenster im vorderen Teil des Langhauses, von denen jedes eine Geschichte erzählte. Der hier herrschende Friede griff langsam auf sie über und sie ließen sich in dem bunten Licht treiben, das mit langen Fingern die Düsternis durchbrach.

»Komm, Bärbel«, flüsterte Jakob, nachdem sie zur Ruhe gekommen waren. »Lass uns beten und den Herrgott anflehen, dass er uns den richtigen Weg zeigt.«

Die beiden Kinder schlenderten zum Hochaltar, auf dessen Mitteltafel die Krönung Marias dargestellt wurde. Das Bild wurde zu beiden Seiten von zwei weiteren Tafeln flankiert, die je sechs Apostel bei der Entsendung des Heiligen Geistes darstellten. Jakob und Bärbel sanken auf die Knie. »Gegrüßet seist du, Maria, voll der Gnade ...«, begann Bärbel, dann versanken die beiden in ein stummes Gebet und flehten Gott auf ihre eigene Weise an, ihnen den richtigen Weg zum Kaufhaus zu zeigen. Doch so sehr sie sich auch bemühten, nichts veränderte sich. Weder kam ihnen ein rettender Gedanke, noch ereignete sich etwas, das ihnen weitergeholfen hätte. Sie blieben genauso unwissend wie zuvor. Enttäuscht erhob sich Jakob und zog Bärbel mit sich. Er steuerte auf das südliche Seitenportal zu und betrachtete noch ein letztes Mal eines der wunderbaren Glasfenster, das sich, in mehrere Felder unterteilt, hoch über dem Portal befand. Plötzlich durchfuhr es ihn wie ein Blitz. »Schau, Bärbel«, sagte er gebannt. »Da sind Bergmänner!«

Auf zwei Bildern entdeckten sie Bergknappen bei der Arbeit.

»Ob das ein Zeichen ist?«, fragte Bärbel. Ihr kleines Gesicht wandte sich ihm zu und in dem zarten Blau ihrer kindlichen Augen glimmte ein Funke Hoffnung auf.

Jakob zuckte mit den Achseln und betrachtete noch einmal die Bergmänner in ihrer farbigen Umgebung. Er dachte an Thoman, Gerg und Paule, die um diese Zeit in der Poche schufteten, und an die Männer unter Tage, wo es alles andere als farbenfroh war. Täglich setzten sie ihr Leben aufs Spiel, damit es in dieser Stadt genügend Silber gab, ohne jemals etwas von ihrem Reichtum abzubekommen. Es schien mehr Ungerechtigkeit in dieser Welt zu geben, als er bisher geahnt hatte. Doch was nützte es, darüber nachzugrübeln. Er konnte nichts daran ändern.

Beherzt öffnete er die Tür. Sie hatten ihre eigene Plage und für diese *musste* es eine Lösung geben. – Er hoffte es jedenfalls.

Ein großer mit Arkaden geschmückter Bau in herrschaftlich dunkelrotem Putz stand auf der gegenüberliegenden Seite des Münsters. Der breite Balkon im Obergeschoss, der zu beiden Seiten von zwei zierlichen Erkern flankiert wurde, gab dem Gebäude ein noch prächtigeres Aussehen. An den Erkern prangten edle Wappen und zahlreiche bunte Figuren schmückten seine anmutige Fassade. Gekrönt wurde das Ganze mit einem riesigen Dach, einem Treppengiebel und mehreren Dachluken.

»Ich glaube, wir haben das Kaufhaus gefunden«, sagte Jakob verblüfft, denn unter den Arkaden, die wie ein großes, vorstehendes Dach vor Wind und Wetter schützten, herrschte reger Betrieb. Es waren Kaufleute, die ihre Waren vorführten, die geforderten Zölle bezahlten und ihre Habe mithilfe einiger bereitstehender Tagelöhner ausluden, um sie in das große Gebäude zu schaffen.

Jakob fasste sich ein Herz und sprach ein Weib an, das über den Kirchhof eilte, um eines der Gräber zu besuchen. »Sagt, ist das das Kaufhaus der Stadt?« Er deutete auf das gegenüberliegende Haus auf der anderen Straßenseite.

»Was denn sonst?«, antwortete sie ungehalten und wandte sich wieder ihrer Aufgabe zu.

Jakob pfiff leise durch die Zähne. War das denn zu fassen? Sie waren gar nicht weit vom Kaufhaus entfernt gewesen, genau genommen befand es sich direkt vor ihrer Nase!

»Also war das Fenster doch ein Zeichen, das uns der Herrgott geschickt hat«, entgegnete Bärbel mit schulmeisterlicher Stimme. »Komm, gehen wir hinein.«

Sie überquerten die Straße, schlängelten sich durch ein Knäuel aus Karren, Fuhrwerken und Menschen, durchschritten die Pforte und kamen in einen Innenhof, der ihnen den Weg in die Markthalle wies. In der Halle vollzog sich das Gleiche wie draußen: ein immerwährender Kreislauf aus Kaufen und Verkaufen. Händler boten ihre Waren auf langen Tischen an, die sich zwischen dem dichten Gedränge aus Kaufwilligen dahinschlängelten. Jakob und Bärbel konnten sich gar nicht sattsehen an all den prächtigen Dingen, die zum Greifen nah auf den Tischreihen zur Schau gestellt wurden. Kostbare Tuche, Borten, Knöpfe und Gürtel, Töpfe, Tiegel und Pfannen, Körbe, Holzschnitzereien, sogar Papier und Bücher konnte man hier kaufen, aber auch Korn, Öl, Butter, Käse, Obst, Gemüse und vieles mehr. Hier gab es alles, was das Herz begehrte. – Vorausgesetzt, man konnte es bezahlen.

»He, ihr da! Euch kenne ich doch«, rief plötzlich eine tiefe, männliche Stimme. Es war der Kaufmann aus Hallein. Lachend winkte er ihnen zu. Sie bahnten sich einen Weg durch die Menschenmenge und trafen ihn an einem Tisch, auf dem neue Ledergürtel in Reih und Glied lagen.

»Wollt ihr auch etwas kaufen?«, fragte er freundlich.

»Ich fürchte nein«, erwiderte Jakob langsam. Er kam sich arm und töricht dabei vor. »Wir wollen nichts kaufen. Wir suchen nur jemanden, der uns den Weg zum Rhein zeigen kann.«

»Was wollt ihr denn dort?« Die dichten Brauen des Händlers schoben sich interessiert in die Höhe. Da er gerade nichts zu tun hatte, schob er die Kinder an den Rand des Geschehens auf eine leer stehende Holzbank zu und setzte sich neben sie.

»Also, was wollt ihr dort?« Er strich sich über den Bart, was seine wohlgenährten Wangen besser zum Vorschein brachte. Seine Augen sahen Jakob und Bärbel, die fast einen Kopf kleiner als ihr Bruder war, auffordernd an. Vielleicht waren es diese Augen, die ein wenig verschmitzt in die Welt blickten, oder das freundliche Lächeln, das sie schon vor ein paar Stunden gesehen hatten. Jedenfalls fassten die Kinder Vertrauen zu diesem Fremden und erzählten ihm ihre Geschichte. Als sie geendet hatten, lächelte der Salzhändler nicht mehr und seine Augen betrachteten sie voller Mitleid. Er schien aus tiefstem Herzen zu verstehen, was in ihnen vorging.

»Ich würde euch gern helfen«, sagte er, nachdem er eine Weile nachgedacht hatte. »Dieses Dorf, von dem ihr gesprochen habt, kenne ich zwar nicht, aber ich fahre nach Breisach, wenn ich hier fertig bin. Dort fließt der Rhein vorbei. – Ich könnte euch mitnehmen.«

»Wirklich?«, fragte Bärbel. Ihr kleines Gesicht wirkte in diesem Moment so schutzlos und bedürftig, dass es dem Salzhändler schier das Herz zerschnitt. »Ihr wollt uns *wirklich* mitnehmen?«

Der Mann strich ihr über das rotblonde Haar, das sie zu zwei Zöpfen geflochten hatte. »Selbstverständlich tue ich das«, sagte er ernst. »Dann seid ihr erst einmal am Rhein. Von dort aus müsst ihr aber selbst sehen, wie ihr weiterkommt.«

Die beiden Kinder strahlten vor Freude. Sie blieben bei dem Salzhändler, der auf den Namen Anselm Gruber hörte, und begleiteten ihn bei seinen Einkäufen. Sie schauten ihm zu, wie er mit anderen Händlern feilschte, hier und da Komplimente verteilte oder einer hübschen Jungfer zuzwinkerte, während er den Preis für zehn neue Knöpfe entrichtete. Schließlich war es Abend.

»Kommt mit«, sagte Meister Gruber, »ich kenne hier ein vorzügliches Gasthaus, in dem wir übernachten können.«

Die Kinder sahen betreten zu Boden. »Aber ... wir haben nur wenig Geld«, flüsterte Jakob.

»Keine Angst«, lenkte Meister Gruber ein, »ihr seid meine Gäste.« Er hatte im Freiburger Salzhaus ein gutes Geschäft gemacht. Die meisten Säcke waren verkauft und es befand sich genügend Geld in seiner Tasche.

Erleichtert folgten ihm Jakob und Bärbel. Sie konnten ihr Glück kaum fassen, dass sie sich in der Obhut dieses großherzigen Menschen befanden. Der Salzhändler führte sie zum »roten Bären«, dem Gasthaus, das sie beim Betreten der Stadt bereits entdeckt hatten. Er übergab Pferd und Wagen einem Burschen und nahm sie mit in die Schankstube, wo sie ein vorzügliches Mahl genossen. Meister Gruber beobachtete mit Freude, wie die Kinder mit vollen Wangen kauten. Er gönnte es ihnen von Herzen, denn für seinen Geschmack waren sie viel zu mager. Danach machten sie es sich auf den Strohsäcken bequem, die den Gästen in einem separaten Zimmer zur Verfügung standen.

»Siehst du«, wisperte Bärbel in Jakobs Ohr. »Der Herrgott hat uns nicht vergessen. Er hat uns geholfen, das Kaufhaus zu finden und Meister Gruber, der sich so nett um uns kümmert.«

Jakob brummte schlaftrunken, doch im Grunde seines Herzens musste er Bärbel recht geben. Trotz all der Not gab es Hilfe, die wie ein Lichtstrahl die Dunkelheit zerschnitt.

In dieser Nacht schliefen die beiden Kinder nicht ganz so fest, denn die Erlebnisse des vergangenen Tages geisterten in ihren Köpfen herum und verfolgten sie bis in ihre Träume.

Am nächsten Tag verließen sie Freiburg auf demselben Weg, auf dem sie die Stadt betreten hatten. Die Kinder durften in Meister Grubers Wagen neben den deutlich geschrumpften Salzsäcken sitzen. Mehr als die Hälfte hatte ihm das städtische Salzhaus abgenommen. Dort wurde es in kleine Säckchen umgefüllt und an die Bürger weiterverkauft.

Breisacher Intermezzo

Träge ließen Jakob und Bärbel die malerische Landschaft aus Obstbäumen, Wiesen und kleinen terrassenförmigen Rebfeldern, die Tuniberg und Kaiserstuhl bedeckten, an sich vorbeiziehen, während das Pferd gen Breisach trottete. Trotz des schönen Anblicks und des herrlichen Wetters wurde es eine unbequeme Fahrt. Der Wagen holperte auf schlechten Straßen dahin und schüttelte seine Fracht durch die Unebenheiten der Fahrrinne auf und ab. Es dauerte einen ganzen Tag und die Hälfte des nächsten Morgens, bis sie die lange Brücke erreichten, die über den Rhein zum Stadttor von Breisach führte. Schon von Weitem sahen sie den Münsterberg, der die Umgebung als höchsten Punkt der Stadt überragte. Ein zweifacher Mauerring mit Toren und Türmen schützte das trutzige Münster und die Häuser, die wie eine große Insel inmitten der Flussarme lagen. Breisach war eine gewaltige Festung, die immer noch weiter verstärkt wurde. An einigen Stellen sahen die Kinder Bauleute, die damit beschäftigt waren, die Mauern zu erweitern oder zu erneuern.

Der Rhein war tatsächlich ein riesiger Strom, gegen den die Dreisam wie ein dünnes Bächlein wirkte. Mehrere kleine Inseln durchzogen das Wasser vor der Stadt. Handelsschiffe und die *Weidlinge* der Fischer fuhren zwischen ihnen dahin und in der Ferne näherte sich ein großes Floß aus miteinander verbundenen Holzstämmen.

Meister Gruber bezahlte den vorgeschriebenen Zoll, bevor er mit seinem Wagen die Rheinbrücke passieren konnte. Der Kaltblüter spannte seine mächtigen Muskeln, um seine Fracht über die Holzbohlen zu ziehen.

»So«, sagte Meister Gruber, als sie das Tor hinter sich gelassen hatten. Das Gesicht des beleibten Mannes verzog sich bedauernd. »Hier endet unsere Reise. Wenn ich mein Salz verkauft habe, fahre ich zurück nach Hallein, doch das ist nicht der Weg, den ihr einschlagen wolltet.«

Froh, wieder festen Boden unter den Füßen zu haben, sprangen die Kinder vom Wagen, doch auch ihnen fiel der Abschied nicht leicht. Der freundliche Händler hatte es wirklich gut mit ihnen gemeint. In der vorletzten Nacht hatten sie ein Dach über dem Kopf gehabt und warme Suppe mit Fleisch und frischem Brot genossen. Sie durften davon essen, so viel sie wollten. Und auch auf der Reise hierher war es ihnen nicht schlecht ergangen. Ein Glücksfall, den sie bisher nur selten erlebt hatten.

»Was bin ich Euch schuldig?«, fragte Jakob ernst, denn er wusste, was sich gehörte. Marie hatte immer Wert darauf gelegt, dass ihre Manieren tadellos waren. ›*Auch wenn man arm ist, kann man höflich sein*‹, trichterte sie den Kindern ein und nun war ihnen ihre Erziehung in Fleisch und Blut übergegangen.

Meister Grubers Züge entspannten sich zu einem Lächeln. »Du bist mir gar nichts schuldig, junger Mann«, erwiderte er und tätschelte den Scheitel von Jakobs schwarzem Haar. Der ungewohnt lange Aufenthalt im Freien hatte die olivfarbene Haut des Jungen in den letzten Tagen gebräunt. Er sah fast aus wie ein kleiner Zigeuner und nicht mehr wie der bleiche Pochjunge, der nur selten die Sonne zu Gesicht bekommen hatte. Doch sein Blick war ernst und es schnitt Meister Gruber ins Herz, wenn er an all das Elend dachte, das die Kinder in ihrem jungen Leben schon gesehen hatten. »Geht zum Hafen und fragt auf den Handelsschiffen nach. Vielleicht gibt es dort einen Händler, der euch mitnehmen kann. Auf jeden Fall ist es bequemer, als über Land zu reisen.«

»Vergelt's Euch Gott!« Jakob gab ihm die Hand und Bärbel knickste artig.

Meister Gruber erklärte ihnen den Weg zum Hafen, dann nahm er wieder auf seinem Wagen Platz und schnalzte mit der Zunge. Der Kaltblüter spitzte die Ohren und zog an. Der Händler winkte ihnen noch einmal zu, bevor er hinter der nächsten Biegung der gepflasterten Straße verschwand, die sich, den Windungen eines Schneckenhauses gleich, immer weiter in die Höhe schraubte.

Der Hafen lag am untersten Mauerring, der bis zum Wasser reichte. Kleine Flachwasserboote lagen dort vor Anker und luden ihre Waren auf größere Schiffe um. Die größeren, aber ebenso flachen Holzkähne verfügten über einen Aufbau, der offensichtlich als Nachtlager oder Unterschlupf bei schlechtem Wetter diente, einem langen Steuerruder und zwei oder drei Ruderbänken. Fast der ganze Rest der Schiffe wurde mit Waren vollgestopft. Jakob seufzte. Ob sie hier eine Mitfahrgelegenheit fanden?

»Verzeihung«, sprach er einen der Schiffer an, »darf ich fragen, wohin ihr fahrt?«

Der Schiffer, ein stämmiger Mann mit einem wilden dunklen Bart und tief liegenden grauen Augen unter buschigen Brauen, betrachtete ihn mürrisch. »Warum willst du das wissen?«, knurrte er.

Jakob spürte ein leises Unbehagen. Dieser Mann war nicht so freundlich wie Meister Gruber. Sein Blick und die entblößten Muskeln, die unter den aufgekrempelten Hemdsärmeln hervorquollen, hatten etwas Furchteinflößendes an sich.

»Weil wir eine Mitfahrgelegenheit suchen.« Jakobs Stimme senkte sich zu einem Flüstern, doch er blickte dem Schiffer tapfer in die Augen.

»Ich nehme keine Reisenden mit«, erwiderte der Mann barsch.

»Aber wir könnten dafür bezahlen«, versuchte Jakob zu verhandeln.

Der Schiffer betrachtete die beiden Kinder ungläubig, dann fing er an zu lachen. »Habt ihr gehört?«, rief er den anderen zu. »Dieses Bürschchen will für seine Überfahrt bezahlen! Hat wohl einen guten Fang gemacht, als er seine Finger in die Taschen der Beisacher Bürger gesteckt hat!«

»Ich habe das Geld nicht gestohlen«, erwiderte Jakob entrüstet. Seine Hand fuhr in die Hosentasche, um sich zu vergewissern, dass die Münzen noch an Ort und Stelle waren. »Ich hab's ehrlich verdient.«

»Macht, dass ihr fortkommt, oder ich hole den Büttel«, erwiderte der Schiffer. »Der wird schon aus euch herausprügeln, woher das Geld stammt.«

»Lass die beiden Kinder in Ruhe, Martin«, unterbrach ihn ein anderer. Ein hochgewachsener, junger Mann kam auf Jakob und Bärbel zu und lächelte sie freundlich an. »Wohin wollt ihr denn?«

»Nach Odelshofen«, erwiderte Jakob hoffnungsvoll. Vielleicht hatten sie ja Glück und dieser weitaus sympathischere Mann würde sie mitnehmen.

»Noch nie gehört. Wo soll das denn liegen?«

Ratlos hob Jakob die Schultern und ließ sie danach enttäuscht herabsinken. »Das wissen wir nicht.«

»Das ist aber ziemlich wenig, was ihr da wisst. Was wollt ihr denn dort?«

»Wir suchen unsere Verwandten«, piepste Bärbel. Ihre runden Augen hefteten sich Hilfe suchend auf den Schiffer. »Weil unsere Eltern gestorben sind.«

Der Mann zog grübelnd seine Stirn in Falten und strich sich unbewusst eine Locke seines hellbraunen Haars aus der Stirn. »Mehr wisst ihr nicht?«

Traurig schüttelten die Kinder ihren Kopf.

»Bleibt hier. Wenn ich das Schiff beladen habe, muss ich sowieso zum Hafenmeister. Ich werde ihn nach diesem seltsamen Ort fragen. Vielleicht hat er schon etwas davon gehört.«

»Ich danke Euch«, sagte Jakob erleichtert. Dann setzten sich die beiden an den Rand der Kaimauer, ließen ihre Beine baumeln und verzehrten fast den ganzen Rest des Vespers, das ihnen der Bergrichter gegeben hatte. Vier Tage waren sie nun unterwegs, doch angesichts der vielen Erlebnisse kam es ihnen wie eine halbe Ewigkeit vor. Der Mittag war schon längst vergangen, als alle Waren in dem großen Schiff einen Platz gefunden hatten und der freundliche Mann sich auf den Weg zum Hafenmeister machte. Seine Rückkehr ließ nicht lange auf sich warten, doch sein Gesicht machte keinen glücklichen Eindruck. »Es tut mir leid«, sagte er mit zerknirschter Stimme. »Der Hafenmeister weiß auch nicht, wo dieser Ort liegt, aber er hat euch erlaubt, hierzubleiben. Jeden Tag kommen neue Schiffe, um Handel zu treiben oder um Reisende in die Stadt zu bringen. Vielleicht habt ihr Glück und irgendjemand weiß, wo ihr hinmüsst. Aber passt auf, lasst euch hier nicht blicken, solange es Nacht ist. Die Gegend ist gefährlich. Bei Dunkelheit treibt sich allerhand Gesindel herum. Und wenn euch der Nachtwächter erwischt, sperrt er euch in den Turm.«

»Aber wo sollen wir hin?«, fragte Jakob entgeistert.

Der junge Mann runzelte erneut die Stirn. »Ich weiß es nicht«, antwortete er schließlich.

»Ich danke Euch trotzdem«, sagte Jakob ernst. »Wir werden schon etwas finden, wo wir uns verkriechen können.«

»Vergelt's Euch Gott«, schloss sich Bärbel an.

»Schon recht«, erwiderte der junge Schiffer. »Ich hoffe, ihr findet eure Verwandten.« Dann sprang er auf seinen großen Kahn und brachte ihn auf Kurs, während seine Mannschaft sich in die Riemen legte.

Jakob und Bärbel blieben noch bis zum Abend dort, aber niemand konnte ihnen weiterhelfen.

Die Glocke des Breisacher Münsters schlug acht Mal. »Was sollen wir denn jetzt machen?«, fragte Bärbel verzweifelt.

Ratlos hob Jakob die Schultern. Hier konnten sie nicht bleiben. Der Hafenmeister war nach Hause gegangen und mit ihm die Taglöhner, die beim Be- und Entladen der Schiffe geholfen hatten. Nur noch wenige Schiffe lagen an der Kaimauer, wo man sie für die Nacht festgezurrt hatte. Die Mannschaften waren unter fröhlichem Geschrei und Gelächter in die nächste Schenke gezogen, um ihren Durst zu stillen. Nur ein paar mürrische Wachen hatten sie zurückgelassen, damit die Ware über Nacht keine Beine bekam. Doch sie waren nicht lange allein geblieben. Leicht bekleidete Weiber, die sie schon in Freiburg gesehen hatten, suchten die Anlegeplätze auf und warfen den Männern auffordernde Blicke zu. Bettler und andere zwielichtige Gestalten schlichen durch die Gassen, um diejenigen, die in die Schenken schlenderten, bei einer günstigen Gelegenheit um ein paar Münzen zu erleichtern. Ängstlich tastete Jakob nach dem Beutel in seiner Tasche, in dem er sein Geld verwahrte. Erleichtert stellte er fest, dass er noch da war. Er umschloss ihn mit seinen Fingern und ließ die Hand in der Hosentasche, damit sich niemand daran vergreifen konnte.

»Komm«, sagte er zu Bärbel, »wir müssen hier weg.«

Doch wo sollten sie hin? Müde trotteten sie durch die Gassen und suchten die Häuser nach einem Unterschlupf ab, in dem sie die Nacht verbringen konnten. Bärbel gähnte. »Warum können wir nicht einfach ins Gasthaus gehen wie Meister Gruber?«

»Spinnst du?«, entgegnete Jakob entrüstet. »Das ist viel zu teuer. Wer weiß, wofür das Geld noch gut ist?«

Der Stadtteil, der an den Hafen angrenzte, war nicht sehr einladend. In den großen Steinhäusern wohnte der Auswurf der städtischen Gesellschaft. Die Straßen waren so schmutzig und ungepflegt wie die Menschen, die sie bewohnten, und von den Schenken dröhnte der Lärm der bierseligen Gäste. Sorgsam achteten sie auf den Weg, auf dem dampfende Pferdeäpfel und anderer Unrat herumlagen.

»Achtung«, schrie es plötzlich aus einem der höher gelegenen Fenster, die sich zur Straße hin öffneten. Die Kinder sahen nach oben und entdeckten ein Weib, das eben den Inhalt seines Nachttopfes in einem beträchtlichen Schwall aus dem Fenster kippte. Die stinkende Brühe schlug mit einem lauten Klatschen auf dem staubigen Boden auf und verteilte sich spritzend in alle Richtungen. Mit hastigen Sprüngen brachten sich Jakob und Bärbel in Sicherheit, konnten aber nicht verhindern, dass ein paar Tropfen ihre Kleider befleckten.

»Pfui Teufel!« Bärbels Mundwinkel verzogen sich zu einer angewiderten Grimasse. »Das ist ja widerlich!« Bärbel war nicht zimperlich. Sie kannte so manchen Schmutz, schlammige Straßen, Flöhe und Bettwanzen, die sich im alten Stroh unter dem Laken eingenistet hatten, und andere Widrigkeiten. Aber einen Nachttopf hatte noch niemand über ihrem Kopf ausgeschüttet.

An einem Brunnen stillten sie ihren Durst und wuschen die stinkenden Flecken notdürftig aus ihren Kleidern. Danach setzten sie sich auf den Brunnenrand – der ihnen sauberer als seine Umgebung erschien – und aßen das letzte Brot, das von ihrem Vesper noch übrig war, während der Strom der Menschen auf den Gassen allmählich versiegte. Die Sonne sank auf ihren tiefsten Punkt und noch immer wussten die beiden Kinder nicht, wo sie die Nacht verbringen sollten. Plötzlich ertönte die Stimme des Nachtwächters, der durch die Straßen schlenderte: »Hört, ihr lieben Herren, lasst euch sagen, vom Turm die Glock hat zehn geschlagen! Zehn Gebote setzt Gott ein. Gib, das wir gehorsam sein. Menschenwachen kann nichts nützen. Gott muss wachen. Gott muss schützen. Gib uns eine gute Nacht!«

Furcht stieg in Jakob auf. Was hatte der Schiffer gesagt? *›Wenn euch der Nachtwächter erwischt, sperrt er euch in den Turm.‹* Hastig fasste er nach Bärbels Hand. »Komm schnell!« Gerade noch rechtzeitig schlüpften die beiden Kinder in eine schmale Gasse und beobachteten, wie der große Mann in seiner dunklen Tracht die Straße entlangschlenderte. Den Griff seiner Hellebarde stieß er bei jedem Schritt mit einem dumpfen *›Tock‹* auf das Pflaster. Wie gebannt starrten sie ihm nach und erst, als seine Schritte in der Ferne verhallten, fielen Jakob und Bärbel vor Erleichterung in sich zusammen, als ob man die Luft aus ihnen herausgepresst hätte.

Plötzlich legte sich eine Hand auf Jakobs Schulter. Die Muskeln in seinem Körper spannten sich an. Erschrocken fuhr er herum und blickte in das hagere Gesicht eines Mannes, der ihn interessiert musterte. Die Sonne war nun vollständig gesunken, doch aus den Häusern fiel der Kerzenschein in die laue Nachtluft der Gasse und erhellte den Mann vor seinen Augen.

»Na, na! Wer wird denn solche Angst vor mir haben?«, fragte er freundlich. »Sehe ich denn so schlimm aus?«

»N...nein«, stotterte Jakob.

Bärbel hatte vor Schreck die Hände vor den Mund geschlagen und schaute den Mann mit einer Mischung aus Entsetzen und Neugier an.

Die kleinen Äuglein blickten verschmitzt in ihr Gesicht. »Darf ich mich vorstellen, kleine Dame?«

Sie ließ ihre Hände sinken und nickte sprachlos.

»Peter Porteisen, mein Name.« Er machte eine kleine Verbeugung, die Bärbel zum Kichern brachte. »Was macht ihr denn hier?« Der Mann war sehr schlank, man konnte ihn sogar ohne Weiteres als dürr bezeichnen. Er machte einen gepflegten Eindruck – *und* er war so nett wie Meister Gruber.

Das gab schließlich den Ausschlag. Sie erzählten ihm, woher sie kamen und wie sie nach Breisach gelangt waren.

»Und nun brauchen wir ein Quartier für die Nacht«, sagte Jakob. Er blickte verschämt zu Boden. »Aber wir finden keins.«

Der Mann betrachtete sie grübelnd. Man konnte förmlich sehen, wie es hinter seiner Stirn arbeitete. Dann lüftete er kurz seinen Hut, um sich mit der Hand über das ergrauende Haar zu fahren. »Und ihr seid ganz allein?« Seine Augen verengten sich zu besorgten Schlitzen. Leicht tadelnd schüttelte er den Kopf. »Aber das geht doch nicht.« Wieder machte er eine nachdenkliche Pause. »Nun«, sagte er schließlich. »Bei uns ist es zwar ziemlich eng, aber für ein oder zwei Nächte wird der Platz wohl reichen. Kommt mit. Ich lade euch hiermit offiziell ein, meine Gäste zu sein.«

Die Kinder zögerten.

»Oder wollt ihr lieber warten, bis der Nachtwächter euch schnappt und in den Turm sperrt?«, fragte er mit schelmischem Gesicht. »Streunende Kinder haben nachts auf den Gassen nichts zu suchen.«

»Nein«, erwiderte Jakob entschlossen, »das wollen wir ganz sicher nicht.«

Sie folgten Meister Porteisen über viele Gassen den Berg hinauf in ein schmales, aber hohes Haus, das mit der gepflegten Häuserzeile, in der es stand, geradezu zu verschmelzen schien. »Agnes«, rief er, nachdem er die beiden Kinder in den Flur geschoben hatte. »Wir haben Gäste.«

Eine kleine rundliche Frau erschien in der Tür. Ihr faltiges Gesicht wurde von der Spitzenborte einer monströsen Haube umrahmt, die ihr Haar vollständig bedeckte. Sie bedachte die Kinder mit dem Blick einer Hausfrau, die darüber nachsann, wie viel Nahrung sie benötigen würde, um die beiden satt zu kriegen. Ihre Stimme klang etwas schrill. »Was für nette Kinderchen.« Die prüfenden Augen hefteten sich auf ihren Mann, der bestätigend nickte. »Wo hast du sie denn aufgelesen?«

»Auf einer Gasse, in der Nähe des Hafens«, erklärte er. »Sie wussten nicht, wo sie hinsollten, und da habe ich sie eingeladen, ein oder zwei Nächte bei uns zu bleiben.«

Die Frau nickte bestätigend und wandte sich an Jakob und Bärbel. »Wir werden schon einen Platz zum Schlafen für euch finden.«

Sie führte die beiden in die große Stube, die von einem prächtigen Ofen mit einer hölzernen Ofenbank und einem großen Fenster zur Gasse hin beherrscht wurde. Ein langer von Holzbänken flankierter Tisch stand in der Mitte des Raumes. An seinen Stirnseiten thronte jeweils ein Stuhl. »Setzt euch.« Meister Porteisen wies mit der Hand auf eine Bank, während sein Weib eilig in der angrenzenden Küche verschwand. Er setzte sich auf einen der Stühle und ließ seine Hand über die Bänke schweifen. »Wie ihr seht, seid ihr nicht die einzigen Kinder in unserem Haus.«

Jakob und Bärbel sahen ihn schweigend an.

»Zu unserem Bedauern hat uns der Herrgott nicht mit eigenen Kindern gesegnet.« Ein Schatten legte sich bei diesen Worten über sein Gesicht. Ein kurzer Anflug des Schmerzes über einen Wunsch, der nicht in Erfüllung gegangen war. In gefasstem Tonfall sprach er weiter: »Deshalb kümmern wir uns um andere. Die hilflosen und beklagenswerten Geschöpfe dieser Stadt. – Die Zeiten sind schlecht. Es gibt immer mehr Kinder, die kein Zuhause haben. Wir nehmen sie für eine Weile bei uns auf. Sie erhalten eine anständige Ausbildung und wenn sie alt genug sind, um selbstständig zu werden, lassen wir sie wieder ziehen.«

»Dann seid Ihr ein guter Mann«, erwiderte Bärbel. »Und Euer Weib natürlich auch«, fügte sie hastig hinzu.

Meister Porteisen nickte lächelnd. »Ich hoffe es zumindest«, sagte er bescheiden.

Sie genossen ein einfaches, aber reichliches Mahl, das aus Milch, Brot und Butter bestand, dann führte sie der Hausherr zu den Kammern, in denen die Kinder bereits schliefen. »Seid leise«, flüsterte er.

Er führte die beiden Geschwister eine schmale Stiege hinauf und wies Bärbel mit einer Geste den Weg in die Kammer der Mädchen. Mit einem Wachslicht leuchtete er die beiden großen Betten ab, die darin standen. »Hier«, flüsterte er. »Neben Anni ist noch ein Platz frei.«

Bärbel nickte und wartete, bis Meister Porteisen gegangen war. Dann schlüpfte sie aus ihrem Kleid und legte sich im Hemd an den Rand des Bettes. Anni stöhnte im Schlaf kurz auf, bevor sie Bärbel mit einer unbewussten Bewegung den Rücken zudrehte. Bärbel schob sich rasch auf die frei gewordene Stelle und schloss selig die Augen. Der Duft des Bettstrohs, der durch das Laken drang, war trocken und sauber. Ein Hauch von Lavendel hing in der Luft, wahrscheinlich hatte man ein paar Zweige davon unter das Laken gesteckt. Auch die Bettwäsche schien erst kürzlich gewaschen worden zu sein, denn ihr fehlte der muffige Geruch verschwitzter Körper. Sie atmete tief und dankbar ein. Das warme Bett mit seinem schlafenden Inhalt strahlte eine wohlige Geborgenheit aus. Das gleichmäßige Atmen der Mädchen lullte sie ein und sie fiel in einen tiefen, friedlichen Schlaf.

Jakob erging es nicht anders. Auch er fand einen gemütlichen Schlafplatz in einem Bett, das sich bereits zwei Jungen teilten. Sein Platz war schmal, aber er war warm und sicher, und so schlief auch er bald darauf ein.

Ein schepperndes Läuten riss die Kinder am nächsten Morgen aus ihren Träumen.

Bärbel gähnte und dehnte gemütlich ihre Glieder, dabei stieß sie an Anni, die aufschreckte, als hätte sie eine Hornisse gestochen. »Wer bist denn du?«, fragte sie erstaunt.

Bärbel erstarrte, als Anni ihr das Gesicht zuwandte. Es war ein schlichtes, gutmütiges Gesicht, das von blonden, zerzausten Locken – die sich über Nacht aus ihrem Zopf gelöst hatten – umrahmt wurde. Aber unter der Stirn wich eine der Gesichtshälften zurück, als ob eine Faust sie zertrümmert und nach innen geschoben hätte. Das Auge, das sich normalerweise an dieser Stelle befand, fehlte vollständig. Die Haut hatte sich aufgrund des fehlenden Organs in die leer stehende Höhle zurückgezogen.

Annis gesundes Auge fixierte Bärbel kritisch. »Hast wohl noch nie jemandem mit einem fehlenden Auge gesehen, was?«

»N...nein«, stotterte Bärbel verlegen. »Entschuldige. Ich wollte dich nicht so anstarren.« Ihr Gesicht verzog sich mitfühlend. »Wie ist denn das passiert?«

Anni starrte zu den beiden schon fast erwachsenen Mädchen im Nachbarbett hinüber, die das Gespräch mit gebannten Blicken verfolgten. Dann zuckte sie mit den Achseln. »Das geht dich nichts an«, erwiderte sie kühl.

Eifriges Schlürfen begleitete die Einnahme der Morgensuppe. Jakob und Bärbel hatten mit den anderen Kindern auf den Bänken Platz genommen, während Meister Porteisen und sein Weib mit den beiden Stühlen vorliebnahmen. Danach falteten die sechs Jungen und drei Mädchen gesittet ihre Hände, damit der Hausherr ein Gebet sprechen konnte. Die Kinder verfügten über ein tadelloses Benehmen, doch Jakob fiel auf, dass nicht nur Anni ein Auge fehlte, wie ihm Bärbel flüsternd mitgeteilt hatte. Ein anderes Mädchen hatte eine großflächige rote Narbe auf der Wange. Und einem der Jungen stand der Unterarm in einem bizarren Winkel ab, während der Fuß eines anderen verkrüppelt zu sein schien, da er auf dem Weg von der Kammer zur Stube auffällig hinkte. Meister Porteisen fing Jakobs Blick auf. »Die Widrigkeiten des Alltags, du verstehst?«, erklärte er entschuldigend.

Jakob nickte. Diese Kinder schienen enormes Pech gehabt zu haben. Wie gut, dass die Porteisens sich um sie kümmerten!

Nach dem Essen gingen die Kinder ihrer Wege. Porteisen hatte sie in guten Häusern untergebracht, wo sie etwas lernen konnten und nicht wie Sklaven behandelt wurden, wie er mit ein wenig Stolz in der Stimme versicherte. Er ergriff seinen Hut, um sich ebenfalls seiner Arbeit zuzuwenden.

»Nun, dann werden wir uns auch wieder auf den Weg machen«, wandte sich Jakob an den überaus schlanken Mann.

»Nehmt noch einen Schluck Milch mit auf den Weg«, die rundliche Frau des Hausherrn brachte zwei Becher aus der Küche. »Ihr werdet sie brauchen können.« Ein kleines Lächeln umspielte ihre Lippen, als die beiden Kinder eifrig tranken.

»Vergelt's Euch Gott!« Bärbels Mundwinkel kräuselten sich zu einem freundlichen Lächeln, als sie ihren Becher zurückgab.

Jakob wischte sich mit dem Ärmel den Milchbart von der Oberlippe. »Auch ich danke Euch vielmals.« Er deutete eine Verbeugung an, wie er es bei Meister Porteisen gesehen hatte.

»Was habt ihr nun vor?«, erkundigte sich Porteisen freundlich.

Sie erklärten ihm, dass sie wieder zum Hafen gehen wollten, um sich auf einem der Schiffe nach einer Mitfahrgelegenheit zu erkundigen. Meister Porteisen hörte ihnen geduldig zu und stellte ihnen hier und da eine Frage, die von den Kindern höflich beantwortet wurde.

Ein herzhaftes Gähnen zwängte sich plötzlich aus Jakobs Mund. »Entschuldigt«, sagte er peinlich berührt, »aber ich bin noch ein wenig müde.«

Die Porteisens warfen sich einen vielsagenden Blick zu.

»Möchtest du dich noch einen Moment hinlegen?«, fragte Porteisen väterlich. »Dann bist du kräftig und ausgeruht für die bevorstehende Reise.«

Auch Bärbel nickte dankbar. Sie verspürte ein plötzliches Schwächegefühl, das von ihren Füßen über die Oberschenkel bis zu ihren Haarwurzeln drang. Dabei hatte sie doch so gut geschlafen.

Die Kinder schafften es kaum die schmale Stiege hinauf und bald darauf waren sie tief und fest eingeschlafen.

Bärbel erwachte in dem Bett, das sie mit Anni geteilt hatte. Ein wenig benommen setzte sie sich auf und blickte aus dem weit geöffneten Fenster. Hinter der dunklen Silhouette der gegenüberliegenden Häuser lugte die glutrote Sonne nur noch zu einem Viertel über die Dachfirste! Entsetzt sprang sie aus dem Bett. Es war schon Abend. Sie konnte kaum glauben, dass sie den ganzen Tag verschlafen hatte! Die Schiffe im Hafen hatten sicher schon längst wieder abgelegt. Nicht auszudenken, wenn eines dabei gewesen wäre, das sie hätte mitnehmen können! »Jakob!« Ihre Stimme verhallte ungehört. Leise schlich sie aus dem Raum und öffnete sachte die Tür zur

Kammer der Jungen, die sich direkt daneben befand. Jakob lag immer noch tief schlafend auf einem der Betten. »Jakob!«

Ein unsanftes Rütteln riss Jakob aus dem Schlaf. Er öffnete seine schweren Lider und sah geradewegs in Bärbels wasserblaue Augen. Feine Haarsträhnen hatten sich aus ihren Zöpfen gelöst und umrahmten wie ein rotgoldener Heiligenschein ihr Gesicht. Ihre Wangen leuchteten vor Aufregung in einem tieferen Rot.

»Jakob, wach auf!« Der Ton in Bärbels Stimme vibrierte, doch er konnte kaum gegen die Müdigkeit ankämpfen, die seinen Körper immer noch gefangen hielt. »Was ist denn?«, fragte er ungehalten und rieb sich die Augen.

»Wir haben den ganzen Tag verschlafen!«

»*Waas?* Wieso denn das?«

Bärbel zuckte ratlos mit den Achseln.

»Na? Endlich ausgeschlafen?« Die fröhliche Stimme Meister Porteisens ließ sie auseinanderfahren. »Ihr scheint wirklich *sehr* müde gewesen zu sein. Kommt, das Nachtmahl steht bereit. Oder habt ihr etwa keinen Hunger?«

Jakob schwang sich aus dem Bett. Seine Beine fühlten sich so schwach an, dass er nur mit Mühe laufen konnte. Trotzdem ging er mit Bärbel nach unten, wo sich bereits alle um den großen Tisch gesetzt hatten. Die auf den Bänken sitzenden Kinder starrten fast ausnahmslos auf die Tischplatte, als ob sich dort ein Gegenstand verbarg, den nur sie sehen konnten. Auf ihren Gesichtern lag ein unergründlicher Ausdruck, doch Jakob und Bärbel konnten es fast körperlich spüren, dass dies nichts Gutes verhieß.

»Nun lasst uns dem Herrn danken«, sagte Meister Porteisen salbungsvoll und faltete seine Hände.

Jakob setzte sich auf das Bett, das er mit zwei anderen Jungen teilte. Seine nackten Füße schlüpften unbewusst aus den Holzpantinen, während er seinen Gedanken nachhing. Irgendetwas stimmte hier nicht, aber er konnte nicht sagen, was. Er hatte versucht, mit den anderen ins Gespräch zu kommen, doch die Jungen waren wortkarg und in sich gekehrt. Gedankenverloren schob er seine Hand in die Hosentasche. – Plötzlich stutzte er. In dieser Tasche steckte normalerweise der Beutel mit dem Geld, doch seine tastenden Finger fanden ihn nicht. Sein Gesicht verlor für einen Moment jeden Ausdruck. Dann weiteten sich seine dunklen Augen und er fuhr mit der anderen Hand in die linke Hosentasche. Dort hatte er die Heiratsurkunde versteckt. Ein eisiger Schreck durchzuckte ihn. Die Heiratsurkunde, dieses wichtige Schriftstück, das ihnen ein gesichertes Leben ermöglichen sollte – sie war weg! Er sprang auf, um tiefer in die Taschen greifen zu können. Aber es nützte nichts. Der Beutel und die Urkunde blieben verschwunden! Fieberhaft durchsuchte er das Bett, hob den Strohsack empor und sah sich in jedem Winkel der Kammer um. Nichts! Die beiden wertvollsten Gegenstände, die er besaß, blieben unauffindbar! Jäh fiel ihm auf, dass die Jungen ihn bei seiner verzweifelten Suche beobachteten, ohne auch nur den kleinen Finger zu rühren oder danach zu fragen, was er eigentlich suchte.

»Habt ihr den Beutel genommen?«, rief er.

Ihre Antwort bestand aus nichts als einer undurchdringlichen Wand des Schweigens.

»Was ist hier eigentlich los?«, flüsterte Bärbel Anni zu, als die beiden Mädchen schließlich in ihrem Bett lagen. Dämmriges Licht, so grau wie kurz vor einem Regenschauer drang durch die geöffneten Fensterläden herein. Sie drehte ihrem Gegenüber, das einen halben Kopf größer war als sie, das Gesicht zu.

»Was meinst du?« Die Ahnungslosigkeit in Annis Stimme klang hohl und unwirklich.

»Du weißt genau, was ich meine«, fuhr Bärbel fort. »Irgendetwas stimmt hier nicht.«

Anni presste die Lippen aufeinander. Das noch vorhandene Auge heftete sich nachdenklich auf Bärbel. Es schimmerte in einem schönen Blau, wie die Kornblumen auf einem Weizenfeld.

»Sei still, Anni«, erklang es aus dem Nachbarbett.

Anni rieb sich schweigend über die entstellte Gesichtshälfte und verzog dabei grübelnd das Gesicht.

Bärbel unternahm einen neuen Versuch. »Nun, was ist?« Sie spürte, wie das Mädchen mit sich kämpfte, spürte die leise Vibration der Angst, die von ihr ausging. Ihr Blick heftete sich auf Annis Auge, nahm es gefangen, bis sie schließlich kapitulierte.

»Also gut«, seufzte Anni schließlich. »Du wirst es ja doch erfahren.« Sie zögerte, als müsste sie erst neuen Mut sammeln.

»Sei endlich still«, wisperte eines der Mädchen aus dem Nachbarbett ängstlich. »Meister Porteisen wird dich windelweich prügeln, wenn er erfährt, dass du es ihr erzählt hast.«

»Dann erzähl *du* es ihr doch«, zischte Anni zurück. Sie wandte sich wieder an Bärbel. Das Mädchen tat ihr leid. Sie und ihr Bruder würden das gleiche Schicksal erleiden, das jedem zuteilwurde, der nach Porteisens Schmeicheleien in die Falle getappt war. »Also«, begann sie. »Meister Porteisen ist nicht der gute Mann, für den ihr ihn haltet.«

Bärbels Magen zog sich zusammen und umschloss krampfhaft seinen Inhalt. »Was ist er dann?«, flüsterte sie.

»Meister Porteisen ist fast jeden Tag in der Stadt. Bei dieser Gelegenheit späht er Kinder aus, die allein unterwegs sind. Er redet freundlich mit ihnen und wenn er herausfindet, dass sie niemanden mehr haben, der sich um sie kümmert, nimmt er sie mit zu sich nach Hause. Wir alle sind auf diese Weise zu ihm gelangt.«

»Und dann?« Bärbels Herzschlag begann sich zu beschleunigen. Noch wusste sie nicht, was Porteisen mit diesen Kindern *tat*, aber das noch namenlose Unheil kroch wie eine Schlange an ihrer Wirbelsäule empor.

»Wenn er sie erst einmal hat, kommen sie nicht mehr von hier weg. – Ihr habt heute den ganzen Tag geschlafen, nicht wahr?«

Bärbel nickte wortlos. Ihre Augen weiteten sich zu runden, ängstlichen Kugeln, umrahmt von langen, rötlichen Wimpern.

Anni legte sich auf den Rücken und starrte zur Decke, die im schwindenden Licht langsam zu einer undeutlichen Masse verschmolz. »Er hat euch einen Schlaftrunk gegeben, ohne dass ihr es bemerkt habt. Und morgen wird er es wieder tun. Mit der Zeit werdet ihr so schwach, dass ihr zu keinem vernünftigen Gedanken mehr fähig seid, und irgendwann ist auch noch euer Geld weg – falls ihr überhaupt welches habt.«

Bärbels Finger umfassten entsetzt Annis Oberarm und krallten sich in das muskulöse Fleisch.

Anni scherte sich nicht darum. Gedankenverloren sprach sie weiter: »Dann wird er euch bitten, bei ihm zu bleiben. Und für die Annehmlichkeit von Kost und Logis werdet ihr zu einer Gegenleistung verpflichtet sein.«

»Und *was* sollen wir für ihn tun?« Bärbels Stimme war nicht mehr als ein Hauch.

»Für ihn stehlen, oder betteln gehen. Manche Mädchen verkauft er auch an die Hurenhäuser in der Umgebung.«

»Und wenn wir nicht wollen?«, fragte Bärbel atemlos.

»Er wird euch so lange einsperren, bis ihr gefügig seid, und tut, was er euch aufträgt.«

»*Waaas*?« Bärbel setzte sich abrupt auf. »Das kann er doch nicht tun!« Ihre Stimme klang nun etwas lauter.

»*Sei still*«, flüsterte Anni eindringlich. »Sonst hört er uns noch!« Sie drückte Bärbel wieder in den Strohsack zurück und horchte einen Moment misstrauisch, um sicherzustellen, dass sie nicht belauscht wurden. »Mein Auge«, wisperte sie weiter und fuhr sich mit der Hand über die hohle Stelle. »Er wollte, dass ich für ihn stehlen gehe, doch ich konnte es nicht. Ich war nicht geschickt genug. – Dann hat er es mir ausgeschlagen und mich zum Betteln auf die Straße geschickt, um die Mildtätigkeit der Leute anzuregen.« Annis Stimme klang sachlich bei den Ausführungen über Meister Porteisens Geschäftssinn, doch Bärbel fühlte die längst vergossenen Tränen aus Trauer, Wut und Empörung.

»Brigitte aus dem anderen Bett hat er ein brennendes Holzscheit ins Gesicht gestoßen«, vervollständigte Anni ihren Bericht.

Ein unterdrücktes Schluchzen drang von dort zu ihnen herüber.

Bärbel fühlte, wie sich die Härchen an ihren Unterarmen aufstellten.

»Abends müssen wir das Geld bei ihm abliefern. Uns bleibt nichts als unsere Kost und die Unterkunft ... und eine Tracht Prügel, wenn wir seiner Meinung nach nicht gut gearbeitet haben.«

»Warum geht ihr nicht einfach fort?«

»Wo sollen wir denn hin?«, fragte Anni verächtlich. »Wir haben niemanden auf der Welt. Außerdem beobachtet er uns tagsüber bei unserer *Arbeit* «, wisperte sie bedeutungsvoll. »Wenn wir entwischen, meldet er es dem Büttel, und wenn *der* uns erwischt ...« Sie machte eine bedeutungsvolle Pause. »Einer der Jungen hat vor einem Jahr versucht, sich davonzumachen.«

»Und?«, flüsterte Bärbel atemlos.

»Porteisen hat angegeben, dass er ihn bei einem Hexenzauber beobachtet hat, und als der Büttel ihn schnappte, wurde er wegen zauberischer Untaten verurteilt.« Anni machte eine bedeutungsvolle Geste in Richtung ihres Halses.

»Jesus, Maria und Josef«, entfuhr es Bärbel. »Man hat ihn umgebracht?«

»Erdrosselt«, verkündete Anni nicht ohne einen gewissen Stolz über die Bedeutsamkeit dieser Nachricht.

Eine Gänsehaut überzog nun Bärbels ganzen Körper. »Das ist ja *grauenhaft*!«

»Du sagst es!«

»Was sollen wir bloß tun?« Eine fürchterliche Angst packte Bärbel. Was sollte nun aus ihnen werden? Ihre Gedanken überschlugen sich und sie steigerte sich in die grauenvolle Vorstellung hinein, wie Meister Porteisen sie verstümmelte. Ein Schluchzen schüttelte ihren kleinen Körper. Anni hob die Hand und strich ihr sanft über die Wange. »Du wolltest es ja unbedingt wissen«, flüsterte sie kleinlaut.

»Und sein Weib«, versuchte es Bärbel noch einmal, nachdem sie sich etwas beruhigt hatte.

»Von der hast du kein Mitleid zu erwarten. Sie steckt mit ihm unter einer Decke.«

In dieser Nacht fand Bärbel keinen Schlaf. Annis Erzählung spuckte wie ein böser Geist in ihrem Kopf herum und schlich sich wie ein hinterlistiger Wurm in ihre Hirnwindungen, um von ihnen Besitz zu nehmen. Ihre Fantasie steigerte sich in immer grauenvollere Vorstellungen über das, was sie erwartete. Voller Angst faltete sie unter der Decke ihre Hände. »Bitte, lieber Herrgott, hilf uns noch einmal und rette uns aus den Händen dieses schrecklichen Mannes.« Seltsam getröstet erwachte der Kampfgeist in ihr und durch die Verzweiflung hindurch entstand ein Plan, wie sie *vielleicht* den Fängen dieser bösen Menschen entrinnen konnten.

Der nächste Morgen gestaltete sich in ähnlicher Weise, wie es am Vortag der Fall gewesen war. Nach der Morgensuppe gingen die übrigen Kinder zu ihrer »Arbeit«. Kurz darauf verabschiedete sich Meister Porteisen, um sich ebenfalls auf den Weg zu machen. Nur Jakob und Bärbel blieben zurück.

»Ich bringe euch noch einen Becher Milch«, sagte Porteisens Weib und schickte sich an, in die Küche zu gehen. »Ihr seht ja ganz verhungert aus.« Sie verschwand durch die Tür.

Jakob zupfte Bärbel am Ärmel. »Unser Geld ist weg«, flüsterte er. »Irgendetwas stimmt hier nicht.«

»Du sagst es«, wisperte Bärbel. »Wir müssen schnellstens von hier fort.« Ihre Augen blickten ängstlich zur Tür, wo sie hörten, wie die rundliche Frau hantierte. »Ich habe einen Plan – und ich glaube, ich weiß, wo das Geld ist.«

»Wer?«, flüsterte Jakob entgeistert. »Du meinst, *Porteisen*?« Seine Anspannung wuchs. Er hatte sich heute Nacht den Kopf darüber zermartert, wer das Geld genommen haben könnte, hatte aber beschlossen, Meister Porteisen nicht danach zu fragen. Das seltsame Verhalten der Jungen, mit denen er die Kammer teilte, hatte ihn stutzig gemacht. Irgendetwas ging hier vor sich, es war so offensichtlich, dass er fast danach greifen konnte, aber er konnte nicht sagen, was es war.

Die Schritte der Frau näherten sich wieder der Tür.

»Das spielt jetzt keine Rolle«, wisperte Bärbel. Die hastig gesprochenen Worte überschlugen sich fast. Ihr Herz schlug wie eine Trommel in ihrer kleinen Brust, doch die Gefahr, in der sie schwebten, machte ihre Gedanken kühl und berechnend. Unzählige Male war ihr der Plan heute Nacht durch den Kopf gegangen. Er *musste* klappen, sonst waren sie verloren! »Trink einfach nichts von der Milch.«

Die Tür schwang auf und die Kinder nahmen ihre Milch in Empfang. Bärbel setzte den Rand des Bechers an ihren Mund und tat, als ob sie trinken würde, während Jakob den seinen unschlüssig in der Hand drehte und sie dabei beobachtete.

Gut so, dachte Bärbel, dann würde das Schlafmittel nicht seine gewünschte Wirkung bei ihm entfalten. Plötzlich rutschte ihr der Becher aus der Hand und ging mit einem hohlen Scheppern zu Boden, bevor er mit einem dumpfen »*Klong*« zersprang. Die Milch ergoss sich auf den Holzboden, drang zwischen seine Ritzen und bildete eine trübe, weißliche Lache. Bärbel machte ein bestürztes Gesicht. Sie bückte sich, um die Tonscherben aufzusammeln. Porteisens Weib sah stirnrunzelnd auf sie herab.

»Entschuldigt bitte!« Bärbels Stimme klang ganz aufgelöst. Mit einem zerknirschten Blick sah sie nach oben in das Gesicht der Frau. Ihre Augen blitzten wütend unter dem Rand der monströsen Haube hervor, doch sie fing sich erstaunlich schnell und ihr Gesicht glättete sich zu einem freundlichen Lächeln. »Ich werde einen Lappen holen, während du die Scherben aufsammelst.« Sie verschwand mit wehenden Röcken in der Küche.

»Trink das nicht«, wisperte Bärbel noch einmal ihrem Bruder zu. »Es ist ein Schlafmittel drin.«

Jakob blickte sie entgeistert an. »Was?«

»Sei still«, flüsterte Bärbel. Sie riss ihm den Becher aus der Hand und goss die Milch zu der Lache auf dem Boden. Eilige Schritte klapperten in der Küche. Kurz darauf schwang die Tür wieder auf und Porteisens Weib brachte den erforderlichen Lappen samt einem Kübel mit Seifenlauge. »Wirf die Scherben in den Abfallkübel in der Küche«, wies sie Bärbel an.

Bärbel tat, wie ihr geheißen. Sie gähnte herzhaft, als sie schließlich wieder in der großen Stube stand. »Ich bin schrecklich müde«, gestand sie leicht zerknirscht. »Ich habe heute Nacht nicht gut geschlafen«, wandte sie sich erklärend an Jakob. »Anni schnarcht so laut.«

Jakob nickte wortlos. Sein Gesicht drückte ein gewisses Unverständnis aus ob des Schauspiels, das Bärbel ihm bot. Ihre Augen zwinkerten und blitzten, während die rundliche Frau energisch den Boden bearbeitete, um zu verhindern, dass das Fett der Milch sich mit dem Holz verband. »Geh nach oben und leg dich ein wenig hin«, sagte sie, ohne aufzuschauen. »Ich kümmere mich um die Sauerei.«

Jakob, der endlich verstanden hatte, was Bärbel von ihm wollte, gähnte ebenfalls laut. »Ich glaube, das tue ich auch«, sagte er und verschwand mit Bärbel in Richtung Treppe.

Ihre Holzpantinen klapperten laut, als sie die schmale Stiege emporkletterten.

»Zieh deine Schuhe aus«, wisperte Bärbel, als sie vor ihrer Kammer standen.

Jakob tat wie geheißen. Auf leisen Sohlen schlichen die beiden Kinder den schmalen Gang entlang an der Kammer der Jungen vorbei zu einer weiteren Tür, die ein letztes Zimmer markierte. Vorsichtig drückte Bärbel die Klinke, die prompt nachgab. Entschlossen huschte sie hinein. Die Läden in dem winzigen Raum waren bis auf ein kleines Stück geschlossen, doch durch das Halbdunkel entdeckten sie einen Schreibtisch, den Bärbel hastig umrundete. Eine Schreibfeder lag auf der Kante der leicht abgeschrägten Tischplatte und ein Fässchen Tinte stand in der dafür vorgesehenen Vertiefung daneben. Der Beutel mit ihrem Geld war nicht zu sehen, doch die Platte des Schreibtisches ließ sich nach oben klappen. Es quietschte leise, als Bärbel versuchte, sie zu öffnen.

»Scht!«, flüsterte Jakob. Die Muskeln in seinem Körper waren gespannt wie eine Bogensehne. Ängstlich wandte er den Blick zur Tür. Er atmete auf, als er die rhythmischen Geräusche einer Scheuerbürste vernahm, die Porteisens Weib anscheinend zur Hilfe genommen hatte, um die Flecken auf dem Boden besser entfernen zu können. Behutsam klappte Bärbel die Platte weiter nach oben. Der Inhalt des Faches, das dabei zum Vorschein kam, bestand aus einem Büchlein und mehreren losen Blättern, die sorgsam übereinandergestapelt waren. Die Finger des kleinen Mädchens tasteten sich in jeden Winkel, wühlten zwischen den Blättern, fanden aber nichts, das ihnen gehörte. Schweißtröpfchen bildeten sich auf Bärbels Stirn. Wo mochte das verdammte Geld nur sein? Ihre Finger fuhren am Holz des Schreibtischs hinab und ertasteten einen Griff. Vorsichtig zog sie daran. Eine kleine Tür öffnete sich, hinter der sich zwei weitere Fächer verbargen. Ihre Hand fuhr hastig hinein. Nichts! Sie fühlte mehrere unterschiedliche Gegenstände, doch es gab keinen Hinweis auf einen Beutel oder die solide runde Form von Münzen. Plötzlich stieß eine ihrer Fingerkuppen an ein überstehendes Stückchen Holz. Sie tastete vorsichtig danach. Durch das Halbdunkel des Raumes konnte sie in dem noch dunkleren Fach nichts erkennen, sie musste sich auf ihre Hände verlassen, um herauszufinden, was es mit diesem Holzstückchen auf sich hatte. Es war eine Art Hebel, wie Bärbel nach kurzem Druck dagegen feststellte. Der Deckel eines weiteren kleinen Faches im unteren Teil sprang auf. Es war eine Art doppelter Boden, in dem man gewisse Dinge wunderbar verstecken konnte. Bärbels Fingerspitzen ertasteten Münzgeld und schließlich einen Beutel, den sie schnell hervorzog. Ein erleichtertes Seufzen drang durch ihre Kehle. »Ich hab ihn«, flüsterte sie mit vor Stolz geschwellter Brust.

»Die Heiratsurkunde«, wisperte Jakob atemlos. »Ist sie auch drin?«

Bärbels Finger glitten noch einmal in das Fach hinein, um schließlich mit einem gefalteten Stück Papier wieder zu erscheinen.

»Das ist sie«, flüsterte Jakob triumphierend.

Genauso leise, wie sie gekommen waren, verließen die Kinder das Zimmer. Bei der Tür zur Kammer der Jungen blieb Jakob abrupt stehen.

»Einen Moment noch«, wisperte er. Vorsichtig öffnete er die Tür und verschwand in der Kammer, um kurz darauf mit einem breiten Grinsen wieder zu erscheinen. In seiner Hand trug er sein Bündel, das immer noch Maries Kruzifix enthielt. Seltsamerweise hatte Porteisen es nicht an sich genommen.

Dann schlichen die Kinder zur Stiege zurück. Ein Klappern drang aus der Küche zu ihnen empor. Porteisens Weib hatte anscheinend ihre Säuberungsarbeit beendet. So leise wie möglich schlichen die Kinder die ausgetretenen Holzstufen hinab. Eine der Stufen quietschte vernehmlich, als Bärbel ungefähr die Mitte der Stiege erreicht hatte. Starr wie eine Salzsäule blieb sie stehen. Jakobs rascher Atem wehte ihr von hinten über das Genick. Er steigerte sich, als die Geräusche in der Küche jäh erstarben. Die rundliche Frau musste das Geräusch gehört haben! Entschlossene Schritte näherten sich der Küchentür. Bärbels Herz machte einen Sprung. Wie von Hunden gehetzt rannte sie die Treppe hinab, die Holzpantinen fest in ihren Händen. Jakob war ihr direkt auf den Fersen. Fast gleichzeitig stießen sie am Fuß der Stiege auf Porteisens Weib. Bärbels Hände schossen vor und versetzten ihr mit den Holzpantinen einen Stoß vor die Brust. Die Spitzenborte der Haube wogte unter dem Druck ihrer ausgestoßenen Luft empor. Die rundliche Frau riss ihre Augen auf und drehte sich mit einem Ausdruck des Erstaunens halb um die eigene Achse, bevor sie mit einem dumpfen Knall auf ihrem Allerwertesten landete. Die Kinder jagten an ihr vorbei durch die Haustür ins Freie, verfolgt vom Zetern der Alten, die sich im Gewühl ihrer Röcke verfangen hatte. Ungeachtet der verwunderten Miene einer Magd, die ihren Einkaufskorb wie ein Schutzschild vor ihre Brust hielt, hetzten sie die Gasse hinab, bis sie im Gewimmel der Stadtbewohner verschwunden waren.

Völlig außer Atem blieb Bärbel schließlich stehen, um sich mit schmerzverzerrtem Gesicht die Seite zu halten. »Ich kann nicht mehr«, japste sie.

Jakob, der ebenfalls nach Luft rang, zog sie in eines der kleinen Seitengässchen und dort hinter ein Gebäude. Sie schnauften und stöhnten, bis ihr Atem endlich ruhiger wurde und ihnen das Sprechen wieder leichter fiel.

»Anni hat mir alles erzählt«, sagte Bärbel endlich und dann berichtete sie Jakob, was die Porteisens für Leute waren. »Anni vermutete auch, wo er das Geld aufbewahrt, aber sie hat noch nie den Mut besessen, hineinzuschleichen und nachzusehen.«

Jakob klopfte seiner Schwester anerkennend auf die Schulter. »Das hast du gut gemacht, kleine Schwester.«

Bärbel lächelte stolz, doch sie wusste, dass es zum einen ihre Angst und zum andern ihr verzweifeltes Gebet war, die sie über sich hinauswachsen ließ. Ihre eigentliche Sorge wurde damit aber nicht leichter. Sie brauchten ein Schiff, das sie von hier wegbrachte, bevor Porteisen sie erwischte. Das Schicksal des Jungen saß Bärbel immer noch schwer im Nacken.

»Am Hafen wird er zuerst nach uns suchen«, überlegte Jakob laut. »Aber dennoch müssen wir dorthin.«

Dies war eine Schwierigkeit, zu der ihnen keine Lösung einfiel.

»Wir müssen es trotzdem wagen«, entschied Jakob schließlich, »auch wenn wir dies im Moment am allerwenigsten wollen. Sonst kommen wir hier nie weg.«

Sie machten sich auf den Weg, sahen sich immer wieder ängstlich um und wichen in schwach bevölkerte Seitengässchen aus, auf denen man über Treppen schneller den Berg hinuntersteigen konnte. Es würde vermutlich einige Zeit in Anspruch nehmen, bis Porteisens Weib ihren Gatten verständigt hatte. Schließlich musste sie ihn erst aufsuchen, bevor sie ihm die Flucht der Kinder gestehen konnte, aber lange konnte es nicht mehr dauern.

Endlich erreichten die Kinder die Nähe des Hafens, der vor Geschäftigkeit brummte. Vier Schiffe hatten an der Kaimauer festgemacht. Drei von ihnen wurden beladen, während das vierte schon wieder ablegte, um die Öffnung in der Hafenmauer anzusteuern und einem anderen Schiff Platz zu machen.

Jakob und Bärbel verschanzten sich hinter einem Holzzaun, um das Gewühl zu beobachten.

»Näher können wir nicht heran«, sagte Jakob nachdenklich. »Wir müssen uns hier irgendwo verstecken, damit Porteisen uns nicht sehen kann, wir aber doch einen Blick auf den Hafen werfen können.«

Kurz darauf fanden sie einen schräg gemauerten Eingang. Er sah aus wie ein kleines, geöffnetes Dach mit einer Treppe, die vermutlich in den Keller des Hauses führte, das sich darüber erhob. Normalerweise lag ein schwerer Holzladen über der Schräge, doch irgendjemand hatte ihn zur Seite geklappt, damit man die Treppe hinuntersteigen konnte. Jakob zog Bärbel hinein. In dem dunklen Loch waren sie vom Hafen aus nicht zu sehen, doch wenn sie über die abschüssige Mauer spähten, konnten *sie* das Treiben dort beobachten. Es dauerte noch eine ganze Weile, doch schließlich entdeckten sie, was sie befürchtet hatten. Meister Porteisen schlenderte gemütlich an der Kaimauer entlang und redete bald mit diesem und bald mit jenem Schiffer. Es war nicht schwer zu erraten, welche Fragen er ihnen stellte. Jakob hatte gehofft, dass er sich nach einiger Zeit zurückziehen würde, und es ihnen dann möglich wäre, selbst hinunterzugehen. Doch er blieb den ganzen Tag dort und auch als es längst Abend war, blieb er auf seinem Posten, bis die Geschäftigkeit im Hafen verstummte. So würden sie es nie schaffen, bis zu den Schiffen vorzudringen. Schließlich gaben auch die Kinder ihr Versteck auf. Ihr Magen knurrte und ein fürchterlicher Durst plagte sie, doch sie wagten es nicht, einen Brunnen aufzusuchen. Wasser gab es nur auf den belebteren Straßen und dort hätten sie Meister Porteisen oder seinem Weib direkt in die Arme laufen können. Also blieben sie hungrig und durstig und suchten sich einen Platz, wo sie unbemerkt übernachten konnten. Der Kellereingang war zu riskant. Jemand musste nachts den Laden schließen und hätte sie dabei ohne Zweifel entdeckt.

Diese Nacht verbrachten sie im Schutz eines Abfallhaufens, der sich neben einer Schenke befand und einen grässlich fauligen Geruch von sich gab. Doch wenigstens konnten sie sich vor dem Nachtwächter verstecken, der zu jeder vollen Stunde seine Runden drehte. Die beiden Geschwister hatten es sich an der Außenwand der Schenke bequem gemacht, wenn man überhaupt davon sprechen konnte, denn sie lehnten sich zusammengekauert an sie, um wenigstens eine Stütze für ihren Rücken zu haben. Der Lärm aus dem Innern tönte laut durch die halb geöffneten Fensterläden zu ihnen heraus. Sie lauschten den Gesängen und den zotigen Bemerkungen der Schiffer, hörten, wie sie Neuigkeiten untereinander austauschten und haarsträubende Lügengeschichten zum Besten gaben. Ein Gast, der im Innern der Schenke direkt hinter ihrem Rücken zu sitzen schien, bestellte gerade einen neuen Krug Wein. Jakob kämpfte bei diesen Worten gegen seinen eigenen Durst an. Er war schrecklich müde und abgekämpft, was angesichts der heutigen Ereignisse auch kein Wunder war. Der Kopf sank ihm langsam nach vorne, doch bevor seine Nase die Knie erreicht hatte, schreckte er wieder empor. Der Körper des Jungen spannte sich an, als er den Gedanken noch einmal zu fassen versuchte, der kurz vor dem Einschlafen durch sein Hirn gegeistert war. Seine Augen weiteten sich dank der Erkenntnis, dass er ihm plötzlich wieder in den Sinn kam: Sie *brauchten* gar nicht an den Hafen, um nach einer geeigneten Mitfahrgelegenheit zu suchen. Sie konnten genauso gut die Schiffer fragen, die es nachts in die Schenken trieb. Zwar blieben nicht alle über Nacht in Breisach, aber ein Teil von ihnen schien erst am nächsten Tag aufzubrechen. Und vielleicht war ja einer darunter, der dieses Dorf kannte, in das sie zu gelangen versuchten? Einem plötzlichen Impuls folgend stieß er Bärbel an, die bereits selig neben ihm schlummerte. »Was ist denn?«, murmelte sie schlaftrunken.

»Bärbel! Ich hab eine Idee!«

Bärbels Augen fielen wieder zu und sie murmelte unverständlich vor sich hin, bevor sie sacht zur Seite kippte und mit ihrem ganzen Gewicht auf seiner Schulter lag.

Jakob rüttelte sie unsanft. »Bärbel, wach auf! Ich weiß, wie wir nach Odelshofen kommen, ohne dass uns Porteisen am Hafen erwischt.«

Bärbels Augen schimmerten glasig im gedämpften Licht des Wirtshauses, das durch die Spalte der Läden fiel. Sie gähnte ausgiebig, bevor sie das geflüsterte Gespräch fortsetzte. »Wie willst du das denn anstellen?«

Jakob deutete auf das Fenster und den Raum, der sich dahinter befand. »Ich geh rein und frag nach.«

Nun wurde Bärbel vollends wach. »Was willst du?«

»Reingehen und fragen«, erwiderte Jakob in aller Logik.

»Bist du verrückt?«, flüsterte Bärbel entsetzt. Ihr Ohr überprüfte die Stimmung in der Schenke. Der Alkoholpegel schien den Stand ausgelassener Fröhlichkeit erreicht zu haben. »Was ist, wenn sie über dich herfallen oder den Büttel rufen?«

»Dieses Risiko muss ich eingehen.« Jakob erhob sich und klopfte sich den Dreck vom Hosenboden, damit er wenigstens einen halbwegs passablen Eindruck machte. Mutig ging er ein paar Schritte in Richtung des Eingangs.

»Warte«, wisperte Bärbel, und erhob sich ebenfalls. »Nimm mich wenigstens mit.«

Der Gesang in der Schenke erstarb, als die beiden Kinder zur Tür hereinkamen. Abgestandene Luft, vermischt mit dem Geruch von Bier und verschwitzten, ungewaschenen Leibern schlug ihnen wie eine Wand entgegen. Ein Gefühl des Ausgeliefertseins beschlich Jakob nun doch, als er in unzählige Augenpaare blickte, die ihn und seine Schwester neugierig anstarrten. Die Gäste, die sich um mehrere Tische scharten, bestanden in der Mehrzahl aus Männern, und bei dem unschicklich gekleideten weiblichen Teil schien es sich nicht um deren Ehefrauen zu handeln.

Der Wirt, ein Mann mit schütterem Haar und einem mächtigen Bauch, schlurfte gemächlich auf die beiden Geschwister zu. Er stemmte die Hände in die Seiten und betrachtete sie mit einem fuchsäugigen Blick. Sein ungepflegtes Äußeres offenbarte sich nicht nur ihren Augen, sondern zog auch ihre Nasen in Mitleidenschaft, obwohl diese von dem stinkenden Abfallhaufen nicht gerade verwöhnt waren. »Was wollt ihr hier?«, fragte er ohne Umschweife.

Jakob nahm all seinen Mut zusammen, doch seine Stimme klang angesichts dieser Übermacht schwächlich und leise in seinen Ohren. »Wir suchen jemanden, der uns auf seinem Schiff mitnimmt.«

Lautes Gelächter brandete auf. Jakob und Bärbel sahen beschämt zu Boden. Man lachte sie aus! Das Blut pulsierte in Jakobs Adern und die Narbe auf seiner Stirn begann leise zu pochen. »Wir können es auch bezahlen«, rief er, um sich zu rechtfertigen, und biss sich im nächsten Moment auf die Unterlippe. Jetzt wusste jeder, dass sie Geld in der Tasche hatten. Eine Tatsache, die ihnen leicht zum Verhängnis werden konnte.

Einer der Schiffer trat vor. Seine Mundwinkel kräuselten sich nach oben, doch er bemühte sich nicht zu lachen, um die Kinder nicht noch mehr in Verlegenheit zu bringen. Das Gelächter verebbte und machte einem allgemeinen Interesse über den Fortlauf der Ereignisse Platz. »Wo wollt ihr denn hin?«

»Nach Odelshofen«, antwortete Jakob. Er senkte erneut seinen Blick. »Aber wir haben keine Ahnung, wo das liegt.« Seine letzten Worte waren kaum mehr als ein Flüstern. Bestimmt würden die Leute nur noch mehr lachen, wenn sie erfuhren, dass er nicht einmal wusste, wo dieser Ort lag.

»Nach Odelshofen, sagst du?«

Jakob nickte stumm.

»Ich weiß, wo das ist. Es liegt auf unserer Strecke. Ein kleines Dorf ganz in der Nähe von Straßburg.«

Jakob glaubte seinen Ohren nicht zu trauen und Bärbels Herz machte vor Freude einen Sprung. »Könnt ihr uns dahin mitnehmen?«, fragte Jakob. Seine Stimme war nun kräftiger als zuvor.

Der Schiffer musterte die beiden Kinder eingehend. Die dunklen Haare des Jungen, seine schwarzen Augen und die olivfarbene Haut gaben ihm das Aussehen eines kleinen Zigeuners, das Mädchen wirkte wie sein Gegenstück mit ihrer hellen Haut, den rotblonden Haaren und den runden wasserblauen Augen. Rot geränderte Lider stachen aus den leicht schmutzigen Gesichtern hervor, die erwartungsvoll zu ihm aufschauten. Ihr Anblick rührte eine empfindsame Saite in seiner Seele. Doch er verschloss sich sorgfältig vor dem aufkommenden Mitleid, – auch er musste sehen, wo er blieb. »Habt ihr tatsächlich Geld für die Überfahrt?«

Wortlos holte Jakob ein paar Münzen aus seinem Beutel und streckte sie dem Schiffer hin, dessen helles Haar in wirren Wellen von seinem Kopf abstand. Überrascht betrachtete er den Jungen und nahm das Geld entgegen, das er eingehend musterte. »Das reicht«, sagte er schließlich. »Morgen in aller Herrgottsfrühe fahren wir ab. – Wirt«, rief er, »bring den beiden Essen und Trinken. Sie sehen aus, als ob sie es brauchen könnten.«

Bärbel machte, trotz ihrer Müdigkeit, einen freudigen Luftsprung und schlang ihre dünnen Arme um die starken Beine des Fischers.

Verlegen machte er sich los. »Halt, halt! Nicht so stürmisch, junge Dame. Noch sind wir nicht sicher an unserem Ziel angelangt.« Doch sein breiter Mund verzog sich zu einem Lächeln, was seinem verhärmten Gesicht ein jungenhaftes Aussehen gab.

Die Stunden im Wirtshaus zogen sich dahin, doch das schien dem Schiffer, dessen Name Matthäus war, nichts auszumachen. Die Lider wurden ihnen schwer und sie nickten immer wieder ein, um dann hastig wieder hochzufahren. Sie würden Matthäus nicht mehr aus den Augen lassen, bis sein Schiff mit ihnen an Bord davonfuhr. Erst als der Morgen graute, trat Matthäus den Rückweg zu seinem Schiff an. Trotz seines angetrunkenen Zustandes schien er über eine zähe Ausdauer zu verfügen, denn ihm fehlten die Anzeichen einer großen Müdigkeit, wie es normalerweise der Fall sein musste.

Die Kinder durften unter dem Aufbau Platz nehmen, der wie eine winzige Hütte am Heck des Schiffes als Unterschlupf diente. Noch eine bange Stunde verging, in der Matthäus bei dem Hafenmeister war, um alles Nötige für die Weiterfahrt zu regeln. Doch Meister Porteisen schien in dieser Zeit zu Hause zu sein, wo er vermutlich mit dem Rest der Kinder seine Morgensuppe einnahm. Jedenfalls konnten sie seine schlanke Gestalt nirgendwo entdecken.

»Anni hat bestimmt fürchterliche Prügel bezogen.« Bärbel hob mit einem schuldbewussten Ausdruck ihr Gesicht in Jakobs Richtung.

Er drückte ihr mitfühlend die Hand. »Wahrscheinlich, – aber wir können nichts daran ändern.«

Bärbel nickte bedrückt. Sie konnten nichts tun, um Anni oder den anderen Kindern zu helfen. Rasch schickte sie ein Stoßgebet zum Himmel, dass Gott sich auch dieser Kinder annahm. Wie er das tat, musste sie ihm überlassen.

Ihr Herz wurde ein wenig leichter über der Tatsache, dass wenigstens sie diese unselige Stadt verlassen konnten, als das Schiff endlich ablegte. Die sanften Wellen des Wassers wiegten sie bald in einen tiefen, längst überfälligen Schlaf. Jakob und Bärbel bemerkten nicht, wie ein Lotse das Schiff am Kaiserstuhl vorbei in Richtung Straßburg lenkte. Matthäus bedachte die schlummernden Kinder mit einem Lächeln und deckte sie sorgfältig mit einer Decke zu. Es war offensichtlich, dass sie Schlaf dringend nötig hatten. Sie verschliefen den ganzen Tag und erwachten nicht ein einziges Mal, während die Nacht sich wie eine dunkle, samtene Decke über das Wasser legte.

Als Jakob im Morgengrauen die Augen aufschlug, trieb das Schiff gemächlich mit der Strömung dahin. Die Auenlandschaft des Flusses tat sich als eine wuchernde Welt vor ihm auf. Der seichte Strom des Rheins floss in sanften Biegungen durch fruchtbares Land. Üppige Pflanzen bedeckten sein Ufer, die tief hängenden Äste der Weiden senkten sich auf das grünliche Wasser und trudelten in der Strömung. Enten und Schwäne zogen an dem Schiff vorüber und gründelten mit ihren Jungen eifrig in dem reichlichen Angebot an Nahrung.

»Oh, ist das schön hier!« Bärbel reckte ihre steifen Glieder. Sie sah sich ungläubig um. Ein lieblicher Märchenwald lag vor ihren Augen, der erfüllt war vom Schein der aufgehenden Sonne, Vogelgesang und summenden Insekten.

»Na, habt ihr ausgeschlafen?« Matthäus tiefblaue Augen blickten sie freundlich an, als sie die Köpfe aus ihrem Unterschlupf streckten. Er stand zwei Schritte von ihnen entfernt und bediente das große Steuerruder, um das Schiff auf Kurs zu halten. Der Rest der fünfköpfigen Mannschaft hatte auf dieser Fahrt nicht viel zu tun, denn der Fluss war hier so ruhig, dass sie sich müßig an die Ruderbänke setzen konnten, wo sie dösend die Fahrt genossen. Einer der Männer reichte ihnen ein Stück Brot, das die Kinder dankbar annahmen.

»Wie lange dauert es noch, bis wir Straßburg erreichen?«, fragte Jakob, als er sich frischgestärkt erhob, um seinen Beinen etwas Bewegung zu verschaffen.

»Ein paar Stunden«, erwiderte Matthäus.

»So bald schon!« In Bärbels Stimme klang Erstaunen auf. Sie hatte keine Ahnung, wo Straßburg lag, für sie hätte es genauso gut auf dem Mond liegen können.

Matthäus grinste und sein sonnengebräuntes Gesicht zersprang in viele kleine Fältchen. »Man reist über Wasser meist schneller als über das Land. Außerdem ist es bequemer, als in einem holpernden Wagen oder gar zu Fuß unterwegs zu sein.«

»Da habt Ihr recht«, erwiderte Jakob. Er dachte an die Fahrt in Meister Grubers Wagen zurück, auf der sie den ganzen Tag durchgeschüttelt worden waren.

»Bis zum Mittag sind wir da.« Der Schiffer senkte seinen Blick konzentriert auf den Flusslauf. Die Kinder schauten gebannt über das spiegelnde Wasser, das von Fischkraut und Seerosen durchzogen wurde, während Matthäus sein Schiff gekonnt um Kiesbänke und Strudel herummanövrierte. Die Mannschaft hatte auch weiterhin nicht viel zu tun und musste sich nur ab und zu in die Riemen legen, um Matthäus beim Lenken des Schiffes zu helfen. Jakob fragte sich, wie man bei diesem Gewirr aus Wasser den rechten Weg finden konnte, denn allzu oft verästelte sich der große Strom des Rheins in mehrere Flussarme und zahllose Rinnsale, um sich an einer anderen Stelle wieder zu vereinen. Matthäus erklärte ihnen, dass der Fluss von Jahr zu Jahr durch Hochwasser, Trockenzeiten und winterlichen Eisgang sein Bett veränderte. Es war keine leichte Aufgabe für die Schiffer, sich in diesem Labyrinth aus Geröll- und Kiesbänken, bewaldeten Inseln, angeschwemmten Baumstämmen und im Weg stehenden Wurzelstöcken zurechtzufinden.

Ganze Ortschaften lagen durch die Wanderungen des Flussbettes plötzlich an einer anderen Stelle und die angrenzenden Dörfer und Siedlungen lebten in der ständigen Gefahr, vom Wasser verschlungen zu werden.

»Zum Glück gibt es die Pfähle«, sagte Matthäus und zeigte auf einen der Holzpfähle, die man zur Orientierung in regelmäßigen Abständen in den Grund gerammt hatte.

Die Kraft der Sommersonne nahm mit jeder Stunde zu und bald war es so schwül, das die Kinder matt und verschwitzt auf ihrem Platz vor dem Unterschlupf saßen. Ganze Schwärme von Insekten ließen sich auf ihnen nieder und stachen blutsaugend in die zarte Haut.

Bärbel fuhr mit ihren Fingernägeln über die juckenden Stellen, was Matthäus aber schleunigst unterband. »Hör auf zu kratzen, sonst juckt es noch schlimmer und der Stich schwillt immer mehr an.« Er rümpfte leicht angewidert die Nase. »Ist ja auch kein Wunder, dass sich die Schnaken so über euch hermachen. Ihr stinkt, als ob ihr eine Nacht auf dem Misthaufen verbracht hättet.«

Überrascht sahen Jakob und Bärbel an sich herunter. Sie sahen wirklich nicht sehr hübsch aus. Ihre Kleider waren in den Gassen Breisachs schmutzig geworden und die Stunden neben dem Abfallhaufen hatten ihr Übriges getan.

»Eure Verwandten werden nicht sehr erfreut sein, euch in diesem Aufzug zu sehen«, sprach Matthäus weiter. »Ihr solltet euch waschen, bevor ihr sie besucht.«

Jakob und Bärbel nickten, froh darüber, dass der Schiffer so ein aufmerksames Auge hatte.

»Am besten machen wir dort drüben eine kleine Rast«, schlug Matthäus vor. Er zeigte auf eine Insel, deren Ufer mit einer mächtigen Trauerweide bewachsen war. Ihre langen Äste tauchten bis in das Wasser hinab. »Dann könnt ihr euch waschen, während wir unsere Blasen erleichtern und bis Straßburg seid ihr hoffentlich wieder trocken.«

Der blonde Schiffer legte an der Insel an und riet ihnen, mitsamt ihren Kleidern ins Wasser zu steigen, damit auch sie wieder einen freundlicheren Eindruck machten. Jakob holte seine Schätze aus den Hosentaschen hervor und versteckte sie unter der Decke ihres Schlafplatzes, bevor er mit Bärbel ins Wasser stieg. Anschließend setzten sich die Kinder triefend und tropfend auf ihren Platz. Die Abkühlung hatte ihnen gutgetan und sie waren tatsächlich sauberer als zuvor. Bärbel kämmte mit ihren Fingern Jakobs schwarze Mähne, die wie das Gefieder eines Raben in der Sonne glänzte. Ihr unbeschwertes Lachen, das Jakob schon lange nicht mehr gehört hatte, klang über den Fluss. Dann löste sie ihr eigenes Haar und flocht es zu zwei ordentlichen Zöpfen, nachdem es halbwegs getrocknet war.

Nach einer weiteren Stunde auf dem Rhein begann sich das Wasser zu sammeln, und obwohl es immer noch von mehreren bewaldeten Inseln durchzogen wurde, konnte man doch den breiten Strom erkennen, zu dem es sich schloss. Langsam tauchte eine riesige Brücke vor ihren Augen auf, die den gesamten Lauf aus Wasser, Inseln und Kies überspannte.

»Das ist die lange Brücke von Straßburg«, sagte Matthäus stolz. »Ein wahres Wunderwerk, wenn man bedenkt, welche Fläche sie überspannen muss.«

Jakob und Bärbel rissen die Augen auf. Solch eine große Brücke hatten sie noch nie gesehen. In s-förmigen Schwingungen führte sie, hoch über dem Rhein, wie eine riesige, sich windende Schlange von einem Ufer zum anderen.

»Über diese Brücke müsst ihr hinüber«, erklärte Matthäus. »Auf der linken Seite liegt Straßburg und auf der rechten die Dörfer Kehl, Irckheim und Sundheim. – Lächerlich kleine Fischerdörfchen im Gegensatz zu der großen Stadt auf der anderen Seite des Ufers. Dort müsst ihr hin.«

Bärbels Finger krallten sich in Jakobs Oberarm. Sie hatten es fast geschafft! Doch noch waren sie nicht in Sicherheit. »Hoffentlich gibt es dort jemanden, der es gut mit uns meint.«

Jakob tätschelte ihre klammernde Hand. »Das hoffe ich auch«, sagte er aus vollem Herzen.

Nicht weit von der großen Brücke führte ein Arm des Rheins nach Straßburg hinein und mündete in einen anderen Fluss, in dessen Wasser sie zum Hafen fuhren. Auf der befestigten Kaimauer befanden sich zwei große Kräne, die beim Ausladen der Schiffe eine

Erleichterung waren. Daneben stand der wuchtige Bau des Kaufhauses. Hier musste Matthäus die Stapelgebühr entrichten und für einige Tage seine Ware feilbieten, bevor er sich wieder auf den Weg machen konnte.

Ein neues Leben

»Schau, dort vorne ist es.« Jakob wies mit dem Kinn auf das Dorf, das vor ihnen lag. Eine Ansammlung aus Häusern, Gärten und Zäunen, kleiner als der Ort Kork, den sie eben hinter sich gelassen hatten. Der Schotter des Karrenwegs knackte unter ihren Holzpantinen, als sie weiterliefen.

»Was uns hier wohl erwartet?« Der argwöhnische Unterton in Bärbels Stimme war nicht zu überhören. Sie betrachtete nervös das Flechtwerk ihrer Zöpfe, die mehr golden als rot in der tief stehenden Abendsonne schimmerten. Wenigstens ihre Frisur schien noch tadellos zu sein, wenn auch der Rest ihrer Erscheinung etwas heruntergekommen aussah. Prüfend wanderten ihre Augen über das Kleid. Nach dem Bad im Rhein war es einigermaßen sauber, trotzdem war der Stoff alt und an manchen Stellen arg zerschlissen, die Säume bis zum Äußersten herausgelassen. Ihr Bruder sah nicht besser aus.

Jakob wischte sich den Schweiß von der Stirn. Die Hitze war selbst um diese Tageszeit schier unerträglich. »Kühlt es hier denn nie ab?«, stöhnte er.

Nachdem sie sich von Matthäus und seinen Leuten verabschiedet hatten, waren die beiden Kinder kurzerhand aufgebrochen. Sie wollten nicht noch eine ungemütliche Nacht in einer fremden Stadt verbringen. Die Stadtmauern im Rücken eilten sie auf das Brückenhäuschen zu, um von dort aus endlich an das gegenüberliegende Ufer des Rheins zu gelangen. Der *Zoller*, ein großer, schlanker Mann mit einem wettergegerbten Gesicht, versperrte ihnen würdevoll den Weg.

»Halt! Wo wollt ihr hin?«

»Nach drüben«, erwiderte Jakob ein wenig verärgert über die Frage. Wo sollten sie denn sonst hin?

»Dann müsst ihr erst bezahlen.«

»Bezahlen?« Jakobs Mund wurde trocken. Er spürte Bärbels Blick auf sich und sah in ihr Gesicht, das ihn sorgenvoll musterte. Sie wusste genauso gut wie er, dass sie kaum noch Geld übrig hatten.

»Wie viel denn?«, piepste Bärbel. Sie legte ihren Kopf in den Nacken, da der Mann sie um gut drei Köpfe überragte.

»Jeder, der zu Fuß über die Brücke will, muss zwei Denar, zwei Pfennig oder vier Heller bezahlen. Je nachdem, was er dabei hat.«

»Warum denn das?«, entfuhr es Jakob.

Der Zoller zog seine Brauen zusammen, überrascht von so viel Unwissenheit. Schließlich wusste jedes Kind, warum der Brückenzoll erhoben wurde. »Ihr seid wohl nicht von hier, wie?«

Jakob und Bärbel schüttelten die Köpfe.

»Also«, schnaufte der Zoller. Seine Gestalt plusterte sich in Anbetracht der Wichtigkeit seiner Antwort zu ihrer vollen Länge auf. »Das Geld wird für die Instandhaltung der Brücke benötigt. Wenn die Schneeschmelze in den Bergen einsetzt, verwandelt sich unser friedlicher Rhein in einen reißenden Strom aus schmutzig gelber Brühe. Das Hochwasser reißt fast jedes Jahr wichtige Teile mit sich und wenn nicht, ist es das Eis, das im Winter die Pfeiler beschädigt, die anschließend erneuert werden müssen. Danach hat der Fluss oft ein verändertes Bett. Das Wasser sucht sich immer neue Wege, in denen es besser fließen kann, und die Brücke muss verlängert oder ihr Lauf verändert werden. Wenn ihr also auch in Zukunft sicheren Fußes hinüberwollt, müsst ihr Geld dafür bezahlen, sonst wird der Weg nach Straßburg eines Tages sehr viel beschwerlicher sein.«

Resignierend kramte Jakob in seiner Tasche und holte den merklich zusammengeschrumpften Beutel hervor. Die Überfahrt mit Matthäus hatte eine Menge Geld gekostet. Er schüttelte die wenigen Pfennige in die hohle Hand des Zollers.

»Na also«, bemerkte dieser zufrieden. »Das reicht doch. Du hast sogar noch etwas übrig.«

Jakob schnaubte. Mit den Münzen, die übrig blieben, konnte man nicht viel anfangen. »Könnt Ihr uns sagen, wie wir nach Odelshofen kommen?«

Der Zoller nickte. »Nach der Brücke erreicht ihr das Dorf Kehl. Von dort müsst ihr immer geradeaus gehen. Lasst Kehl hinter euch und folgt der Straße weiter nach Neumühl, dann kommt Kork, das ihr an seinem Kirchturm erkennen könnt und schließlich Odelshofen. Wenn ihr euch ranhaltet, seid ihr bis zum Abend dort.«

»Ich danke Euch«, sagte Jakob erleichtert.

Bärbel knickste artig und schenkte dem Zoller zum Dank ein Lächeln.

»Nun geht mit Gott«, verabschiedete er sie und nickte den beiden Kindern freundlich zu.

Endlich betraten sie die s-förmige Brücke, die Straßburg mit Kehl verband. Durch mächtige Stützpfeiler verankert, ragte sie hoch über die Arme des Rheins. Ihre Länge war beträchtlich, denn das gewaltige Wasser verästelte sich unter ihrem Belag aus Bohlen und schloss dabei mehrere grüne Inseln und Kiesbänke in sich ein. Handelsschiffe und die *Nachen* der Fischer fuhren auf seinem Wasser dahin. Ein Fuhrwerk rollte an ihnen vorbei. Das Holz unter ihren Füßen summte wie ein Bienenstock und begann dabei leicht zu schwingen. Bärbel griff ängstlich nach Jakobs Hand. Ein Blick in die Tiefe genügte, um den unsicheren Boden zum Wanken zu bringen. Das fehlende Geländer verstärkte dieses Gefühl noch. Es gab nichts, woran man sich festhalten konnte, außer den riesigen Pfeilern, die an einigen Stellen den Brückenboden überragten. Doch diese waren in weiter Ferne. Sie zwang ihre Augen, geradeaus zu blicken und achtete auf das Treiben der Wagen, Reiter und Fußgänger, die an ihnen vorbeizogen. Es grenzte schon an ein Wunder, wie sich die in gegensätzliche Richtungen fahrenden Fuhrwerke unbeschadet aneinander vorbeischoben. Die Brücke war nicht viel breiter als die sich kreuzenden Fahrzeuge. Bärbel fiel auf, dass die Pferde Scheuklappen trugen und das Kreuzen der Wagen nur an den Pfeilern erfolgte. Vielleicht war die Standfestigkeit der Brücke dort größer?

Etwa auf der Hälfte der Brücke blieben sie stehen, um sich umzuschauen. Bis jetzt hatten sie außer den Rheinauen, deren üppiger Pflanzenwuchs sie von der übrigen Welt abgeschirmt hatte, – und einer weiteren Stadt – nichts von der Landschaft wahrgenommen. Jetzt hoben sie ihren Blick und ließen ihn bis zum Horizont schweifen. Etwas Unglaubliches war geschehen. Die Berge! Sie waren fast verschwunden! Ein flaches Land tat sich vor ihnen auf, das das Gebirge an den Rand drängte. Sein schwarzblauer Schatten lag wie die hochgewölbten Enden einer ausgebreiteten Schriftrolle in weiter Ferne. Ein eisiger Splitter bohrte sich in Jakobs Herz. Selbst seine geliebten Berge mussten sie zurücklassen. Er dachte an den Ausblick, den er gehabt hatte, wenn er mit Thoman vom Kohlplatz kommend aus dem Bergwald getreten war. Den Anblick der sanft geschwungenen Matten, der Gehöfte, der Mühle und der Schmelzhütte, die von hoch oben klein und unwirklich aussahen. Das Bild der vom Wind zerzausten Bäume. Sein sich erinnernder Körper spürte für einen kurzen Moment den kühlen Hauch, der oft selbst im Sommer auf dem Erzkasten wehte. Doch hier gab es nichts als Eintönigkeit und eine Hitze, die ihn plötzlich zu erdrücken drohte. Kein Lüftchen regte sich und die feuchte Luft, die aus dem Wasser aufstieg, verschlimmerte noch das unerbittliche Strahlen der Sonne.

Die Landschaft war jedoch fruchtbar. Wiesen und Felder säumten ihren Weg, als sie die Brücke verließen. Auf einem Großteil der Felder stand eine merkwürdig, schlanke Pflanze, die mehr als mannshoch war und fast wie ein Wald den Schotterweg begrenzte. Aus einem einzigen dicken Stängel wuchsen dünnere Zweige, an deren Ende sich schmale, gesägte Blätter wie die Finger einer Hand der Sonne entgegenstreckten. Solche Pflanzen hatte Jakob noch nie gesehen. Auf jeden Fall schienen die Bauern in dieser Gegend nicht arm zu sein, denn die drei Dörfer, die sie durchwanderten, bestanden meist aus schönen Fachwerkhäusern, die von einem gewissen Wohlstand ihrer Besitzer zeugten.

Bärbels Frage, was sie hier erwarten würde, war trotzdem nicht unberechtigt. Auch seine Nerven waren jetzt, so kurz vor dem Ziel, bis zum Äußersten gespannt. Was, wenn sie nicht auf ihre Verwandtschaft stießen? Und selbst wenn, sie waren nicht mehr als zwei armselige Kinder, die es durchzufüttern galt.

»Komm«, sagte er, »sonst finden wir es nie heraus.«

Mit zitternden Knien gingen sie weiter die Straße entlang. Hundegebell drang aus den Höfen des Dorfes, von denen die meisten nur über kleine Brücken zu erreichen waren, die über einen sprudelnden Bach führten. Das ganze Dorf schien sich nach ihm zu richten, denn die Lage der Hofstätten wurde durch seinen Lauf bestimmt. Es dauerte nicht lange, bis sie entdeckt wurden. Man schien geradezu auf sie zu warten. Fast an jedem Hoftor standen Menschen, die sie neugierig musterten.

»He, ihr da«, rief ihnen ein junger Mann zu. »Was macht ihr hier?«

»Wir suchen jemanden«, erwiderte Jakob. »Eine Familie Selzer. Kennt Ihr sie?«

Der junge Mann grinste breit und legte dabei eine beachtliche Zahnlücke an seinem Oberkiefer frei. »Wer kennt die nicht?«

»Könnt Ihr mir sagen, wo sie wohnen?«, versuchte Jakob einen erneuten Vorstoß.

»Natürlich! Geht nur immer weiter. Das zweite Haus auf der rechten Seite. Ihr könnt sie nicht verfehlen.«

»Vergelt's Euch Gott«, sagte Jakob.

Der junge Mann grinste erneut, tippte zum Abschied mit dem Zeigefinger an seine Kappe und sah ihnen interessiert nach.

Ein lang gezogenes Muhen ließ die Kinder herumfahren. Sie konnten gerade noch aus dem Weg springen, um nicht zwischen eine Herde Kühe zu geraten, die unbeirrt ihren Weg fortsetzte. Nun wurde ihnen auch klar, worauf die Menschen an den Hoftoren gewartet hatten. Sie empfingen ihre Kühe, die der Hirte nach Hause brachte. Wie von unsichtbarer Hand gezogen, bogen die wohlgenährten Tiere in den richtigen Hof ab und trotteten auf den heimatlichen Stall zu, wo vermutlich Wasser und frisches Stroh auf sie warteten. Jakob und Bärbel nutzten die Gelegenheit und überquerten mit den Kühen die Brücke zum Hof, der nach der Beschreibung des jungen Mannes der Familie Selzer gehörte. Bärbel klappte der Mund vor Staunen auf. Ein zweistöckiges Fachwerkhaus mit mehreren Fenstern und einem riesigen Dach stand dort. Selbst für ein wohlhabendes Dorf war es groß und prächtig. Ein Welpe mit langem, struppigem Fell rannte kläffend, aber schwanzwedelnd auf sie zu, bis eine lange Kette seinen Lauf stoppte und ihn unbarmherzig zurückriss.

»Was wollt ihr hier?« Erst jetzt entdeckten sie einen stämmigen Mann, der einen ungepflegten Eindruck machte. »Macht, dass ihr fortkommt! Hier gibt es für Bettler nichts zu holen!«

»Wir sind keine Bettler«, erwiderte Jakob entrüstet.

Bärbel stieß ihm leicht den Ellbogen in die Rippen. Es war eine Warnung, denn die Narbe auf seiner Stirn begann sich leicht zu röten.

»So? Was wollt ihr dann?« Der Mann kam einen Schritt näher. Seine Augen verengten sich zu skeptischen Schlitzen, als schenkte er Jakobs Antwort keinen Glauben.

»Wir suchen die Selzers«, erwiderte Bärbel. Ein entwaffnendes Lächeln strahlte aus ihrem hübschen Kindergesicht, das selbst diesen harten Knochen etwas milder stimmte. »Sind wir hier richtig?«

»Das seid ihr«, erwiderte der Mann und fuhr nachdenklich über seinen stoppeligen Bart. »Franziska!«, rief er gebieterisch.

Eine junge, dunkelhaarige Frau streckte ihren Kopf aus der Stalltür. »Sag dem Bauern, dass er Besuch hat.«

»Du willst also der Sohn meines Bruders sein?« Der Bauer, ein wohlgenährter Mann mit zurückweichendem Haaransatz musterte sie geringschätzig. Die Bäuerin saß mit hochgezogenen Brauen neben ihm. Ihr Gesicht war ebenso feist wie das ihres Mannes, doch ihr

Blick war freundlicher und starrte mitleidig auf die beiden Kinder. Ihr Haar hatte sie unter einem Tuch verborgen, das ihr bis in die Stirn ragte. Das braune Kleid, das einen schönen Kontrast zu den Ärmeln ihres Hemdes aus ungefärbtem Leinen bildete, konnte ihre üppigen Formen nicht verbergen.

Jakob und Bärbel standen in der großen Stube und starrten verlegen auf die Spitzen ihrer Holzpantinen. Der Bauer, der vor ihnen am Tisch Platz genommen hatte, betrachtete sie wie ein Richter seine Angeklagten. Es war kein herzlicher Empfang gewesen und auch nachdem die Kinder den Grund ihres Besuches geschildert hatten, schien er ihnen immer noch nicht zu trauen.

»Woher soll ich wissen, dass das stimmt?«

»Hier«, sagte Jakob mit bebender Stimme. Er zog die Urkunde aus seiner Tasche und gab sie seinem *Oheim*. Eselsohrig und zu einem kleinen Päckchen zusammengefaltet, machte sie keinen guten Eindruck, doch man konnte die Schrift darauf noch ohne Weiteres lesen.

Der Bauer betrachtete sie misstrauisch, faltete sie auseinander und drehte sie nach allen Seiten. Dann gab er sie an sein Weib weiter, die ihn ohne Worte verstand. *Er kann auch nicht lesen*, schoss es Jakob durch den Kopf.

Seine Frau war offensichtlich gebildeter als er, denn sie las laut vor, was auf dem Papier stand: »Getraut wurden im Juli, dem 24., dem Tag der Geburt Johannes des Täufers, Johann Selzer, Taglöhner in Odelshofen, mit Anna geb. Schublerin, des verstorbenen Jakob Schubler und der Johanna geb. Walther, eheliche, ledige Tochter.«

»Johann Selzer ist mein Vater«, sagte Jakob trotzig. »Das Schriftstück beweist es.«

»Das ist doch kein Beweis«, erwiderte der Bauer streng. Er fuhr sich nachdenklich mit der Hand durch das schüttere braune Haar. »Vielleicht hast du es gestohlen und willst dich hier ins gemachte Nest setzen.«

»Unsinn«, erwiderte die Bäuerin nun ihrerseits entrüstet. »Schau dir doch den Jungen an. Er ist Anna ja fast wie aus dem Gesicht geschnitten und er hat eindeutig ihr Haar.«

»Das kann jeder haben«, wischte ihr Mann den Einwand vom Tisch. »Und was ist mit dir?«, wandte er sich an Bärbel. »Wessen Haare hast du?«

»Die meiner Mutter«, flüsterte Bärbel kaum hörbar.

»Ach so ist das? Mein sauberer Herr Bruder war zweimal verheiratet. Oder hat er gar ein Liebchen gehabt?«

»Hat er nicht«, erwiderte Bärbel nun etwas lauter. Eine leise Empörung über diese offensichtliche Ungeheuerlichkeit schlich sich in ihre Stimme. »Er hat meine Mutter geheiratet, nachdem Anna gestorben war.«

»Kaspar«, versuchte die Bäuerin zu beschwichtigen. »Du bringst die Kinder in Verlegenheit.«

»Was? Ich bringe sie in Verlegenheit?«, polterte der Bauer weiter. »Sie sind es, die mich in Verlegenheit bringen, und mein sauberer Herr Bruder dazu. – Stirbt einfach und lässt mir seine Brut zurück! Weiß der Himmel, was ich mit ihnen anfangen soll.« Seine Finger trommelten nervös auf die Tischplatte.

»Ich kann hart arbeiten«, versuchte Jakob sich anzubiedern. Diese beiden Menschen waren ihre einzige Aussicht auf eine dauerhafte Überlebenschance. Er durfte diesen Moment nicht ungenützt verstreichen lassen.

»Der Junge hat recht.« Die Bäuerin legte begütigend eine Hand auf den Arm ihres Mannes und brachte damit seine ruhelosen Finger zum Schweigen. »Er könnte doch unser Unterknecht werden. Jetzt, wo Sixt nicht mehr da ist und die Hanfernte so kurz vor der Tür steht, brauchen wir sowieso jede Hand, die sich uns bietet.«

Der Bauer sah sie zweifelnd an. Dann blickte er auf Jakob. »Hast du schon einmal auf einem Hof gearbeitet?«

»Ja«, eine leise Hoffnung schlich sich in Jakobs Herz.

»Weißt du, wie man Hanf erntet?«

Betreten schüttelte Jakob den Kopf. Er wusste nicht einmal, was für eine Pflanze das war. »Aber ich kann es lernen.«

»Das wirst du sicher«, erwiderte die Bäuerin freundlich.

Kaspar Selzer brummte ungehalten und bedachte sein Weib mit einem missmutigen Blick. »Du scheinst ihn ja schon eingestellt zu haben.«

Die Bäuerin nickte ihm aufmunternd zu, bevor sich ein Anflug von Kummer in ihrem Gesicht abzeichnete. »Wo soll er denn sonst hin? Von den Schublers ist keiner mehr am Leben.«

»Und das Mädchen? Was machen wir mit ihr? Zwei Kinder werde ich auf keinen Fall durchfüttern!«

»Das lass mal meine Sorge sein«, erwiderte sie lächelnd. »Ich habe in Straßburg noch eine Rechnung offen. Es ist an der Zeit, sie zu begleichen.«

Eine plötzliche Angst packte Jakob. Verzweifelt ergriff er Bärbels verschwitzte Hand. Diese Möglichkeit war ihm noch gar nicht in den Sinn gekommen! »Ihr könnt uns doch nicht trennen«, rief er verzweifelt. »Ich habe Bärbels Mutter versprochen, dass ich auf sie aufpasse.«

»Nun ist es aber gut«, erwiderte die Bäuerin spitz. »Sei froh, dass *du* hierbleiben darfst, und für deine Schwester suchen wir eine gute Stellung in Straßburg.«

»Aber ... aber ...«

»Nichts aber! Sie ist ja nicht aus der Welt. Jedes Jahr an Martini kannst du sie besuchen.«

Ein unterdrücktes Schluchzen schüttelte Bärbels zarten Körper. Jakob spürte die Wellen ihres Entsetzens bis in ihre Handfläche, die er immer noch umklammert hielt. Seine Augen begannen zu brennen und die mühsam unterdrückten Tränen zerrissen ihm fast die Kehle. Doch er konnte nichts tun. Sie waren dem Bauer und seinem Weib auf Gedeih und Verderb ausgeliefert.

Durch den unerwarteten Besuch wurde das Nachtmahl, das aus Brot, Speck, Butter und Käse bestand, etwas später als üblich aufgetragen. In der Zwischenzeit hatten Jakob und Bärbel die Gelegenheit, den Rest des bäuerlichen Haushalts kennenzulernen. Nun saßen sie schweigend am Tisch, ohne die Holzbrettchen vor ihrer Nase zu benutzen, obwohl es nicht am Anblick der Speisen lag, dass sie keinen Hunger hatten. Die bevorstehende Trennung machte ihnen zu schaffen. Jakob dachte verzweifelt an das Versprechen, das er Marie gegeben hatte. – Er konnte es nicht einhalten! Doch was sollte er tun? Sie mussten dankbar für die Lösung sein, die ihnen die Bäuerin bot. Sonst blieb ihnen nur noch die Aussicht zweier bettelnder Kinder auf der Straße und dies war keine reizvolle Alternative. Erst recht nicht, wenn man überleben wollte.

Jakob saß mit Bärbel am untersten Ende des Tisches, dort, wo das Gesinde Platz genommen hatte. Matthis, der stämmige Mann von vorhin, hatte sich neben ihn gesetzt, während Bärbel auf der gegenüberliegenden Bank, eingezwängt zwischen den beiden Mägden Franziska und Lina, wie ein kleines Küken bemuttert wurde. Franziska versuchte gerade ein Stückchen Brot in ihren Mund zu schieben. Sie blinzelte ihr aufmunternd zu, doch Bärbel schüttelte verneinend den Kopf. Ihre Mundwinkel zogen sich nach unten und sie war kurz davor, in einen neuen Weinkrampf auszubrechen. Jakob sah schnell zur Seite, damit nicht auch ihm die Tränen in die Augen stiegen. Es schickte sich nicht für einen Jungen in seinem Alter, heulend am Tisch zu sitzen, obwohl ihm sehr danach war.

Die Familie des Bauern hatte es sich auf gepolsterten Stühlen am oberen Ende des Tisches bequem gemacht, während das Gesinde mit zwei harten Holzbänken vorliebnehmen musste.

Die Ehe von Kaspar Selzer und dessen Weib Klara hatte drei lebende Kinder hervorgebracht: Andreas, der etwas älter als Jakob zu sein schien, und den vielleicht drei Jahre jüngeren Kaspar. Beide Jungen hatten neben ihrem Vater an der Verlängerung des Tisches Platz genommen, während Kaspar selbst als Familienoberhaupt an der Stirnseite thronte. Ihre kleine Schwester Katharina saß auf der gegenüberliegenden Seite der Buben neben der Mutter. Sie war vier Jahre alt, wie sie Bärbel stolz berichtet hatte. Jakob beschlich noch einmal das Gefühl aus Bestürzung und Mitleid, das ihn überrumpelt hatte, als er entdeckte, dass Katharina eine Hand fehlte. In der Poche war einmal ein Junge aus Versehen mit dem Arm unter einen der

Pochhämmer geraten. Jakob fühlte bei diesem Gedanken ein unangenehmes Kribbeln auf der Haut seiner eigenen Hand und er krallte unter dem Tisch schützend die Finger ineinander. Der Junge hatte wie am Spieß geschrien, was angesichts der Verletzungen auch kein Wunder war. Seine rechte Hand war von dem schweren Hammer zertrümmert worden und sah aus wie ein zu Brei geschlagener Klumpen. Sie musste amputiert werden und das Ergebnis war in etwa dasselbe wie bei Katharina. Doch wenigstens die Schmerzen schienen ihr erspart geblieben zu sein, denn sie war schon so auf die Welt gekommen, wie ihm Bärbel zugeflüstert hatte.

Zwischen Kaspar und Klara hockte am ganzen Leib zitternd Diebold, der Altbauer, der Vater der Bäuerin. Sabbernd schob sich der alte Mann kleine Brotstückchen, die seine Tochter zuvor geschnitten und entrindet hatte, in den zahnlosen Mund. Sie behielt ihn im Auge und wischte ihm von Zeit zu Zeit den tropfenden Speichel mit einer Ecke ihres *Fürtuchs* vom Kinn. Dennoch langte auch sie tüchtig zu und es herrschte eine gierige Stille bei Tisch, die nur von dem Schmatzen des Altbauern und seinen gelegentlichen Seufzern unterbrochen wurde.

Jakobs Magen knurrte auf einmal vernehmlich. Der Duft des geräucherten Specks hing verheißungsvoll in der Luft und der kräftige Appetit der anderen tat sein Übriges. Es war schon viele Stunden her, seit er das letzte Mal etwas zwischen die Zähne bekommen hatte, und er beschloss, nun doch etwas zu essen. Aufmunternd blinzelte er Bärbel zu, bestrich sich eine Scheibe Brot mit Butter, belegte sie mit klein geschnittenen Speckstückchen und kaute gedankenverloren darauf herum. Die Erlebnisse der letzten Tage tauchten noch einmal vor seinem inneren Auge auf. Der Abschied vom Erzkasten, der freundliche Meister Gruber, den sie in Freiburg getroffen hatten, ihre Nächte in Breisach und schließlich die Fahrt auf dem Rhein. Noch nie hatte er so viele Dinge auf einmal erlebt ... – Der scharfe Ton des Bauern ließ ihn plötzlich auffahren.

»Hast du nicht gehört, was ich gesagt habe?«, herrschte er Jakob an.

Alle Blicke richteten sich auf ihn.

Kaspar Selzer hatte seine Stirn in Falten gelegt. Seine Lippen pressten sich missbilligend aufeinander. »Zum letzten Mal: Leg das Messer weg! Wer noch nicht fertig ist, ist selber schuld!« Die Worte donnerten drohend durch die Stube. »Hat dir mein Bruder keine Manieren beigebracht?«

Es galt als ungeschriebenes Gesetz, dass jeder zu essen aufhören musste, sobald der Hausherr seine Mahlzeit beendet hatte.

Andreas schien sich dank dieses peinlichen Vorfalls köstlich zu amüsieren. Ein breites Grinsen lief über sein ovales Gesicht. Die Mienen seiner Geschwister hingegen drückten ein gewisses Maß an Mitgefühl für ihren neuen Vetter aus.

Jakob blickte betreten auf seine Hände. Eine Entschuldigung murmelnd legte er die Reste des Brotes und das Messer, das er immer noch in der Hand gehalten hatte, auf das Holzbrett zurück.

Nach dem Essen führte der Bauer Jakob in den Stall und erklärte ihm in Matthis' Anwesenheit, was er von nun an zu tun hatte. Drei Kühe, zwei Schweine, mehrere halbwüchsige Ferkel, vier Stuten und drei Fohlen waren in verschiedenen Boxen in dem Gebäude untergebracht, das gegenüber dem Wohnhaus lag. Ein durchdringender Geruch nach Mist hing in der, selbst bei Dämmerung, noch schwülen Luft. Die Geräusche der Stalltiere vermischten sich mit dem Zwitschern der Schwalben, die in atemberaubendem Tempo über ihre Köpfe flogen, um Mücken zu jagen, von denen es hier in Hülle und Fülle gab.

Kaspar ließ seinem Neffen, nicht ohne einen gewissen Besitzerstolz, etwas Zeit, sich umzuschauen. Dann richtete er das Wort an ihn: »Von nun an wirst du mit Matthis morgens den Stall ausmisten, wenn die Hirten die Tiere abgeholt haben. Danach wirst du ihm bei seiner jeweiligen Arbeit zur Hand gehen. Hast du verstanden?«

Jakob nickte. Er hatte mehr als verstanden. Die barsche Rede des Bauern verdeutlichte, was er ohnehin schon geahnt hatte. Kaspar würde ihn nicht als neues Familienmitglied anerkennen. Er war für ihn nicht mehr als irgendein dahergelaufener Bursche, der eine Stellung als Knecht suchte.

Der Stall verfügte an seiner Außenseite über eine schmale Kammer mit einem winzigen Fenster. In ihr standen hintereinander zwei aus rohem Holz gezimmerte Betten und eine Truhe.

»Dies ist die Kammer, die du von nun an mit Matthis teilen wirst«, erklärte der Bauer.

Der kleine Raum war so ungepflegt wie sein Bewohner. Auf dem Fußboden schien der Dreck mehrerer Wochen zu liegen. In fast jedem Winkel entdeckte Jakob Spinnweben mit einem pudrigen Überzug aus Staub und die karierten Bettdecken waren mit Strohhalmen gespickt, die aus den Spalten der Decke rieselten.

»Das vordere Bett ist deines«, sagte Matthis bestimmt. »Und deine Sachen kannst du zu meinen in die Truhe tun.«

Viel wird es nicht sein, dachte Jakob bitter. Er hatte nur das, was er auf dem Leib trug, außer der Heiratsurkunde und dem Beutel mit den zusammengeschrumpften Resten des Lohns, den er erhalten hatte. Und für das Kruzifix würde er keine Truhe brauchen.

»Dein Lohn wird aus Kost, Unterkunft und 12 Pfennigen im Jahr bestehen, die dir als Unterknecht zustehen. Jedes Jahr bekommst du zwei neue Hemden, eine Hose und ein Paar Strümpfe, was du auch dringend brauchen kannst, wie mir scheint.« Der Bauer sah mit einem herablassenden Blick an Jakob herunter und kratzte sich am Kinn. »So, nun ist es erst einmal genug für heute.« Die kleinen Augen in Kaspars feistem Gesicht betrachteten Jakob kritisch, als suchten sie immer noch nach einem Grund, wie er ihn loswerden könnte. »Alles andere wirst du hoffentlich noch lernen.«

Der Bauer verschwand und Jakob blieb mit Matthis allein zurück. Bärbel war drinnen bei den Frauen, die den Abwasch besorgten.

Jakob legte sein schmales Bündel, das er den ganzen Weg bei sich getragen hatte, auf sein staubiges Bett. Er öffnete den Knoten, der es zusammenhielt, und förderte das kleine Kruzifix aus dem Herrgottswinkel der Kate zutage. Er betrachtete es liebevoll, bevor er seine Augen in der Kammer umherschweifen ließ, um nach einem geeigneten Platz zu suchen. Einen Herrgottswinkel schien es hier nicht zu geben, aber über seinem Bett hing ein einsamer Nagel. Darunter befand sich ein heller quadratischer Fleck. Es musste also schon einmal etwas hier gehangen haben. Kurzerhand streckte Jakob die Hand aus und hängte das Kreuz mit dem leidenden Jesus an die Wand.

Matthis klappte der Kiefer nach unten. »Du bist ein Katholischer?«

Jakobs Kopf fuhr herum. »Du etwa nicht?«

Der Knecht schnaubte wie ein empörtes Pferd. »Auch das noch«, murmelte er vielsagend. »Natürlich nicht.« Er musterte Jakob mit hochgezogenen Brauen. »*Niemand* in dieser Gegend ist ein Katholischer.«

Nun war es Jakob, dem der Mund offen stand. »Aber ... was seid ihr dann?«

»Lutheraner«, erklärte Matthis.

Jakob, der plötzlich nicht mehr wusste, wo oben und unten war, hörte nicht auf, den stämmigen Knecht mit erstauntem Blick zu begaffen, als ob er eben Zeuge der unbefleckten Empfängnis geworden wäre. Er war ihm nie in den Sinn gekommen, dass es Menschen gab, die etwas anderes glaubten als er.

Matthis sah sich gezwungen, bei seiner Erklärung etwas weiter auszuholen. »Lutheraner richten sich nicht nach den Worten des Papstes. Sie verehren keine Heiligen und sie glauben auch nicht an das Fegefeuer, sondern nur an das, was in der Heiligen Schrift steht.«

»Hast du denn eine?« Jakobs Stimme kletterte angesichts dieser Enthüllungen um zwei Töne nach oben und er räusperte sich, um sie wieder in den Griff zu bekommen. Wie konnte es sein, dass ein einfacher Knecht die Lehre der Heiligen Schrift verstand?

»Ich nicht, aber der Pfarrer. Er liest uns sonntags daraus vor.«

»Aber könnt ihr *verstehen*, was er liest?«, fragte Jakob entsetzt.

»Natürlich, er liest es ja auf Deutsch. Schon Martin Luther, der große Reformator, hat die Bibel in unsere Sprache übersetzt. Er war der Meinung, dass man nur das glauben kann, was man selber versteht, und nicht, wenn es in einer fremden Sprache vorgetragen wird, mit der nur die Gelehrten etwas anfangen können.«

»Aha«, brach es aus Jakob heraus. Wo war er hier bloß hingeraten? Nicht einmal der Kirchgang würde derselbe sein wie früher.

»Du wirst es bald selbst hören«, setzte Matthis seine Rede fort. »Die Bäuerin besteht darauf, dass wir *jeden* Sonntag zur Kirche gehen.« Er verzog missbilligend das Gesicht, was Jakob darauf schließen ließ, dass Matthis diese Häufigkeit nicht für nötig hielt. Dann fiel Matthis' Blick mit einem Gemisch aus Geringschätzigkeit und Interesse auf das Kruzifix an der Wand. »Am besten lässt du sie *das hier* gar nicht erst sehen.« Seine Finger kratzten über sein stoppelbärtiges Kinn. »Hast schon genug Schwierigkeiten, wie mir scheint.«

Jakob blickte auf das Kruzifix mit dem leidenden Jesus und die Verzierungen, die darauf angebracht waren. »Was ist denn daran so schlimm?«, fragte er.

»Nun ja ... es sieht sehr ... *katholisch* aus.« Die beiden letzten Worte betonte Matthis mit einer Widerwärtigkeit, als ob sich die Pest oder eine andere schlimme Krankheit dahinter verbarg.

Jakob zog nachdenklich die Luft durch die Zähne. Sollte er es wieder abhängen? Vielleicht hatte Matthis recht und es würde ihm noch mehr Schwierigkeiten bringen, als er ohnehin schon hatte? *Nein*, dachte er schließlich. Er würde es nicht tun. Es war ein Andenken an Marie und seine Herkunft ließ sich so oder so nicht leugnen. Dort war es eben anders als hier. Nur in einem Punkt ließ sich der Erzkasten mit Odelshofen vergleichen. *Niemand* war dort ein Lutheraner. Wenn er ihren Glauben akzeptieren musste, mussten sie es auch bei seinem tun. »Ich lasse es hängen.« Seine Stimme hatte einen entschlossenen Ton, der Matthis aufhorchen ließ.

»Wie du willst. Aber beklag dich nicht bei mir, wenn du Ärger bekommst.« Trotz der Warnung grinste Matthis Jakob freundlich ins Gesicht. Der Junge gefiel ihm. Er schien kein Waschlappen zu sein, der sich von anderen allzu schnell umstimmen ließ.

Gemeinsam traten sie aus der Kammer in den Hof, den die Gebäude wie ein großes U begrenzten. Matthis erklärte Jakob, was es mit den einzelnen Gebäuden auf sich hatte. Auf der gegenüberliegenden Seite stand, mit dem Giebel zum Bach hin, das Wohnhaus, das Jakob schon kannte. In der Mitte seiner Längsseite befand sich die schwere, doppelflügelige Eingangstür, deren oberstes Fach geöffnet war, um die nun kühlere Luft ins Haus zu lassen. Über dem ersten Stockwerk zog sich ein schindelgedecktes Wetterdach um das ganze Haus herum, um so die Wand vor Regen und Feuchtigkeit zu schützen. Die Fachwerkbalken hatten ihre natürliche Holzfarbe behalten, aber die Lehmspiegel, die die freien Stellen zwischen dem Holz ausfüllten, waren mit einem bläulich schimmernden Kalkputz bestrichen. Einzig der hohe Sockel, auf dem die Außenwände ruhten, bestand aus gemauerten Sandsteinen. Gekrönt wurde das Ganze durch ein mächtiges, schindelgedecktes Dach. Im Anschluss an das Wohngebäude befand sich ein offener Schopf mit einer Kutsche, einem großen Leiterwagen und anderen Geräten, die man für die Landwirtschaft brauchte. Im rechten Winkel zum Schopf schloss sich die *Scheuer* an. Auf sie folgte, wiederum im rechten Winkel, ein weiterer Schopf, der im unteren Teil als Gänsestall und Abtritt diente, im zweiten Stock befand sich unter einem weit auskragenden Dach der offene Holzschopf, neben dem die Hühner nachts untergebracht wurden, um sie vor dem Fuchs und anderen Räubern zu schützen. Im Anschluss daran befand sich der Pferde-, Rinder- und Schweinestall, den Jakob schon gesehen hatte. Auch dieser hatte ein zweites Stockwerk: den Heuboden, auf dem sich auch das Stroh befand. Mitten im Hof stand ein großer Nussbaum und nicht weit davon entfernt stank ein prächtiger Misthaufen dampfend vor sich hin.

»Mit der Zeit gewöhnst du dich an den Gestank«, erklärte Matthis, nachdem er Jakobs Blick gefolgt war. »Bis in ein paar Tagen riechst du kaum noch, dass er da ist.«

Ein plötzliches Zupfen an seinem Hosenbein ließ Jakob zusammenfahren. »Ach, du bist es«, sagte er erleichtert. Der Welpe, den man mit einer langen Kette an der Hundehütte festgemacht hatte, zog energisch an seiner Hose. Jakob bückte sich und entwand den

Stoff den kleinen, spitzen Zähnen. »Halt, halt! Du machst ihn sonst kaputt.«

Der Kleine betrachtete ihn aufmerksam und wedelte freudig mit dem Schwanz. Er hatte ein hübsches Gesichtchen mit bernsteinfarbenen Augen, einer langen dunklen Nase und großen Stehohren. Die schwarze Farbe seines struppigen Fells zog sich wie eine Decke über Schwanz, Rücken und große Teile des Gesichts, doch der Rest war so bernsteinfarben wie seine Augen.

»Das ist Aaron«, erklärte Matthis und gab ihm einen Tritt. Die Kette klirrte, als Aaron erschrocken zurücksprang. Der kleine Hund jaulte leise auf und bedachte Matthis mit einem misstrauischen Blick, bevor er sich trollte.

Jakobs dunkle Augen zogen sich vor Schreck und Empörung zusammen. »Warum hast du das getan?«

Matthis zuckte mit den Achseln. »Weil ich Hunde nicht mag«, erwiderte er. »Außerdem soll er bellen und auf das Haus aufpassen und nicht jeden, der kommt, schwanzwedelnd begrüßen.«

»Vielleicht muss er es erst noch lernen?«

Matthis brummte ungehalten.

»Wie alt ist er denn?«

Wieder zuckte der Knecht mit den Achseln. »Keine Ahnung. – Wahrscheinlich nicht mehr als ein paar Wochen. Er ist erst wenige Tage hier. Der Bauer hat ihn vom Markt mitgebracht, nachdem der alte Hund gestorben war.«

Matthis war ein komischer Kauz, aber alles in allem schien er kein übler Kerl zu sein. Doch er war Jakob so fremd wie die neue Umgebung.

In dieser Nacht lag er lange wach. Bärbels gewohnte Nähe fehlte ihm, doch sie musste im Haus bei den Mägden schlafen, während er im Stall bei Matthis übernachtete. Er hatte nicht mehr mit ihr sprechen können und fragte sich, ob sie wohl große Angst vor dem hatte, was sie morgen erwarten würde. Ein helles Sirren ertönte an seinem Ohr. Schnaken! Seit sie sich vom Rhein entfernt hatten, hatte er keine mehr bemerkt, doch sobald es dämmrig wurde, schienen sie überall zu sein. Das Sirren erstarb für einen Moment, doch kurz darauf spürte er einen Stich an der Wange, der ihn zusammenfahren ließ. Diese blöden Viecher! Verärgert schlug er nach der Verursacherin seines Schmerzes, doch sie sirrte unbeirrt weiter und suchte wahrscheinlich schon nach einer neuen Stelle, an der sie ihn malträtieren konnte. Leider war sie nicht die einzige. Ein ganzes Rudel schien sich auf ihn zu stürzen, um ihm das Blut aus der Haut zu saugen.

Er versuchte sich abzulenken und seine Gedanken wanderten zu seinem Vater und dem Oheim, den er heute kennengelernt hatte. Die beiden Brüder waren so unterschiedlich wie Tag und Nacht. Während der eine in einer armseligen Bergarbeiterkate gehaust hatte, schien es dem anderen an nichts zu fehlen. Eine schmerzliche Sehnsucht nach dem Erzkasten ergriff ihn. Nach Thoman, Wolf, Gerg und Paule und der Kate, die einmal sein Heim gewesen war. Was hätte er darum gegeben, jetzt dort zu sein! Er stellte sich die neue Familie vor, die nach ihnen eingezogen war. Wie das junge Ehepaar lachend mit seinen beiden kleinen Kindern an dem schlichten Tisch saß und alle Spuren der alten Bewohner für immer verwischt hatte.

Draußen kratzte etwas an der Tür. Jakob hob sachte den Kopf und lauschte konzentriert in die silbrige Dunkelheit. Der Laden des Fensters war geöffnet und ließ die kühlere Nachtluft herein. Die bleiche Scheibe des Mondes schien durch die kleine Öffnung und erhellte den einfachen Raum mit einem gespenstischen Licht. Wieder kratzte es, doch dieses Mal mischte sich ein leises Winseln in das scharrende Geräusch, das Jakob erkennen ließ, welches Geschöpf Einlass begehrte. Leise schob er sich aus dem Bett. Der alte Strohsack, der ihm als Unterlage diente, verströmte dabei einen unangenehm schimmligen Geruch. Er spürte die Kühle des gestampften Lehmbodens unter seinen Füßen, als er im Licht des Mondes zur Tür schlich. Ein erfreutes Winseln ertönte, als Jakob sie vorsichtig öffnete, um den leise schnarchenden Matthis nicht zu wecken.

»Psst! Sei leise!«, flüsterte er dem Hund zu und ging in die Hocke.

Aaron schien ihn zu verstehen, denn sein Gewinsel ging in ein freudiges, aber leises Hecheln über. Dann legte er sein wolliges Köpfchen in Jakobs Schoß. Die bernsteinfarbenen Augen schimmerten im Licht der Sterne.

Jakob kraulte ihn hinter den Ohren. »Du kannst wohl auch nicht schlafen, was? Hast wahrscheinlich genauso Heimweh wie ich«, flüsterte er.

Aaron seufzte erleichtert angesichts der Behandlung, die ihm zuteilwurde. Es war schon eine ganze Weile her, seit ein Mensch gut zu ihm gewesen war, und auch Jakob fühlte sich in der Gegenwart des kleinen Hundes ein wenig getröstet. Vorsichtig darauf achtend, kein Geräusch zu verursachen, nahm er Aaron auf den Arm. Dann schloss er leise die Tür zur Kammer. Er würde heute Nacht nicht in seinem neuen Bett schlafen. Zielstrebig schlich er auf die Hundehütte zu und schlüpfte, Aaron immer noch auf dem Arm haltend, hinein. Wenn er sich zusammenrollte, war die Hütte groß genug für sie beide. Eine Weile betrachtete er noch die Sterne, die an einem samtigen Nachthimmel prangten, dann schlief er ein, ein atmendes Gewicht auf seinem Bauch, das ihm Wärme und Trost spendete.

Der lang gezogene Ruf eines Hahns ließ Jakob aus seinen Träumen emporschrecken. Ein überraschtes »*Wuff*« und das ungemütliche Gefühl nach Halt suchender Krallen auf seinem Bauch sorgten dafür, dass er vollends erwachte. »Hab ich dich erschreckt, Kleiner?«, murmelte Jakob. Schlaftrunken suchte er in der engen Hütte eine bequemere Stellung.

Durch die Öffnung der Hundehütte fiel graues Licht. Aaron, der mit gesträubtem Fell auf seinem schwankenden Untergrund balancierte, gab es schließlich auf und rollte von Jakob herunter. Die Kette rasselte, als er sich an ihm vorbeidrängte, um im Hof seine Blase zu entleeren. Über Jakobs Gesicht lief ein belustigtes Grinsen. Der Kleine hockte sich hin wie ein Mädchen, statt wie ein anständiger Rüde sein Bein zu heben! Der Himmel begann sich über ihm aufzuhellen und Jakob fand, dass es an der Zeit war, in die Knechtskammer zurückzukehren, bevor Matthis sein Verschwinden bemerkte. Seine Beine begannen unangenehm zu kribbeln, als er sich aus dem engen Loch gezwängt und endlich zu voller Länge aufgerichtet hatte.

Der Hund hatte seine Blase inzwischen geleert und trottete schwanzwedelnd und mit gespitzten Ohren auf ihn zu. Jakob strich ihm über den wolligen Kopf. »Machs gut, Kleiner«, sagte er lächelnd, »und sei ein Mann!«

Er beeilte sich, ungesehen über den Hof zu kommen. Im Haus erwachte bereits das Leben. Er hörte unterdrücktes Gemurmel, das aus den Schlafkammern zu kommen schien, vermischt mit eifrigem Klappern aus der Küche und dem unerbittlichen Krähen des Hahns, der seine Freiheit forderte. Leise öffnete er die Tür zur Kammer und verharrte für einen Moment erschrocken, als er entdeckte, dass Matthis bereits die Beine aus dem Bett geschwungen hatte. Der Knecht sah ihm blinzelnd entgegen. »Bist wohl schon auf dem Abtritt gewesen, was?«

Stumm nickte Jakob, froh darüber, dass Matthis keinen Verdacht schöpfte.

»Schnell, zieh dich an«, sprach der Knecht weiter. »Dann geht es in den Stall.«

Eilig schlüpfte Jakob in seine Hose und steckte sorgfältig das Hemd, das er auch nachts am Leib trug, hinein. Jacke und Holzpantinen würde er nicht brauchen, denn bereits jetzt war es angenehm warm. Doch es würde nicht so bleiben. Der Rand der Sonne schob sich im Osten gerade über das Hausdach, als er wieder auf den Hof trat. Ihre Strahlen würden die feuchte Luft wie gestern zu einer unerträglichen Schwüle aufheizen. Er hatte sich gefühlt, als ob man ihn in einen Backofen gesperrt hätte, ganz im Gegensatz zu seiner Heimat, in der fast immer von irgendwoher ein frisches Lüftchen wehte. Hinter dem Dach musste der Gebirgskamm des Schwarzwalds liegen. Hastig rannte er in den offenen Schopf, um durch das kleine Fenster in der Hinterwand zu spähen. Dort versperrte kein Haus die Sicht und man konnte tatsächlich das große, sanft gewellte Gebirge sehen, das noch verschleiert im Dunst lag. Es schien zum Greifen nah zu sein. Er schluckte die Sehnsucht hinunter, die für einen kurzen Moment in ihm aufstieg. Stattdessen kehrte er um und konzentrierte sich auf den Hof mit all seinen neuen Gerüchen und Geräuschen. Sperlinge zwitscherten in den Zweigen des Nussbaums und ein leichter Windstoß wehte den süßlichen Geruch des Misthaufens in Jakobs Nase. Das dunkle Gurren der Tauben tönte von den Dächern, als Matthis mit müden Schritten auf den Ziehbrunnen zuschlurfte, der in der Nähe des Wohnhauses stand. Ein Holzkübel baumelte griffbereit an seinem Joch. Matthis ließ ihn mithilfe eines Seils in die Tiefe hinunter und holte ihn nach einem zufriedenstellenden Geräusch, das vom Versinken des Kübels im Wasser kündete, wieder herauf. Hastig schöpfte er mit den Händen das kühle Wasser, um es in seinen Mund laufen zu lassen. »Ah, tut das gut«, seufzte er zufrieden. »Komm, nimm auch ein paar Schlucke«, sein aufmunternder Blick traf Jakob, der sich das nicht zweimal sagen ließ.

Nachdem sie ihren Durst gestillt hatten, wuschen sie Gesicht und Hände in dem erfrischenden, klaren Wasser. Der Hahn forderte immer noch sein Recht und so öffnete Matthis anschließend den Verschlag, der als Hühnerstall diente. Mit vor stolz geschwellter Brust führte der Hahn seine Hennen aus dem Nachtquartier und ließ sich majestätisch auf dem höchsten Punkt des Misthaufens nieder, um ein lang gezogenes Krähen in die Luft zu schmettern, während seine Weiber friedlich im Hof scharrten.

Die Knechte begannen, der Reihe nach die Tiere zu tränken, während Franziska die Kühe melkte. Franziska, die Untermagd, war jünger als die grobschlächtige Lina. Sie hatte ein einfaches Gesicht mit einem verschmitzten Lächeln und hübsche dunkle Locken.

Kurz darauf ertönte ein Pfeifen, das die Pferde unruhig machte. »Schnell«, sagte Matthis, während er einen unwirschen Blick aus dem Stallfenster warf. »Bind die Pferde los. Der Rosshirt ist schon da.«

»Matthis«, die Stimme der Bäuerin schallte vom Wohnhaus zu ihnen herüber. »Lass die Liese stehen. Ich brauche sie heute noch.«

Ein Pferd nach dem anderen verließ den Stall, um mit dem Rosshirt auf die Weide zu gehen. Liese zerrte an dem Seil, mit dem man sie festgebunden hatte, und schickte ihren Gefährtinnen und deren Fohlen ein durchdringendes Wiehern hinterher, als sie zu verstehen begann, dass man heute eine andere Aufgabe für sie hatte.

»Warum habt ihr eigentlich so viele Pferde?«, fragte Jakob verwundert.

»Weil sie leichter zu halten sind als eine Kuh oder ein Schwein«, erwiderte Matthis. Er fuhr sich mit der Hand über das stoppelige Gesicht. »Sie können fast das ganze Jahr über auf die Weide und im Winter werden sie mit etwas Heu und Hafer durchgebracht. Außerdem sind unsere Pferde ein begehrtes Gut und fast jederzeit verkäuflich. Der Bauer verkauft sie nach Straßburg, wo die Lohnfuhrhaltereien ständig Nachschub brauchen.«

Nach den Pferden wurden die Kühe von ihrem Hirten abgeholt. Danach kam der Sauhirt, um die Schweine auf die Sauweide zu führen, ein Gelände, das von Hecken und Bäumen umgeben war, mit Tümpeln und Wasserlöchern durchsetzt, wie Matthis erklärte. Dort konnten die Tiere den ganzen Tag nach Herzenslust im Schlamm wühlen. Der älteste Sohn des Sauhirten war der Gänsehirt, weshalb die Gänse mit den Schweinen auf die Weide getrieben wurden.

Nachdem Jakob und Matthis den Stall ausgemistet und überall frisch eingestreut hatten, schlenderten sie hinüber ins Wohnhaus, wo sich die gesamte Familie um diese Zeit zur Morgensuppe niederließ. Endlich sah er Bärbel wieder, die sich auf ihren Platz zu den Mägden gesetzt hatte. Sie lächelte ihm tapfer zu, aber er sah die dunklen Ringe unter ihren von Trauer überschatteten Augen. Sie wusste, dass es Zeit war, Abschied zu nehmen.

Eine gefräßige Stille trat ein, nachdem der Bauer das Tischgebet gesprochen hatte. Nun begriff Jakob, warum außer einem eiligen Schlürfen kein Geräusch zu vernehmen war, denn nachdem Kaspar den Löffel zur Seite gelegt hatte, hörten auch alle anderen auf zu essen.

Mit leicht gerunzelter Stirn betrachtete der Hausherr seinen Neffen. »Jakob, du striegelst das Pferd und schirrst es an, damit die Bäuerin mit deiner Schwester nach Straßburg fahren kann.«

Jakob riss erstaunt die Augen auf.

»Das kannst du doch wohl, oder?«

Stumm schüttelte Jakob den Kopf. Alle Blicke richteten sich auf ihn. In den meisten sah er das Erstaunen über seine Unfähigkeit, etwas zu tun, was sie schon von Kindesbeinen auf kannten, während in Andreas' Gesicht so etwas wie Überheblichkeit angesichts solcher Dummheit aufleuchtete. Doch Jakob hatte noch nie etwas mit Pferden zu tun gehabt. Wo also hätte er es lernen sollen?

»Dann soll dir Matthis zeigen, wie es geht«, knurrte der Bauer und warf seinem Weib einen missbilligenden Blick zu.

Schließlich nahte der Abschied. Liese stand frisch gestriegelt und ordentlich angeschirrt vor der einspännigen Kutsche, die der Bauer sein Eigen nannte. Die Bäuerin trat mit Bärbel auf den Hof, während sie Lina letzte Anweisungen gab, was in ihrer Abwesenheit zu erledigen war.

Bärbels Kleidung war sauber, ihr Kleid frisch gewaschen und ein unschöner Riss ordentlich geflickt. Ihr rötliches Haar fiel, zu zwei dicken Zöpfen frisiert, über ihre Schultern. Doch sie sah blass und kränklich aus, als sie die Treppe vor der Haustür herabstieg.

Jakob schluckte. Eine hilflose Wut stieg in ihm auf angesichts der Tatsache, dass er nichts dagegen tun konnte, dass Bärbel fortgehen musste. Sie waren gezwungen, die Trennung hinzunehmen, wenn sie überleben wollten. Auch Bärbel wusste das und vielleicht gab es ja noch die winzige Möglichkeit, dass die Bäuerin keine Stelle für Bärbel fand und sie wieder mit nach Hause nehmen musste. Er hoffte so sehr, dass dies der Fall sein würde.

Bärbel schluckte tapfer, als sie ihm ein letztes Mal in die Augen sah. Ihr Gesicht sah so kindlich und schutzbedürftig aus, wie damals, als er sie im Wald gefunden hatte. Stürmisch zog er sie an sich. Er spürte den Blick von Andreas auf seinem Körper, diesen arroganten Augenaufschlag des Bessergestellten, der noch nie viel dafür tun musste, um am Leben zu bleiben. Es kümmerte ihn nicht. Dies war seine Schwester, das letzte Glied, das ihn mit seiner Familie verband. Und nun war er auch noch im Begriff, sie zu verlieren.

»Nun ist es aber gut!« Die Bäuerin zog sanft an Bärbels Schulter, um die beiden Geschwister voneinander zu trennen. Gegen die einfache bäuerliche Kleidung, die sie gestern getragen hatte, wirkte sie heute deutlich herausgeputzt. Ein weißer Spitzenkragen zierte ihr schönes blaues Kleid ebenso wie eine strahlend weiße Schürze. Das mit Silberfäden durchzogene haselnussbraune Haar, das Jakob nun zum ersten Mal sah, lugte am Ansatz unter einer weißen Haube hervor.

»An Martini seht ihr euch ja wieder.« Die Stimme der Bäuerin klang sachlich, aber dennoch nicht ohne Mitgefühl. Auf ihren Wink setzte Matthis die kleine Bärbel auf den Kutschbock. Klara Selzer schwang sich höchstpersönlich neben sie, nahm die Zügel in die Hand, schnalzte mit der Zunge und fuhr ohne ein weiteres Wort mit Bärbel davon.

»Bis Martini«, flüsterte Jakob der Kutsche hinterher. Martini war der Tag, an dem die Knechte und Mägde zu ihren Eltern nach Hause gehen konnten oder ihre Stellung wechselten, hatte Matthis ihm erklärt. Und er konnte an diesem Tag seine Schwester besuchen, denn in Straßburg galten dieselben Gesetze wie hier auf dem Land.

* * *

Bärbel saß mit hochgezogenen Schultern wie ein aus dem Nest gefallenes Vögelchen neben der Bäuerin, als die Kutsche unerbittlich gen Straßburg rollte. Klara Selzer betrachtete sie mit einem ernsten Seitenblick. Sie wusste, wie das Mädchen sich fühlte. Sie war selbst kaum älter gewesen, als ihr Vater entschied, sie zu einer feinen Herrschaft in die große Stadt zu schicken. Dort würde sie nicht nur arbeiten, sondern auch in die Schule gehen können und darüber hinaus die guten Manieren eines reichen städtischen Haushalts kennenlernen, so hatte man ihr gesagt. Heute wusste sie, dass dies ein großes Vorrecht gewesen war. Die Aussicht, nach einigen Jahren einen angemessenen Ehemann für sie zu finden, verbesserte sich dadurch erheblich, auch wenn sie dies damals nicht erkannt hatte.

Schließlich war sie ein zehnjähriges Kind gewesen, das unter keinen Umständen das elterliche Nest verlassen wollte. Ihr war so elend wie Bärbel, als Diebold sie mit der Kutsche zum Haus der Familie Abendrot brachte.

Meister Abendrot besaß eines der großen Handelshäuser, die Hanf aufkauften, um ihn anschließend gewinnbringend wieder abzustoßen. Diebold hatte die Bekanntschaft des Kaufmanns gemacht, als er mit seiner Ernte nach Straßburg gefahren war, um dort auf direktem Weg einen Abnehmer zu finden. Er hoffte, auf diese Weise einer Schmälerung seines Gewinns durch die Hanfmakler zu entgehen, die regelmäßig in das Dorf kamen, um den groben Schleißhanf für die Handelshäuser zu erwerben. Dies hatte dem großen Kaufmann imponiert, und so war man sich einige Zeit später auch über die einzige Tochter des Bauern einig geworden.

Anfänglich ging es Klara im Hause Abendrot besser, als sie befürchtet hatte. Die Dienerschaft war sehr nett zu ihr und man verwöhnte sie ein wenig, weil jeder von ihnen wusste, was es bedeutete, in diesem Alter sein Heim zu verlassen. Der Hausherr war ein höflicher Mann, dem es auch an Herzenswärme nicht zu fehlen schien. Klara vergötterte ihn, ganz im Gegensatz zu seinem Weib. Die Abendrotin hatte zwar die besten Manieren vorzuweisen, aber ihre kerzengerade Gestalt wurde vor allem von einer arroganten Kühle geprägt, die sie ihren Dienstboten angedeihen ließ. Trotzdem ging es ihr gut im Hause Abendrot. Die Arbeit war nicht schwerer, als das, was sie ohnehin schon gewohnt war. Man hatte sie tatsächlich in die Schule geschickt, damit sie lesen und schreiben lernte, und nachdem das Heimweh langsam verebbte, hatte sie sich recht wohlgefühlt. Leider zu wohl, wie sich etwa dreieinhalb Jahre später herausstellte.

Es war die Zeit nach ihrer ersten Blutung gewesen. Sie war im Laufe der Jahre zu einer ansehnlichen Jungfer herangewachsen, was auch Meister Abendrot nicht entging. Zunächst fühlte sie sich geschmeichelt von seinen Komplimenten, die er ihr im Vorübergehen zuflüsterte. Er war ein sehr galanter Mann und weder fett noch unansehnlich für sein Alter, das dem ihren etwa um zwanzig Jahre vorausging. Sie wurde leichtsinnig und ließ sich umschmeicheln, bis es schließlich um ihre Jungfräulichkeit geschehen war. Klara schüttelte nachdenklich den Kopf. Schon viele Male hatte sie sich seither gefragt, wie in aller Welt sie nur so dumm sein konnte. Ein bitterer Zug umspielte ihre Lippen. »*Ich habe noch eine Rechnung offen*«, hatte sie zu ihrem Mann gesagt. Das hatte sie in der Tat. Von jener Zeit an musste sie dem feinen Herrn zu Willen sein. Ihre Einwände überhörte er, und als sie sich weigerte, nahm er sich rüde, was ihm nicht zustand.

Klaras Augen verengten sich, während sie sich weiter auf das Pferd konzentrierte, das gemächlich auf dem Schotterweg dahintrottete. Es kam, wie es kommen musste. Ihre unreinen Tage blieben aus und als sie es Meister Abendrot gestand, überließ er die weiteren Schritte seinem Weib. Nie würde sie den Anblick der Meisterin vergessen, als diese ihr mit herrischer Miene verkündete, dass ihre Dienstzeit im Hause Abendrot ein abruptes Ende finden würde. Tiefe Abscheu lag in den dunklen Augen, doch dahinter lauerte auch die Verletztheit einer betrogenen Ehefrau, die dem Willen ihres Mannes ebenso ausgeliefert war wie Klara selbst. Um großes Aufsehen zu vermeiden, wurde ihr Vater verständigt. Klara war zutiefst beschämt, als die Herrin ihm in der großen Stube von den Schandtaten seiner Tochter erzählte. Ihr Vater blickte starr zu Boden, während er den unterkühlten Worten der Abendrotin lauschte. Dann nahm er wortlos das Geld, das ihn zum Stillschweigen über jene Vorgänge verpflichtete. Mit brennenden Wangen stand sie neben ihm und ging anschließend wie ein geschlagener Hund zu der Kutsche, mit der er gekommen war. Auch auf der Heimfahrt sprach er kein einziges Wort, doch sie sah seinen enttäuschten Blick, mit dem er vor sich hinstarrte. Noch immer war sie ihm zutiefst dankbar, dass er sie nicht einfach davongejagt hatte.

Die nächsten Tage waren ein einziger Albtraum. Ihre Mutter tobte und schalt sie eine Hure, doch nach der anfänglichen Wut und Enttäuschung machten sich die Eltern mit Feuereifer daran, einen Ehemann für sie zu finden, damit die Schande nicht noch größer wurde. Doch auf die Schnelle war kein geeigneter Mann aufzutreiben, ohne dabei Aufsehen zu erregen. Eine Hochzeit musste ausgehandelt werden und nach der Verlobung mit einem angesehenen Bauernsohn würden Wochen verstreichen, bis sie endlich verheiratet war. Bis dahin würde man ihr die Schwangerschaft längst ansehen und keine Bäuerin, die etwas auf sich hielt, billigte eine Schwiegertochter in diesem Zustand. So kamen ihre Eltern auf Kaspar, einen armen Bauernsohn, der für das Versprechen eines stattlichen Erbes ein nicht mehr ganz so jungfräuliches Eheweib in Kauf nahm. Kaspar war kein schlechter Kerl. So fügte sich Klara in diese Verbindung, um ihre Ehre zu retten. Die Leute munkelten zwar, als Andreas sieben Monate nach der Hochzeit geboren wurde, doch das war ihr egal. Niemand konnte beweisen, dass Andreas nicht von Kaspar war. Er behandelte ihn wie seinen eigenen Sohn, nur seinen Namen wollte er für das Kind nicht hergeben. Dieser wurde erst dem Zweitgeborenen zugedacht.

Doch der Makel in Klaras Leben blieb und steckte wie ein Stachel in ihrem Fleisch. Sie ging nicht gern zu dem herrschaftlichen Haus zurück, das sie seit dieser Zeit nie mehr betreten hatte. Doch nun war sie eine erwachsene Frau, eine reiche Bäuerin und sie würde den Abendrots mit hoch erhobenem Kopf gegenüberstehen. Sie, Klara Selzer, würde dafür sorgen, dass sie taten, worum sie bat, und wenn sie das ganze Haus zusammenschreien musste. Das Geld, das sie ihrem Vater gegeben hatten, war nicht genug, um die Schuld zu tilgen!

Nachdem sie die lange Brücke hinter sich gelassen hatten, führte der geschotterte Karrenweg durch idyllische Flussauen, die den Rhein zu beiden Seiten säumten. Wildenten und Schwäne tummelten sich auf den Verzweigungen des Flusses und auf den Feuchtwiesen stolzierten Störche auf der Suche nach Fröschen und anderen kleinen Tieren. Bärbel verlor sich eine Weile in dem schönen Anblick, doch die mächtigen Mauern Straßburgs mit ihren Bollwerken und Türmen rückten unaufhaltsam näher.

Die Bäuerin lenkte die Kutsche geschickt durch den Bogen des Metzgertors, über dem ein roter Backsteinturm mit einem Zwiebeldach aufragte. Lieses Hufe klapperten anschließend über eine Brücke, die einen Graben überspannte. Dann führte der Weg durch zwei weitere Tortürme und eine Mauer. Nun waren sie in der freien Reichsstadt Straßburg, wie ihr Klara Selzer erklärte. Eine Spur Wehmut hing in ihrer Stimme. Klara hatte trotz alledem gern in der pulsierenden Stadt gelebt, obwohl es ihr am Ende kein Glück gebracht hatte.

Bärbel schluckte schwer, als die Kutschenräder das Holzpflaster der Straße berührten. Die Stadt empfing sie mit einem Durcheinander aus Menschen, Kutschen und Karren, im Abfall wühlenden Schweinen, Hühnern und streunenden Hunden.

Sie stieß entmutigt die Luft aus den Lungen und klammerte sich Halt suchend am Kutschbock fest. Es gelang ihr nicht einmal mehr zu beten. Inmitten all dieses Treibens fühlte sie sich wie in einem Gefängnis. Getrennt von der übrigen Welt durch hohe Mauern, über die man nicht hinaussehen konnte. Doch was immer sie erwarten würde, es gab kein Zurück. Schmerzlich dachte sie an Jakob. Bis jetzt hatte sie ihn an ihrer Seite gehabt. Er hatte ihr Mut gegeben und Trost gespendet. Nun war sie allein. Ein kleines Mädchen ohne einen Menschen, der sich für sie verantwortlich fühlte. Ihr ängstliches Gemüt erinnerte sie an Meister Porteisen und die Kinder, die in Breisach für ihn arbeiten mussten. Sie war sich sicher, dass es in Straßburg ebenso grausame Menschen wie die Porteisens gab. Wer sollte sie davor beschützen? *Wahrscheinlich keiner*, dachte sie. Ihr war, als spüre sie die Last der ganzen Welt auf ihren Schultern.

Die Kutsche rumpelte über die Schindbrücke, die über die Breusch, einen Fluss im Herzen Straßburgs, führte. Nicht weit von ihrer linken Seite entfernt erkannte Bärbel den wuchtigen Bau des Kaufhauses wieder und die beiden Kräne an der Kaimauer. Zur Rechten befand sich eine große Metzig. Als sie ihren Blick in diese Richtung wendete, flogen in hohem Bogen Schlachtabfälle aus einem Fenster des Untergeschosses in den Fluss. Bärbels Augen weiteten sich. Das Wasser wühlte sich auf wie in einem kochenden Topf. Erst als sie runde, silbrige Leiber entdeckte, wurde ihr klar, dass es Fische waren, die sich um eine geschenkte Mahlzeit balgten. Die Bäuerin lenkte Liese nach rechts in das Metzgerviertel hinein. Ein breiter stinkender Graben zog sich neben der befahrbaren Gasse entlang, voll von Abfällen, die auch auf dieser Seite der Metzig aus den Fenstern flogen. Ganze Horden von Schmeißfliegen hatten sich auf dem Unrat aus blutigen Stücken und Kot niedergelassen. Bärbel unterdrückte ein Würgen, als sie daran vorbeifuhren. Am Ferkelplatz bogen sie schließlich links in die Kurwegass ein. Die enge Gasse stieg in die Höhe und gab, nachdem Liese sie erklommen hatte, den Blick auf einen riesigen Platz frei. Einem Gottesacker, zwischen dem ein schnurgerader Weg auf das Portal einer noch größeren Kirche zuführte. Klara Selzer stieß Bärbel mit der Schulter an, während sie sich weiter auf das Pferd konzentrierte und es geschickt durch die davorliegende Gasse manövrierte.

»Das Liebfrauenmünster«, sagte sie nicht ohne Stolz. »Das höchste Gebäude der Christenheit.«

Das Haus an der Nordseite des großen Gottesackers hatte sich nicht verändert. Ein reich verziertes Fachwerkhaus stand auf einem hohen steinernen Sockel. Schmal und graziös markierte es das Ende einer Häuserzeile. Seine Giebelseite, die nun vor ihnen lag, ragte erhaben in den Himmel – vier Stockwerke befanden sich in seinem Innern – und das steile, zweigeschossige Dach überragte die Nachbarbauten noch um einiges. Seine Längsseite hingegen war breiter, als es von vorne den Eindruck machte. Auch hier war das Haus mit einem weiteren Gebäude verbunden. Ein getreppter Giebel ragte aus der Verbindung der beiden Dächer und die Wände des Nachbarhauses erkannte man an seinem abweichenden Fachwerkstil.

Klara sog tief die Luft in die Lungen, bis der Stoff ihres Mieders sich um die ausladende Brust spannte. »Gehen wir's an«, murmelte sie leise. Solchermaßen gestärkt zupfte sie ihre Haube noch einmal zurecht und lenkte Liese unter einem Arkadenbogen hindurch, die einen Teil des steinernen Sockels schmückten. Dahinter befand sich ein schützender Gang für die Fuhrwerke, die hier ihre Fracht abluden. Doch heute war nicht viel los, da der Hanfaufkauf noch nicht stattgefunden hatte. Klara kletterte vom Kutschbock und band Lieses Zügel an einen der Eisenringe, die in dem Gang für solche Zwecke angebracht waren. Dann hob sie Bärbel mit Schwung von ihrem Platz und stellte sie auf den Boden.

»Komm, Kleine«, sagte sie. »Sehen wir nach, ob es hier einen Platz für dich gibt.«

Sie ging mit Bärbel zur Haustür und schlug den schweren Eisenring, der sich in der Mitte der Tür befand, auf das Holz. Eine schwarz gekleidete Gestalt mit einem weißen Häubchen auf dunklem Haar musterte die Gäste misstrauisch, als sie öffnete.

»Ich will zur Meisterin«, herrschte Klara das etwa zwanzigjährige Dienstmädchen an. Es war schlank, aber nicht besonders hübsch. Seine Kleidung und die hervorspringende Nase ließen eine gewisse Ähnlichkeit mit einem Raben nicht leugnen. Klara senkte für einen Moment den Kopf. Sie konnte sich ein Grinsen nicht verkneifen. Anscheinend hatte die Meisterin Vorsorge getroffen, um die Gelüste ihres Mannes ein wenig abzukühlen. An diesem Ding würde er sich bestimmt nicht vergreifen.

»Wen darf ich melden?«, erwiderte das Mädchen kühl.

»Klara Selzer.«

»Wartet hier einen Moment. Ich werde fragen, ob sie Euch empfangen will.« Die schwarze Gestalt verschwand in der dämmrigen Tiefe des Hauses.

Es schien eine Ewigkeit zu dauern, bis sie wieder erschien. »Die Meisterin empfängt Euch«, sagte sie schnippisch. »Folgt mir.«

Der Raum im ersten Stock war erfüllt von hellen und dunklen Schattierungen, die wie tanzende Flecke über die Wände schwebten. Erstaunt stellte Bärbel fest, dass sie von den Lichtbrechungen der Tellerscheiben herrührten, die man kunstvoll zu Fenstern zusammengefügt hatte. Noch nie im Leben hatte sie gesehen, dass man Fensterlöcher mit Glas verschloss, es sei denn in einer Kirche. Und noch nie hatte Bärbel so viele Fenster an einer einzigen Wand erblickt. Abgesehen von einem Sockel nahmen sie den ganzen Rest der äußeren Hauswände ein und gaben dem Raum eine angenehme Helligkeit.

Klara Selzer hingegen hatte keinen Blick für die prächtigen Fenster. Sie konzentrierte sich auf die kerzengerade Gestalt, die sich mit hocherhobenem Kinn vor ihnen aufgebaut hatte. Die Meisterin schien sich kaum verändert zu haben. Ein schlanker Körper steckte in einem schwarzen Kleid – dunkel, wie es die Straßburger Kleiderordnung vorschrieb – nur ein weißer Spitzenkragen frischte das Ganze ein wenig auf. Trotz der vielen Jahre, die in der Zwischenzeit vergangen waren, hielt sie sich noch immer so gerade, als hätte sie einen Stock verschluckt. Lediglich die Falten um Mund und Augen waren etwas tiefer geworden. Das aschblonde Haar unter der dunklen Haube hatte einen Grauton angenommen, trotzdem sah man ihr kaum an, dass sie inzwischen etwa fünfundvierzig Jahre alt sein musste.

Wortlos musterte die Abendrotin ihr Gegenüber. Klara fühlte sich plötzlich wieder wie das junge, entehrte Mädchen, das zutiefst beschämt auf die Strafe seiner Herrin wartete. Dann riss sie sich zusammen. Tief sog sie noch einmal die Luft in ihre Lungen, warf die ganze Kraft ihres beleibten Körpers in die Anstrengung, nicht zu zittern und ihr Anliegen mit ruhiger Stimme vorzutragen. »Ich grüße Euch«, sagte sie höflich und machte einen leichten Knicks vor der Abendrotin. »Wie geht es Euch und Eurem Gatten?«

Die Meisterin antwortete ihr nach einem knappen Nicken. »Mir geht es gut«, erwiderte sie kühl. »Was meinen Gatten betrifft, so kann ich dies nicht mit Bestimmtheit sagen, denn er ist seit zwei Jahren tot.«

»Oh!«, entfuhr es Klara.

»Betrübt dich das?«, fragte die ältere Frau mit hochgezogenen Brauen.

Klara musterte die Meisterin, während sie über diese Frage nachdachte, was die Abendrotin von ihr hören wollte. Das sie ihrem Gatten immer noch nachtrauerte?

»Nein«, erwiderte sie kühl. »Es betrübt mich nicht sonderlich.«

Der breite Mund der Frau verschmälerte sich zu einem dünnen Strich. Wie zur Bestätigung nickte sie. Klara war sich nicht sicher, was dieses Mienenspiel zu bedeuten hatte. Vielleicht trauerte sie ihrem Mann genauso wenig hinterher?

Doch der Blick der Frau blieb unergründlich. »Was führt dich hierher?«

»Ich wollte Euch um einen Gefallen bitten.« Klaras Augen senkten sich auf Bärbel, die zutiefst eingeschüchtert neben ihr stand. Das durchbrochene Licht der Fenster zauberte rote und goldene Lichtreflexe auf ihren Scheitel. »Dieses Mädchen hier braucht eine Stellung. Sie ist eine Verwandte und ich wollte Euch bitten, sie in Eurem Haushalt aufzunehmen.«

»Warum nimmst *du* sie nicht?«, erwiderte die Meisterin brüsk. »Es scheint dir doch ganz gut zu gehen. – So fett, wie du geworden bist!«

Die Beleidigung traf Klara ins Mark, sodass sie ein wenig zurückzuckte. Am liebsten hätte sie der Alten mitten ins Gesicht geschlagen, doch sie beherrschte sich. Sie hatte Kaspar versprochen, das Mädchen nicht mehr mit nach Hause zu bringen. »Sie ist mit ihrem Bruder gekommen. Zwei Kinder sind zu viel für unseren Hof. – Außerdem seid Ihr mir noch einen Gefallen schuldig, findet Ihr nicht?«

»Du wagst es, *so* mit mir zu reden?« Ein leidenschaftlicher Ton schwang in der Stimme der Meisterin.

Klara blickte stur und ebenso überheblich in die Augen ihres Gegenübers. Auch ohne ein weiteres Wort wusste die Frau genau, dass Klara auch nach dem Tod des Hausherrn den guten Namen der Familie in den Schmutz ziehen konnte. Ein paar Worte hier und da würden genügen, um die Klatschweiber der Stadt in Aufruhr zu versetzen.

Der Mund der Meisterin nahm einen verbissenen Zug an, dann senkte sie die Lider und musterte Bärbel eingehend. »Viel ist ja nicht an ihr dran«, erwiderte sie. »Kennst du dich in der Küche aus?«, richtete sie das Wort an Bärbel.

»Ja«, piepste Bärbel kaum hörbar. »Ich habe Mutter immer beim Kochen geholfen.«

»Und wo ist deine Mutter nun?«

»Sie ist tot«, flüsterte Bärbel.

In den arroganten Blick der Frau mischte sich eine Spur von Mitleid, doch dann wurden ihre Augen wieder so undurchdringlich wie zuvor. Sie drehte sich um und ging zum Fenster, wo sie nachdenklich stehen blieb. »Du kannst der Köchin zur Hand gehen. Sie braucht ohnehin eine neue Küchenmagd. – Doch ich warne dich«, ihre Stimme schwoll bedrohlich an. Sie drehte sich um und sah Bärbel direkt in die Augen. »Wenn du nicht anständig arbeitest, setze ich dich vor die Tür! Hast du verstanden?«

Bärbel unterdrückte mühsam die Tränen, als sie stumm nickte.

»Gut, dann ist es abgemacht«, wandte sich die Meisterin an Klara. Ihre Augen blickten die Bäuerin kalt und unerbittlich an, als sie weitersprach. »Sollte sie aber jemals Schande über unsere Familie bringen, werfe ich sie hinaus.«

Klara nickte hocherhobenen Hauptes. Sie würde sich nicht noch einmal einschüchtern lassen von diesem harten Weib. Mit keinem Wort erwähnte die Abendrotin das Kind, das sie ihrem Mann geboren hatte. Warum auch? In ihren Augen war es ein Bastard, der keiner besonderen Aufmerksamkeit bedurfte. Sie dankte im Stillen dem Herrgott dafür, dass Andreas ein wohlgeratener Junge war, der nichts von seiner Herkunft wusste und einen Vater hatte, der gut für ihn sorgte.

Sie begleitete Bärbel in die Küche, die ein finsteres Loch im Vergleich mit dem Rest des Hauses war. In einem Anflug von Mitleid kniete sie nieder, nahm das Mädchen in die Arme und drückte es an ihre ausladende Brust. »So leb denn wohl«, sagte sie. »Und mach mir keine Schande.«

Dann war sie fort und ließ eine zutiefst traurige Bärbel allein zurück.

* * *

Eine glutrote Sonne näherte sich im Westen der verschwommenen Linie des Horizonts, als die Kutsche endlich zurückkam. Auch die letzte vage Hoffnung auf Bärbels Rückkehr verschwand wie der taumelnde Flügelschlag eines Schmetterlings, als Jakob sah, dass sich außer der Bäuerin niemand in der Kutsche befand. Klara Selzer sprang trotz ihrer Figur behände vom Kutschbock und reichte Jakob die Zügel. Ihre Mundwinkel zogen sich in einer mitfühlenden Geste nach unten, als sie den besorgten Blick des Jungen sah. Eine steile Falte hatte sich zwischen seinen dunklen Brauen gebildet und die fast schwarzen Augen blickten mit einer Mischung aus Sorge und Wut. Sie ahnte, was er durchmachte. Doch das Leben verlief nicht immer so, wie man es sich wünschte. Besser, die Kinder lernten diese Lektion früh genug. Sie legte tröstend eine Hand auf Jakobs Schulter und drückte sie mitfühlend. »Sie ist in guten Händen«, sagte sie weich.

Jakob nickte stumm. Er schluckte den Kloß hinunter, der ihm im Hals steckte.

»Und nun sieh zu, dass du mit Liese fertig wirst, bevor das Nachtmahl aufgetragen wird«, befahl Klara. Ein deutlich strengerer Unterton lag plötzlich in ihrer Stimme, der Jakob aufhorchen ließ.

»Jawohl, Bäuerin.« Seine Schultern fielen in einer resignierenden Bewegung nach vorne, als er Liese in Richtung des Stalles führte. Seine Augen wandten sich dem strahlend blauen Himmel zu. »Es tut mir leid, Marie«, murmelte er, »Ich hab alles versucht, was in meiner Macht stand.« Diese Einsicht tröstete ihn etwas. Er hatte wirklich alles getan, was er tun konnte. Nun war es dem Herrgott seine Sache, Bärbel zu beschützen.

Hanfernte

Eine Woche später begann die Hanfernte und Jakob hatte keine Zeit mehr, sich allzu viele Sorgen um Bärbel zu machen. Die Arbeit auf dem Hof nahm rapide zu, sobald die Blüten der männlichen Hanfpflanzen zu stäuben begannen. Mittlerweile wusste Jakob, dass es sich dabei um die seltsamen Gewächse handelte, die er und Bärbel bei ihrer Wanderung nach Odelshofen gesehen hatten.

Hanf war eine begehrte Pflanze, aus der sich Stoffe von beinahe unbeschränkter Haltbarkeit herstellen ließen. Die Bauern fertigten Kleidung, Bettwäsche, Säcke und andere Dinge des täglichen Bedarfs damit an. Ein Großteil ihrer Ernte ging jedoch nach Straßburg, wo die zu Schleißhanf verarbeiteten Fasern durch die großen Handelshäuser in alle Richtungen verkauft wurden. Besonders an den Küsten von Holland, Belgien, Frankreich und England waren sie sehr beliebt. Dort wurden die Fasern wegen ihrer Robustheit zu Schiffstauen, Segeln und Säcken verarbeitet. Und diese Pflanze war es, die für den Reichtum dieser Gegend sorgte.

Sobald die Hühner gefüttert, die restlichen Tiere mit ihren Hirten zur Weide unterwegs waren und die Menschen ihre Morgensuppe gegessen hatten, ging es aufs Feld hinaus.

»Die Pflanzen werden gleich auf dem Acker sortiert«, erklärte ihm Matthis, der mit Jakob neben dem großen Leiterwagen herlief.

Der Bauer lenkte den vierrädrigen Wagen, während seine Familie und die beiden Mägde auf der Ladefläche Platz genommen hatten. Die sanftmütige Liese wehrte schwanzwedelnd ganze Scharen von Mücken und Bremsen ab, die sich über sie hermachten, sobald sie den Stall verlassen hatte. Es wimmelte hier geradezu vor krabbelnden und stechenden Viechern, die in der feuchten Schwüle der Ebene gut zu gedeihen schienen.

Matthis fuhr sich über den wie immer schlecht rasierten Bart, zwischen dessen Härchen kleine Schweißtröpfchen schimmerten. »Die Weibsleute gehen voraus und ziehen die schwächeren Stängel aus der Erde. Diese werden auf eigenen Bündeln zusammengelegt, damit sie zu Spinnhanf verarbeitet werden können.« Er warf Jakob einen leicht kritischen Blick zu, um zu sehen, ob er verstanden hatte. Das Ergebnis fiel zufriedenstellend aus und so fuhr Matthis fort: »Dann sind wir an der Reihe. Hast du deinen ledernen Fingerschutz dabei?«

Jakob nickte.

»Gut«, antwortete Matthis zufrieden. »Sonst reißt du dir an den Stängeln die Haut auf.«

Sie erreichten das Feld mit den blühenden Hanfpflanzen, die einen süßlich herben Geruch verströmten. Ein Teil von ihnen hatte bereits vergilbte Blätter abgeworfen, während der Rest noch grün und saftig war. Die Bäuerin, Franziska und die etwas ältere Lina machten sich sofort an die Arbeit und rissen die dünneren Stängel aus, die später eine feinere Faser abgeben würden als ihre dickeren Nachbarn. Einzig Katharina, die noch zu klein für die schwere Arbeit war, durfte bei dem Pferd bleiben, das gehorsam am Wegesrand graste, um die Fliegen und Pferdebremsen zu verscheuchen, die es umschwirrten.

Auf ein Zeichen des Bauern hin folgten Andreas, der junge Kaspar, Matthis und Jakob den Frauen. Der Knecht zeigte Jakob, wie er die behaarten, vierkantigen Stängel packen musste, während sich der Bauer mit seinen Söhnen an die Arbeit machte. Matthis nahm etwa vier Stängel zu einem Bündel zusammen, zog die Wurzeln aus dem Boden, und trat die anhaftende Erde mit den Füßen ab. »Man nimmt nur die reifen Pflanzen«, sagte er mit dem Ton eines Schulmeisters, »also diejenigen, die ihre Blätter schon abgeworfen haben. Die anderen holen wir in zwei bis drei Wochen.«

Es war eine schwere Arbeit, den ganzen Tag auf dem Feld zu stehen, um die großen Pflanzen aus der Erde zu ziehen. Bis zur Mittagszeit war Jakob schweißgebadet und froh über das Vesper, das am Rand des Feldes verzehrt wurde. Danach folgten noch einmal mehrere Stunden schwerster Anstrengung. Doch während die Bäuerin nach getaner Arbeit mit dem Rest der Weibsleute nach Hause ging, um nach ihrem Vater zu sehen, das Essen vorzubereiten und sich anschließend um die Tiere zu kümmern, schlug der Bauer einen anderen Weg ein.

»Wir gehen zur Rötze«, erklärte Matthis auf Jakobs fragenden Blick hin. Der Knecht schnaufte wie ein ausgepumptes Pferd. »Jetzt fängt der Spaß erst an!« Sein Gesicht, das ein leuchtend roter Kratzer über der Wange zierte, den er sich an einem Hanfstängel zugezogen hatte, zeigte deutlich, dass ihm dies zuwider war. Auch Jakobs Bedarf an Arbeit war für heute gedeckt. Seine Hände brannten und eine braune Erdschicht zog sich bis zu seinen Knien hoch. Sein Blick wanderte von den Zehspitzen bis zu seiner Brust. Die ganze Kleidung war fleckig und verschwitzt und seine Muskeln schmerzten von der ungewohnten Anstrengung.

Die Arbeit auf dem Feld war viel härter als die Arbeit in der Poche. Doch sie war abwechslungsreicher. Vor allem fand sie unter freiem Himmel statt und nicht in dem düsteren, kalten Gebäude der Erzpoche. Jakob hätte sich hier durchaus wohlgefühlt, wäre die kalte Ablehnung des Bauern nicht gewesen, die sich bis jetzt nicht verändert hatte. Er strengte sich an, so gut er konnte, obwohl es einige Arbeiten gab, die er als Bergarbeiterkind nicht kannte. Doch er fragte Matthis unermüdlich über das aus, was er nicht verstand. Er war willig zu lernen, aber der Bauer schien dies nicht zu bemerken. Nur die Bäuerin warf ihm dann und wann einen aufmunternden Blick zu oder klopfte ihm anerkennend auf die Schulter. Ihr ältester Sohn Andreas, der zusammen mit seinem Bruder hoch oben auf den schaukelnden Hanfbündeln hockte und die Fahrt sichtlich genoss, schien seinem Vater in nichts nachzustehen. Er war hochmütig und reserviert und verhielt sich – wenn sein Vater nicht in der Nähe war – oftmals so, als ob ihm der Hof schon gehöre. Der junge Kaspar war anders. Er war freundlich, wenn auch zurückhaltend, und Jakob sah schüchterne Sympathie in seinen Augen, wenn er ihn anblickte.

Der Bauer lenkte den Wagen nun an dem rasch fließenden Bach entlang, dessen Lauf sich auch durch das Dorf zog. Ein Stück außerhalb des Ortes brachte er Liese zum Stehen. Neben dem Bach hatte man einen künstlichen Teich angelegt, der mithilfe einer Stellfalle bewässert wurde. Dahinter befand sich die Sauweide, wo es sich die Tiere in einer großen schlammigen Pfütze bequem gemacht hatten und grunzend die letzten Minuten ihres Schlammbads genossen, bevor sie der Hirte nach Hause treiben würde.

Die Selzers waren nicht die einzigen, die diesen Platz ansteuerten. Mehrere Familien waren schon dort, um die Hanfschauben abzuladen, wie man die großen Bündel nannte. Einige Männer standen bereits im Wasser und legten ihre Pflanzen hinein.

»Das ist die Rötze des Dorfes«, erklärte Matthis, der ahnte, dass Jakob nicht wusste, wozu der Teich gut war. »Wenn man die Falle öffnet, fließt ein Teil des Wassers vom Bach in diese Abzweigung. Der Hanf muss etwa fünf Tage darin liegen, bis eine leichte Fäulnis eingetreten ist. Er ist dann verrötzt, wie wir sagen, und man kann die Grünschicht auf den Stängeln mit dem Fingernagel abstreifen.«

Jede Familie hatte ihren eigenen Platz in dem künstlichen Wasserloch, der peinlich genau mit Grenzsteinen markiert war. An dem Stück, das der Familie Selzer gehörte, hatte der Bauer Liese zum Stehen gebracht. Andreas blieb auf dem Wagen zurück, wo er seinem Vater und dem jungen Kaspar die Hanfbündel zuwarf. Matthis und Jakob stiegen mitsamt ihren Kleidern ins Wasser, um die Schauben in Empfang zu nehmen und sie parallel zum Ufer ins Wasser zu tauchen. Es war eine Erleichterung, in das hüfthohe Wasser zu steigen, das Jakobs erhitzte Beine kühlte und zugleich die verdreckten Füße und Hosen säuberte. Danach ging es noch einmal aufs Feld, wo die nächsten Hanfbündel darauf warteten, abtransportiert zu werden, bis schließlich alle Schauben mit Bohlen aus Erlenholz bedeckt und mit Rötzsteinen beschwert im Wasser lagen, um auf ihre Verwitterung zu warten.

In dieser Nacht schlief Jakob das erste Mal bis zum Morgen in seinem Bett. Er war todmüde und hörte weder Matthis' lautes Schnarchen noch das Kratzen an der Tür, mit dem ihn Aaron in seine Hütte locken wollte. Jakob und der Hund waren gute Freunde geworden. Jede Nacht schlich er sich hinaus, um die enge Hundehütte mit dem Welpen zu teilen. Es war eine stille Vereinbarung, die ihnen beiden Wärme und Trost spendete, und ohne dass es jemand merkte, wurden sie zu einer verschworenen Gemeinschaft, in der einer auf den anderen achtete. Aaron begrüßte ihn jedes Mal, wenn er ihn sah, mit begeisterter Freude, die Jakobs Herz erwärmte. Er dankte es ihm, indem er dafür sorgte, dass sich immer genügend Wasser in der Schüssel des Hundes befand, und steckte ihm heimlich ein paar Bissen zu, die er am Tisch hatte mitgehen lassen.

Es dauerte mehrere Tage, bis ein Teil des Hanfes geerntet war. Die weiblichen Pflanzen reiften etwas langsamer und würden erst später geholt werden. Die in der Rötze verwitternden Bündel begannen zu stinken, bis das ganze Dorf von ihrem unangenehmen Geruch erfüllt wurde. Ein Teil der Hanfschauben war nun verrötzt und musste aus seinem nassen Gefängnis befreit werden. Diese Arbeit war nicht so angenehm wie das Einlegen der Schauben. Das Wasser stank zum Himmel, aber es war nichts im Vergleich zu den verwitterten Hanfbündeln, die einen noch intensiveren Fäulnisgeruch abgaben. Er setzte sich in Haaren und Kleidern fest, wie eine Zecke, die sich an der Haut ihrer Opfer festsaugte.

Die Bündel waren so schwer wie Blei, als Jakob begann, sie zusammen mit Matthis aus dem Wasser zu ziehen. Sie reichten die triefenden Schauben an den Bauern und den jungen Kaspar weiter, die sie mit vereinten Kräften zu Andreas auf den Wagen beförderten.

Jakob stieg zitternd und schnaufend aus dem Wasser, als der Wagen endlich voll war. Seine Hosen hatten einen grünlichen Ton angenommen und auf seinem Hemd klebten unappetitlich verfaulende Blätter mit einem Schleimüberzug. Doch die anderen sahen nicht besser aus. Jeder hatte einen Teil der dunkelgrünen Farbe abbekommen, die sich von den Pflanzen gelöst hatte.

Sie waren nicht die einzigen, die ihre Ernte aus dem Wasser holten, und so sah er sich ein wenig um, nachdem er die fauligen Blätter von seinem Hemd geschnippt hatte. Plötzlich stockte er. Keine vier Schritte von ihm entfernt stand ein Mädchen. Sie betrachtete ihn interessiert, ohne den Blick abzuwenden, als er ihn erwiderte. Die Farbe ihrer Augen war faszinierend und irritierend zugleich: moosgrün und so dunkel wie das Wasser der Rötze, aber trotzdem von einer Intensität, wie er sie noch nie gesehen hatte. Sie betrachtete ihn mit der Zielsicherheit eines Adlers, der seine Beute erspähte, und ein kleines Lächeln stahl sich über ihre Lippen, als sie auf sein Haar blickte. Automatisch griff er nach oben und fischte ein matschiges Blatt daraus hervor. Ihr Lächeln wurde breiter. Wie alt sie wohl sein mochte? Wahrscheinlich nicht viel jünger als er, doch sie war hochgewachsen und ihre schmale Gestalt wirkte fast zerbrechlich in dem einfachen braunen Kleid. Zum Schutz vor dem Dreck hatte sie ein Tuch um ihren Kopf geschlungen, doch ihre weizenblonden Zöpfe lugten daraus hervor. Er erwiderte ihr Lächeln und senkte dann rasch den Kopf, damit es niemand bemerkte.

Jakob folgte dem Wagen, der wieder aufs Feld hinausfuhr. Auf einem abgeernteten Acker luden sie die tropfenden Schauben ab. Die Schnüre, die sie zusammenhielten, wurden entfernt, damit man die Stängel auf dem Acker zum Trocknen ausbreiten konnte.

Matthis schaute argwöhnisch zum Himmel auf. »Hoffentlich hält das Wetter«, brummte er. »Sonst wird der Hanf in der Farbe schlecht.«

Als sie mit dem leeren Wagen zur Rötze kamen, um die nächsten Hanfbündel aufzuladen, war das Mädchen zu Jakobs Bedauern verschwunden.

Sonntags ging Jakob mit der ganzen Familie in die Kirche. Nur Lina blieb zu Hause, um das Mittagsmahl zu kochen. Das Gotteshaus befand sich in Kork. Der hiesige Pfarrer hatte mehrere Dörfer zu betreuen, sodass kleine Pilgerzüge aus verschiedenen Richtungen dem in klaren Linien geformten Bau zustreben. Im Vergleich mit den großen Münstern, die Jakob gesehen hatte, wirkte er lächerlich klein und schmucklos. Auch im Innern hatte man auf reichen Zierrat verzichtet, sodass ein seltsam nüchterner Eindruck entstand. Selbst das Altarkreuz war schmucklos im Vergleich zu dem, welches Jakob an die Wand seiner Kammer gehängt hatte. Jetzt verstand er, warum Matthis sein Kreuz »katholisch« genannt hatte, denn obwohl es armen Leuten gehörte, wirkte es im Vergleich zu diesen schlichten, überkreuzten Latten geradezu prunkvoll.

Auch in einem anderen Punkt sollte Matthis recht behalten. Der

Pfarrer redete in ihrer eigenen Sprache zu ihnen, sodass er zum ersten Mal verstand, was gesprochen wurde.

Nach einigen kurzen Regenschauern, die der Hanfernte aber keinen Abbruch taten, kam das Öhmd an die Reihe. Die zweite Heuernte im Jahr. Noch vor dem ersten Hahnenschrei weckte sie der Bauer, damit sie sich auf den weiten Weg zu den Matten aufmachen konnten, um das taufrische Gras zu schneiden. Matthis hatte am Vortag die Sensen gedengelt und so dünne scharfe Schneiden hervorgebracht, die das Mähen erleichterten. Eine unangenehme Kühle fuhr Jakob unter die Hosenbeine, als er aus der Knechtskammer trat. Tagsüber war die Luft immer noch sehr warm, aber nachts kühlte es inzwischen deutlich ab. Müde reckte er seine Glieder, unterließ es aber sofort wieder. Jeder Muskel tat ihm von der ungewohnt schweren Arbeit weh. Der Halbmond erhellte mit einem silbrigen Licht die Nacht und tauchte den Hof und die angrenzenden Gebäude in ein gespenstisches Licht, was die Nebelfetzen in der Luft noch verstärkten. Der Nussbaum ragte wie ein riesenhaftes Tier mit ausladenden Armen daraus hervor. Aaron kroch überrascht angesichts der frühen Störung aus seiner Hütte und lief schwanzwedelnd auf Jakob zu. Die Kette, an der er festgebunden war, klirrte leise. Jakob tätschelte dem Kleinen den Kopf, dann folgte er Matthis zum Brunnen, um einen Schluck Wasser zu trinken. Nach der kurzen Erfrischung gingen sie in den offenen Schopf, um die Sensen zu holen. Auch Andreas und der junge Kaspar waren schon auf den Beinen. Ohne ein Wort schwangen sie ihre Sensen auf den Rücken und machten sich zu Fuß auf den Weg zu den Matten, die sich weit außerhalb des Dorfes befanden.

Das Mondlicht wurde mit der Zeit von den ersten Sonnenstrahlen abgelöst und Jakob sah die silbernen Spinnenfäden des Altweibersommers, in dem kleine Tautröpfchen wie Edelsteine glitzerten. Die Hälfte des Morgens war verflogen, bis zwei große Matten gemäht waren. Die Weibsleute trafen mit einem tüchtigen Vesper bei ihnen ein. Nachdem sie eine Weile beieinandergesessen hatten, schüttelten sie alle gemeinsam das trocknende Gras auf.

Nach dem Mähen musste das Gras noch drei Mal mit einer hölzernen Heugabel gewendet werden. Schließlich setzte man es für die Nacht auf mehreren Haufen zusammen, damit es vom Nebel nicht wieder feucht wurde.

Das Wetter hielt und so konnten sie das Öhmd, nachdem es vollständig getrocknet war, auf den großen Leiterwagen laden und mit nach Hause nehmen. Während die Männer das Heu mit langen Gabeln vom Wagen luden und auf den Heuboden über dem Stall transportierten, verteilten es Franziska und Lina gleichmäßig, um es dann mit ihren Füßen festzutreten.

Bei der letzten Fuhre schlug das Wetter um. Der rötliche Abendhimmel zog sich mit grauschwarzen Wolken zu.

»Beeilt euch«, rief der Bauer, »damit mir das Heu nicht nass wird.«

Die Bäuerin war mit Katharina und Lina daheimgeblieben, um die Kühe zu melken und das Nachtmahl vorzubereiten. Aber die beiden Söhne des Bauern, Matthis und Jakob hoben das Heu mit ihren langstieligen Gabeln auf den Wagen, wo Franziska es festtrampelte, dass die dunklen Locken, die ihrer Haube entwischt waren, nur so flogen. Plötzlich donnerte es. Ein lang gezogenes fernes Grollen. Liese legte die Ohren an. Das sonst so friedliche Pferd hasste Gewitter. Ein Blitz schlug noch weit entfernt mit einer gezackten Linie in den Boden.

»Geht das nicht schneller?«, rief der Bauer. »*Brrr*, schön langsam«, sandte er einen gegenteiligen Befehl an Liese.

Doch Liese schienen die Worte des Bauern nicht zu interessieren. Sie wieherte ängstlich, als der nächste Donner durch die Luft hallte, dieses Mal lauter. Danach ein Blitz, der anzeigte, dass das Gewitter immer mehr auf sie zukam.

»Wir haben es gleich geschafft, Vater«, rief Andreas.

Der Bauer atmete auf, als die letzten Heubüschel zu Franziska in den Wagen geladen wurden. »Geht lieber zu Fuß nach Hause«, entschied er mit einem kritischen Blick auf Liese. »Franziska, du auch. Steig vom Wagen herunter.«

Franziska gehorchte murrend und zuckte gleich darauf zusammen, als der nächste Donner wie ein Paukenschlag über den Himmel krachte. Liese rollte mit den Augen und wieherte laut. Ihre Nüstern blähten sich angsterfüllt auf, dann stürmte sie vorwärts, und ließ entsetzte Gesichter zurück, die dem Gefährt mit großen Augen hinterherblickten. Sie ignorierte den Bauern, der panisch an den Zügeln riss, rannte so schnell, dass der Wagen holpernd über die Steine und Löcher der Straße sprang, und konzentrierte sich auf ein einziges Ziel: ihren Stall, in dem sie in Sicherheit sein würde. Kaspar Selzer umklammerte mit einer Hand die Zügel, während seine andere sich am Sitz des Gefährts festhielt, das wie ein römischer Streitwagen durch die Straßen donnerte. Der Fahrtwind fuhr ihm durch das schüttere Haar und klebte es an seinen schweißnassen Schädel. Unterdessen begann es zu regnen. Große, schwere Tropfen klatschten auf seinen Körper und würden das Heu durchtränken, das die Feuchtigkeit wie ein Schwamm aufsaugen würde. Es kümmerte ihn nicht. Hier ging es um sein nacktes Überleben. Vor seinen zusammengekniffenen Augen tauchte plötzlich ein Hindernis auf. Einer von Kaspars Nachbarn war ebenfalls auf dem Weg nach Hause. Sein Wagen, mit dem er Milch nach Straßburg transportiert hatte, um sie auf dem Markt zu verkaufen, war erheblich kleiner. Er hatte eine Kuh davor gespannt, die mit gemächlichen Schritten vor sich hin trottete.

»Aus dem Weg«, brüllte Kaspar.

Der Lenker des Kuhwagens blickte erschrocken hinter sich, stieß einen Schrei des Entsetzens aus und ergriff die Peitsche. »Hüh«, brüllte er und ließ sie über den Rücken der Kuh knallen. Diese gab ein lautes, entrüstetes »Muuh« von sich, das ihren Herrn darüber in Kenntnis setzte, was sie von solch einer Behandlung hielt, trabte aber gehorsam an und ließ sich gerade noch rechtzeitig zur Seite lenken. Liese schoss wie ein Pfeil mitsamt ihrer Fracht an dem Kuhgespann vorbei. Solchermaßen in Rage gebracht, entschloss sich die Kuh, es Liese gleichzutun. Mit schwankendem Euter galoppierte sie hinter dem Heuwagen her, dessen Inhalt ihr wie wehende Spinnfäden entgegenrieselte.

Liese hatte nun das Dorf erreicht. Die eisenbeschlagenen Räder holperten laut über den Weg. Aus den Augenwinkeln sah Kaspar seine Nachbarn ans Hoftor rennen, um dem Schauspiel beizuwohnen, denn nun steuerte das Pferd auf die Brücke zu, die sich in einem scharfen rechten Winkel zur Straße über den Bach spannte. Kaspar schickte ein Stoßgebet zum Himmel, dann übergab er sich seinem Schicksal und beobachtete mit weit aufgerissenen Augen, wie das Pferd seine Hufe auf die Brücke setzte. Der Wagen konnte der zu scharf eingeschlagenen Kurve nicht folgen. Kaspar fühlte, wie er sich auf einer Seite in die Luft hob. Die scherenförmige Deichsel, die Liese mit dem Wagen verband, brach entzwei. Der Bauer ließ die Zügel schießen, dann drehte sich der Wagen vollends und kippte mit einem ächzenden Krachen auf die Straße, während Kaspar durch die Luft flog und mit einem spritzenden Klatscher im Bach landete.

»Au! Du tust mir weh!« Der Bauer brüllte wie am Spieß, als ihm sein Weib die Wunden säuberte, die er sich bei seinem Sturz zugezogen hatte. Der Bach war nicht sehr tief, doch Kaspar hatte im Fallen mit Kopf und Schulter das Ufer gestreift und damit den Aufprall etwas abgefangen. Zum Glück hatte er sich nur ein paar Prellungen zugezogen und die Haut abgeschürft. Die Wunden zogen sich von der rechten Stirn über seine Wange und die Haut seiner Schulter. Das rechte Auge war ebenfalls davon betroffen. Unter einer blutenden Wunde war es dick und blau geschwollen.

Andreas und der junge Kaspar hatten mit Matthis und Jakob den Wagen wieder aufgestellt und in den Schopf geschafft. Ein Rad war gebrochen, die Scherendeichsel ruiniert und die Leiter auf der einen Seite beschädigt. Das regennasse Heu musste am nächsten Tag noch einmal getrocknet werden. Aber alles in allem war der Unfall glimpflich verlaufen und Jakob konnte sich ein Grinsen nicht verkneifen, als er nachts in seinem Bett lag.

* * *

Straßburg

Bärbel stand schwitzend an dem großen Küchentisch und zerdrückte geschälte Mandeln in einem schweren Mörser. Mit kräftigem Druck presste sie den Stößel auf die hellen, nussartigen Früchte und ihre Hand zitterte unter der Kraftanstrengung.

»Wie weit bist du mit der Mandelmilch?« Grete, die Köchin, sah über Bärbels Schulter hinweg und beäugte kritisch das Resultat ihrer Bemühungen. »Mach schon«, herrschte sie das Mädchen an. »Das geht auch schneller!«

Bärbel schürzte ihre Unterlippe und blies in einem scharfen Winkel über die verschwitzte Stirn, während sie den Stößel rascher durch die Masse trieb. Das Mittagsmahl stand kurz bevor und in der Küche herrschte hektische Betriebsamkeit.

Grete wandte sich dem riesigen, gemauerten Herd zu, um Trine, einer weiteren Küchenmagd, auf die Finger zu schauen. Trine überwachte dort das Fleisch, das auf einem großen Spieß über dem Herdgitter hing. Von Zeit zu Zeit bestrich sie es mit einem Gemisch aus Honig, Wasser und Kräutern und drehte es im richtigen Moment, damit es von allen Seiten knusprig wurde. Ihr Gesicht glühte von der Hitze des Feuers, das unter dem Gitter brannte.

»Lass es bloß nicht anbrennen«, bellte Grete sie an. Dann ging sie zum Backofen, um nach den Pasteten zu sehen.

Grete war wie immer nervös, wenn es um die Zubereitung der Speisen ging, denn die Meisterin war sehr anspruchsvoll und kannte kein Erbarmen, wenn etwas misslang. Ansonsten war die Köchin trotz ihrer energischen Art kein übler Mensch. Diese Tatsache machte es Bärbel ein wenig leichter, sich an die neuen Verhältnisse zu gewöhnen, obwohl sie hart schuften musste. Als unterste Küchenmagd fielen ihr die unangenehmsten Arbeiten zu. Sie musste früh am Morgen Feuer machen und dafür sorgen, dass es den ganzen Tag über nicht ausging. Wasser musste geholt und in die Küche oder nach oben geschleppt werden, damit sich die Herrschaft waschen konnte, die aus der Meisterin und ihren beiden Söhnen bestand. Gemüse und Obst mussten geputzt und geschnitten werden, ganz zu schweigen von den Bergen an Geschirr, die jeden Tag gebraucht wurden. Darüber hinaus fielen ihr alle möglichen Arbeiten zu, zu denen Grete und Trine keine Zeit oder keine Lust hatten. Es war also kein Wunder, dass Bärbel jeden Abend in ihr Bett sank, das zu ihrem Entzücken über ein Daunenkissen und einer ebensolchen Decke verfügte, und ohne einen weiteren Gedanken in einen tiefen Schlaf fiel. Selbst Trines röchelndes Schnarchen störte sie nicht.

Das Essen war ein weiterer Punkt, der Bärbel die Trennung von Jakob versüßte. Es war überaus reichlich. Noch nie hatte sie solche Berge von Fleisch gesehen. Überhaupt gab es hier alles im Überfluss und hatte nicht die geringste Ähnlichkeit mit den kargen Speisen der Bergarbeiter. Und wenn die Herrschaft zu Ende gegessen hatte, war noch genug für das Gesinde übrig.

Mittlerweile hatte sie die Mandeln zu Brei zerdrückt und führte Grete das Resultat vor.

»Gut so«, sagte diese anerkennend. »Tu sie zu der vorbereiteten Milch und rühr gut um.«

Bärbel tat wie geheißen und gab den Mandelbrei in das Milchgefäß.

Grete öffnete die Backofentür und zog mithilfe eines Schiebers kleine, mit Gemüse gefüllte Pasteten zu sich heran, um zu überprüfen, ob sie fertig waren. »Nur noch ein kleines bisschen«, murmelte sie zufrieden. Dann eilte sie wieder zu Bärbel und gab reichlich Zucker zu der Mandelmilch, denn die Abendrotin liebte süße Speisen. »Kräftig schlagen«, wies sie Bärbel an, »damit sich der Zucker darin auflöst. Pass aber auf, das nichts überschwappt.« Ihre flinken Hände stellten das Gefäß mit dem kostbaren Zucker wieder an seinen Platz. Der laute Glockenschlag des Münsters verkündete, dass es Viertel vor zwölf war. Grete spitzte die Ohren. Pünktlich um zwölf Uhr musste das Essen auf dem Tisch der Meisterin stehen, doch wehe, wenn es nicht mehr heiß genug war. Jeden Tag absolvierte sie aus diesem Grund einen Wettlauf gegen die Zeit. »Nun schnell das Fleisch«, rief sie Trine zu.

Trine hob den Spieß mithilfe eines Tuchs aus seiner Verankerung und brachte ihn ächzend zum Tisch. Die Köchin, die sich in der Zwischenzeit mit einer großen Gabel und einem scharfen Messer bewaffnet hatte, zog das Fleisch vom Spieß, schnitt es flink in Scheiben und legte es auf eine gewärmte Platte. »Schnell Bärbel, ruf den Mädchen«, befahl sie in einem unwirschen Ton. Dann holte sie mit spitzen Fingern die Pasteten aus dem Backofen und stellte die Gerichte auf zwei Tabletts.

Auf Bärbels Ruf eilten zwei Dienstmädchen zur Tür herein und trugen die Speisen nach oben.

»Geschafft!« Grete ließ sich mit einem satten Plumps auf die Küchenbank fallen und wischte sich mit dem Handrücken den Schweiß von der Stirn. Die Luft entwich ihren Lungen wie aus einem zusammengepressten Blasebalg. »Ich glaube, ich werde allmählich zu alt für diese Hetzerei«, stöhnte sie.

Bärbel konnte sich ein Lächeln nicht verkneifen. Grete war zwar keine Jungfer mehr, aber alt war sie trotzdem nicht. Vor allem war sie nicht verheiratet und konnte es sich nicht leisten, ihre Stellung zu verlieren. – *Warum sie wohl nicht verheiratet ist?*, fragte sich Bärbel. Gewiss, sie war keine Schönheit. Gretes Figur verriet den reich gedeckten Tisch ihrer Herrin, was ihr jedoch nichts auszumachen schien. Sie hatte ein einfaches, schlichtes Gesicht mit schlaffen, pockennarbigen Wangen, doch ihre grauen Augen waren hübsch und blickten wach in die Welt. Vielleicht hatte sie trotzdem keiner gewollt? Oder war sie es, die mit keinem geeigneten Kandidaten zufrieden gewesen war? Während Bärbel über dieses wichtige Thema nachdachte, wanderte ihr Blick zu Trine. Auch sie war keine Schönheit. Ganz im Gegensatz zu Grete wirkte die jüngere Trine wie eine Vogelscheuche. Sie war so dürr wie ein Besen und ihre Gesichtsknochen traten streng hervor.

Die Haut der beiden Frauen wirkte fahl im verräucherten Licht der Küche, was wahrscheinlich daran lag, dass sie fast den ganzen Tag hier verbrachten. Nur ein Fenster, das im Gegensatz zu den großen lichtdurchfluteten Obergeschossen lächerlich klein wirkte, ließ etwas Licht und Luft in den Raum. Der Herd dagegen war ein monströses, gemauertes Ding, das den ganzen Tag über Hitze und Rauch verströmte. Der über ihm hängende Rauchfang ließ zwar ein Großteil des Rauches nach draußen entweichen, doch es blieb noch genug von ihm übrig, um auf dem weißen, schön geschwungenen Deckengewölbe eine schwärzliche Verfärbung zu hinterlassen. Die Küche selbst war größer als das gesamte Ausmaß der Bergarbeiterkate und lag neben den Geschäftsräumen im steinernen Sockel des Erdgeschosses. Die eigentlichen Wohnräume des Hauses fingen im ersten Stockwerk an und zogen sich bis in den dritten Stock, in dem das Gesinde untergebracht war. Und die beiden steilen Dachgeschosse, die durch kleine Dachluken belüftet wurden, dienten als Lager. Als Bärbel das Dach von außen betrachtet hatte, war ihr eine Winde aufgefallen, die an der einzigen größeren Luke befestigt war, um den Hanf nach oben zu ziehen. Der Tragbalken der Winde war, wie der Rest der Fachwerkwände, mit Schnitzereien verziert. In diesem Fall mit einem Löwenkopf, aber man konnte die unterschiedlichsten Symbole und Figuren erkennen, wenn man auf der Straße stand und seinen Blick über die vorkragenden Stockwerke über dem Steinsockel schweifen ließ.

Am nächsten Tag durfte Bärbel Grete bei ihren Einkäufen begleiten. Es war noch früher Morgen, doch die Stadt pulsierte bereits in einem Gemisch aus Dienstboten und geschäftigen Bürgern. Wie eine Horde fleißiger Ameisen strebten sie den Gewerbslauben zu oder waren auf dem Weg zu einem der kleinen Geschäfte an den Längsseiten des Münsters, die man über den Gottesacker erreichen konnte. Ein kräftiger Windstoß empfing sie, sobald sie auf die Straße vor das Münster traten.

Grete hielt mit einer Hand ihre Haube fest und zog missbilligend ihre Mundwinkel nach unten. Mit der anderen Hand umklammerte sie den Griff ihres Korbes. »Diese Stadt ist ein zugiges Loch. Am schlimmsten ist es im Winter, wenn ein eisiger Wind um das Münster pfeift.«

Bärbel, die ebenfalls einen Korb in der Hand hielt, störte der Wind nicht sonderlich. Froh, den durchdringenden Gerüchen der Küche entronnen zu sein, genoss sie die kühle Brise und atmete die frische Luft Straßburgs, die hier nicht so schwül zu sein schien wie auf der anderen Seite des Rheins. Den Gestank der Stadt nahm sie immer seltener wahr. Ehrfürchtig betrachtete sie das Liebfrauenmünster, das genau vor ihrer Nase stand. Der erhabene Bau ragte hoch in den Himmel, obwohl er nicht ebenmäßig zu sein schien. Einer der Ecktürme an der Vorderfront fehlte und machte ihn so unvollständig wie einen Mann mit einem amputierten Bein. Doch die überreichen Verzierungen in dem rosafarbenen Sandstein und die prächtigen Fenster machten diesen Eindruck wieder wett. Überall befanden sich Schnörkel und Ornamente, sogar lebensgroße Figuren, und die Fensterrosette über dem Hauptportal war wunderschön.

Grete und Bärbel folgten der Straße und gingen durch die Kurwegass zum Ferkelmarkt, auf dem die Bauern ihre quiekenden Schweinchen, neben dem Abfall ihrer bereits geschlachteten Artgenossen, zum Verkauf anboten. Auf der linken Seite grenzte der Fischmarkt an. Er lag nicht weit von der Breusch entfernt, die gemächlich hinter der Häuserzeile dahinfloss. Sie erstanden einen kapitalen Hecht, wandten sich der Schindbrücke zu und schlenderten weiter zur Brücke neben dem Guldenturm, die sie zur Krautenau führte. Dort erstanden sie frisches Obst und Gemüse. Mit voll bepackten Körben traten sie schließlich den Rückweg an. Plötzlich spitzte Bärbel die Ohren. Aufgeregte Rufe ertönten von der Schindbrücke herüber. Als sie näherkamen, entdeckten sie eine Menschenmenge, die das Ufer der Breusch säumte. Grete stöhnte auf.

»Was ist dort vorne los?« Bärbel stellte sich neugierig auf die Zehenspitzen, um besser sehen zu können, doch sie sah nicht über die Köpfe der Menschen hinweg.

»Sie richten eine Kindsmörderin hin«, stellte Grete nüchtern fest.

»Sie tun *was*?«

»Sie töten eine Frau, die ihr eigenes Kind umgebracht hat«, setzte Grete zu einer Erklärung an.

»Oh!«

»Das kommt hin und wieder vor, aber ich mag diese Art von Schauspiel nicht. Die Sensationslust der Leute und ihre Gier nach Vergeltung gehen mir auf die Nerven. – Wahrscheinlich hat sie es sowieso nur aus Not getan, das arme Ding.«

»Und wie wird sie getötet?«, fragte Bärbel neugierig.

Grete nahm ihr den Korb ab und schob sie nach vorn. »Sieh es dir an«, sagte sie. »Und *denke* daran, wenn du einmal alt genug bist.«

Bärbel betrachtete die Köchin mit einem unsicheren Blick, hin- und hergerissen zwischen Angst und Neugier.

»Nun geh schon!«, trieb Grete sie an. »Du willst es doch wissen! – Bevor das Ganze nicht vorbei ist, gibt es hier sowieso kein Durchkommen mehr.«

Dies gab den Ausschlag. »Aber warte auf mich«, rief Bärbel, dann schlüpfte ihre kindliche Gestalt zwischen den rempelnden Körpern der Neugierigen hindurch und gelangte schließlich vor das Geländer des Breuschufers.

Zwei berittene Männer hatten sich rechts und links der Brücke postiert, um genug Platz für die Hinrichtung zu schaffen.

»Seht, da sind der Ammeister und der Stettmeister«, raunte eine ehrfürchtige Frauenstimme aus den Tiefen des schaulustigen Menschenknäuels.

Bärbel erkannte die bedeutungsvollen Herren an ihrer edlen Kleidung, die sie von den anderen Männern unterschied. Mit dem für diesen Anlass gebührenden Ernst hatten sie sich in der Mitte der Brücke postiert.

Boshafte Rufe erklangen von weiter hinten, die der jämmerlichen Gestalt der Kindsmörderin galten, die zitternd in ihrer Nähe stand. Sie war ein junges, hübsches Mädchen, keine zwanzig Jahre alt, wie Bärbel entsetzt feststellte. Man sah ihr das Elend über die Tatsache an, dass ihr kurzes Leben auf diese grausame Art und Weise beendet werden sollte. Ein Pfarrer stand bei ihr und richtete ein paar letzte Worte an sie, doch sie schienen die junge Frau nicht sonderlich zu trösten, denn nun brach sie in Tränen aus.

»Schade um das Mädel«, raunte ein Mann ganz in Bärbels Nähe, der wohl dasselbe gedacht hatte wie sie selbst.

»Pah«, bemerkte eine abfällige Frauenstimme, »*daran* hätte sie früher denken sollen.«

Die beiden edlen Herren nickten einem weiteren Mann zu, der allem Anschein nach der Henker war. Der Pfarrer zog sich zurück und der Henker holte einen großen Sack hervor. Bärbels Herz begann vor Aufregung wild zu klopfen. Der Schweiß brach ihr aus, als der Henker das Mädchen mit unbewegter Miene anwies, in den Sack zu steigen. Man sah ihre Beine durch den Rock zittern, als sie der Anweisung folgte. Ein letztes Mal sah Bärbel das vom Weinen gerötete Gesicht und den von heftigen Schluchzern geschüttelten, zierlichen Körper, während die brodelnde Menge hinter ihr spannungsgeladen vibrierte. Dann zog der grobschlächtige Mann den Sack über den Kopf der Mörderin und verschnürte ihn so fest, dass sich das zitternde Wesen in seinem Innern kaum noch bewegen konnte. Mit einem Mal war es so still wie in einer Kirche, sodass die erstickten Angstschreie, die aus dem groben Tuch drangen, deutlich zu hören waren.

Bärbels Magengrube verwandelte sich in glühendes Eisen, ihr Herz klopfte so sehr, dass ihr Atem stoßweise aus dem geöffneten Mund drang. Inzwischen hatte der Henker das große Bündel in seine starken Arme genommen. Mit einer fließenden Bewegung warf er es über das Geländer der Brücke, wo es mit einem spritzenden Klatscher im Abwasser der Metzig landete, das an dieser Stelle die Breusch hellrot färbte. Bärbels gebannter Blick richtete sich auf das Wasser. Zwischen Fischkraut und Steinen lag der Sack in der Strömung, doch man konnte gut den sich windenden Todeskampf erkennen, der sich unter der Wasseroberfläche abspielte. Neugierige Fische sammelten sich um das zappelnde Tuch, um zu erkunden, ob der große Brocken essbar wäre. Bärbel gab einen angewiderten Laut von sich, als sie zwei Wasserratten entdeckte, die aus dem löchrigen Flussufer glitten und zielstrebig auf den Sack zuschwammen.

Die Menge seufzte tief, als der Sack endlich still lag. Bärbel holte erleichtert Luft und merkte erst jetzt, dass sie schon eine ganze Weile die Luft angehalten hatte. Eine ganze Ewigkeit schien vergangen zu sein, bis es das arme Mädchen endlich überstanden hatte. Sie wurde noch eine Weile in der Tiefe des Wassers belassen, bis der Henker den Sack mithilfe eines Seils wieder einholte, dessen Ende er die ganze Zeit in seinen großen Händen gehalten hatte. Dann zerstreute sich die schaulustige Gesellschaft und alles ging wieder seinen gewohnten Gang.

Bärbel hatte ein unangenehmes Gewicht in ihrem Magen, als sie sich mit Grete wieder auf den Weg machte. Sie schluckte ein paar Mal, um ihre Übelkeit zu dämpfen. »Warum weißt du, dass sie eine Kindsmörderin war?«, fragte sie, als sie über die Brücke schritten. Dabei umrundete Bärbel sorgfältig den Platz, an dem die Verurteilte gestanden hatte.

»Ich habe schon vor zwei Tagen davon gehört«, erwiderte Grete gelassen. »Solche Neuigkeiten verbreiten sich schnell. Heute wurde sie vor die Pfalz geführt, wo über sie geurteilt wurde, aber es war abzusehen, wie die Sache ausgehen würde. Für diese Art von Verbrechen gibt es nur eine Strafe.«

»Du hast solche Dinge schon öfter gesehen, nicht wahr?«

Grete nickte. »Hin und wieder kommt so etwas vor. Die Schindbrücke wird schon seit langer Zeit für diese Art der Strafe benutzt.«

»Und wenn man etwas anderes getan hat?« Trotz ihrer Übelkeit konnte sich Bärbel eine gewisse Neugier nicht verkneifen.

»Die Alten erzählen, dass früher an der Schindbrücke ein Schandkorb angebracht war, in den sie unzüchtige Weiber und diejenigen, die kleinere Diebstähle begangen hatten, steckten. Heute gibt es diesen Korb nicht mehr, aber am Kornmarkt gibt es ein Zuchthäusel, in dem man solche Missetäter immer noch besichtigen kann. Für die schweren Vergehen gibt es einen Galgen, der sich in der Steinstraßer Vorstadt befindet, und weitere Strafen werden vor der Pfalz durchgeführt.«

Als Bärbel an diesem Abend erschöpft ins Bett sank, geisterten wirre Träume durch die Tiefen ihres Schlafes. Vor ihrem inneren Auge entdeckte sie Taschendiebe, die in einem vergitterten Verschlag hockten, wo sie von den vorüberziehenden Leuten beschimpft und bespuckt wurden. Einen Mann, dessen Körper leblos an einem Seil baumelte. Seine Beine schaukelten sacht im Wind. Und schließlich durchlebte sie noch einmal die Hinrichtung, die sie mit angesehen hatte. Sie sah die Kindsmörderin, wie sie in den Sack stieg und ins Wasser geworfen wurde. Ihre Augen schienen das Tuch unter der Wasseroberfläche zu durchdringen. Und in dem gequälten, nach Luft schnappenden Antlitz des Mädchens sah sie in aller Deutlichkeit – ihr eigenes Gesicht!

Hexengeschichte

Der Herbst kam. Die Schwalben verschwanden aus dem Stall der Selzers und sammelten sich für ihren Flug in die Winterquartiere. Als sie fort waren, hing immer häufiger ein dichter Nebel in der morgendlichen Luft, die von Tag zu Tag kälter wurde. Doch wenn der Nebel sich verzog und so den Strahlen der Sonne einen Weg zur Erde bahnte, gab er einen glasklaren Blick auf die sanft geschwungenen Linien des Schwarzwaldes frei. Jakob erkannte die leuchtenden Töne des Herbstlaubes, das sich mit einem satten Dunkelgrün der Nadelbäume und den helleren Flecken der Matten mischte, die sich über die Hänge breiteten. Er sah die Linien der Hügelkämme und ahnte die Täler, die zwischen ihnen abfielen. Und er dachte daran, wie er als kleiner Junge im Herbst auf dem Berg gestanden hatte, um in das Wolkenmeer zu blicken, das in den Tälern hing. – Nun saß er darin, in einer Suppe aus Wassertröpfchen, die sich von der Schwüle im Sommer nur in einem Punkt unterschied: Sie war wesentlich kälter.

Eines Abends wurde auf dem Kreuzweg, nicht weit vom Hof der Selzers entfernt, ein Schleißfeuer entzündet. Mehrere Familien schleppten einen Teil ihres getrockneten Hanfes dorthin, der die letzten Wochen im Schutz der Scheuern verbracht hatte. Unter allgemeinem Gelächter und Geschnattere – zumindest was die Weiber betraf – setzten sie sich in kleinen Grüppchen an das wärmende Feuer und machten sich daran, den Grobhanf zu schleißen. Dabei wurden die trockenen Fasern von den weiß gewordenen Stängeln befreit.

Jakob genoss diesen Abend und das gesellige Treiben, das damit verbunden war. Seine Augen huschten während der Arbeit hierhin und dorthin. Endlich bot sich ihm die Gelegenheit, die Menschen zu betrachten, die um ihn herum lebten. Manche von ihnen hatte er schon gesehen, doch längst nicht alle. Seinen neuen Nachbarn schien es nicht anders zu gehen, denn es traf ihn manch neugieriger Blick und hie und da auch ein schüchternes Lächeln.

Um sich an der scharfen Faser nicht zu schneiden, hatte Jakob sich einen breiten eisernen Ring über den Mittelfinger geschoben. Er nahm eine der dürren Hanfpflanzen, brach sie an der Wurzel und zog rundherum die Fasern vom Stängel ab.

»So ist's richtig«, kommentierte Matthis anerkennend sein Werk. »Wenn du genügend Fasern zusammenhast, drehst du sie wie ein lockeres Seil zusammen. Dann werden sie zu einem größeren Schaub gebündelt.«

Es war bereits dunkel, doch das Feuer war groß genug, um den Familien, die mit ihren Kindern, Knechten und Mägden erschienen waren, Licht und Wärme in dieser kühlen Nacht zu spenden. Jede Hand wurde gebraucht, sogar Katharina, der eines dieser Körperteile fehlte, versuchte mitzuhelfen. Sie hatte sich einen der dürren Stängel unter den Arm geklemmt und zog mit der vorhandenen Hand die Fasern nach unten.

Der neueste Dorfklatsch machte die Runde, während die geschleißten Hanfstängel emsig ins Feuer flogen, um es zu unterhalten. Und so dauerte es nicht lange, bis die alte Weberlies ihren Einsatz hatte. Die Lies war ein richtiges Hutzelweib. Die züngelnden Flammen des Feuers beschienen ihre ledrige Haut, die in ihrem Gesicht ein ganzes Dickicht aus Falten warf. Ihr dürrer Körper steckte in einem viel zu weiten Kleid. Und ihre knochigen Arme nebst dem vom Alter gekrümmten Fingern hatten in dem unwirklichen Licht etwas Gespenstisches an sich. Sie war eine Witwe und lebte allein in einem winzigen Häuschen, das ganz ihrer Gestalt entsprach. Einen Großteil ihrer Zeit verbrachte sie damit, Leinen aus gesponnenem Hanf zu weben, den ihr die Bäuerinnen brachten. Im Herbst besserte sie ihr kärgliches Dasein durch die Hilfe beim Hanfschleißen ein wenig auf. Nichtsdestotrotz erzählte sie am liebsten Hexengeschichten, die ihre Zuhörer in atemlose Spannung versetzten.

»Erzähl uns eine Geschichte«, forderte Margreth sie auf, ein Weib mittleren Alters mit einem etwas einfältigen Gesicht, das von der Hitze des Feuers in tiefem Rot erglühte.

»Au ja«, rief Katharina entzückt. »Erzähl uns eine Geschichte.«

Die Weberlies nahm diese Aufforderung gerne an. »Also«, begann sie. Verschwörerisch sah sie in die Runde, ohne ihre Hände dabei ruhen zu lassen. »In einem Dorf, das glücklicherweise viele Meilen von dem unsrigen entfernt liegt, trug sich folgende Geschichte zu.« Sie rutschte auf ihrem Hocker ein Stückchen nach hinten, um eine bequemere Sitzposition zu haben, dann fuhr sie fort: »Am Rande des Dorfes gab es ein kleines, von einer Hecke eingefriedetes Stück Land, auf dem ein Bauer nachts seine vier Milchkühe unterbrachte. Eines Nachts kauerte dieser Bauer, jeglichem Blick entzogen, im Schatten der Hecke. Er hatte sich eine Sense über die Knie gelegt und verharrte so die ganze Nacht hindurch, während es sich die restlichen Dorfbewohner in ihren Betten gemütlich gemacht hatten und schliefen. – Zumindest dachte man das, doch der Bauer teilte diese Meinung nicht. Er vermutete, dass sich einer von ihnen auf Abwegen befand.«

»Adam, schlaf nicht«, zischte die Stimme eines Weibes durch die Stille hindurch, die nur von der Erzählung der Lies durchbrochen wurde. Ein kleiner Junge, der schlaff auf einem niederen Schemel vor seiner Mutter hockte, setzte sich ruckartig auf und ließ die Hände über einen Hanfstängel gleiten, den er vor lauter Spannung ganz vergessen hatte.

»Dieser eine musste der Dieb sein, der jede Nacht die Milch der Kühe stahl und die Tiere dabei fürchterlich zerkratzte und zerbiss«, erzählte die Alte weiter. Ein Schattenspiel der Flammen auf ihrem Gesicht. »Dem Bauern grummelte der Magen bei dem Gedanken daran. Er hatte schon viele Tage keine Milch mehr bekommen und die wertvollen Kühe würden eingehen, wenn er nicht endlich etwas unternahm. So hatte er sich dazu entschlossen, nachts hinter der Hecke zu verharren, damit er sehen konnte, was geschah. Eine fürchterliche Angst plagte ihn, aber er blieb dennoch beharrlich auf seinem Posten.«

Lina, die Obermagd, seufzte schwer angesichts des tapferen Bauern, der sich seinem Schicksal entgegenstellte.

»Doch der Morgenstern verblasste, ohne dass sich etwas ereignet hätte. Der Mond wurde bleicher und entschwand der Sicht und die Kühe schliefen immer noch friedlich und ungestört in der beginnenden Dämmerung. Der Bauer begann schon die Hoffnung auf einen erfolgreichen Ausgang der Geschichte fahren zu lassen. Nicht das Geringste schien sich zu regen. Plötzlich hoppelte ein silbergrauer Hase mit seidenweichem Fell auf das Vieh zu. Arglos bewegte er sich aus dem Schatten der gegenüberliegenden Hecke. Als der hübsche Hase sich auf der freien Fläche befand, richtete er sich auf seinen Hinterläufen auf und erstarrte. Seine Augen schimmerten, als er mit lang aufgerichteten Löffeln die Gegend absuchte. Sein Körper verharrte bewegungslos, nur seine Nasenflügel und Barthaare zuckten nervös. Der Bauer, der entgegen der Windrichtung saß und daher unbemerkt blieb, beobachtete ihn interessiert, unternahm aber nichts. Der Hase war schließlich nichts weiter als ein hübsches kleines Tier und solange es sich von seinem Gemüsebeet fernhielt, wollte er es in Ruhe lassen. Aber was hatte dieser Hase nur vor? Beruhigt, da ihm offenbar keine Gefahr drohte, ließ er sich wieder auf alle viere nieder und hoppelte unbesorgt zwischen das Vieh. Dort richtete er sich von Neuem auf – und entblößte lange, blitzende Zähne.«

Ein kollektives »*Oh*« ging durch den Kreis der Zuhörer.

»Der Bauer riss vor Schreck die Augen auf, als er entdeckte, was dann geschah.«

Die Lies machte eine kunstvolle Pause, warf einen geschleißten Hanfstängel ins Feuer und blickte sich in der Runde nach dem Erfolg ihrer Erzählung um. Zufrieden stellte sie fest, dass es keinen Grund zur Besorgnis gab. Alle Augen waren auf sie gerichtet und außer dem Rascheln des getrockneten Hanfes herrschte atemlose Stille. »Der Hase schnappte mit seinen langen Zähnen nach dem prallen Euter einer Kuh«, fuhr sie fort. »Nachdem der Bauer sich von seinem Schreck ein wenig erholt hatte, sprang er wie ein Racheengel aus seinem Versteck hervor. Er schwang seine Sense, und als das nicht minder entsetzte Tier wie der Blitz an ihm vorbeischoss, ließ er sie niederfahren. – Zuerst glaubte der Bauer, er habe sein Ziel verfehlt, aber dann gab der Hase einen grässlichen Laut von sich und entschwand eilends durch die Hecke. Auf dem Boden jedoch lag eine Vorderpfote, die hinter dem ersten Gelenk säuberlich abgetrennt war. Der Bauer setzte seine Sense ab, beruhigte das erschreckte Vieh und striegelte es mit einer Handvoll Stroh, während er angestrengt über die Sache nachdachte. Als er seine Arbeit beendet hatte, begannen die ersten Hähne zu krähen und das Morgenlicht färbte den Himmel. Er hob die Pfote des Hasen auf, wickelte sie sorgfältig in einen Lappen und ging mit geschulterter Sense den staubigen Weg ins Dorf zurück. Eine Blutspur im Sand bewies, dass das Tier nicht in den Schutz der Roggen- und Gerstenfelder rund um das Dorf geflüchtet war, sondern in das Dorf selbst. Der Bauer folgte der scheußlichen Spur an den Gärten und Häuschen seiner erwachenden Nachbarn vorbei. Sie führte zum Gottesacker mit den düsteren Eiben und dem Dorfbrunnen. Vom Brunnen aus führten die winzigen Flecken, die im Staub allmählich braun geworden waren, auf einem anderen Pfad zu einer Kate, die der Bauer kannte – wie alle Häuser in seinem Dorf. Sie gehörte einem alleinstehenden Weib, der Witwe eines freien Bauern, wie er selbst einer war. An der Stufe der Haustür hörten die Spuren auf. Der Hase schien wie vom Erdboden verschluckt zu sein. Der Bauer stand in dem kleinen Garten und blickte forschend umher, aber er nahm nicht Ungewöhnliches wahr. Das Strohdach dampfte in der Morgensonne, die den Raureif der vergangenen Nacht tauen ließ. Nach Holz duftender Rauch stieg aus dem Schornstein auf und zeigte an, dass die Hausfrau schon auf den Beinen war und ihrer Arbeit nachging. Im Garten standen drei Bienenkörbe aufgereiht, in denen die kleinen Tiere noch friedlich schlummerten. Enten und Gänse pickten zu seinen Füßen im Sand, aber der verwundete Hase war nirgends zu entdecken.

Der Bauer lehnte seine Sense gegen die Wand der Kate, trat durch die Tür in das Haus und rief den Namen der Nachbarin. Er bekam keine Antwort, aber soweit er es im Dämmerlicht beurteilen konnte, war alles in bester Ordnung. Überall im Raum war das Walten einer fleißigen Hausfrau zu erkennen: an den süß duftenden Kräuterbündeln, die an der Wand trockneten, dem gewaltigen Schinken, der zum Räuchern vom Firstbalken herabhing, an ordentlich aufgestapelten Säcken mit Getreide, an den Körben mit Wolle, an Spinnrocken und Spindel, dem Butterfass und den Formen für den Käse. Das kleine Haus sah ganz so aus wie sein eigenes. Das Weib entdeckte er zuletzt, nachdem sich seine Augen an das dunklere Licht im Raum gewöhnt hatten. Sie hockte in einer entfernten Ecke und wandte ihm den Rücken zu. Wimmernde, grauenvoll klingende Laute drangen leise zu ihm herüber.

›Gute Frau‹, begann der Bauer mit sanfter Stimme. – Und was glaubt ihr, was dann geschehen ist?«

»*Was*?« Katharinas Stimme klang ungeduldig. Wie konnte die Weberlies es wagen, die Geschichte an dieser Stelle zu unterbrechen?

»Das Weib drehte sich um«, erzählte die Alte gedehnt. »Ihr Gesicht war aschfahl und sie hielt ein rotes Bündel gegen ihre Brust gepresst. Sie entblößte ihre Zähne, stammelte unverständliches Zeug und streckte schließlich dem Bauern ihren Arm mit dem Bündel entgegen. Dabei fiel der in Streifen gerissene Stoff herab und enthüllte den blutigen Stumpf ihres rechten Armes, von dem die Hand abgetrennt war.

Der Bauer trat unwillkürlich einen Schritt zurück und wandte seinen Blick von den eingesunkenen, glitzernden Augen ab. Mit einer Hand machte er das Zeichen des Kreuzes, um das Böse abzuwehren.

›Du bist also eine Hexe!‹, sagte er, nachdem er sich wieder gefasst hatte. Er warf einen Blick zur Tür, um die Flucht zu ergreifen.

›Gib mir die Hasenpfote zurück‹, hielt das Weib ihn fordernd auf.

›Keinesfalls‹, entgegnete er, ›aber ich werde sie als Glücksbringer behalten.‹

Dann floh er hinaus auf den Weg und in die Sicherheit der Dorfgemeinschaft.«

Den arbeitenden Menschen um das Feuer entfuhr ein Seufzen über das Ende der Geschichte.

»Herrgott im Himmel. Beschütze uns vor diesen schrecklichen Wesen«, stieß eine der Bäuerinnen schaudernd hervor.

Die Lies machte ein zufriedenes Gesicht und warf einen weiteren Hanfstängel in die Flammen.

Als Jakob von seiner Arbeit aufblickte, fuhr sein Kopf erschrocken zurück. Zwei moosgrüne Augen starrten direkt in die seinen. Er hatte diese Augen schon einmal gesehen, auch wenn sie nun durch das Feuer unter einer goldenen Oberfläche schimmerten. Doch die weizenblonden Zöpfe waren dieselben. Nur das Kopftuch, das sie an der Hanfrötze bedeckte, fehlte.

Das Mädchen zwinkerte ihm verschwörerisch zu. »Glaub ihr kein Wort«, raunte sie. »Die Lies übertreibt gern ein wenig. Dabei sieht sie selbst aus wie eine Hexe.«

Jakob grinste verlegen, doch das Mädchen schien sich nicht daran zu stören.

»Du bist Jakob, nicht?«

»Ja«, erwiderte er erstaunt. »Woher weißt du das?«

»Nun, das Dorf ist klein und Neuigkeiten verbreiten sich schnell.«

Jakob nickte zustimmend. Auch bei den Bergarbeitern war ein unbekanntes Gesicht nicht lange ein Geheimnis geblieben.

Die Augen des Mädchens ließen ihn nicht los. Er fühlte sich ein wenig unbehaglich unter ihrem offenen Blick, stellte aber fest, dass die langen Wimpern nicht ganz so hell wie ihr Haar waren und einen reizenden Kontrast zum Grün ihrer Augen bildeten. Alles in allem war sie hübsch anzusehen mit ihrem ovalen Gesicht und den runden, kindlichen Wangen.

»Gefällt es dir hier?«

Jakob hob verwundert seine Brauen. Noch nie hatte ihm jemand diese Frage gestellt. Er senkte den Blick auf seine arbeitenden Hände und schwieg, um über eine Antwort nachzudenken. Alles in allem ging es ihm gut. Er musste nicht mehr jeden Tag in der düsteren Pochmühle schuften, die in einem geradezu krassen Gegensatz zu der Stall- und Feldarbeit stand. Die Arbeit unter freiem Himmel und der Umgang mit den Tieren waren ihm viel lieber. Solange er hier war, hatte er noch nie Hunger leiden müssen, doch das Gefühl der Unerwünschtheit, das Heimweh und die fehlende Nähe zu Bärbel nagten an ihm. Trotzdem gab es keinen Grund, sich zu beklagen. Er hatte alles, was er brauchte.

»Ich glaube schon«, gab er schließlich zur Antwort.

Sie hörte den leisen Unterton in seiner Stimme und ihre Augen verengten sich zu zweifelnden Schlitzen.

»Hast wohl Heimweh, was?«

Er nickte bestätigend. »Und du?«, fragte er, um von sich abzulenken.

»Ich?«, fragte sie erstaunt. »Oh, ich bin von hier. Meine Familie wohnt bachaufwärts. Wenn man seiner Biegung folgt, fließt er ein gutes Stück in einer fast geraden Linie. An dieser Linie wohne ich.«

Jakob folgte in Gedanken dem beschriebenen Weg. Das Dorf bestand eigentlich nur aus zwei großen Straßen, die am Bach angesiedelt waren. Doch von ihnen gingen kleinere Wege zu weiteren Bauernhöfen ab. Der Bach beschrieb im Dorf die Form eines überdimensionalen Hufeisens. Auf einem Schenkel des Hufeisens lag der Hof der Selzers, während das Mädchen auf dem gegenüberliegenden Schenkel wohnen musste. Dies war ein gutes Stück von ihnen entfernt. »Und wie kommst du dann hierher?« Jakobs Neugier war geweckt. Bis jetzt hatte er sie erst einmal an der Hanfrötze gesehen.

Wahrscheinlich war sie auch in der Kirche gewesen, doch er hatte sie unter den vielen Leuten nicht bemerkt.

»Ich helfe meiner *Muhme*«, erwiderte sie. »Meine Mutter ist auch da«, sie wies mit der Hand auf eine Frau, die im Vergleich zu Marie genauso gut die Großmutter des Mädchens hätte sein können.

Sie plauderten noch lange miteinander, bis der Hanf geschleißt war und sich die Gemeinschaft unter Gähnen und erschöpften Seufzern auflöste. Erst als das Mädchen sich zum Gehen wandte, fiel Jakob noch etwas ein. »Wie heißt du eigentlich?«

»Elisabeth«, ein breites Lächeln überzog ihren Mund und bildete Grübchen in den vom Feuer geröteten Wangen.

Als der geschleißte Hanf endlich in ordentlichen Schauben in der Scheuer lag und er Aaron eine gute Nacht wünschte, legte sich ein friedliches Gefühl auf Jakobs Herz. Es schien ihm, als ob er an diesem Abend eine Freundschaft geschlossen hatte, und er fühlte sich nicht mehr ganz so einsam wie zuvor. Dann machte er sich auf den Weg zu seiner Kammer. Es war viel zu kalt, um bei Aaron zu schlafen, auch wenn er dies gern getan hätte, doch der Welpe, der in den letzten Wochen um das doppelte gewachsen war, schien zu verstehen. Auch er war ein guter Freund, dem etwas an ihm lag. Zufrieden über diese Tatsachen schlief er ein.

Kurz vor Martini wurde ein Großteil der Gänse geschlachtet. Die meisten von ihnen gingen nebst vielen anderen Dingen, die man das ganze Jahr über erwirtschaftet hatte, als Zehnt an den Grundherrn der Gegend. Dies war kein geringerer als Johann Reinhard I., Graf von Hanau-Lichtenberg, der im benachbarten Dorf Willstätt ein Schloss sein Eigen nannte. Seinen Vorgängern verdankte die Gegend ihren Namen: das Hanauerland. Ein Teil dieses Zehnten wurde dem Straßburger Domstift zugeführt, das für die Erhaltung der Kirche und des Pfarrhauses sowie die Besoldung des Pfarrers aufzukommen hatte.

Für die Bauern bedeutete Martini die unausweichliche Entrichtung von Abgaben, die sie zu leisten hatten, für die Knechte und

Mägde war es ein Festtag. Nach getaner Stallarbeit brachen sie zum Haus ihrer Eltern auf, um dort an einem Festmahl teilzunehmen, das je nachdem aus einer fetten Gans oder ärmlicheren Dingen bestand. Stellungen konnten gekündigt oder neu besiegelt werden, und so manche Magd und mancher Knecht entledigte sich seines schlechten Dienstherrn und versuchte bei einem anderen Bauern sein Glück.

Auch für Jakob war es ein Freudentag. Zum ersten Mal durfte er Bärbel besuchen. So machte er sich auf den Weg zur langen Brücke und von dort zu den Mauern Straßburgs, innerhalb derer er das Haus der Abendrots auf Anhieb fand. Die Bäuerin hatte ihm den Weg beschrieben, so gut sie konnte, doch der schmale Bau an der Nordseite des großen Münsters stach ohnehin deutlich aus der langen Häuserzeile heraus. Bärbel fiel ihm um den Hals, als er die Küche betrat. Sie drückte ihn so fest, dass er sich in der Gegenwart der Köchin fast ein wenig schämte. Doch die rundliche Frau bedachte ihn mit einem breiten Lächeln und goss ihm zur Begrüßung einen Becher mit Milch ein.

»Geht Ihr heute nicht nach Hause?«, fragte er sie schüchtern und wurde rot wegen seiner taktlosen Neugierde.

»Nein«, sagte sie gelassen, »ich habe keine Familie mehr.« Dann wandte sie sich wieder der fetten Gans zu, deren gerupfte Haut sie mit einer Flüssigkeit beträufelte.

Nach der kurzen Stärkung verließen die Geschwister die Küche und traten durch die schwere Haustür ins Freie. Heute fegte kein Wind über den Gottesacker, doch dafür herrschte eine grimme Kälte, gegen die sich die Menschen mit dicken Mänteln, Hüten und Mützen gerüstet hatten. Jakob war froh um seinen wollenen Kittel, den er von seinem Vorgänger, einem verstorbenen Unterknecht, geerbt hatte. Auch Bärbel hatte sich einen schweren Mantel übergeworfen, der zwar einfach geschnitten, aber von einer besseren Qualität als sein Kittel war, wie er anerkennend feststellte. Es herrschte das übliche Treiben der unterschiedlichsten Menschen um das Münster herum, doch war es durch die dunkle Kleidung der

Straßburger nicht so bunt wie in Freiburg. Ansonsten schienen sich die Städte zu gleichen. Hohe Häuserzeilen erstreckten sich am Rand der Plätze, Straßen und Gassen, und im Zentrum stand das große, prächtige Münster. – Nur die Bächle fehlten hier, was aber durch die Arme der Flüsse Breusch und Ill wieder wettgemacht wurde, die sich durch Straßburg zogen.

Während er sich von Bärbel durch die Gassen führen ließ, betrachte Jakob seine Schwester von der Seite. Ihre runden Wangen sahen rosig und gut genährt aus. Es schien ihr an nichts zu fehlen, was ihre Erzählungen über den Haushalt der Abendrots und ihre Arbeit in der Küche unterstrichen. Ein nagendes Gefühl des Neids stieg in seinem Herzen auf, als er begriff, dass sie in Grete und Trine fast so etwas wie eine Familie gewonnen hatte. Kurz darauf schalt er sich einen Esel. Er sollte dankbar sein, dass es Bärbel so gut ging und er sich keine Sorgen um sie zu machen brauchte. Die brennenden Stacheln der Eifersucht wichen einer grenzenlosen Erleichterung, während er den wortreichen Erzählungen Bärbels mit halbem Ohr lauschte. Die Verpflichtung, die er für seine Schwester hegte, lag nicht mehr wie eine Zentnerlast auf seiner Brust. So ließ er sich einfach treiben und genoss die Gesellschaft Bärbels und die Stadt mit all dem, was sie zu bieten hatte. Er bewunderte die langen Häuserzeilen, an denen sich die Vorderfronten der verschiedensten Fachwerkhäuser mit wenigen Steinfassaden aneinanderreihten, ohne dass auch nur eine Hand dazwischen gepasst hätte. Manche von ihnen waren nicht mehr als zwei Fenster breit, andere dagegen riesig. Immer wieder führten Brücken über die durch die Stadt ziehenden Flüsse und er sah Kirchen, von denen jede ein Meisterwerk war. Doch es gab auch staubige, ungepflasterte Gassen, auf denen die Schweine im Dreck der Abfallgräben wühlten. Er sah streunende Hunde und bettelnde Kinder und an manchen Stellen stank es schlimmer als auf dem Bauernhof.

Sie befanden sich auf dem Rückweg und waren nun auf einem großen Platz angelangt, der Sankt Martin hieß, wie ihm Bärbel erklärte. Im Sommer boten die Marktfrauen hier Obst und Gemüse an. Nun beschränkte sich die Auswahl auf ein paar Krautköpfe, Meerrettich und Sauerkraut. Der imposante Bau der Pfalz beherrschte den Sankt Martinsplatz wie ein König sein Volk.

Zwei Zeitungssinger hatten sich an seinem Rand neben den Gewerbslauben aufgestellt und priesen mit lauter Stimme das neueste Werk der Drucker an. Ein kleines Menschengrüppchen umringte sie, doch sie standen ein wenig erhöht, sodass man sie gut erkennen konnte.

»Protestantische böhmische Stände werfen kaiserliche Statthalter in Prag aus dem Fenster!« Einer der Männer hielt eine Flugschrift in die Höhe. Ein vierblättriges Heft, auf dessen Vorderseite sich der schwarz-weiße Druck einer Zeichnung befand. Sie zeigte den Sturz eines Mannes, der von mehreren Gestalten aus dem Fenster eines Hauses geworfen wurde. Kopfüber fiel er auf das Pflaster, wo ein zweiter Mann schon ausgestreckt am Boden lag. Ein dritter folgte ihm auf den Fuß und lieferte die nötige Dramatik für eine gaffende Menge, die das Schauspiel interessiert verfolgte.

Bärbel schlug vor Schreck eine Hand vor den Mund. »Die armen Männer«, sagte sie mitfühlend. »Bestimmt haben sie sich das Genick gebrochen, als sie kopfüber auf das Pflaster fielen.«

Einer der Zeitungssinger, ein gedrungener Mann in einem schlichten Kittel und einer Mütze auf dem aschblonden Haar, hörte Bärbels Bedenken und richtete belustigt seinen Blick auf sie. »Nein, nein, kleines Mädchen«, erwiderte er. »Sie haben überlebt. Die Papisten behaupten, die Jungfrau Maria habe sie gerettet. In Wirklichkeit aber sollen sie auf einem Misthaufen gelandet sein, der sich direkt unter dem Fenster der Prager Burg befand.« Ein breites Grinsen überzog sein großflächiges Gesicht. »Doch diese Lüge hat ihnen auch nicht geholfen. Inzwischen ist ein Aufstand in Böhmen ausgebrochen. Die katholischen Regenten wurden ihrer Macht enthoben, die Jesuiten vertrieben und die Aufständischen sind dabei, ein Heer aufzustellen.«

»Und was geschieht nun?«, fragte Bärbel ängstlich.

»Wahrscheinlich wird es Krieg geben«, erklärte der Mann.

Die Zufriedenheit der letzten Stunden wich prompt aus Bärbels Gesicht. An ihre Stelle trat ein Ausdruck der Angst. »Hast du gehört, Jakob? Es wird Krieg geben!«

»Ach was«, mischte sich ein Mann in das Gespräch ein, der allem Anschein nach ein angesehener Bürger war. »Noch ist keine Rede davon. Außerdem ist Böhmen weit weg. Bis hierher werden sie schon nicht kommen«, erwiderte er im majestätischen Ton des Wissenden.

Der Zeitungsschreier warf ihm einen verärgerten Blick zu.

»Meint Ihr?«, fragte Bärbel. Der misstrauische Ton in ihrer Stimme war nicht zu überhören.

Der Mann lächelte sie freundlich an. »Ich bin mir ganz sicher, Kleine.«

Bärbel stieß erleichtert die Luft aus den Lungen. Sie machte einen höflichen Knicks. »Ich danke Euch, gnädiger Herr«, sagte sie. Dann ergriff sie Jakobs Arm, um ihn zum Weitergehen zu bewegen.

Sie verbrachten noch eine weitere Stunde miteinander, fanden zu ihrer alten Vertrautheit zurück und waren unsagbar traurig, als sie zum Haus der Abendrots zurückkehren mussten. Grete schob den beiden einen Teller mit den Resten der Gans und ein paar dicken Knödeln zu. »Ihr müsst etwas essen, bevor dein Bruder seinen langen Heimweg antritt. – Und auf dich wartet jede Menge dreckiges Geschirr«, wandte sie sich in gespielt tadelndem Ton an Bärbel.

Die Kinder verschlangen ihr Essen in stiller Eintracht. Dann erhob sich Jakob von der schweren Bank, die unter seiner Bewegung leise ächzte. »Ich muss jetzt gehen«, sagte er fest, aber in Wirklichkeit war ihm hundeelend zumute bei dem Gedanken, dass es ein ganzes Jahr dauern würde, bis er Bärbel endlich wiedersah. Eine schrecklich lange Zeit für einen Jungen wie ihn.

Bärbel nickte nur und sprang abrupt auf, um Jakob in die Arme zu schließen. Dieses Mal schämte Jakob sich nicht. Er schlang seine Arme um Bärbel und küsste sie zum Abschied auf die Wange. »Bis nächstes Jahr«, sagte er. Seine Stimme klang seltsam belegt und er räusperte sich, als ob er eine Erkältung hätte.

Bärbels wasserblaue Augen hefteten sich auf ihn. Er sah, dass sie sich mit Wasser füllten, doch sie drängte die Tränen tapfer zurück. »Bis nächstes Jahr«, flüsterte sie.

Für Jakob und Bärbel änderte sich in den nächsten Jahren nicht viel. Auch wenn sie sich seltsam entwurzelt fühlten, schienen sie sich in das Schicksal zu fügen, das ihnen der Herrgott beschieden hatte. Sie sahen sich nicht oft. Nur einmal im Jahr, an Martini war es Jakob weiterhin erlaubt, nach Straßburg zu gehen, um Bärbel zu besuchen. Durch die langen Abstände zwischen den Besuchen waren sie jedes Mal erstaunt, wie sehr der andere gewachsen war und sich verändert hatte – doch sie wurden sich auch seltsam fremd. Aber jedes Jahr wartete Bärbel schon auf Jakob und ihre Freude war groß, einen Tag mit ihm zu verbringen. Etwas schien sie zusammenzuhalten. Ein unsichtbares Band, das Blut der Familie, das sie für immer miteinander verwob.

Teil III

Frühjahr 1625

»Was ihr getan habt einem unter diesen meinen geringsten Brüdern, das habt ihr mir getan.«
Matthäus 25,40

Die Zeiten ändern sich

Jakob blieb einen Moment lang stehen, stützte sich erhitzt auf den Stiel seiner Harke und wischte den Schweiß von seiner Stirn. Dann machte er sich von Neuem daran, das verbliebene Stroh aus dem Gras zu harken, damit es noch einmal verwendet werden konnte. Jedes Jahr im Herbst wurde ein Teil des großen Misthaufens, der sich im Hof der Selzers befand, auf den Matten ausgebracht. Der Winter sorgte durch Regen und Schnee dafür, dass der Dung in den Boden drang. Das ausgewaschene Stroh blieb auf dem Gras liegen und man holte es im Frühjahr wieder ein, um es ein zweites Mal als Unterlage für die Tiere zu verwenden. Stroh war ein rares Gut. Sie brauchten jeden Halm, da die Kornäcker nicht so viel hergaben. Man musste erfinderisch sein, um dieser Notlage abzuhelfen, und Jakob fand diese Lösung gar nicht schlecht.

Er war inzwischen achtzehn Jahre alt, fast neunzehn, wenn er es richtig bedachte. Bis zu seinem Geburtstag dauerte es keine neun Monate mehr. Nicht, dass dies ein besonderer Tag gewesen wäre. Er war wie jeder andere, doch spätestens am Nikolaustag ritzte Jakob eine neue Kerbe in den Türrahmen seiner Kammer, damit er nicht vergaß, wie alt er war. Sein kindlicher Körper hatte sich im Laufe der Markierungen gestreckt und nun, da er ausgewachsen war, ging er etwas in die Breite, was an den Muskeln von Brust und Armen deutlich sichtbar wurde. Seine Feingliedrigkeit hatte er dennoch behalten. Er würde nie so stämmig wie Matthis werden, ganz gleich, wie viel er schuftete.

Auch das Leben auf dem Hof hatte sich in dieser Zeit verändert. Matthis war vor zwei Jahren einem Unglück zum Opfer gefallen. Eine Kuh hatte sich bei einem nächtlichen Gewitter im Stall losgerissen. Das gesamte Vieh war deshalb in Aufruhr geraten und Matthis, dem die unliebsame Aufgabe zufiel, losgerissene Tiere wieder an ihren Platz zu bringen, schälte sich murrend aus dem Bett. Jakob erinnerte sich noch gut daran, wie erleichtert er gewesen war, es nicht selbst tun zu müssen. Draußen tobte ein Unwetter mit Blitz, Donner und heftigem Wind, der einen ganzen Schwall aus Regentropfen zur Tür hereinwehte, als Matthis sie öffnete. Jakob hatte sich zufrieden zur Seite gedreht und dem Geräusch der Wassertropfen gelauscht, die in den Hof prasselten, während der Knecht fluchend in Richtung Stall verschwand. Gerade als er wieder dabei war, in seine Traumwelt zurückzukehren, riss ihn ein lautes Brüllen in die Wirklichkeit zurück. Jakob hatte sich ruckartig aufgesetzt und angestrengt in die Nacht gelauscht. Er war sich fast sicher, dass es Matthis gewesen war, der gebrüllt hatte, auch wenn man nun nur noch die verängstigten Laute der Tiere hörte, die wie ein gemischter Chor durch den Stall tönten. Jakob hatte beunruhigt seine Füße aus dem Bett geschwungen und sich im Hemd auf den Weg in den Stall aufgemacht. Der Regen durchnässte ihn fast völlig auf dem kurzen Weg zur Tür. Ein Blitzschlag erhellte das Innere des Stalles, als Jakob sie öffnete. Für einen kurzen Augenblick erkannte er eine Kuh, die drohend ihre Hörner in Richtung eines großen, am Boden liegenden Bündels senkte. – Und dieses Bündel war kein anderer als Matthis!

Matthis überlebte den Angriff der Kuh nur knapp. Sie hatte ihn an die Wand gedrückt und dann am Boden malträtiert, bis Jakob den Bauern geweckt hatte und man das Tier endlich einfangen und festbinden konnte. Matthis' Atem ging rasselnd und schwer, als die Bäuerin sich über ihn beugte. Seine massige Brust war blutverschmiert und an einer Stelle seltsam eingedrückt. Auch an Mund

und Nase hatten sich kleine rote Rinnsale gebildet. Es dauerte keine zwei Tage, bis er starb. Der stämmige Knecht sprach in dieser Zeit kaum noch etwas. Er war viel zu sehr damit beschäftigt, die lebensnotwendige Luft in seine schmerzenden Lungen zu ziehen. Sein ganzer Körper fixierte sich auf diese Tätigkeit und doch war es ein Kampf, den er nicht gewinnen konnte. Zu dem unablässigen Rasseln seines Atems kam ein quälendes Keuchen, sodass Jakob fast erleichtert war, als er es nicht mehr hören musste. Doch Matthis fehlte ihm. Trotz seiner ruppigen Art und des ungepflegten Äußeren steckte unter Matthis' rauer Schale auch ein weicher Kern. Er hatte Jakob so genommen, wie er war, ohne ständig an ihm herumzunörgeln, wie es der Bauer zu tun pflegte. Von ihm hatte Jakob alles gelernt, was einen guten Knecht ausmachte. Dafür war Jakob ihm sehr dankbar. Durch Matthis' Tod hatten sich die Verhältnisse in der Knechtskammer verändert. Jakob war an seine Stelle gerückt und ein neuer Unterknecht zog in Gestalt des jungen Michels in die Kammer ein.

»So, fertig.« Jakob beförderte das zu einem säuberlichen Haufen geharkte Stroh mit Michels Hilfe auf den Handkarren, den sie am Rand der Matte abgestellt hatten. Gemeinsam zogen sie ihn nach Hause.

Unterwegs begegnete er Elisabeth, die zusammen mit ihrem Vater anscheinend das Gleiche wie die beiden Knechte vorhatte. Er blinzelte ihr kurz zu, sorgsam darauf achtend, dass der alte Mann es nicht sah, und sie lächelte auf eine Weise zurück, dass er es gerade noch erkennen konnte. Dann richtete sie den Blick wieder auf ihren Vater, der mit ungelenken Schritten neben ihr herhinkte. Eines seiner Knie war steif und er selbst konnte aus diesem Grund einige wichtige Arbeiten auf dem Bauernhof nicht mehr ausführen, weshalb Elisabeth und ihre Mutter für ihn einspringen mussten. Die beiden Frauen übernahmen das Pflügen und Säen und mussten die Ernte selbst einbringen, während Valentin Strickler nur den Wagen lenken konnte. Einen Knecht konnten sie sich nicht leisten. Trotzdem wurde der alte Strickler von den übrigen Dorfbewohnern geschätzt und man gab etwas auf seine Meinung. Als Jakob beim Weitergehen darüber nachdachte, bewunderte er aufs Neue die zähe Entschlossenheit der beiden Frauen, die den Hof am Laufen hielten, auch wenn es hin und wieder fast über ihre Kräfte ging.

Zwischen Jakob und Elisabeth hatte sich im Lauf der Jahre eine tiefe Freundschaft entwickelt, was unter den gegebenen Umständen nicht ganz einfach war. Schließlich war sie ein junges Weib, noch dazu eine Bauerntochter und er war nur ein armer Knecht. Doch fast jeden Sonntag trafen sie sich im nahe gelegenen Wald, um in seiner Abgeschiedenheit ein wenig zu plaudern und von den Erlebnissen der letzten Woche zu berichten. Für Jakob waren diese Sonntage der Höhepunkt der ganzen Woche und er glaubte, dass es Elisabeth genauso ging. Warum hätte sie sich sonst wie eine Diebin aus dem Dorf schleichen und den weiten Weg bis zum Waldrand auf sich nehmen sollen? Doch er wagte nicht, sie danach zu fragen, und genoss diese Stunden wie ein kostbares Geschenk.

Die beiden Knechte waren nun im Hof der Selzers angelangt. Es war kurz vor Mittag und aus dem Fenster der Küche strömte ein köstlicher Duft ins Freie. Der junge Kaspar holte gerade einen Eimer Wasser aus dem Brunnen und wusch sich damit Gesicht und Hände. Er lächelte freundlich, als er Jakob und den vierzehnjährigen Michel kommen sah. Michel war ein schlaksiger Junge mit einem freundlichen Gesicht. Er stakste wie ein magerer Storch neben Jakob her. Auch Kaspar war in der Zwischenzeit in die Höhe geschossen. Mit den Jahren ähnelte er seinem Vater immer mehr. Er hatte ein ebenso rundes Gesicht, wenn auch nicht so feist, und dieselben braunen Haare. Auch in der Statur sah er seinem Vater zum Verwechseln ähnlich, was man von Andreas nicht gerade behaupten konnte. Jakob brummte bei dem Gedanken an Andreas missmutig in sich hinein. Andreas war ein arroganter Kerl, der glaubte, er könne sich alles erlauben. Leider hatte er fast ausnahmslos damit recht. Der junge Kaspar hingegen war ein anderer. Ihm fehlte jegliche Arroganz und sein Wesen war gutmütig und liebenswürdig.

»Na? Fertig mit der Arbeit?«, fragte Kaspar.

Die beiden Knechte nickten bestätigend.

»Bringt den Karren in die Scheuer und dann kommt herein. Gleich gibt es etwas zu essen.«

Nach dem Kirchgang am Sonntag und dem anschließenden Mittagsmahl machte sich Jakob in Richtung des Waldes auf. Die Stunden bis zum Abend gehörten ihm allein, es waren die einzigen freien Stunden während der ganzen Woche. Durch einen Vorhang aus Haselnussbüschen, Vogelbeeren und Holunder trat er in die große grüne Halle des Waldes ein. Zumindest empfand er es so. Es war, als ob er in eine andere Welt eintauchte, einen abgeschiedenen Ort, der nur Elisabeth und ihm gehörte, und in den sich zumindest sonntags selten ein anderer verirrte.

Elisabeth erwartete ihn bereits. Sie saß auf einem der Baumstümpfe, deren Rest im Winter der Axt zum Opfer gefallen war. Die Bauern hatten das Holz bereits nach Hause geholt und so war hier ein fast freier Platz entstanden, in dessen Boden noch deutliche Furchen zu sehen waren, die Pferde und Wagen hinterlassen hatten. Doch die Natur war schon wieder dabei, ihn zurückzuerobern. Grüne Schösslinge durchbrachen die schwere, braune Erde, hier und da wuchs schon wieder etwas Gras und die verbliebenen jungen Bäume ließen genug Licht auf den Waldboden, damit sich die Pflanzen entfalten konnten.

»Du kommst spät.« Elisabeths Worte klangen wie ein leichter Vorwurf, doch ihr Mund und ihre Augen lächelten dabei.

Jakob zuckte mit den Achseln. »Was soll ich machen, wenn der Bauer mich nicht eher fortlässt?«

Elisabeth stand auf und hakte sich bei Jakob unter. »Komm, lass uns ein bisschen gehen.«

Jakob roch ihren Duft, der ihn voller Intensität daran erinnerte, dass sie zu einer hübschen Jungfer herangewachsen war. Er wendete den Blick ab und konzentrierte sich auf seine Umgebung, atmete die reine Luft des Waldes, die schwer und kühl auf seiner Haut lag, die Gerüche von Bäumen und Sträuchern, feuchter Erde und honigsüßen Blüten. Eine große Hummel brummte an ihnen vorbei, offensichtlich auf der Suche nach Nektar. Die Schnaken waren noch nicht da, um sie zu plagen, aber ihre Larven reiften bereits in seichten Tümpeln und langsam fließenden Gewässern, die vom quakenden Gesang der Frösche widerhallten. Doch die Zugvögel waren zurückgekehrt und aus den noch zartgrünen Kronen der Bäume erschallte unterschiedliches Gezwitscher. Überall sah er das helle Grün der jungen Triebe. An manchen Stellen wuchs das Gras wie Feenhaar aus dem Boden, an anderen verwandelten die Buschwindröschen den Waldboden in ein weißes Blütenmeer.

»Was ist mit dir?«, fragte Elisabeth, nachdem sie eine ganze Weile geschwiegen hatten.

»Nichts«, erwiderte Jakob. »Ich habe nur nachgedacht.«

Ein moosgrüner Blick musterte ihn von der Seite. »Was hast du letzte Woche gemacht?«, fragte sie.

»Ooch, nichts Besonderes. Ich habe den Boden gepflügt, damit der Bauer und seine Söhne aussäen konnten.«

Elisabeth nickte. Im Frühjahr gab es auf den Höfen viel zu tun. Der Boden musste vorbereitet werden. Hafer, Weizen und Hanf wurden ausgesät und der Krautgarten neu angelegt. Auf den Gersten- und Roggenfeldern, deren Saat bereits im Spätsommer unter die Erde gebracht wurde, spross jede Menge Unkraut, dem zu Leibe gerückt werden musste. Die meisten Tiergeburten fanden in dieser Zeit statt. Man war ständig auf der Hut, um im richtigen Moment zur Stelle zu sein, wenn eine Kuh kalbte, eine Sau ferkelte oder ein junges Fohlen das Licht der Welt erblickte. Die Höfe würden bald erfüllt sein vom Piepsen der Hühner- und Gänseküken, den hellen Lauten der Kälber und Fohlen und dem Quieken der Ferkel. Es war eine Jahreszeit, die Elisabeth durchaus gefallen hätte, wäre da nicht etwas, das ihr Sorgen bereitete.

»Weißt du eigentlich, dass Andreas in letzter Zeit wie ein balzender Hahn um mich herumstolziert?«, platzte sie unvermittelt damit heraus.

Jakob blieb so abrupt stehen, dass sie fast gestolpert wäre. »Was?«, fragte er ungläubig, sein Gesicht ein einziger Widerhall seiner Frage.

»Er wirbt um mich«, wiederholte Elisabeth geduldig, ein schiefes Lächeln im Gesicht. »Nicht, dass ich ihn darum gebeten hätte, aber ich glaube, Mutter und Vater wäre es ganz recht. Die schwere Arbeit ist einfach zu viel für sie.«

Jakob blieb fast das Herz stehen. »Hast du sie denn schon gefragt?«

»Nein, noch nicht.«

Jakob fuhr sich durch das dichte schwarze Haar und blickte nachdenklich zu Boden. Ausgerechnet Andreas, dieser arrogante *Fatzke*. Ein wütender Zug lag um seinen Mund, doch dann veränderte sich seine Miene zu einer Maske der Unergründlichkeit. Seine Augen richteten sich auf Elisabeth, dunkel und voller Enttäuschung. »Du willst ihn also auch?«

Elisabeth boxte ihm zur Antwort in die Rippen. »Nein, du Dummkopf. Ich will ihn nicht. Er geht mir mit seinem Gesülze auf die Nerven. Ich hoffe, er meint es nicht allzu ernst.«

Die Erleichterung war Jakob ins Gesicht geschrieben. Elisabeth lächelte ihn mit einer Mischung aus Wehmut und etwas anderem an, das er nicht deuten konnte. »Aber ich bin nun einmal im heiratsfähigen Alter, verstehst du?«

Er verstand sehr gut, was sie damit meinte. Ihre Eltern brauchten Unterstützung auf dem Hof. Das Alter zehrte an ihnen und verschärfte die Gebrechlichkeit des Vaters. Und da Elisabeth nun alt genug war, um zu heiraten ...

Die schöne Stimmung war für den Rest des Nachmittags dahin und er verließ grübelnd den Wald, nachdem er Elisabeth einen Vorsprung gegeben hatte, damit niemand bemerkte, dass sie die Zeit zu zweit verbracht hatten.

Als er im Hof der Selzers angelangte, tätschelte er nachlässig Aarons großen Kopf, der ihm schwanzwedelnd entgegeneilte. Aaron stellte die Ohren und seine bernsteinfarbenen Augen musterten ihn mit einem durchdringenden Blick, als ob er ahnte, was in Jakob vorging.

Der Hund war in der Zwischenzeit ein »gesetzter Herr« geworden, mit langen Beinen, einem muskulösen Körper und einem struppigen schwarzbraunen Fell. Er sah den Hof als sein Reich an und die Katzen machten einen respektvollen Bogen um ihn. Einmal war ein kleines Kätzchen aus purer Unwissenheit in die Reichweite seiner Kette gelangt und hatte dafür mit dem Leben bezahlt. In einer Sommernacht hatte Aaron sogar einen ausgewachsenen Marder erlegt, der nichts ahnend über den Hof getrottet war. Nur der Schwanz zeugte am nächsten Morgen davon, dass es sich um ein solches Tier gehandelt hatte. Doch es waren die bernsteinfarbenen Augen und seine lange Nase, die Jakob an einen Wolf erinnerten. Einmal war ein Wolfsjäger durch das Dorf gekommen, um bei den Bewohnern seinen Lohn einzufordern, der ihm für die Tötung der schädlichen Tiere zustand. Er hatte einen Welpen an der Leine geführt und auf einer seiner Schultern hingen die großen Pelze seiner Eltern. Der Kleine hatte die gleichen Augen gehabt, die ihn nun mit großer Aufmerksamkeit musterten.

»Na, mein Alter, was ist?«

Aaron bellte einmal kurz und legte den Kopf schief.

»Wenigstens einer, der sich um mich Sorgen macht«, murmelte Jakob. Seine Miene war verdrießlich, während er sich dem Stall zuwandte. Der Hund blieb stehen und sah ihm nach, wie er in der Tür verschwand.

In dieser Nacht konnte Jakob nicht schlafen. Immer wieder dachte er über das nach, was Elisabeth gesagt hatte. Sie wollte ihn darauf vorbereiten, dass ihre vertraute Zweisamkeit bald ein jähes Ende fand. Ein brennender Stich bohrte sich wie ein Nagel in Jakobs Herz, als er begriff, dass *er* dies nicht wollte. Sie war ihm immer eine gute Freundin gewesen. Zu Anfang hatte ihn ihr Interesse verblüfft. Was fand eine Bauerntochter aus gutem Hause an einem armen, elternlosen Jungen wie ihm so interessant? Doch nun hatte er sich daran gewöhnt und zum ersten Mal wurde ihm bewusst, dass es mehr als das Gefühl der Freundschaft war, das er für Elisabeth hegte. Er sah ihre Augen vor sich, so grün wie das Wasser des Bachs, wenn sich die Sonne darin spiegelte. Ihr ovales Gesicht, das seine Kindlichkeit verloren hatte und nun ihre hohen, fein geschwungenen Wangenknochen betonte. Den vollen, ein wenig zu breiten Mund. Auch ihr schlanker Körper war alles andere als mädchenhaft. Sie war eine schöne, begehrenswerte Frau geworden und so reif wie eine Frucht kurz vor der Ernte! Ein weiterer Nagel bohrte sich in sein Herz, als er in aller Klarheit erkannte, dass *er* es nicht sein würde, der sie ernten würde. Selbst wenn Elisabeth Andreas nicht mochte, konnte ihr Vater ganz anderer Meinung sein, und als gehorsame Tochter blieb ihr nichts weiter übrig, als sich zu fügen. Für einen Knecht wie ihn kam die einzige Tochter eines Bauern sowieso nicht infrage, schon gar nicht, wenn sich für sie etwas Besseres bot! Einen Moment lang fühlte er sich an die Kette gelegt, wie Aaron ihrer Reichweite ausgeliefert, und alles, was darüber hinausging, seinen Armen entzogen. Eine grollende Wut auf Andreas wühlte seinen ruhelosen Körper auf. Ausgerechnet dieser *Fatzke*, dieser arrogante Wicht, hatte es auf Elisabeth abgesehen! Ihm gönnte er sie am allerwenigsten! Doch er konnte nichts tun.

Ein neuer Gedanke stieg in ihm auf und ein weiterer Nagel drang dabei in sein Herz, doch je länger er darüber nachdachte, desto sicherer war er, dass dies das einzig richtige war. Er würde die sonntäglichen Verabredungen beenden. Er musste es tun! Es war besser, dem Ganzen jetzt ein abruptes Ende zu setzen, als den Schmerz endlos hinauszuzögern.

An den nächsten beiden Sonntagen zogen sich die Stunden wie zäher Brotteig dahin. Jakob verschanzte sich in der Knechtskammer, nur um sicher zu sein, dass ihn seine Füße nicht in den Wald trugen. Ruhelos lag er auf dem Bett und lauschte seinem eigenen Atem, doch seine Gedanken wanderten immer wieder zu Elisabeth. Er sah sie im Wald sitzen und warten. Die Hände ineinander verschlungen und den Kopf vor Enttäuschung gesenkt. Wie lange würde sie bleiben, bis sie die Hoffnung auf sein Kommen aufgab? Es zerriss ihm fast das Herz dabei und er musste sich zwingen, auf seinem Bett liegen zu bleiben.

Er hatte gedacht, dass es leichter sein würde, wenn er Elisabeth so schnell nicht wiedersah, aber in Wirklichkeit war seine Seele so wund wie sein Herz. Er fühlte sich, als ob man ihn in Stücke gerissen hätte, doch er hielt beharrlich an seinem Entschluss fest. Michel hatte ihn am ersten Sonntag gefragt, warum er heute nicht fortging. Er hatte sich eine barsche Antwort eingehandelt und jede weitere Frage über dieses Thema vermieden.

Auch in der Kirche ging Jakob Elisabeth aus dem Weg. Bis jetzt war ihm das gelungen. Am dritten Sonntag jedoch eilte er als einer der ersten mit gesenktem Blick durch das Portal des Gotteshauses. Seine Augen blieben jäh an einem dunkelblauen Sonntagsrock hängen, der direkt vor seinen Füßen ungeduldig hin und her wippte. Er wusste, wem dieser Rock gehörte, und sein Blick wanderte vom Saum über den reizenden Körper bis zu dem dazugehörigen Gesicht. Elisabeths Blick traf ihn nicht unvorbereitet. Er hatte lange genug Zeit gehabt, um sich für das nächste Zusammentreffen zu wappnen, das in einem so kleinen Dorf unvermeidlich war. Doch es bestürzte ihn trotzdem, denn ihre hübschen Augen waren dunkel vor Trauer und Enttäuschung. Er hatte vorgehabt, sich abzuwenden, um wortlos seiner Wege zu gehen, aber er konnte es nicht.

»Warum?«, fragte sie. Ihre Züge waren ein einziger Ausdruck der Anklage.

»Warum was?«, zischte er.

»Warum kommst du nicht mehr?«

»Weil ich dich nicht mehr sehen will«, erwiderte er barsch. Er blickte zu Boden und Elisabeth sah, wie er sich zu beherrschen versuchte, um Fassung rang wie ein geprügeltes Kind, das sich vor seinem Vater nicht die Blöße der Tränen geben wollte.

Inzwischen strömten immer mehr Leute aus dem Kirchenportal. Vorsichtig sah sich Elisabeth um, ob sie schon die Aufmerksamkeit der Menschen, die den Kirchplatz bevölkerten, auf sich zogen. Ein älterer Bauer warf ihr einen strafenden Blick zu und schüttelte verärgert den Kopf. Es gehörte sich nicht, wenn sich eine Jungfer auf offener Straße mit einem jungen Mann unterhielt, dem sie noch nicht einmal versprochen war. Sie senkte sittsam die Lider. »Dann erklär's mir«, zischte sie in Jakobs Richtung. »Heute Mittag an der alten Stelle.« Abrupt drehte sie sich um und rauschte mit fliegenden Röcken davon, um ihre Eltern zu suchen.

Elisabeth saß an der üblichen Stelle auf dem Baumstumpf, umgeben von der trügerischen Ruhe des Waldes, die nicht in Jakobs Herzen war. Der Ruf eines Kuckucks schallte durch die Luft und irgendwo übertönte das Hämmern eines Spechts den hübscheren Gesang der Singvögel.

Sie stand auf und ging ihm entgegen, als sie ihn kommen sah. Nervös knabberte sie an ihrer Unterlippe. »Warum?«, fragte sie. »Warum tust du mir das an?«

»Weil ...«, druckste er herum. Auf einmal fiel es ihm schwer, ihr das Ganze zu erklären. »Nun ja«, versuchte er es von Neuem, »du hast mir das mit Andreas erzählt. Und du hast mir erklärt, dass es sein könnte, dass du bald heiratest. Und ... da dachte ich, dass es einfacher sein würde, wenn wir uns nicht mehr hier treffen, denn ich bin nur ein einfacher Knecht ... und deiner nicht würdig.«

»Was bist du nur für ein Dummkopf«, sagte sie. Ihre Züge wurden weich und ihre vollen Lippen kräuselten sich zu einem Lächeln. »Ich will doch nur dich. Weißt du das denn nicht?«

Jakobs Brauen schossen in die Höhe und eine feine Röte stieg in seine Wangen. Sie nahm sein Gesicht zärtlich in beide Hände und küsste ihn auf den Mund. Jakob riss verblüfft die Augen auf und spürte die Hitze, die aus seiner Körpermitte aufstieg. Tränen liefen ihm über das Gesicht, doch er weinte nicht wirklich, es waren nur seine Gefühle, die in einer überwältigenden Flut aus seinen Augen strömten. Sie wischte die Tränen fort, strich sanft die eleganten Linien seines Gesichts nach und küsste ihn erneut. Der Waldboden lag mit einem Mal weich und federleicht unter seinen Füßen. Ihr Mund schmeckte süß nach getrockneten Äpfeln und dem herberen Geschmack von gebratenem Fleisch. Es war ein zarter Kuss, der Jakob in ein Meer aus Gefühlen eintauchen ließ, die er noch nie zuvor gespürt hatte. Er fühlte sich wie ein Kind, das seine ersten Schritte machte. Auf einmal konnte man es, ohne dass es einer Erklärung bedurfte, und so zog er sie an sich und erwiderte ihren Kuss, während eine Mischung aus Dankbarkeit, Freude und einer unbeschreiblichen Liebe seinen Körper durchflutete. An diesem Punkt schien er zur Vernunft zu kommen. Er hielt inne und schob sie heftig von sich.

»Aber das geht doch nicht«, sagte er, nach Atem ringend. »Dein Vater wird sicher einen anderen Mann für dich auswählen als ausgerechnet mich.«

»Das lass nur meine Sorge sein«, sagte sie und lächelte, um ihn danach wieder an sich zu ziehen.

Als Jakob kurz vor dem Abend aus dem Wald trat, war er wie verwandelt. Er hatte Elisabeth ein gutes Stück an Vorsprung gewährt und er konnte sie nicht mehr sehen, doch nun war sie tief in seinem Herzen verankert. Der süße Nachgeschmack ihrer Küsse hing noch an seinen Lippen. Er fuhr mit der Zunge darüber und er schmeckte ihn voll überschäumender Freude. Dieser Tag würde für immer in seiner Seele eingebrannt sein. Was auch geschah, er würde ihn nie mehr vergessen. Regen hing in der Luft und das sanfte Gebirge des Schwarzwaldes lag als dunkler Schattenumriss unter tief hängenden Wolken, die wie Rauch aus dem Berg aufstiegen. Der aufkommende Regen kümmerte ihn nicht im Geringsten. Ein fröhliches Lied vor sich hin pfeifend ging er seiner Wege. Nichts konnte ihn heute mehr erschüttern.

Eine kreisrunde Ansammlung aus Büschen lag an seinem Weg. Als er pfeifend dort vorbeikam, schoss unvermittelt eine Faust aus den Zweigen und traf ihn krachend am rechten Unterkiefer. Er taumelte verblüfft. Benommen hörte er das Knirschen seiner Zähne und schmeckte den metallischen Geschmack hervorquellenden Blutes in seinem Mund. Vor seinen Augen tanzte eine Armee aus schwarzen Punkten. Er schüttelte den Kopf, um besser sehen zu können, doch da hatten sie ihn schon in der Zange. Drei Kerle bauten sich vor ihm auf und schlugen rücksichtslos auf ihn ein. Ihre Schläge trafen ihn hart an Kopf, Rippen und Armen, die er sich schützend vors Gesicht hielt. Schließlich boxte ihn einer so kräftig in den Magen, dass er zu Boden ging. Jäh erschien ein Gesicht vor dem seinen und er erkannte voller Erstaunen, dass es Andreas war. Er packte ihn am Kragen und zog ihn langsam zu sich hoch. »Lass Elisabeth in Ruhe!«, zischte er. »Hast du verstanden?«

Benommen nickte Jakob. Andreas knurrte zufrieden, zog Jakob vollends auf die Beine, der wie eine Marionette an seinem eigenen Kragen hing. Andreas machte einen Schritt zur Seite und gab ihm einen Stoß. Trotz der Schmerzen, die in seinen Körper pochten, bemerkte Jakob die brennenden Stiche der Pflanzen und erkannte, dass er in die üppig wuchernden Brennnesseln am Wegesrand gefallen war.

Dann waren sie fort, wie Geister, die sich einen bösen Spuk erlauben, und nachdem sie ihren Spaß gehabt haben, eilig davonhuschen. Reglos blieb Jakob liegen. Vorsichtig befühlte er mit der Zunge seine Zähne. Sie taten weh, saßen aber immer noch glatt und fest in seinem Kiefer. Seine Zunge glitt an einem langen Riss in seiner Wange vorbei. Daher stammte also das Blut, das sich wie Eisen in seinem Mund ausbreitete.

»Jakob!« Der entsetzte Schrei ließ ihn innehalten. Elisabeths besorgtes Gesicht erschien über ihm. »Mein Gott, Jakob! Was haben sie dir nur angetan?«

»Es ist nichts«, erwiderte er lahm.

»Das sehe ich!« Ihre Stimme zitterte vor Empörung und Wut.

Elisabeth hatte die drei Burschen gesehen, als sie aus dem Wald getreten war. Andreas und zwei seiner Spießgesellen. Ihre Gesichter verhießen nichts Gutes. Sie schienen zu wissen, was sich im Verborgenen abgespielt hatte. Glücklicherweise hatten die drei sie nicht bemerkt und sie war schnell zwischen eine der Hecken geschlüpft, die die angrenzenden Felder säumten. Ihre Augen weiteten sich, als Jakob des Weges kam, und sie biss in ihre Faust, um kein Geräusch zu machen. Sie wusste, dass sie ihm nicht helfen konnte. Doch nun war sie da, um wenigstens seine Wunden zu versorgen und ihn sicher nach Hause zu bringen. Sie riss ein Stück aus dem Saum ihres Unterrocks und betupfte damit vorsichtig seine Lippen, ohne sich an den stechenden Brennnesseln zu stören, in denen sie kniete.

»Du blutest«, sagte sie mit einem leisen Hauch aus Besorgnis in der Stimme.

»Es ist nicht schlimm«, erwiderte er und zog sie an sich, um sie noch einmal zu küssen.

Sie schmeckte sein Blut, das sich mit ihrem Speichel vermischte. Es kümmerte sie nicht, doch ihm würde dieser Kuss helfen, über die schrecklichen Dinge hinwegzukommen, die er erlebt hatte.

»Komm. Ich bringe dich nach Hause.«

»Aber ... du kannst doch nicht ...«

»Das ist mir gleich«, erwiderte sie trotzig und streckte ihm die Hand entgegen, um ihm aufzuhelfen. »In diesem Zustand kannst du nicht allein nach Hause.«

Sie lehnte sich stützend an ihn. Er legte seinen Arm um ihre Schulter und zog sie mit einem leisen Schmerzenslaut noch näher zu sich heran. Sie torkelten den Weg entlang wie ein betrunkenes Paar, das zu lange in der Wirtschaft verweilt hatte.

Auf dem Hof der Selzers trafen sie auf Andreas, der eben aus dem Stall trat. Aus seinem Gesicht sprang eine brodelnde Wut, als er Jakob und Elisabeth so eng ineinander verschlungen entdeckte. Elisabeth regte hochmütig das Kinn. »Euer Knecht wird heute Abend nicht mehr arbeiten«, sagte sie mit einer Autorität, die man dieser jungen Frau nicht zugetraut hätte. »Und wag es ja nicht, ihn noch einmal anzurühren, sonst werde ich deinem Vater erzählen, was für einen sauberen Sohn er hat!«

Jakob konnte den Hass in Andreas' Augen sehen, mit dem er ihn kalt musterte. Kein Wort drang über seine Lippen.

Der Rest des Bauernhofes war im Stall oder in der Küche beschäftigt und so bemerkte niemand, dass Elisabeth Jakob zu seiner Kammer brachte und ihn ins Bett steckte.

Sie strich ihm liebevoll über die zerschlagene Wange. Ihre Hand nicht mehr als ein Hauch auf seiner wunden Haut. »Nächsten Sonntag im Wald«, sagte sie, dann war sie fort. Doch der Nachklang ihres Duftes schwebte noch lange in der Luft.

Am nächsten Morgen fühlte Jakob sich so wund wie nach den Schlägen des Steigers, doch er schleppte sich tapfer in die große Stube, um an dem langen Tisch seine Morgensuppe einzunehmen. Michel hatte wohlweislich keine Fragen gestellt, aber der Bauer verfügte nicht über dessen Feinfühligkeit. »Hast wohl Prügel bezogen«, murmelte er gleichgültig.

Der Altbauer kicherte dabei in kindischer Weise vor sich hin.

»Wirst sie wohl verdient haben«, fuhr Kaspar fort. »Bild dir nur nicht ein, du kannst dich deswegen vor der heutigen Arbeit drücken.«

»Das habe ich auch nicht vor«, erwiderte Jakob. Er biss die Zähne zusammen, als die Milchsuppe seine Schleimhäute in Flammen setzte, und vermied es eisern, Andreas in die Augen zu schauen.

Die Bäuerin schnalzte missbilligend mit der Zunge, nachdem das Frühmahl beendet war und sich die Tischgemeinschaft zerstreut hatte. Mit einem feuchten Tuch tupfte sie Jakob über die aufgesprungenen Lippen und begutachtete mit vor Sorge gekräuselten Brauen die geschwollene Wange, auf der ein leuchtend blauer Fleck wie eine Blume erblühte. Zwei dicke Beulen prangten an Stirn und Haaransatz neben den kleineren Pusteln der Brennnesselstiche. »Wo hast du dir das nur eingefangen?«, fragte sie kopfschüttelnd. Der verbissene Blick aus Jakobs dunklen Augen belehrte sie darüber, dass sie keine Antwort erhalten würde, und so schickte sie ihn nach draußen, nachdem sie ihn versorgt hatte. Viel konnte sie ohnehin nicht tun.

Die Tage bis zum nächsten Sonntag waren beschwerlich, was nicht nur an Jakobs Blessuren lag. Seine Beziehung zu Andreas war mehr als unterkühlt. Wenn sie aufeinandertrafen, begegneten sie sich mit eisigem Schweigen, obwohl es Jakob lieber gewesen wäre, sie hätten sich wieder vertragen. Schließlich waren sie miteinander verwandt.

Doch Andreas schien unversöhnlich zu sein. Trotz dieser Tatsache konnte Jakob es kaum noch erwarten, wieder bei Elisabeth zu sein.

Als es endlich so weit war, flog sie in seine ausgebreiteten Arme, um ihn erneut zu küssen. Wenn auch vorsichtig und zaghaft, denn die Hälfte seines Gesichtes leuchtete nun in einem wahren Regenbogen aus Farben.

»Balsam«, sagte er ein wenig später. »Deine Küsse sind wie Balsam für meinen Körper.«

Doch sie waren auch Balsam für seine Seele. Es war ein schönes Gefühl, sich geliebt und begehrenswert in den Augen eines anderen zu fühlen. Seine Schmerzen waren plötzlich nicht mehr so schlimm. Er hatte das Gefühl, zu schweben vor lauter Glück, und zum ersten Mal seit Langem schien er wieder ein Heim zu haben. Ein Zuhause in Gestalt einer reizenden Jungfer, die seine Gefühle erwiderte.

»Hast du schon mit deinem Vater gesprochen?«, flüsterte er zärtlich.

Elisabeth rückte ein wenig von ihm ab. Ihr Gesicht wirkte auf einmal bekümmert. »Nein«, sagte sie. »Alles braucht seine Zeit. Verstehst du?« Sie sah, dass er sie nicht im Geringsten verstand. »Ich möchte den richtigen Zeitpunkt abwarten«, erklärte sie ihm. »Solange musst du dich noch gedulden.«

Unerwartete Wendungen

Es war eine lange Zeit, in der sich Jakob gedulden musste. Der Sommer ging vorüber und Martini rückte näher, doch nichts veränderte sich. Er zwang sich zu Ruhe und Gelassenheit, auch wenn ihm dies immer schwerer fiel. Immerhin hatte es Andreas nicht mehr gewagt, Jakob noch einmal zu verprügeln, doch der schwelende Hass in Andreas' Augen verfolgte ihn, wann immer sie sich trafen.

An Martini machte Jakob sich auf den Weg nach Straßburg. Die silbrige Kruste aus Raureif, die Felder und Matten mit einer Vielzahl von kleinen, stachligen Kristallen überzog, schmolz unter der bleichen Morgensonne dahin.

»Ist an Martini Sonnenschein, tritt ein kalter Winter ein«, murmelte Jakob und lächelte über sich selbst. Wie sehr war ihm doch das bäuerliche Leben in Fleisch und Blut übergegangen.

Im Schwarzwald hatte es schon geschneit und das Gebirge lag unter einem löchrigen Mantel aus Schnee, hier und da von tristem Schwarz durchbrochen, wo der Wind Bäume und Fels leer gefegt hatte. Sieben Jahre war er nun schon nicht mehr dort gewesen, doch es machte ihm nichts mehr aus. Das Heimweh war verebbt und nun, da er sich in Elisabeth verliebt hatte, zog ihn nichts mehr zum Erzkasten zurück. Doch Bärbel hatte ebenfalls einen festen Platz in seinem Herzen und er freute sich auf das Wiedersehen mit ihr. Noch immer lebte sie im Haus der Abendrots, aber inzwischen war sie kein Küchenmädchen mehr. Die Meisterin hatte sie zum Hausmädchen befördert, das die feine Herrschaft bediente. Jakob freute sich über Bärbels Aufstieg, den sie redlich verdiente, denn sie war klug und verfügte über vollendete Manieren, anders als er, der sich immer wie ein Bauerntölpel in ihrer Gegenwart vorkam. Doch Bärbel erfuhr den erheblichen Vorteil der Förderung im Hause Abendrot. Zwar führte die Meisterin, laut den Erzählungen seiner Schwester, ein strenges Regiment. Aber sie sorgte auch für das Wohl derjenigen, die in ihrem Dienst standen, wogegen man ihn nur als billige Arbeitskraft ansah. Sie hatte Bärbel sogar in die Schule geschickt und zusätzlich zu Kost und Logis bekam sie einen recht guten Lohn. Wenn sie nicht viel davon ausgab, konnte sie sich bis in ein paar Jahren eine durchaus annehmbare Mitgift zusammensparen. Und falls sie einen anständigen Mann fand, stand einer Familiengründung nichts mehr im Wege. Er selbst konnte weder lesen noch schreiben. Sein Lohn war zwar etwas gestiegen, seit er nicht mehr der Unterknecht war, aber in den Augen von Elisabeths Vater würde er immer noch ein armer Schlucker sein. Bei dem Gedanken daran ballte sich ein brennender Feuerball in seinem Bauch zusammen. Er fühlte ihn oft in letzter Zeit und er wusste, dass er nicht mehr verschwinden würde, bevor diese letzte Frage nicht geklärt war. Sein Leben hing geradezu davon ab. Er verstand Elisabeths Zögern nicht, denn soviel er wusste, war Valentin Strikler kein Unmensch. Er holte tief Luft, um sich etwas Erleichterung zu verschaffen. Ob Elisabeth es doch nicht ernst mit ihm meinte? Vielleicht spielte sie nur mit ihm, um ihn dann fallen zu lassen, wenn sie seiner überdrüssig wurde. Kurz darauf schüttelte er entschieden den Kopf. Nein, das konnte nicht sein. Es gab so viele Anzeichen, dass sie ihn liebte. Er sah es in ihrem Blick, wenn sie sich zufällig über den Weg liefen. Hörte es in ihren Worten und spürte es in ihren zärtlichen Berührungen. Es konnte nicht sein, dass er sich täuschte. Sie liebte ihn und niemanden sonst!

Nach einem längeren Fußmarsch hatte er das Dorf Kehl erreicht. Was den Krieg betraf, so hatte der freundliche Straßburger Herr, den er mit Bärbel vor der Pfalz getroffen hatte, leider nicht recht behalten. Er *war* ausgebrochen und ein Mal dem Hanauerland gefährlich nahegekommen. Aus diesem Grund hatte man bereits 1619 einen schützenden Wall um Kehl gezogen, der vor drei Jahren durch Schanzen verstärkt wurde. Dreihundert Württemberger wurden zusätzlich zu den Straßburger Söldnern in der Kehler Schanze einquartiert und man entging im Jahr 1622 nur knapp einer Katastrophe. Das Elsass auf der gegenüberliegenden Seite des Rheins hatte es nicht so gut getroffen. Der protestantische Feldherr Mansfeld war durch den Landstrich gezogen, um dort Truppen anzuwerben, und hinterließ leere Vorratskammern, zerstörte Bauernhäuser und entehrte Jungfern. Das Hanauerland wurde nur aus einem Grund verschont: Graf Johann Reinhard zahlte ein hohes Kontributionsgeld an seine Glaubensgenossen, von dem man munkelte, dass es an die 10 000 Gulden gewesen sein mussten. Ein beträchtlicher Preis, um die Bevölkerung zu verschonen. Nun war der Krieg weitergezogen, doch es rumorte im Reich, wie man von den Zeitungsschreiern und anderen hörte, die auf der Durchreise waren. Die Straßen waren unsicherer geworden. Schon so mancher Bauer wurde von Wegelagerern überfallen und hatte nur sein nacktes Leben retten können, als er seine Ware nach Straßburg bringen wollte.

Außer den Flüchtlingsströmen, die zeitweilig in die Stadt drängten, war der Krieg auch an Straßburg vorbeigegangen, und es hatte sich nicht wesentlich verändert. Es strahlte immer noch die gleiche alte Würde aus, die ihn schon bei seinem ersten Besuch beeindruckt hatte, obwohl es auch hier Bettler gab und der Dreck sich in den Gassen sammelte, was vor allem die umherstreunenden Schweine und herrenlosen Hunde freute, die darin herumwühlten. Das Haus der Abendrots war ein krasser Kontrast zu Armut und Unrat. Fasziniert blickte Jakob an der herrlichen Fassade empor. Wie viele Arbeitsstunden wohl in den makellosen Verzierungen steckten, die so wunderschön anzusehen waren? Ganz zu schweigen von der Kunstfertigkeit, die in Ornamenten und Figuren zum Ausdruck kam.

Er betätigte den schweren Eisenring an der Haustür. Bärbel schien ihn schon erwartet zu haben, denn es verging keine Minute, bis sie die massive Tür öffnete. »Hallo Jakob«, sagte sie. Sie hatte ihre kindliche Stimme verloren, doch ihr Lächeln war immer noch wie früher.

»Wie schön, dass du gekommen bist!« Er sah die Freude in ihrem Gesicht, doch es lag auch noch etwas anderes in ihren Zügen. Sie war nicht so überschwänglich wie in den Jahren zuvor. Lag es daran, dass sie erwachsen wurde? Sie wurde immerhin siebzehn Jahre alt. Oder fehlte ihr etwas?

Er runzelte leicht die Stirn, während er seine Schwester eingehend betrachtete. »Das tue ich doch jedes Jahr.«

Zur Antwort lächelte sie ihn fröhlich an und der Hauch von Melancholie, der von ihr ausgegangen war, verschwand. Nun strahlte sie wie und je und Jakobs Sorge verflüchtigte sich.

»Ja, das tust du«, erwiderte sie. »Aber ich freue mich trotzdem sehr.« Sie trat zur Seite und ließ ihn ein. »Komm mit in die Küche. Grete hat schon etwas zu Essen für dich vorbereitet.«

»Die gute Grete«, erwiderte er dankbar.

Die Köchin war mit den Jahren noch korpulenter geworden, doch ihre Herzlichkeit war trotz ihres resoluten Auftretens mindestens genauso groß wie ihr Körperumfang.

»Ah, da ist er ja, der junge Bursche«, begrüßte ihn Grete. Sie wies ihm einen Platz am Küchentisch zu und stellte ihm zwei Scheiben kalten Braten vom Vortag hin, zu dem sie frisches Brot reichte. »Was für ein fescher junger Mann dein Bruder geworden ist«, wandte sie sich an Bärbel. »Die Mädchen werden ihn umschwärmen wie die Fliegen«, fuhr sie fort und musterte ihn lächelnd, während Jakob den Kopf senkte und sich an seinem Braten verschluckte.

»Hab ich recht?«, fragte sie triumphierend.

»Äh, tja …«, hob Jakob an. Eine tiefe Röte schoss ihm in die Wangen.

Bärbel lachte, nahm ihre Haube vom Kopf, um sich in der heißen Küche damit Luft zuzufächeln, und setzte sich auf die gegenüberliegende Seite des Tisches. »Wir sollten ihn essen lassen«, meinte sie begütigend, »bevor der Arme noch an seinem Braten erstickt.« Ihr Lächeln wurde breiter, als sie sah, dass die Narbe auf der Stirn ihres Bruders genauso heftig errötete wie seine Wangen.

Jakob grinste kauend und etwas verlegen zurück. Er ließ sich den köstlichen Braten schmecken und sog tief das duftende Aroma des Brotes ein, während sein Blick auf Bärbel ruhte. Er bekam jedes Mal einen kleinen Schock, wenn er sie wiedersah. Doch es war ein freudiges Erschrecken, das ihn durchzuckte, und nichts Niederschmetterndes. Anerkennend musterte er sie. Bärbel war im Begriff, eine junge Frau zu werden. Auch ihr Haar hatte sich verändert. Der goldene Glanz stach deutlicher daraus hervor als früher und das Rot war etwas in den Hintergrund getreten. Ihre Sommersprossen waren jedoch immer noch dieselben. Ein kleines Fliegennest über ihrem zierlichen Nasenrücken. Trotzdem war sie eine schöne Jungfer mit heller Haut, schlanken Gliedern und großen wasserblauen Augen. Auch wenn sie Marie nicht sehr ähnlich sah, so lag doch ein Nachhall ihrer Mutter in Bärbels Zügen. Eine kurze Geste, ein flüchtiger Blick oder das Mienenspiel, wenn sie etwas sagte, erinnerten ihn an Marie und er schickte ein kurzes Stoßgebet zum Himmel, dass es ihr dort oben gut gehen möge.

Jakob erging es nicht anders als Bärbel. Auch er hatte sich verändert. Aus dem schlaksigen Jungen war ein muskulöser Jüngling geworden, dem man die harte Arbeit ansah. Seine feinen Gesichtszüge hatte er behalten, wenn sie jetzt auch ausgeprägter zu sehen waren, was ihm eine gewisse Verwegenheit verlieh. Er hatte hohe Wangenknochen, eine gerade, nicht zu große Nase, ein männliches Kinn mit einem Grübchen in der Mitte und einem durchaus ansehnlichen Mund, den er gerade zu einem frechen Grinsen verzog. Die Narbe auf seiner Stirn war nur noch ein feiner Strich, aber sie war immer noch da, und Bärbel lächelte bei dem Gedanken, dass sie sich immer noch verfärbte. Seine Augen schimmerten dunkel, fast ebenso wie sein dichtes Haar. Ein wenig sah er aus wie ein Zigeuner. Doch seine Züge waren besser genährt als die des fahrenden Volkes, das hin und wieder in der Stadt hielt, um die Menschen durch ihre Kunststücke zu verzaubern und sich auf diese Weise ein paar Münzen zu verdienen. Bärbel wandte den Blick ab und sah nach Grete, die im Hintergrund unermüdlich ihrer Arbeit nachging.

Grete war voll und ganz mit dem Mittagsmahl beschäftigt. Die kleinen Narben auf ihren Wangen glühten von der Hitze des Herdes. Sie wischte sich mit dem Ärmel den Schweiß von der Stirn, während sie in einem Topf mit Erbsen rührte, um danach einen kurzen Blick in einen noch größeren Topf zu werfen, in dem eine Gans langsam vor sich hin schmorte.

Trine hatte vor drei Jahren geheiratet und ein neues Mädchen war an ihre Stelle getreten. Anders als Grete, war diese heute zu ihrer Familie gegangen, um ihre Eltern wenigstens einmal im Jahr wiederzusehen. Etwas, das sowohl Bärbel und Jakob, als auch Grete nicht mehr möglich war.

Kurz darauf war Jakob mit dem Essen fertig. Bärbel setzte ihre Haube wieder auf und erhob sich. »Komm, lass uns nach draußen gehen.«

Die frische Luft vor dem Münster fuhr ihnen unter die Kleider und kühlte die von der Küche erhitzte Haut in Sekundenschnelle wieder ab. Bärbel zog fröstelnd den Mantel enger um sich, während sie

Jakob lauschte, der ihr von Elisabeth erzählte. Er glühte fast vor Liebe zu diesem Mädchen und bis zum Abend wusste sie alles über Elisabeth, obwohl sie diese noch nie gesehen hatte. Sie gönnte ihrem Bruder das Glück, das ihm förmlich aus den Augen sprang. Und sie hoffte, dass Elisabeth diese Liebe verdient hatte und ihr Vater in eine Heirat einwilligen würde, was das größte Hindernis in der ganzen Sache darstellte. Vielleicht war wenigstens Jakob dieses Glück beschieden, wenn es schon bei ihr nicht der Fall war.

Jakob merkte nichts von der Bedrücktheit seiner Schwester. Sie gab sich alle Mühe, sie vor ihm zu verbergen, doch als er wieder gehen musste, nahm sie ihn voller Ungestüm in die Arme. Jakob wich erschrocken einen Schritt zurück und hielt sie auf Armeslänge von sich. »Aber, aber«, sagte er sanft. »Was hast du denn?«

Bärbel lächelte tapfer, obwohl ihr Mund ein klein wenig zitterte. »Es ist nichts. – Ich ... ich hatte nur eben ein wenig Angst, ich könnte dich nicht wiedersehen.«

Er zog sie an sich und strich ihr liebevoll über den Rücken. »Ich komm nächstes Jahr wieder. – Versprochen.«

Sie nickte langsam. »Dann ist es ja gut«, entgegnete sie. Dieses Mal war ihr Lächeln fröhlicher.

»Ja, das ist es«, erwiderte er. »Vielleicht bringe ich Elisabeth nächstes Jahr mit, damit sie ihre Schwägerin kennenlernen kann. Auf jeden Fall aber werde ich dich zu unserer Hochzeit einladen – wann immer diese auch sein wird.«

Seine Stimme klang immer noch tröstlich, doch seine Muskeln versteiften sich bei diesen Worten ein wenig. Eine kaum spürbare Veränderung durchlief seinen Körper und Bärbel drückte ihn voller Mitgefühl fest an sich. »Das wäre schön, Jakob.«

Er winkte ihr noch einmal zum Abschied, dann zog er seiner Wege, und Bärbel war mit ihren Sorgen wieder allein, denn es gab niemanden, dem sie ihr Geheimnis anvertrauen konnte. Es war einfach unmöglich, es jemandem zu erzählen, so sehr schämte sie sich über ihre eigene Dummheit und die Schamlosigkeit, mit der sie sich dem jungen Herrn an den Hals geworfen hatte.

In dieser Nacht lag Bärbel in ihrem Bett und warf sich unruhig von einer Seite zur anderen, ohne dass der erlösende Schlaf über sie kam. Wie hatte sie nur so dumm sein können? Martin Abendrot war der jüngere der beiden Brüder, die mit ihrer Mutter in dem Haus am Münster lebten. Zehn Kinder hatte die Abendrotin geboren, doch nur zwei davon waren ihr geblieben. Während der ältere Conrad sich um das Geschäft seines verstorbenen Vaters kümmerte, war Martin ein Tunichtgut. Bärbel hätte es eigentlich wissen müssen. Die Spatzen schienen es geradezu von den Dächern zu pfeifen, doch sie war so blind gewesen, wie man es zu sein pflegte, wenn man sich verliebt hatte. Martin war ein charmanter, junger Mann von etwas mehr als zwanzig Jahren. Es begann, als sie von der Küche in die persönlichen Dienste der Abendrots gerufen wurde. Sie wusste selbst nicht warum, aber offenbar setzte die Meisterin großes Vertrauen in sie, obwohl sie ein Niemand war und dies gar nicht verdient hatte. Aber Bärbel war fleißig und geschickt und so schien es auf der Hand zu liegen, dass die oft so strenge Frau sie weiter ausbildete. Es schien ihr sogar Freude zu bereiten. Eine Freude, die sie nicht mehr empfinden würde, wenn sie wüsste, was geschehen war. Bärbel biss sich vor Kummer auf die Unterlippe und stieß einen tiefen Seufzer aus. Agathe, das Mädchen, das seit Trines Fortgang deren Bett benutzte, brummte ungehalten. Bald darauf ertönten gleichmäßige Atemzüge aus dem Nachbarbett und Bärbel war wieder mit ihren Gedanken allein. Es hatte nicht lange gedauert, bis Martin anfing, ihr Komplimente zu machen. Er hatte eine fröhliche, oft witzige Natur, und sie mochte es, wenn er sie zum Lachen brachte. Nach einigen Monaten machte er ihr kleine Geschenke. Sie fühlte sich mehr als geschmeichelt. Seine Aufmerksamkeiten weckten eine unbekannte Seite in ihr und bald darauf war es um sie geschehen. Es tat gut, von einem Menschen begehrt zu werden, und zu ihrer eigenen Verwunderung fühlte sie, dass sie dieses Begehren erwiderte. Sein aristokratisches Gesicht mit der etwas zu lang geratenen Nase und den fröhlichen blauen Augen verfolgte sie bis in ihre Träume. Sie hatte sich ihm an den Hals geworfen, als er sie dazu ermunterte. Seine Versprechen brachten sie schließlich bis in sein Bett, ohne dass seine Mutter etwas bemerkte. Er war klug genug, es nur dann mit ihr zu treiben, wenn diese außer Haus war. Sie genoss diese Stunden genauso sehr, wie seine Beteuerung, dass sie die Liebe seines Lebens sei und er sie heiraten würde, falls sie trotz aller Vorsicht, die er an den Tag legte, ein Kind in sich tragen würde.

Bärbels Hände fuhren unter die Decke und umschlagen ihren immer noch schlanken Leib. Ihre unreinen Tage waren schon zweimal ausgeblieben und Bärbel hegte keinen Zweifel mehr daran, dass sie auch ein drittes Mal nicht eintreten würden. Vor einer Woche hatte sie Martin darüber in Kenntnis gesetzt. Die Meisterin war wieder einmal ausgegangen und Martin hatte diese Tatsache genutzt, um sich Bärbel zu widmen. Die Nachricht über seine baldige Vaterschaft wischte ihm jegliche Vorfreude aus dem Gesicht. Er hatte sich auf sein Bett sinken lassen und sie angestiert, als ob sie sich in eine hässliche Kröte verwandelt hätte. »Das … kann … nicht sein«, hatte er stotternd hervorgezwängt.

Schlagartig wurde Bärbel klar, dass etwas an seinen Beteuerungen nicht stimmte. »Aber …«, brachte sie nur mit Mühe heraus. »… Ich dachte, du wolltest mich heiraten!«

»Dich?«, zischte er kalt. »Wie stellst du dir das vor? Du bist weder ein Weib von Stand, noch hast du Geld. Du bist nichts weiter als ein armes Dienstmädchen.«

Bärbel schossen die Tränen in die Augen. Zu spät begriff sie, worauf sie sich eingelassen hatte. Martin würde nicht einen Finger für sie rühren, geschweige denn sie heiraten. Wie hatte sie seine Worte nur für bare Münze nehmen können? Die Gefühle, die sie für ihn hegte, waren auf einmal wie ausgelöscht, und sie musste an sich halten, ihm nicht mitten in sein selbstgefälliges Gesicht zu schlagen.

In der Zwischenzeit hatte er sich wieder gefangen und fing nun laut zu überlegen an. »Du musst es wegmachen lassen«, sagte er nüchtern. »Dieses Kind muss fort, bevor meine Mutter etwas von seiner Anwesenheit mitbekommt.« Er erhob sich und wanderte grübelnd durch das Zimmer, das über einen eigenen gekachelten Ofen verfügte, der vom Gang aus befeuert wurde. Bärbel blieb wie angewurzelt stehen und kämpfte um Haltung. Sie war verloren! Ihr ganzes Leben war zerstört durch eine einzige liederliche Dummheit, die sie begangen hatte.

Abrupt drehte er sich zu ihr um. »Eine Engelmacherin«, sagte er, »ich werde zu einer Engelmacherin gehen und mir ein Mittel geben lassen, dass es austreibt.«

Bärbel hatte stumm genickt und war aus dem Zimmer geflohen. Ohne sich noch einmal umzusehen, war sie in die Kammer im dritten Stock gerannt, die sie mit Agathe teilte. Dort hatte sie die Tür zugeschlagen und war bäuchlings auf ihr Bett gefallen, um sich ihre Verzweiflung von der Seele zu weinen. Doch die Tränen halfen nicht. Sie war kein Kind mehr. Sie würde für diese Sache geradestehen müssen. Sie ganz allein – obwohl sie nicht allein dafür verantwortlich war.

Gestern nun hatte ihr Martin ein kleines verkorktes Fläschchen zugesteckt mit dem Hinweis, seinen Inhalt auf einmal auszutrinken. Sie sollte es nachts tun, wenn sie im Bett lag, dann wären die Krämpfe am nächsten Morgen verschwunden. Bärbel tastete suchend nach dem Fläschchen in ihrem Nachttisch. Da war es, glatt und kühl unter ihren Fingern. Sie setzte sich vorsichtig im Bett auf. Einen Moment zögerte sie noch. »Heilige Maria, Mutter Gottes, hilf mir«, flüsterte sie. Die Worte fühlten sich fremd an. Schon lange hatte sie nicht mehr von Herzen gebetet. Sicher, sie war wie alle anderen in die Kirche gegangen, doch der Glaube ihrer Kindheit war ihr mit den Jahren abhandengekommen. Zu sehr von ihrem neuen Leben eingenommen, hatte sie ihn einfach vergessen. – Nun war es wohl zu spät dafür.

Sie setzte die entkorkte Öffnung des Fläschchens an ihre Lippen und trank es in einem Zug leer. Ihr Mund war von Bitterkeit erfüllt. Sie erbebte vor Ekel, bevor sie es wieder in das Nachtschränkchen zurücklegte und sich auf die Matratze gleiten ließ. *So soll es denn geschehen*, dachte sie, mit einem leisen Hauch von Wehmut. Dann schlief sie ein.

Ein paar Stunden später wurde Bärbel von Krämpfen geweckt. Ihr ganzer Bauch zog sich zusammen und sie rollte sich zu einer Kugel ein, um den Schmerz besser ertragen zu können. Vom Nachbarbett drang leises Murmeln an ihr Ohr. Agathe brabbelte im Schlaf vor sich hin. Ein neuer Krampf würgte ihren Körper und Bärbel brach der Schweiß aus. Sie beachtete ihn nicht, so sehr war sie darauf konzentriert, die fortwährenden Wellen des Schmerzes zu ertragen, ohne dabei laut aufzuschreien. Es war immer noch finstere Nacht. Die Sterne leuchteten durch das Fenster herein, während ihr Körper das Kind auszuspeien schien, das in ihm schlummerte. Tränen traten in Bärbels Augen. Sie ließ ihnen ihren Lauf, ohne ein Geräusch zu verursachen. Sie weinte um das Kind, das in ihr entstanden war und das sie nie in ihren Armen wiegen würde. Doch sie wusste auch, dass es keinen anderen Ausweg gab.

Als der Morgen graute, wurden die Krämpfe schwächer. Bärbel atmete erleichtert auf. Sie blieb noch eine Weile liegen, bis sie vollends verschwunden waren. Vorsichtig schob sie ihre Füße aus dem Bett und zündete die Kerze an, die in einem Leuchter aus Ton steckte. Agathe schlief immer noch tief und fest und so leuchtete Bärbel an ihrem Nachthemd entlang, das ihr schweißdurchtränkt am Körper klebte. Nichts! Nicht der kleinste Blutfleck war darauf zu sehen! Alarmiert stand Bärbel auf und schlich auf leisen Sohlen zu dem heimlichen Gemach des Hauses.

Es war eisig kalt in dem kleinen Raum. In Windeseile überzog sich ihr verschwitzter Körper von oben bis unten mit einer Gänsehaut. Bärbel schloss zitternd die Tür und stellte den Kerzenständer auf den Rand des Aborts, in dessen Mitte ein großes Loch prangte. Ein übler Gestank wehte von der darunterliegenden Grube zu ihr herauf. Die Horbknechte waren schon eine ganze Weile nicht mehr da gewesen, um sie zu reinigen. Sie störte sich nicht daran und schob stattdessen ihr Hemd in die Höhe, um mit der Kerze ihre Schenkel zu beleuchten. Auch hier fand sie nicht das gewünschte Resultat. Kein Blut verschmierte ihre Haut. Nicht ein einziger Tropfen! Bärbel setzte sich erschöpft auf das ausgesparte Loch. Ihre Beine zitterten vor Angst und Kälte. *Das Mittel hat nicht angeschlagen*, dachte sie verzweifelt. Sie war genauso schwanger wie zuvor! Ein weiterer Gedanke bohrte sich in ihr verzweifeltes Gemüt: *War sie nicht selbst schuld daran, dass das Kind immer noch in ihr war?* Ein heißes Gefühl der Scham fuhr über ihren Körper hinweg. Wahrscheinlich hatte der Herrgott sich in Anbetracht ihrer ruchlosen Taten schon längst von ihr abgewandt. Und ebenso wahrscheinlich war, dass sie gar nichts anderes verdient hatte!

* * *

Jakob war bester Laune, als er in Odelshofen ankam. Das Nachtmahl war schon längst beendet und er hatte die Hälfte seines Wegs im Licht der Sterne zurücklegen müssen, aber der Tag mit Bärbel hatte ihm gutgetan. Katharina war noch in der Küche. Schnell steckte sie ihm zwei dicke Brotscheiben zu, die mit Butter und Käse gefüllt waren. Er nahm sie dankbar entgegen. Während er sie hungrig im Stehen verschlang, erzählte sie ihm, was sich in der Zwischenzeit im Hause der Selzers zugetragen hatte. Sie war inzwischen elf Jahre alt. Ein pausbäckiges Kind, das alles hinausplauderte, was ihrer Meinung nach von Wichtigkeit war. Doch das, was nun aus ihrem ahnungslosen Kindermund drang, riss ihm fast den Boden unter den Füßen weg.

»Vater, Mutter und Andreas sind heute mit der Kutsche weggefahren«, begann sie. »Ihren schönsten Sonntagsstaat hatten sie an und Andreas sah prächtig aus in seinem neuen Mantel, den Mutter mit Fuchspelz verbrämt hatte.«

Jakob runzelte erstaunt die Stirn.

»Wo sind sie denn hingefahren?«

Katharina sah sich nach allen Seiten um, um sicherzugehen, dass sie niemand belauschte. »Zu den Stricklers«, erklärte sie mit wichtiger Stimme. »Andreas hat Elisabeth einen *Antrag* gemacht! Verstehst du?«

Jakobs Gesicht verlor für einen Moment jeden Ausdruck. Das

Brot, auf dem er eben noch eifrig herumgekaut hatte, schien ihm aus dem Mund zu fallen. Er wusste sehr wohl, was Andreas getan hatte. »Er hat was?«, fragte er dennoch ungläubig.

Es war eigentlich keine Frage, die er Katharina stellte. Er kannte die Antwort schon, aber sie scherte sich nicht darum. »Er hat ihr einen Antrag gemacht«, wiederholte sie geduldig und sah dabei aus wie der Pfarrer, der einem begriffsstutzigen Gläubigen eine schwierige Frage erklärte. »Er will sie *heiraten.*«

Das Brot schmeckte Jakob plötzlich nicht mehr. Er drückte es der erstaunten Katharina in die vorhandene Hand und stürzte davon.

Jakobs Gedanken überschlugen sich fieberhaft. Andreas hatte Elisabeth einen Antrag gemacht, aber warum hatte er bis heute damit gewartet? Schlagartig wurde ihm klar, weshalb dieses Ereignis auf den heutigen Tag gefallen war. Andreas hatte gewartet, bis Jakob fort war, damit er nichts davon mitbekam. Auf diese Weise konnte er es weder verhindern, noch für irgendeine Peinlichkeit sorgen, wenn der angehende Bräutigam sich mit seinen Eltern im Haus der Stricklers befand. Doch was hatte Elisabeth geantwortet? Das Herz blieb ihm fast stehen bei dem Gedanken, dass sie »Ja« gesagt haben könnte. Oder vielleicht hatte es auch ihr Vater getan? Wie ein gefangenes Tier lief er in der Knechtskammer umher und brachte damit den jungen Michel um den Schlaf, der hin und wieder einen aufgebrachten Seufzer von sich gab. Die bohrenden Fragen steigerten sich zur Unerträglichkeit. Wütend hieb Jakob mit der Faust gegen die Wand, dass das Holz erzitterte. Die stille Freude des vergangenen Tages war vergessen. Er musste wissen, wie die Sache ausgegangen war. Er riss seine Jacke vom Haken und stürmte hinaus in den Hof. Aaron erhob sich ungläubig von seinem Posten und wedelte fragend mit dem Schwanz, doch Jakob hatte keine Zeit für ihn. Mit schnellen Schritten machte er sich auf den Weg zum Haus der Stricklers.

Das kleine Fachwerkhaus lag am Bachufer im sanften Schein Sterne. Kein Licht schimmerte hinter den geschlossenen Fensterläden. Seine Bewohner lagen bereits friedlich in ihren Betten und schliefen. Unschlüssig blieb Jakob vor der Giebelseite stehen. Er wusste, dass Elisabeth ihre Kammer dort unter dem Dach hatte, während ihre Eltern im Erdgeschoss schliefen. Wo genau, konnte er nicht sagen. Er lauschte, doch nur das gemächliche Glucksen des Bachs war zu hören. Was sollte er tun? An die Tür des Hauses poltern, um seine Bewohner zu wecken und lautstark nach Elisabeth zu fragen, kam nicht infrage. – Obwohl ihm sehr danach war. Aber was konnte er sonst tun, um Elisabeth auf ihn aufmerksam zu machen?

»Elisabeth.« Er versuchte es mit einem sanften Ruf, der kaum mehr als ein Flüstern war. Nichts geschah. »Elisabeth!« Dieses Mal war es ein bisschen lauter, doch schien sie es nicht zu hören. Unter seinen Holzpantinen knackte ein Stein. Er hob ihn auf und warf ihn sachte an das einzige Fenster im Dachgeschoss. Der Stein flog dennoch mit einem lauten »Krack« gegen einen der Läden. Christine Strickler schoss für ihr Alter erstaunlich behände in die Höhe. Vorsichtig lugte sie durch den leicht geöffneten Spalt der Fensterläden.

»Was ist? Soll ich ...?«, fragte Valentin Strickler.

»Pst, nicht so laut!« Mit einer Handbewegung brachte Christine ihren Mann zum Schweigen. »Es ist nur der junge Selzer. Er wird gehört haben, was sich heute bei uns zugetragen hat.«

Im oberen Stockwerk ertönte das leise Quietschen der Läden, als diese sich öffneten. Christine schlich wieder in ihr Bett zurück. »Lass die jungen Leute nur machen. Sie wird es ihm erklären und dann wird er wieder gehen. Du wirst schon sehen.«

Valentin Strickler stieß laut die Luft durch die Nase. »Glaubst du, dass der Junge der Richtige für unsere Tochter ist?« Christine hörte es der Stimme ihres Mannes an, dass *er* nicht ganz überzeugt davon war.

»Er ist ein anständiger Kerl und arbeiten kann er auch«, erwiderte sie.

»Aber er ist ein armer Knecht und besitzt vermutlich nicht mehr als ein paar Pfennige.«

»Doch es ist die einzige Möglichkeit, sie im Haus zu behalten, oder glaubst du, der junge Selzer zieht bei uns ein, wenn er daheim einen prächtigen Hof hat?«

Valentin Strickler wusste, was sein Weib meinte. Wenn Elisabeth Andreas heiratete, würde er ihre Tochter mit auf den Hof seiner Eltern nehmen. Als ältestem Sohn stand ihm das zu. Sie wären nicht nur ihrer Tochter beraubt, sie müssten den Hof auch ganz allein bewirtschaften, was ihnen schon zusammen mit Elisabeth schwerfiel.

»Das weiß ich wohl«, erwiderte er.

Christine drehte sich auf die Seite. »Der Junge könnte uns bei der Bewirtschaftung des Hofes zur Hand gehen und du müsstest dich nicht mehr so plagen wie bisher.« Sie strich ihm liebevoll über die Wange. Er nahm ihre Hand in die seine und küsste die schwielige Haut.

»Es wäre das Beste für uns alle«, fuhr sie flüsternd fort, während draußen eine weitere Unterhaltung im Gange war. »Hast du nicht gesehen, wie ihr Gesicht strahlte, als sie uns von ihm erzählte?«

»Doch«, erwiderte er brummend und ein leiser Stich aus Eifersucht schlich sich in sein Herz.

»Jakob! Was tust du hier?« Elisabeth lehnte sich aus dem Fenster. Ihr weißes Nachthemd hob sich in einem deutlichen Kontrast vom Dunkel des Zimmers ab. Die Sterne, die schon Jakobs Heimweg von Straßburg beleuchtet hatten, strahlten mit unverminderter Intensität.

»Was ich hier tue?«, flüsterte er empört. »Keinen Tag bin ich fort und schon macht dir dieser aufgeblasene Wicht einen Heiratsantrag! Und du fragst mich, was ich hier tue?«

»Beruhige dich«, wisperte Elisabeth zurück. »Es ist alles gut.«

»Was heißt das?«, grollte er.

Elisabeth verbiss sich ein Lächeln. »Er hat keine Antwort auf seinen Antrag erhalten. Stattdessen habe ich meinen Eltern von dir erzählt. Du sollst nächsten Sonntag zu uns kommen. Sie möchten dich kennenlernen.«

»Mich?«, fragte er. Der Boden unter seinen Füßen drehte sich plötzlich. Die Ereignisse der letzten Stunden waren einfach zu viel für ihn.

»Wen denn sonst«, erwiderte Elisabeth. »Oder willst du mich nicht mehr?«

»Doch ... natürlich!«

»Dann ist es also abgemacht. Nächsten Sonntag nach dem Mittagsmahl kommst du zu uns.«

Jakob konnte sein Glück kaum fassen. Der Boden schwankte immer noch unter seinen Füßen, als er zurück zum Hof der Selzers lief. Der Schock der letzten Stunden wich einem unbeschreiblichen Glücksgefühl, das kurz danach von der Sorge überlagert wurde, wie Elisabeths Eltern auf ihn reagieren würden. Die Novembernacht war kalt, doch ihm trat plötzlich der Schweiß aus den Poren. Endlich war es so weit. Der Tag, an dem er Elisabeths Vater gegenübertreten würde, rückte mit großen Schritten näher. Doch plötzlich hatte er eine unbegreifliche Angst davor.

* * *

Es war finstere Nacht, als Bärbel aus dem Haus schlich. Eine ganze qualvolle Woche lang hatte sie gewartet, ob das Mittel nicht doch noch seine gewünschte Wirkung zeigte. Doch nichts war geschehen. Es hatte keinen Sinn, länger zu warten, oder überhaupt auf *irgendeine* Hilfe zu hoffen. Sie würde keine bekommen. Martin hatte nicht einmal nachgefragt, ob sie das Mittel genommen hatte. Er ging ihr aus dem Weg und verschwand wie von Zauberhand, wenn sie versuchte, in seine Nähe zu gelangen.

Eine eisige Luft umwehte den Gottesacker und der große Bau des Münsters ragte wie ein riesiges Gerippe in den von Wolken verhangenen Nachthimmel. Nur der Mond und einige Sterne blinzelten zwischen den Wolken hervor. Sie tauchten die dahinziehenden Himmelskörper in ein dramatisches Licht, das zu Bärbels Stimmung passte. Die Stadt selbst war zur Ruhe gekommen und nur noch wenige Fenster leuchteten im Schein der Kerzen. Doch das Licht reichte aus, um ihr den Weg zu weisen. Ihre Schritte führten sie zur Kurwegass und von dort über den kleinen Platz, auf dem sich tagsüber der Ferkel- und Fischmarkt befanden. Die Kälte minderte ein wenig den Gestank, der vom Abfallgraben herüberwehte. Schließlich gelangte sie zum Ufer der Breusch. Eine Treppe führte direkt ins Wasser, eigentlich dafür gedacht, um den Fischern das Ein- und Ausladen der Waren zu erleichtern, aber auch für Bärbels Vorhaben war sie durchaus geeignet. Der Mond war in der Zwischenzeit hinter den treibenden Wolken verschwunden, doch plötzlich riss der Himmel auf und beschien mit seinem silbrigen Licht den Nebel, der aus dem schwarzen Wasser aufstieg. Bärbel betrat die oberste Stufe der Treppe. Zögernd blickte sie in den strömenden Fluss. Sie hatte alles genau überdacht. Jede Möglichkeit, die ihr in den Sinn gekommen war, hatte sie in Erwägung gezogen. Doch keine davon war annehmbar gewesen. Wenn sie das Kind austrug, würde es die Meisterin irgendwann bemerken. Dies würde eine sofortige Beendigung ihres Dienstes zur Folge haben, ob ihr Sohn nun der Vater des Kindes war oder nicht. Es würde die strenge Frau nicht interessieren, schließlich war sie nur ein Dienstmädchen – eine Fremde, die froh sein durfte, in einem solchen Haus zu arbeiten – und nicht mehr als das. Doch was sollte sie ohne ein wärmendes Heim und ohne den Lohn der Abendrots tun? Das, was sie bis jetzt gespart hatte, würde nicht lange reichen. Sie würde auf der Straße leben und betteln müssen. Wahrscheinlich würde der Büttel sie irgendwann aufgreifen und als unzüchtiges Weib in das Zuchthäusel am Kornmarkt stecken. Dort würde sie von aller Welt begafft werden, bevor man sie, umringt von der grölenden Menge, aus der Stadt jagte. Auch dies war keine Möglichkeit, über die sie länger nachdenken wollte. Es gab noch einen weiteren Ausweg, bei dem Bärbel trotz der Kälte der Schweiß ausbrach. Sie konnte für eine Weile verschwinden – und das Neugeborene nach der Geburt still und heimlich beseitigen. Etwas, das sie früher für mehr als abscheulich gehalten hatte, doch wenn man in Not war, kamen einem auch solche Gedanken in den Sinn. Doch wo sollte sie sich so lange verstecken? Außer Jakob hatte sie niemanden und ihr Bruder hatte seine eigenen Sorgen. Sie wollte ihn nicht auch noch mit den ihren belasten. Und was war, wenn man sie dabei erwischte? Sie schluckte krampfhaft den Kloß in ihrem Hals hinunter. Das Gesicht der Kindsmörderin kam ihr wieder in den Sinn. Noch heute sah sie das Grauen im Gesicht des armen Mädchens, bevor man sie in den Sack gesteckt hatte. Ob sie sich wohl in der gleichen Lage befunden hatte? Es war mehr als wahrscheinlich. Doch *ihr* würde nichts dergleichen geschehen. Zu oft hatte sie in letzter Zeit den im Wasser liegenden Sack vor ihrem inneren Auge gesehen und das Gesicht des Mädchens, das sich in ihr eigenes verwandelt hatte. ›Sieh es dir an‹, hatte Grete damals gesagt. ›Und *denke* daran, wenn du einmal alt genug bist.‹ Sie hätte auf Grete hören sollen, doch unbegreiflicherweise hatte sie deren Worte in der Zwischenzeit vergessen. Jetzt kamen sie wieder hervor, so klar und wirklich wie das eisige Wasser, das sie umspülte und ihre Haut in kurzer Zeit so taub wie Holz machte. Sie hatte ihre Schuhe ausgezogen. Es war unnötig, sie zu verschwenden. Vielleicht würde sie jemand finden, der sie gebrauchen konnte. Sie ging noch einen Schritt tiefer und hieß das eisige Wasser willkommen. Sie würde nicht zerlumpt und verlaust auf der Straße sterben. Sie würde sich auch nicht von einer lüsternen Menge begaffen lassen oder ihr den selbstgefälligen Triumph einer weiteren Hinrichtung bieten. Sie würde selbst entscheiden, wie sie starb. Die einzige Entscheidung, die sie selbst fällen konnte.

Das Wasser rief sie. Mit wenigen Schritten ließ sie die Treppe hinter sich und watete bis zur Mitte des Flusses. Die Breusch umflutete sie nun bis zu den Hüften. Sie kämpfte gegen die leichte Strömung an, spürte das Fischgras, das sich liebkosend um ihre Beine schlang, das eisige Wasser, das sie umspülte und ihre Haut in kurzer Zeit so taub wie Holz machte. Dann fühlte sie nichts mehr. Ganz langsam sank sie auf die Knie. Es war so einfach. Eine kurze Bewegung und sie würde mit den Fluten treiben. Sie würde sich ganz ruhig verhalten, bis das eisige Wasser ihren Körper betäubte und sie unter die Oberfläche zog. Ein kurzer Todeskampf und es war vorbei. – All das Unglück hatte ein Ende. *Jakob*, dachte sie vage. Ob Jakob um sie trauern würde?

Plötzlich wurde sie von hinten gepackt, ohne dass sie ihre Gedanken zu Ende bringen konnte.

»Halt! Was machst du hier?«, rief eine entrüstete männliche Stimme.

»Sterben«, flüsterte sie.

Der Griff der Arme wurde stärker. Sie fühlte, wie sie nach hinten gezogen wurde, immer weiter aus der Mitte des Flusses heraus, zurück ans Ufer. Sie schluchzte auf, als sie es erreicht hatten. Weinend sank sie in sich zusammen.

»Aber, aber«, murmelte der Mann tröstend. Er zog seinen Mantel aus und schlang ihn schützend um ihre Schultern, doch er war fast genauso nass wie ihre eigenen Kleider. »Warum willst du denn sterben? Ein so junges ...«, er betrachtete prüfend ihr Gesicht im Licht des Mondes, »... und so hübsches Mädchen wie du. Du solltest dein Leben nicht so unbedacht wegwerfen. Niemand sollte das tun.«

Ihre Zähne begannen zu klappern. Die kalte Novembernacht war nicht dafür geeignet, sie in nassen Kleidern zu verbringen.

»Soll ich dich nach Hause bringen?«, fragte der Mann.

»Ich ... haabe ... kkein Zuhause mehr«, stotterte sie frierend. Das fehlte ihr gerade noch, dass man sie in diesem Zustand zum Haus der Abendrots zurückbrachte.

Der Mann seufzte resigniert. »Dann komm«, sagte er. »Du kannst die Nacht in meinem Haus verbringen.«

Das schmale Haus, zu dem sie der Mann höflich aber bestimmt geleitete, lag in der Steinstraßer Vorstadt, nicht weit von dem gleichnamigen Tor entfernt. Er ließ Bärbel in dem kleinen Flur zurück und scheuchte seine Haushälterin aus dem Bett, ein betagtes Weib mit von Müdigkeit umschatteten Augen, die über den späten Besuch nicht sehr erfreut war. Ihre nackten Füße lugten unter dem Hemd hervor und traten in eine Pfütze aus Wasser, das Bärbel unaufhörlich aus den Kleidern tropfte. Verdutzt leuchtete sie mit ihrer Kerze über die zitternde Gestalt.

»Mein Gott, du bist ja ganz nass«, rief die Alte aus. »Mein schöner, sauberer Boden!«

»Therese, du beschämst unseren Gast!« In der Stimme des Mannes lag tadelnde Milde. Seine Zähne klapperten fast genauso laut wie die von Bärbel, denn auch seine Kleider waren alles andere als trocken.

Die Haushälterin gab sich einen Ruck. »Entschuldigt, Herr Pfarrer. Ich werde mich sofort um die junge Dame kümmern. – Kommt Ihr allein zurecht?«

Der Mann nickte und eilte tropfend zur Treppe, die in den ersten Stock führte. Die Haushälterin unterdrückte ein Gähnen, rückte ihre Nachthaube zurecht, die ihr in der Eile halb vom Kopf gerutscht war, und wies Bärbel den Weg zur Küche. Dort schürte sie eilig das Feuer, das um diese Zeit aus einem zusammengefallenen Gluthaufen bestand. »Nur noch einen Moment, Kleine«, sagte sie. »Gleich wird dir wärmer.« Die alte Frau verschwand in der angrenzenden Kammer und kam mit einer Decke und einem sauberen Hemd zurück. »So, nun schnell raus aus den Sachen, bevor du dir eine Lungenentzündung holst.«

Bärbel, die immer noch mit ihrer Wut über die ungewollte Rettung kämpfte, wäre jede nur erdenkliche Krankheit recht gewesen, die sie aus dem Leben beförderte. Doch schließlich siegte die schmerzende Kälte in ihren Gliedern und sie schälte sich aus ihren Kleidern.

»Wie bist du nur ins Wasser gekommen?« Thereses Stimme klang interessiert. »Bist du hineingefallen? Und warum treibt sich ein Mädchen wie du nachts in den Gassen herum?«

Bärbel blieb stumm wie ein Fisch, aber Thereses geübter Blick erspähte die Kleidung eines Dienstmädchens in dem schwach erhellten Raum und so zog sie ihre eigenen Schlüsse. »Bist wohl von selbst hineingegangen, was?«

Wieder erntete Therese nur Schweigen aus einem verkniffenen Mund. Das Mädchen blickte verstockt zu Boden, als sie die Decke um den schlanken Körper wickelte. »Na ja, macht nichts«, murmelte Therese. »Jetzt bist du erst einmal hier. Der Herr Pfarrer wird schon alles regeln.«

Da war es wieder, dieses Wort. War sie wirklich bei einem Pfarrer gelandet? Bärbels Gedanken drehten sich. Ausgerechnet ein Pfarrer musste sie aus dem Wasser ziehen. Sie wappnete sich jetzt schon für die Strafpredigt, die auf sie wartete. Das Feuer im Herd loderte auf und Therese stellte eine grob gezimmerte Bank davor, auf die sie die schlotternde Bärbel drückte. Langsam ließ das Zittern in ihrem Körper nach und die Kälte wich einer unbeschreiblichen Wärme, die ihr kribbelnd in die Glieder drang. Therese setzte ihr einen Becher an die Lippen. Bärbel schmeckte etwas Scharfes auf ihrer Zunge, das ihr beim Schlucken fast die Kehle verbrannte. Sie hustete erschrocken auf.

»Nur ein kleines Schlückchen Schnaps«, erklärte die Alte. »Das wird dich von innen wärmen.«

Bärbel schluckte gehorsam den Rest des Bechers hinunter. Sie fühlte, wie ihr der Schnaps brennend in den Magen rann und eine wohlige Wärme in ihrem Bauch verbreitete. Seltsamerweise beruhigte er auch ihre aufgewühlte Seele. Von einer plötzlichen Schwäche ergriffen, sank sie in sich zusammen. Therese half ihr auf, streifte ihr das Nachthemd über, als ob sie ein Kind wäre, und führte sie in die angrenzende Kammer. Dort stand ein einfaches, aber sauberes Bett, in das Bärbel ohne Widerworte sank. Die Alte deckte sie sorgsam zu und steckte die Bettdecke an den Seiten fest, damit sie es warm hatte. Die Augen fielen Bärbel zu, doch kurz darauf riss sie die Lider wieder auf. Sie drehte den Kopf und sah zu ihrem Erstaunen, dass Therese auf einem Stuhl direkt neben dem Bett Platz genommen hatte. »Und was ist mit Euch?«, fragte sie.

Die Haushälterin lächelte sie gütig an. »Mach dir um mich keine Sorgen«, erwiderte sie. »Ich bleibe hier bei dir, falls du etwas brauchst.« *Oder falls du noch einmal auf dumme Gedanken kommen solltest*, schloss sie, ohne es auszusprechen.

Bärbel schloss dankbar die Augen. Sie war so erschöpft, dass sie das Gefühl hatte, immer tiefer in die Matratze zu sinken. Tiefer und tiefer, wie in das Wasser, in das sie gegangen war. Dann lag sie auf Grund und eine tiefe Traumlosigkeit spülte über sie hinweg.

Therese saß immer noch auf ihrem Posten, als Bärbel erwachte. Bärbel setzte sich erschrocken auf, doch dann erinnerte sie sich an das, was sich letzte Nacht zugetragen hatte. Mutlos sank sie auf die Matratze zurück. Sie war so weit wie tags zuvor. Nichts hatte sich geändert. Nur, dass sie nun im Bett eines alten Weibes lag, in einem fremden Haus, deren Bewohner sie noch nie zuvor begegnet war.

»Na, Kleine. Wie geht es dir?«

Bärbels Augen wanderten zu der Haushälterin. Erst jetzt erkannte sie, wie tief die Falten waren, die ihr Gesicht durchfurchten. Sie musste schon *sehr* alt sein. Zumindest, wenn man es aus Bärbels Blickwinkel betrachtete. Ein stattliches Bäuchlein wölbte sich unter dem dünnen Hemd. Sie hatte ein Schultertuch um den Körper geschlungen, doch ihre Arme zeichneten sich deutlich darunter ab. Sie waren sehr viel dünner als der vorgewölbte Leib. *Wie bei einer schwangeren Frau*, durchfuhr es Bärbel, doch sie verwarf den Gedanken sofort wieder. Dafür war sie nun wirklich zu alt. Die braunen Augen, die sie nun musterten, blickten sie wach an.

»Ich werde in die Küche gehen und eine Morgensuppe kochen. Der Herr Pfarrer wird sicher auch hungrig sein nach einer solchen Nacht.«

Bärbel brummte missmutig. Er war selbst schuld, wenn er nicht gut geschlafen hatte. Sie hatte ihn nicht um seine Hilfe gebeten! Ein plötzlicher Hustenanfall schüttelte sie und mit einem Mal fühlte sie einen pochenden Schmerz hinter ihren Schläfen.

»Du wirst doch nicht krank werden?« Therese legte ihre schwielige Hand auf Bärbels Stirn. »Du fühlst dich ganz heiß an. Bleib liegen, ich bringe dir die Suppe, wenn sie fertig ist.«

Bärbel blieb gehorsam liegen. Sie fühlte sich wirklich nicht gut. Die Geborgenheit des Bettes lullte sie ein und sie fiel in einen Dämmerzustand. Wie aus weiter Ferne hörte sie leise Stimmen, die sich in der angrenzenden Küche unterhielten. »Nein, ich weiß nicht, wer sie ist«, sagte die tiefere männliche Stimme. Dann verschwamm sie zur Undeutlichkeit. Nur ein paar Fetzen der Unterhaltung drangen an ihr Ohr. »... warum sie das getan hat ... armes Mädchen ... müssen Geduld mit ihr haben ...«

Erschöpft schlief sie ein. Die Zeit der Morgensuppe war schon längst verstrichen, als Bärbel wieder erwachte. Sie glühte vor Fieber. Therese flößte ihr etwas von der Milchsuppe ein, in der aufgeweichte Brotbröckchen schwammen. Bärbel schluckte mühsam ein paar Löffel davon hinunter. Anschließend nahm sie den Nachttopf in Empfang, den die Alte ihr reichte, und fiel, nachdem sie sich entleert hatte, abermals in einen tiefen Schlaf. Es war bereits Nacht, als sie wieder erwachte. Sie hustete nun fürchterlich. Das schleimige Rumpeln in ihrer Brust verhieß nichts Gutes. Mit fiebrigen Augen sah sie, wie Therese ihre alten Knochen aus einem behelfsmäßigen Lager schwang. Sie nahm die brennende Kerze vom Nachttisch und leuchtete Bärbel damit ins Gesicht. Bärbels Augen verengten sich. Der Schmerz in ihrem Kopf explodierte zur Unerträglichkeit.

»Ts, ts«, murmelte Therese besorgt. »Du gefällst mir gar nicht.« Sie schlurfte müde in die Küche und kam mit einem heißen, übel riechenden Gebräu zurück. Sanft hielt sie es Bärbel an die Lippen.

»Trink das.« Bärbel verzog angewidert den Mund, doch Thereses Ton war streng und unerbittlich. »Es wird dir helfen, gesund zu werden.« Sie schob eine Hand unter Bärbels Kopf und zwang sie, den Becher in kleinen Schlucken auszutrinken.

Danach sank Bärbel matt auf ihr Kissen zurück. Eine Welle aus Hitze überlief sie. Der Schweiß drang ihr aus allen Poren. Therese deckte sie sorgsam zu und wischte ihr mit einem nassen Tuch über das Gesicht. Sie wrang es in einer Schüssel aus und legte es anschließend auf Bärbels erhitzte Stirn. Das Tuch lag angenehm kühl auf Bärbels Haut, aber kurze Zeit später fing sie an zu schlottern. Mit zitternden Fingern zog sie es fort.

»Ist schon gut, Kleine«, murmelte Therese. Sie nahm das Mädchen in die Arme und versuchte es mit ihrem Körper zu wärmen, bis ein neuer Hitzeschwall Bärbel erfasste.

Die ganze Nacht verbrachte Bärbel in einem Taumel aus Hitze und Kälte. Therese wich nicht von ihrer Seite, um sie abwechselnd zu kühlen oder zu wärmen. Gegen Morgen brach das Fieber und die beiden Frauen waren erschöpft von den Kämpfen der Nacht.

Die alte Haushälterin wusch ihr noch einmal das Gesicht. »Nach dieser schlimmen Nacht könntest du mir wenigstens deinen Namen verraten«, murmelte sie sanft.

»Bärbel«, wisperte diese. Dann sank sie in einen tiefen, erlösenden Schlaf.

Am Abend kam das Fieber zurück. Therese sollte recht behalten. Sie bekam eine Lungenentzündung, doch die Alte wich nicht von Bärbels Seite. »Ich lasse dich nicht sterben«, sagte sie bestimmt, als Bärbel zwischen ihren fiebrigen Träumen zu einem erneuten Hustenanfall erwachte. Sie wusste nicht, ob sie Therese für diesen sturen Entschluss dankbar sein sollte, doch ihr blieb ohnehin keine Wahl. Ihr Körper schwankte zwischen Leben und Tod dahin, ohne dass sie es ändern konnte.

* * *

Jakob lehnte über einem mit Wasser gefüllten Bottich und betrachtete sich kritisch. »Wie sehe ich aus?«, fragte er Michel.

Der schlaksige Junge beobachtete amüsiert Jakobs Bemühungen um ein anständiges Äußeres, die für seinen Geschmack etwas zu übertrieben waren. Der ältere Knecht hatte sich mit einer Hingabe herausgeputzt, die schon fast an Besessenheit grenzte. Er hatte sich in aller Gründlichkeit gewaschen. Sein sorgfältig rasiertes Kinn glänzte und das noch nasse Haar klebte ihm glatt gekämmt am Kopf. Kittel und Hose waren sauber gebürstet. Alles in allem machte Jakob einen tadellosen Eindruck.

»Äh, gut«, erwiderte Michel lahm und tätschelte den großen Kopf von Aaron, der Jakob schwanzwedelnd beäugte. »Was hast du denn so Besonderes vor?«

»Das geht dich nichts an«, entgegnete Jakob barsch. Er warf einen letzten prüfenden Blick auf die glatte Oberfläche des Wassers. Sein

Gesicht spiegelte sich darin und er fand sich alles andere als passabel. »Wünsch mir Glück«, wandte er sich an den Jungen. Dann war er fort.

Michel zuckte gleichgültig mit den Achseln. Was ging es ihn an? Sollte Jakob doch machen, was er wollte.

Jakob schlenderte langsam zum Hof der Stricklers. Er hatte nicht vor, Michel über den Grund seiner Bemühungen aufzuklären. Schließlich hatte man ihm auch nichts gesagt. Außer Katharina war niemandem ein Wort über den heimlichen Ausflug der Selzers in seiner Abwesenheit über die Lippen gekommen. Jakob konnte sich denken, warum, doch nun lag es an ihm, einen guten Eindruck zu machen.

Nervös pochte Jakob an das Holz der Tür. Valentin Strickler öffnete sie mit der dem Augenblick gebotenen Würde. Seine Lippen kräuselten sich beim Anblick des jungen Mannes, der seine Aufregung kaum zügeln konnte.

»Einen guten Tag wünsche ich.« Jakob machte einen steifen Diener und hoffte, dass er sich dabei nicht lächerlich machte.

»Das wünsche ich Euch auch. Kommt herein, junger Mann. Meine Tochter wartet schon sehnsüchtig auf Euch.«

Der freundliche Gruß des alten Bauern beruhigte Jakob etwas. Er ließ sich in den rechteckigen Flur führen, in dessen Innern eine Stiege in das Dachgeschoss führte. Valentin Strickler wies ihm den Weg zur Stube und ging mit steifbeinigem Schritt voraus, um ihm die Tür zu öffnen. Der Raum war im Vergleich mit der großen Stube der Selzers klein, doch er strahlte eine warme Gemütlichkeit aus. Ein gemauerter Ofen befand sich darin, ein Esstisch für etwa sechs Personen, eine Truhe und eine hohe Kommode, deren Türen mit einem hübschen Muster bemalt waren. Elisabeth und ihre Mutter hatten sich von ihren Stühlen erhoben. Ein nervöses Vibrieren hing im Raum, das nicht nur von ihm auszugehen schien. Valentin Strickler stellte sich neben sein Weib. Der Haaransatz, der unter ihrer Haube hervorlugte, war noch weißer als das Haar ihres Mannes. Vermutlich hatte es einmal dieselbe Farbe wie Elisabeths Haar gehabt. Sie war kleiner als ihre Tochter und reichte ihrem Mann lediglich bis zur Schulter, doch von ihrem Wesen ging eine ruhige Kraft aus. Er verbeugte sich vor ihr und wünschte ihr ebenfalls einen guten Tag, bevor er Elisabeth mit einem scheuen Lächeln streifte.

Valentin Strickler wies ihm einen Stuhl neben Elisabeth zu und setzte sich mit seinem Weib auf die gegenüberliegende Seite des Tisches. Sein rechtes Bein ragte steif unter der Stirnseite des Tisches hervor. »Ich habe von Eurem Anliegen gehört«, begann er, »doch ich will es noch einmal aus Eurem eigenen Mund hören.« Er hatte nicht vor, es dem Jungen so einfach zu machen. Schließlich ging es dabei um sein einziges Kind und auch er liebte seine Tochter sehr.

Jakob räusperte sich krampfhaft. Aus den Augenwinkeln sah er, wie Elisabeth auf ihrem Stuhl nervös ein Stückchen nach vorn rutschte. »Ich möchte Eure Tochter heiraten«, platzte er heraus und biss sich wegen seiner Unbeholfenheit auf die Lippe.

Christine Strickler lächelte ihm aufmunternd zu. Ihre blauen Augen lagen ruhig auf seiner Gestalt. Ihr Mann hingegen runzelte konzentriert die ohnehin schon faltige Stirn und betrachtete ihn mit kalter Abschätzung. »Und was habt Ihr zu diesem Zweck vorzuweisen?«

»Äh, nicht viel.« Nun war es Jakob, der nervös auf seinem Stuhl herumrutschte. »Ich habe nur das Gehalt eines gewöhnlichen Knechts. Ansonsten habe ich nichts, als mich selbst anzubieten.«

»Das ist in der Tat nicht gerade viel, wie mir scheint«, erwiderte der Bauer.

»Jakob ist stark«, warf Elisabeth ein. »Er kann arbeiten wie ein Pferd. Du hast es selbst schon beobachtet.«

»Nun, wie ein Pferd sieht er nicht gerade aus«, entgegnete Valentin amüsiert.

»Nein, das tut er nicht. Er sieht wie ein passabler junger Mann aus. Findest du nicht, Valentin?« Zum ersten Mal äußerte sich die Bäuerin zu der Angelegenheit und Jakob erschrak über die unerwartet tiefe Stimme der alten Frau.

»Seid Ihr bereit, auf dem Hof zu arbeiten? Und es wird eine Menge Arbeit sein, die auf Euch zukommt!«

»Mehr als das«, erwiderte Jakob. »Ich bin bereit, Euch und Eure Tochter in Ehren zu halten, und sie zu lieben mit all meiner Kraft.«

Die Augen des alten Bauern wurden ernst. »Seid Ihr Euch dessen sicher?«

»So sicher, wie ich nur sein kann. – Ich verspreche es Euch.«

Valentin blickte von Jakob zu Elisabeth und schließlich zu seinem Weib. Eine schier unerträgliche Stille entstand. Dann nickte Christine ihrem Mann zu.

»So soll es denn sein«, sagte er ruhig. »Ihr könnt meine Tochter haben, doch ich hoffe, dass Ihr Euch noch lange an Euer Versprechen erinnern werdet.« Seine Stimme klang belegt, als er weitersprach. »Sie ist mein einziges Kind. Ein spätes Glück, das mir der Herrgott beschieden hat. Und ich liebe sie mindestens genauso sehr wie Ihr.« Nach den Überredungskünsten seines Weibes war es vor allem das Glück seiner Tochter, das ihn zu diesem Schritt bewogen hatte. Als Frau von Andreas Selzer wäre sie zwar gut versorgt gewesen, doch es wäre eine Vernunftheirat gewesen. Diesem Jakob sprang die Liebe zu Elisabeth förmlich aus den Augen und sie schien das Gleiche für ihn zu empfinden. War dies nicht wichtiger als alles Geld der Welt? Der Hof würde ihnen ein bescheidenes Leben ermöglichen und wenn sie damit zufrieden waren, sollte es ihm recht sein. Ein klein wenig hatte er dabei auch an sich gedacht. Das junge Paar würde bei ihnen wohnen. Er musste seine Tochter nicht auf einen anderen Hof ziehen lassen, wo er sie außer ein paar gelegentlichen Besuchen nicht mehr zu Gesicht bekommen würde.

Elisabeth stieß mit einem Ausruf der Freude ihren Stuhl von sich, umrundete den Tisch und schloss ihren Vater in die Arme. »Oh Vater! Ich danke dir! Ich danke dir von ganzem Herzen.«

Auch Jakob war außer sich vor Freude und Glück. Tränen schossen ihm in die Augen und er blinzelte sie heftig fort, um sich vor den alten Leuten nicht zu blamieren. Er erhob sich ebenfalls und gab dem Alten ernst die Hand. »Auch ich danke Euch. Ich werde

Elisabeth ein guter Ehemann sein.« Dann lachte auch er und Valentin Strickler konnte sich eine gewisse Gerührtheit nicht verkneifen.

»Ich halte es allerdings für das Beste, wenn diese Angelegenheit noch eine Weile unter uns bleibt«, wandte sich Valentin an die beiden jungen Leute. »Außer an Martini ist es den Knechten nur noch an Mariä Lichtmess erlaubt, ihr Dienstverhältnis zu beenden. Solange ist es angebracht zu schweigen. Sonst könnte Euch Kaspar das Leben zur Hölle machen, vor allem, nachdem sein Sohn die gleichen Absichten bekundet und immer noch keine Antwort erhalten hat. Danach könnt ihr heiraten.«

Jakob nickte ernst. Der Bauer hatte recht. Besser, er wartete mit dieser Nachricht bis zum zweiten Februar. So lange würde er es dort schon noch aushalten.

* * *

Bärbels Jugend sorgte schließlich dafür, dass sie sich von ihrer Krankheit erholte. Sie wusste nicht, wie viele Tage in der Zwischenzeit vergangen waren, doch die Fremdheit zu Therese war einer leisen Vertrautheit gewichen. Die Alte fütterte sie mit heißer Brühe, bis sie wieder festere Nahrung zu sich nehmen konnte. Sie nannte sie dabei Bärbelchen, was ihr ein leises Lächeln auf die bleichen Lippen zauberte.

Als sie einigermaßen bei Kräften war, stellte sie Therese eine schüchterne Frage, die sie schon seit der Zeit bewegte, in der sie wieder einen annähernd vernünftigen Gedanken fassen konnte. Sie hätte am liebsten ihren Mund gehalten, doch sie *musste* diese Frage stellen.

Therese flößte ihr gerade einen Löffel bitterer Medizin ein und Bärbel nahm ihren ganzen Mut zusammen. »Sagt, habe ich meine unregelmäßigen Tage gehabt in der Zeit, als ich krank war?« Eine leichte Röte schoss Bärbel ins Gesicht, es kam ihr so vor, als wäre es das gesamte Blut, das ihr zurzeit zur Verfügung stand.

Thereses Brauen schossen in die Höhe. Sie hielt einen Moment inne, um nachzudenken. »Nein, Bärbelchen«, erwiderte sie schließlich. »Das hast du nicht.«

Bärbels wasserblaue Augen verdüsterten sich. Ihre Lippen begannen zu zittern und schließlich schluchzte sie auf, ohne es verhindern zu können.

»Aber, aber!« Therese schlang ihre alten Arme um sie und wiegte sie tröstend hin und her. »Es gibt für alles eine Lösung. Du wirst schon sehen.« Sie blieb bei Bärbel, bis sich diese wieder beruhigt hatte. Dann drückte sie das Mädchen sanft in ihr Kissen, deckte es sorgfältig zu, wie sie es schon so oft in letzter Zeit getan hatte, und verließ die Kammer.

Der graue Novembertag wich einer schwärzlichen Dämmerung, als abermals die Tür aufging. Dieses Mal war es nicht Therese, die den Kopf hereinstreckte, sondern der Mann, der sie aus dem Wasser gezogen hatte. Er hielt einen Leuchter in der Hand, auf dem eine brennende Kerze steckte. »Darf ich hereinkommen?«, fragte er. Seine Stimme klang ein wenig schüchtern.

Bärbel nickte wortlos, setzte sich auf und zog die Decke schicklich bis über ihre Brust.

Der Mann kam mit leisen Schritten näher. Er stellte den Kerzenhalter auf das Nachttischchen und setzte sich auf den Stuhl, auf dem Therese gesessen hatte, während sie die kranke Bärbel bewachte. »Es scheint dir besser zu gehen«, sagte er leise.

Bärbel nickte wortlos, während sie den fremden Mann betrachtete. Er war groß und schlank, fast hager, was sich in dem schmalen Gesicht und der hohen Stirn fortsetzte. Sein Haar war dunkelblond und wellig. Er trug es kurz geschnitten und nicht so wie Martin, dem das Haar bis zu den Schultern reichte. Seine Augen ruhten freundlich auf ihrem Gesicht.

»Du bist jetzt schon einige Tage bei uns«, hob er an. »Ich frage mich, ob ich nicht jemanden benachrichtigen sollte, wo du dich aufhältst?«

Sie schüttelte stumm den Kopf und bedachte ihn mit einem eisigen Blick zur Strafe, dass er dafür gesorgt hatte, dass sie immer noch am Leben war.

»Gibt es niemanden, der sich deinetwegen Sorgen macht?«

»Nein«, erwiderte sie trostlos. Ihre Herrin würde sich ein neues Mädchen nehmen, wenn sie es nicht schon längst getan hatte. Schließlich gab es genug davon, – und Martin würde erleichtert sein, wenn sie auf Nimmerwiedersehen verschwand. So war er jeglicher Verantwortung für ein ungeborenes Kind entledigt. Plötzlich durchfuhr sie ein eisiger Schreck. Jakob! *Er* würde sich Sorgen machen, wenn sie auf einmal verschwunden war. Sie schob den Gedanken schnell beiseite. Sie würde sich später darum kümmern. Im Moment war es ihr lieber, wenn niemand wusste, wo sie war.

Der Mann, der vermutlich um die dreißig Jahre alt war, ließ sie nicht aus den Augen. Jede Bewegung, jede Regung ihres Gesichts schien er in sich aufzunehmen. Er war nicht gerade das, was man eine attraktive Erscheinung nannte, doch seine Augen waren von einer Sanftheit, die sie fesselte. Sie schimmerten dunkel im Kerzenlicht und Bärbel fragte sich, ob sie braun oder dunkelblau waren.

»Warum hast du das getan?«, fragte er unvermittelt.

»Was?«, platzte sie heraus, noch ganz in die Betrachtung seiner Erscheinung vertieft.

»Warum bist du ins Wasser gegangen?« Sein Blick wich nicht von dem ihren und sie senkte beschämt den Kopf.

»Das geht Euch nichts an«, erwiderte sie kalt.

»Du erwartest ein Kind, nicht wahr?«

Ihr Blick schoss in die Höhe und sie fühlte, dass sie rot wurde, wie ein Mädchen, das man bei irgendeinem Streich erwischt hatte. Therese musste es ihm erzählt haben. Augenblicklich schwand die leise Vertrautheit zu der Alten dahin. »Auch das geht Euch nichts an!« Ihre Stimme war immer noch trotzig, doch sie schwankte so bedrohlich, dass er die Verzweiflung heraushören konnte.

»Es ist also wahr«, sagte er nachdenklich. Er hörte nicht auf, sie zu beobachten.

»Was wirst du nun tun?«

Sie zuckte mit den Achseln und eine Welle der Verzweiflung drückte ihr die Tränen in die Augen. Sie hatte keine Kraft mehr, um sie zurückzuhalten, also ließ sie es geschehen, ließ Schmerz, Wut und Enttäuschung aus ihren Augen strömen.

Er griff in seine Tasche und holte ein Tuch hervor. Langsam streckte er die Hand nach ihr aus, wie man es bei einem Tier tut, von dem man sich nicht sicher ist, ob es zutraulich sein oder einem stattdessen in die Hand beißen würde. Sie rührte sich nicht und so wischte er ihr sanft die Tränen vom Gesicht, bis sie versiegten. Dann hielt er ihr das Tuch unter die Nase und sie schnäuzte sich mit einem kräftigen Ton, der ihn zum Lächeln brachte. Er sah ihr tief in die Augen. Es waren schöne, verzweifelte Augen, in die er blickte.

»Herr Pfarrer?«, fragte sie plötzlich. »Das ... was ich getan habe, war eine große Sünde, nicht wahr?«

Der Mann nickte ernst. »Ja, das war es.«

»Hat der Herrgott mich deshalb verlassen?« Ihre Stimme klang heiser und er hörte die neuen Tränen, die ihr heiß in die Kehle stiegen, doch sie fasste sich, um ihre Frage zu Ende zu bringen. »Wegen der schlimmen Dinge, die ich getan habe?«

Die sanften Augen des Pfarrers weiteten sich für einen Moment überrascht. »Gott hat dich nicht verlassen«, erwiderte er fest.

Sie blinzelte verdutzt.

»Schließlich war ich im richtigen Moment zur Stelle. Oder etwa nicht?« Sein Mund verzog sich zu einem kleinen Lächeln, doch seine Augen blickten ernsthaft in die ihren. »Der Herrgott wird dich niemals verlassen, denn sein Sohn hat bereits für all deine Sünden bezahlt.«

Ohne es zu wollen, nickte Bärbel. Ein Hauch des Trostes und der Geborgenheit strich sacht an ihrem Herzen vorbei und ein kleiner Brocken des schweren Steins in ihrer Brust löste sich.

»Und ich werde es auch nicht tun. Du kannst hier bleiben, so lange du willst«, sagte der Mann lächelnd. Dann wünschte er ihr eine gute Nacht und verschwand.

Bärbel lag in ihrem Bett und dachte über die Begegnung mit dem Mann nach, in dessen Haus sie seit einigen Tagen wohnte. Sie wusste nicht einmal, wie er hieß. Er war Pfarrer, hatte Therese gesagt, doch statt einer Strafpredigt hatte er sie mit einer Milde umfangen, die sie nicht gewohnt war. ›Gott hat dich nicht verlassen‹, hatte er gesagt, ›und ich werde es auch nicht tun.‹ Ob es wirklich so war? Würde der Herrgott sie immer noch lieb haben, auch wenn sie schon jahrelang keinen wirklichen Gedanken mehr an ihn verschwendet hatte? Und würde er ihr beistehen, trotz der Sünde, die sie in diese missliche Lage gebracht hatte? Sie wusste es nicht, aber sie war nicht mehr so verzweifelt wie zuvor. Sacht strich sie über ihren Leib. Sie war so mager, dass sie ihre Rippen in aller Deutlichkeit fühlen konnte. Dennoch wölbte sich ihr Bauch stärker als früher darunter hervor. Eine winzige Erhebung, die etwas Lebendiges in sich barg. Was hatte dieses Kind nicht alles überstanden, um am Leben zu bleiben! Es war ein hartnäckiges kleines Wesen, das sich offenbar nicht so schnell vertreiben ließ. Zum ersten Mal lächelte Bärbel über dieses Menschlein, das in ihr heranwuchs. »Alles wird gut«, flüsterte sie, dann schlief sie seltsam getröstet ein, um vollends gesund zu werden.

Bärbel hockte auf ihren Knien und schrubbte den Dielenboden der Stube. Das Zimmer war so schmal wie das ganze Haus, doch es verströmte etwas Heimeliges, was nicht nur an den spärlichen Möbeln lag. Die alte Therese und der Pfarrer, dessen Name Sebastian Liebig war, strahlten neben einer liebenswerten Freundlichkeit auch eine natürliche Frömmigkeit aus, die sie bisher noch nie erlebt hatte. Der alleinstehende Pfarrer war ein netter Mann, dessen Schüchternheit sie rührte, und sie hatte Therese schon längst verziehen, dass sie ihm ihre Schwangerschaft gebeichtet hatte. Sie vergalt die Liebenswürdigkeit der beiden, indem sie Therese tüchtig unter die Arme griff, was der alten Haushälterin höchst willkommen war. Die Knochen taten ihr oft weh und so nahm Bärbel ihr die schweren Arbeiten ab, wenn Therese es zuließ. Sie war nun zwei Monate in dem Haus in der Steinstraßer Vorstadt. Langsam begann sie zu begreifen, dass Sebastian Liebigs Worte der Wahrheit entsprachen. Der Herrgott schien nicht nachtragend zu sein. Er schien sich tatsächlich um sie zu kümmern, sonst hätte es sie nicht ausgerechnet in dieses Haus verschlagen, dessen Bewohner wie eine heilende Salbe für ihre Seele waren. Noch immer hatte Bärbel nicht begriffen, was Sebastian Liebig eigentlich tat. Er war Pfarrer, stand aber keiner Kirche vor. Doch er war oft unterwegs, um mit den verschiedensten Leuten zu sprechen. Weshalb, wusste sie nicht und wahrscheinlich ging es sie auch gar nichts an.

Die Tür öffnete sich und der Pfarrer trat auf den frisch geschrubbten Boden. Erschrocken wich er zurück, um ihn nicht zu verschmutzen, doch dann sah er Bärbel. Mit hochrotem Kopf saß sie schwitzend auf den Knien. Ihr Bauch spannte sich inzwischen wie ein kleiner Kürbis unter dem geänderten Kleid.

»Aber Bärbel«, rief er aus. Mit zwei langen Schritten war er bei ihr. »Du sollst in deinem Zustand doch nicht diese schwere Arbeit tun.« Entschieden zog er sie auf die Beine.

Bärbel lächelte ihn an. »So schnell breche ich schon nicht entzwei«, entgegnete sie. »Es macht mir nichts aus, mich ein wenig nützlich zu machen. Schließlich wohne ich auf Eure Kosten hier.«

Nun war es an Sebastian zu lächeln, doch es war ein scheues Lächeln und er senkte schnell die Lider. »Du darfst hier so lange wohnen, wie du willst. Das habe ich dir versprochen.«

Seine Schüchternheit machte sie befangen. »Aber ... ich kann doch nicht ewig hierbleiben.«

»Warum nicht?« In seine Frage mischte sich ein banger Ton, als ob er Angst hätte, sie könnte tatsächlich fortgehen.

Bärbel zuckte mit den Schultern. »Es schickt sich nicht, wenn eine schwangere Frau mit einem unverheirateten Pfarrer im selben Haus lebt, oder?« Ihre Frage klang ebenso ängstlich wie die seine.

»Weißt du«, sagte er und eine tiefe Röte schoss in sein Gesicht. »Ich trage mich schon seit Längerem mit einer Frage.«

Sie sah ihm in die Augen und seine Röte wurde noch tiefer.

»Willst du ...«, stotterte er. »Willst du mein Weib werden?«

Bärbel starrte ihn sprachlos an. Ihre hellen Augen formten sich zu überraschten Kugeln.

»Du musst nicht, wenn du nicht willst«, stammelte er. Das Herz schien ihm in die Knie zu sinken, wenn es sich nicht schon längst dort befunden hätte.

»Aber das Kind ... Es ist nicht von Euch!«

Er zuckte mit den Achseln. »Es mag sein, von wem es will«, entgegnete er. »Du kannst dein Geheimnis für dich behalten. Es spielt keine Rolle.«

»Wirklich?« Sie dachte an Martin zurück. Er hatte nicht einmal die Größe besessen, sie um seines eigenen Kindes willen zu heiraten. Was für ein Mann war Sebastian im Vergleich zu ihm!

»Ich möchte dich um deinetwillen heiraten, aber ich werde das Kind als mein eigenes annehmen, das verspreche ich dir.«

Bärbel konnte nicht antworten. Die Ereignisse der letzten Monate purzelten in ihrem Kopf herum. Die Wut und Verzweiflung – und ihr Entschluss, dem Tod entgegenzutreten. Dann die wundersame Rettung und die Geborgenheit, die von diesem Mann ausströmte. Plötzlich schien sich alles ineinanderzufügen, wie in einem Gemälde, bei dem ein Pinselstrich nach dem anderen gesetzt wurde. Doch die Hand des Malers war größer und höher als sie. Dieser Eine hatte die Übersicht behalten und wusste, wie das Gemälde aussehen würde, wenn ihre Lebenszeit zu Ende ging.

Hatte sie sich nicht schon längst zu Sebastian hingezogen gefühlt? Doch, das hatte sie. Aber würde es für eine Ehe reichen?

Er sah den inneren Kampf, den sie ausfocht. »Du musst nicht, wenn du nicht willst«, wiederholte er seine Worte. Seine Beine schienen sich in Wachs zu verwandeln. Sie würde es nicht tun, das sah er in ihrem Gesicht, und sein Herz schrumpfte zu einem schmerzhaften Klumpen zusammen. Er hatte sich in das Mädchen verliebt, das er so hoffnungslos aus dem Wasser gezogen hatte, doch er konnte ihre Liebe nicht erzwingen. Sie war ein Geschenk, das sie geben konnte, wem sie wollte.

»Doch, ich will«, hauchte sie und sah, wie sich seine Augen vor

Freude weiteten. Sie wusste längst, welche Farbe seine Augen hatten. Ein tiefes Dunkelblau, das sich nun durch seine überschäumenden Gefühle intensivierte. In einem raschen Impuls zog er sie an sich. Das Gewicht des Kindes lag zwischen ihnen, seine Bewegungen wie Engelsflügel in ihrem Innern. Sebastian war fast einen Kopf größer als sie und er beugte sich ein wenig nach unten, um sie zu küssen. Es war ein sanfter Kuss. Er war so schüchtern wie der Mann, von dem er ausging. Doch er war alles andere als unangenehm und Bärbel entspannte sich in seinen Armen. Dann nahm er sie bei der Hand und führte sie in die Küche zu Therese.

»Therese, wir werden heiraten«, rief er fröhlich.

»Das wurde aber auch Zeit«, entgegnete Therese nüchtern und ohne im Geringsten verblüfft zu sein.

* * *

»Wie geht es ihm?«, fragte Jakob.

Franziska, die immer noch als Untermagd bei den Selzers diente, nahm den dreibeinigen Melkschemel zur Hand und ergriff mit der anderen einen hölzernen Kübel. Sie steuerte damit auf eine der Kühe zu, die im rechten Teil des Stalles vor einer langen Futterkrippe angebunden waren. Die Magd schüttelte bekümmert den Kopf. Jeder Anflug eines Lächelns war aus ihrem sonst so fröhlichen Gesicht gewichen. »Nicht gut«, erwiderte sie, als sie sich zwischen zwei Kühen auf den Schemel setzte, und einem der Tiere mit etwas trockenem Stroh das schmutzige Euter abwischte. »Die Bäuerin weicht kaum noch von seiner Seite.«

Der ungemütlich graue Morgen eines kalten Januartages erwachte hinter dem schmalen Fenster des Stalls. Gefrorene Wasserpfützen zeichneten kleine, hart gefrorene Tümpel aus dumpfem Weiß in den Hof, und der Himmel hing schneegeschwängert über den Dächern. Im Stall war es dagegen fast behaglich. Die mahlenden Geräusche der fressenden Tiere, das leise Schnauben der Pferde und die süßlich warme Luft beruhigten Jakob und Franziska, während sie ihrer täglichen Arbeit nachgingen. Jakob mistete den Schweinestall aus, in dem sich zurzeit drei Schweine aufhielten – ein einfacher Pferch aus Bretterwänden, die gerade so hoch waren, dass die Schweine sie nicht überwinden konnten. Zwei große Sauen hielten sich darin auf und ein junger Eber, der im Sommer für Nachwuchs auf der Weide sorgen sollte. Die restlichen Schweine waren entweder geschlachtet oder verkauft worden oder gingen als Teil des Zehnten in den Haushalt des Hanau-Lichtenbergischen Grafen über.

Jakob hing seinen Gedanken nach, während der stinkende Mist von seiner Gabel in eine hölzerne Schubkarre klatschte. Es war der junge Kaspar, dem es nicht gut ging. Im letzten Sommer, der so heiß und schwül war, dass man es kaum noch ertragen konnte, hatte Kaspar plötzlich über Schmerzen in Kopf und Gliedern geklagt. Schließlich bekam er Fieber und musste das Bett hüten. Nach ein paar Tagen war es vorüber und er war so gesund und kräftig wie zuvor. Nun war das Fieber zurückgekehrt. Jeden dritten Tag kam es und ließ Kaspar kaum Zeit, sich zwischen den Fieberschüben zu erholen.

Franziska schob eine entwischte Locke unter ihr Kopftuch zurück. Da sich die Kammer der Mägde im Dachgeschoss des Wohnhauses befand, wusste sie über das meiste Bescheid, was sich dort abspielte. »Die Fieberschübe laufen jedes Mal nach dem gleichen Muster ab, sagt die Bäuerin. Zuerst fängt er an zu frieren, dass ihm die Zähne aufeinanderschlagen. Selbst die Decken, die sie über ihn legt, können es nicht verhindern. Dann wird er so heiß, dass sie Angst hat, er könnte bei lebendigem Leib verbrennen. Meist würgt er sich dabei die Seele aus dem Leib und alles, was sie bis dahin mühevoll in ihn hineingesteckt hat, kommt wieder heraus. Und wenn er dies überwunden hat, fängt er an zu schwitzen, dass ihm das Wasser auf der Haut steht. Danach fällt er in einen tiefen, fast ohnmächtigen Schlaf.«

Jakob seufzte bekümmert. Er mochte Kaspar und es stimmte ihn traurig, dass er so krank war. »Das hört sich wirklich nicht gut an.«

»Die Bäuerin sagt, es ist das Wechselfieber, das in Kaspar wütet«, belehrte ihn Franziska. »Gewöhnlich tritt es zum ersten Mal im Sommer auf, doch wenn man es einmal gehabt hat, kehrt es immer wieder zurück.«

»Hoffentlich stirbt er nicht daran«, erwiderte Jakob, bevor er sich anschickte, die Schubkarre nach draußen zu schieben.

Jakobs Hoffnung trat nicht ein. Kaspars Zustand verschlechterte sich immer mehr. Nach dem nächsten Fieberschub verlor er das Bewusstsein ganz und starb fünf Tage später, ohne es noch einmal wiedererlangt zu haben.

Ein großer Trauerzug schlängelte sich durch die Straßen, um den Toten auf den Kirchhof nach Kork zu begleiten. Jakob sah viele traurige Gesichter und er wusste, dass dies nicht nur aus Mitgefühl zu den Eltern geschah. Kaspar war ein anständiger, liebenswürdiger Mensch gewesen und die Dorfbewohner bedauerten, dass er noch vor seinem *Altvater* gestorben war, dem greisen Diebold, der inzwischen nur noch im Bett lag und gefüttert werden musste. Schon lange sah er aus wie der Tod persönlich, hatte Katharina ihm zugeflüstert, die sich davor ekelte, dem Altvater seinen weichen Brei in den Mund zu schieben. Doch sein Lebensfaden riss nicht ab.

Auch Kaspars Vater war untröstlich über den Tod seines Sohnes. Er versank in tiefer Melancholie und schien darüber nachzugrübeln, warum ihm dieses Unglück widerfahren war.

Ein paar Tage später saß die Familie mit dem Gesinde zum Nachtmahl um den großen Tisch. Der Bauer stocherte missmutig in einem Stück Leberwurst herum. Hinter seinem Gesicht arbeitete es, doch niemand wagte ihn zu fragen, über was er so angestrengt nachdachte. Schließlich lüftete er sein Geheimnis selbst. »Warum musste ausgerechnet Kaspar sterben? Warum hat's *ihn* nicht erwischt?« Der Bauer richtete seinen anklagenden Blick auf Jakob, als ob *er* etwas dafürkönnte, dass der junge Kaspar gestorben war.

»Kaspar!« Die Stimme der Bäuerin klang strafend.

»Ist doch wahr!«, ereiferte sich der Bauer in seiner Not. »Zuerst das Unglück, als Liese durchgegangen ist und ich mir fast den Hals gebrochen habe. Dann der Tod von Matthis, und nun ...« Seine Stimme brach ab. »Um *ihn* wäre es nicht schade gewesen!«

Jakob schluckte angestrengt einen Bissen hinunter, während die Tischgemeinschaft in peinliches Schweigen versank. Nichts, was er tat, konnte den Bauern milde stimmen. Er konnte sich anstrengen, wie er wollte. Für Kaspar war er nicht mehr als eine Made im Speck, die sich unerlaubterweise daran satt fraß. Das Gefühl, unerwünscht zu sein, machte sich in seinem Herzen breit und drang ihm bis in die Kehle. Ein Glück, dass es wenigstens einen Menschen gab, dem er mehr als willkommen war. Ob der Bauer wohl ahnte, dass Elisabeth seinen ältesten Sohn nur aus dem einen Grund abgelehnt hatte, weil sie seinen Knecht liebte? An Weihnachten hatte sie ihm diese Absage erteilt, die von der Familie genauso totgeschwiegen wurde, wie der Antrag selbst. Bis jetzt hatte auch Jakob nichts von seinen Plänen verraten, aber kurz vor Mariä Lichtmess musste er die Katze aus dem Sack lassen. Dann war er frei und er freute sich mit einer Unbändigkeit darauf, die ihn alles andere ertragen ließ.

* * *

Die Trauung von Bärbel und Sebastian fand Ende Januar in Jung St. Peter statt, einer beeindruckenden Kirche, die zu Straßburg passte. Die Hochzeit selbst war schlicht und wurde nur von wenigen Gästen begleitet. Doch für das Brautpaar war sie von großer Bedeutung. Der Pfarrer warf einen missbilligenden Blick auf Bärbels geschwollenen Bauch. Sie trug ein tiefblaues Kleid mit einem breiten weißen Spitzenkragen und einem etwas helleren Leibchen, das gut zu ihren Augen passte, doch es verdeckte nur unzureichend ihre Schwangerschaft. Den Bräutigam interessierte dies nicht im Mindesten. Er verwand seine ganze Mühe darauf, nicht lauthals vor Rührung zu weinen, was ihn seiner Braut umso sympathischer machte. Nach der Trauung führte Sebastian sein Weib mit stolzgeschwellter Brust zu dem Essen, das im Hause Liebig auf sie wartete. Therese hatte sich alle Mühe gegeben, um ein köstliches Festmahl zuzubereiten. Es gab eine klare Suppe, die sie mit getrockneten Kräutern bestreut hatte. Die anschließende Hauptmahlzeit bestand aus Rindfleisch mit einer scharfen Meerrettichsoße und Klößen. Und zum Nachtisch servierte Therese eine Apfeltarte mit einem glasigen Überzug aus Quittengelee. Nur wenige Gäste nahmen an dem köstlichen Essen teil. Johannes Pracht, ein Freund Sebastians, war mit seinem Weib gekommen, sowie Michael Handloser, ein Studienkollege, den es ebenfalls ins Elsass verschlagen hatte. Sebastians Familie wohnte weit entfernt in Böhmen und es wäre ein zu großes Wagnis gewesen, wenn sie sich auf die gefahrvolle Reise nach Straßburg begeben hätten. Soweit sie wussten, war nicht nur das Elsass verwüstet. Überall gab es Wegelagerer und Strauchdiebe, die nach Nahrung, Kleidung und Geld trachteten.

Natürlich hatte Bärbel ihren Bruder eingeladen. Sie hatte die Nachricht über ihre baldige Hochzeit und wo sie nun wohnte, einem Fuhrmann anvertraut, der hin und wieder nach Odelshofen kam. Doch zu Bärbels großem Bedauern war Jakob nicht erschienen, und auch den Fuhrmann hatte sie seither nicht mehr gesehen. Vielleicht hatte er die Nachricht nicht weitergegeben? Oder der Bauer hatte Jakob nicht erlaubt, die Hochzeit mit seiner Schwester zu feiern? Beides kam in Betracht. Es machte Bärbel traurig, dass ihr Bruder nichts von ihrem Glück wusste. Sie hätte es so gern mit ihm geteilt. Sie musste eine andere Möglichkeit finden, um ihn zu benachrichtigen. Vielleicht würde Sebastian mit ihr nach Odelshofen fahren, damit sie ihm die gute Neuigkeit selbst überbringen konnte? Doch sie musste warten, bis das Kind geboren war. Im Moment war der Weg zu anstrengend für sie beide. Sebastian würde es unter keinen Umständen erlauben. Aber im Spätsommer, wenn das Kind auf der Welt und aus dem Gröbsten heraus war, konnten sie gehen.

Auch Grete hätte sie gern eingeladen, doch sie fürchtete sich davor, dass in dem Haus am Münster bekannt wurde, was mit ihr geschehen war, und so ließ sie es bleiben.

Nach dem Festmahl und dem Abschied der Gäste zog sich das Brautpaar ins Schlafzimmer zurück, das Sebastian bis jetzt allein bewohnt hatte. Ein eifriger Zimmermann hatte das Bett verbreitert, sodass nun zwei Personen darin Platz fanden. Sebastian und Bärbel waren sehr befangen, als sie dort ankamen. Sebastian stellte die Kerze auf das Nachttischchen und setzte sich auf das Bett. Sein Blick war voll glühender Liebe, doch es war ihm anzusehen, dass er nicht wusste, was er tun sollte. *Nun gut*, dachte Bärbel. *Dann liegt es an mir, ihm ein wenig auf die Sprünge zu helfen*! Langsam und bedächtig löste Bärbel die Verschnürungen ihres Leibchens und hängte es sorgfältig über die Lehne des Stuhls, der vor einem zierlichen Frisiertisch aus Kirschholz stand. Nun war das Kleid an der Reihe. Es glitt zu Boden und legte einen verheißungsvollen Blick auf ein dünnes Hemd frei, dessen Stoff sie durchsichtig und verlockend umspielte. Sie sah, wie Sebastian schluckte. Im gedämpften Licht der Kerze überzogen sich seine Wangen mit einer leichten Röte. Bärbel hob ihre Hände und löste das Band, welches das Hemd an ihrem Hals zusammenhielt. Sie streifte es über ihre Schultern, bis es sacht von ihrem Körper glitt. Jeglicher Kleidung entblößt stand sie vor ihm. Eine schlanke Gestalt mit einer kugeligen Erhebung in ihrer Mitte. Sie selbst fand sich alles andere als attraktiv, doch Sebastian betrachtete sie fasziniert und schüchtern zugleich. Sie sah, wie sein Adamsapfel auf und nieder hüpfte, als er erneut krampfhaft schluckte. Kein Wort drang über seine Lippen. Gemächlich ging sie auf ihn zu. Sie hatte keine Eile. Er umschlang mit seinen Armen ihre Hüften und küsste sie auf den Bauchnabel, der über der Wölbung hervorstand. Dann setzte sie sich auf seinen Schoß und küsste ihn, während ihre Finger den Rock von seinen Schultern streiften. Sein Körper fühlte sich beruhigend fest unter ihren weichen Schenkeln an.

»Aber«, protestierte er schwach, »glaubst du nicht, dass es dem Kind schadet?«

Sie lächelte. »Ich denke nicht.« Sie hatte oft genug erlebt, wie sich ihr Vater mit ihrer Mutter vereinigte. Eine Schwangerschaft schien dabei kein Hindernis zu sein. Sie küsste ihn erneut, dann drückte sie ihn sanft auf die Matratze und überließ es ihren Händen, ihn davon zu überzeugen.

* * *

Es war die Zeit der Morgensuppe. Wie gewöhnlich saß die Familie der Selzers an dem großen Tisch in der Stube, um sie gemeinsam mit den Knechten und Mägden einzunehmen. Draußen lag Schnee. Nicht so viel, wie auf dem Erzkasten um diese Jahreszeit, aber trotzdem war es kalt und unwirtlich, und man hielt sich, sooft es ging, in der großen Stube oder der Küche auf, den beiden einzigen Räumen, in denen ein Feuer die Luft erwärmte. Es war der 2. Februar, Mariä Lichtmess. Obwohl der Marienfesttag im lutherischen Glauben seine Bedeutung verloren hatte, war er doch als Ziehtag für das Gesinde erhalten geblieben. Jakobs großer Augenblick lag zum Greifen nah. Heute würde er die Selzers verlassen, seinen Lohn empfangen und so lange in einem Wirtshaus übernachten, bis die Heirat mit Elisabeth vollzogen war. Der Anstand gebot dies und sein Lohn würde es ihm ermöglichen.

Jakob aß nur wenig aus seinem hölzernen Teller. Die Aufregung hatte ihm den Magen zugeschnürt. Schließlich legte er den Löffel beiseite und sah dem Bauern fest in die Augen. »Ich werde heute von hier fortziehen«, begann er. Seine Stimme hörte sich kläglich an in seinen Ohren, doch nun gab es kein Zurück mehr.

»Du wirst *was*?« Kaspar schien die Suppe vor Überraschung aus dem fleischigen Mund zu fallen.

»Ich beendige mein Dienstverhältnis«, entgegnete Jakob nüchtern. Sein Ton war nun sicherer. »Es ist der zweite Februar. Von Rechts wegen steht mir das zu.«

Kaspar warf einen Blick zu seinem Weib, die genauso entgeistert in Jakobs Richtung starrte.

»Das geht nicht«, erwiderte Kaspar barsch. »Die Feldarbeit beginnt bald. Ich habe keinen Ersatz für dich. Michel ist noch viel zu unerfahren, um deinen Platz einzunehmen.«

Jakob zuckte gleichgültig mit den Achseln und vermied es sorgfältig, Andreas dabei anzublicken. »Das geht mich nichts mehr an. Ich werde gehen und Elisabeth Strickler heiraten.« Nun war es heraus. Er hatte die Katze aus dem Sack gelassen und sein Blick glitt nun doch zu Andreas. Zu groß war die Neugierde über diesen Triumph. Er wollte sehen, wie Andreas die Nachricht aufnahm, wollte beobachten, wie es ihm die herablassende Arroganz aus dem Gesicht wischte, mit der er ihn jahrelang bedacht hatte. Und wirklich, Jakob hatte sich nicht getäuscht. Andreas war kalkweiß geworden, seine Mundwinkel hingen schlaff nach unten und in seinen Augen loderte der Hass. Jakob genoss jede seiner Regungen.

»*Was* willst du?«, schrie Kaspar erbost. »Wegen *dir* hat sie meinen Sohn verschmäht? Wegen eines dahergelaufenen Wichtes, der vor ein paar Jahren an meine Tür geklopft hat, um nicht als Bettler in der Gosse zu enden?«

»Kaspar«, warf Klara beschwichtigend ein, doch Kaspar hörte sie nicht.

»Ich hätte es wissen müssen, aber nein, *du* wusstest es ja besser!«, wandte er sich nun seinerseits an sein nach Würde ringendes Weib. »Ich hätte die Brut meines elenden Bruders davonjagen sollen, statt sie in mein Haus aufzunehmen und für ihr Auskommen zu sorgen! Sein Leben lang ist er ein Taugenichts gewesen, der es nie zu etwas Anständigem gebracht hat.« Dass Kaspar selbst nur durch Klaras Notlage zu diesem stattlichen Hof gekommen war, daran dachte er jetzt nicht. »Nichts als Unglück hat er über unsere Familie gebracht.« Mit einem lauten Knall fuhr Kaspars Faust auf den Tisch, der anklagend erzitterte.

»Kaspar! So beruhige dich doch!«, versuchte es die Bäuerin von Neuem.

Andreas schwieg, während er das Streitgespräch verfolgte. Seine erbosten Augen huschten zwischen Jakob und seinem Vater hin und her. Katharina war den Tränen nahe und der Rest der Tischgemeinschaft beäugte den Knecht voller Erstaunen.

»Nun, dann ist es ja gut, dass ich gehe«, erwiderte Jakob mit zusammengebissenen Zähnen. Er hatte nicht vor, mit dem Bauern zu streiten, auch wenn ihm dies angesichts der Beleidigungen immer schwerer fiel. Der Bauer gönnte ihm nicht das Geringste, nicht einmal zur Hochzeit seiner Schwester hatte er ihn gehen lassen, obwohl es ihn brennend interessierte, warum Bärbel so plötzlich heiratete. – Und vor allen Dingen, wen.

Kaspar holte tief Luft und stieß sie wie ein wütender Stier durch die Nase wieder aus. Kleine Schweißperlen hatten sich auf seiner Oberlippe gebildet. »Du gehst erst dann, wenn ich einen Ersatz für dich gefunden habe«, erwiderte er etwas ruhiger, aber immer noch aufgebracht. »Hast du verstanden? Das bist du mir und meinem Weib schuldig. Lange genug haben wir dich um meines Bruders willen durchgefüttert. In dieser Zeit hast du so viel gefressen wie ein Ochse. Du hast gut gelebt auf unsere Kosten, da wird es auf ein paar Tage mehr oder weniger nicht ankommen.«

Der Blick in Andreas' Augen veränderte sich. Neben einer grenzenlosen Wut sah Jakob auch den Hauch einer Genugtuung darin.

»Erst dann bekommst du deinen Lohn und danach magst du ziehen, wohin du willst«, schloss der Bauer. Mit einem Ruck stand er auf und stürmte davon.

* * *

»So, fertig!« Zufrieden betrachtete Bärbel ihr Werk. Sie legte die letzte Decke auf eines der beiden Betten, die in der schmalen Kammer aufgestellt waren, und strich sie sorgfältig glatt.

Das schmale Haus der Liebigs verfügte über drei Stockwerke und zwei steile Dachgeschosse. Im Erdgeschoss lagen die Küche und Thereses Kammer. Im ersten Stock die Stube, ein kleines Arbeitszimmer und das Schlafzimmer, das Bärbel und Sebastian bewohnten. Im zweiten Stock gab es drei Kammern, die das junge Ehepaar in den letzten Wochen hergerichtet hatte. Sie sollten der Anfang eines Findelhauses sein, das sie betreiben wollten.

Sebastian blickte sich versonnen um und legte mit einem gewissen Besitzerstolz den Arm um die Schultern seines Weibes, deren Bauch beträchtlich an Umfang zugelegt hatte. »Es ist schön geworden, findest du nicht?«

Bärbel nickte. »Ja, das finde ich auch. Glaubst du, die Kinder werden sich hier wohlfühlen?« Voller Bedauern dachte sie an die Kinder in Breisach, die sie und Jakob vor einigen Jahren zurückgelassen hatten. Dieses Haus sollte ein anderer Ort werden als der von Meister Porteisen und seinem ältlichen Weib. Es sollte ein Ort der Liebe und Geborgenheit sein und nicht ein Albtraum, aus dem es kein Erwachen gab. Vielleicht konnte sie auf diese Weise etwas davon gutmachen, was Anni und die anderen Kinder durch ihre Flucht erleiden mussten. Und vielleicht konnte sie dem Herrgott etwas davon zurückgeben, was sie selbst erfahren hatte. Einen Ort der Vergebung und des Neuanfangs. Plötzlich verspürte sie den dringenden Wunsch, dies vor dem festzumachen, der auch sie nicht verlassen hatte. »Komm, lass uns Gott um seinen Segen für das Findelhaus bitten.«

Sebastian nickte zustimmend. Sie knieten nieder und baten den Schöpfer von Himmel und Erde, dass er sie segnete für die große Aufgabe, die ihnen bevorstand.

Sebastian wusste, dass das Findelhaus keine leichte Aufgabe sein würde. Er hatte das Elend des Krieges gesehen. Eine Zeit lang hatte er in Mansfelds Armee als Heerespfarrer gedient, bis er es nicht mehr aushielt. »Gott helfe denen, wo Mansfeld hinkommt«, lautete ein Gebet der Bevölkerung, die den Durchzug seiner Truppen überlebten. Sie hatten nicht unrecht damit. Für die betroffenen Bauern bedeutete die brutale und menschenverachtende Art seiner Kriegsführung oft genug das Ende ihrer Existenz. Er hatte zu viele Kinder gesehen, die allein durch das Land streiften, dem Hunger und der Verwahrlosung preisgegeben. Zu viele entehrte Frauen, geschwängert von den Soldaten und ohne eine Aussicht, sich und das Kind durchzubringen. Ganz zu schweigen von den Eltern, die ihre Kinder nicht mehr ernähren konnten. Wenigstens ein paar von ihnen wollte er retten. Wenigstens an einigen die Liebe Gottes sichtbar machen in dieser schrecklichen Zeit. Sich als sein Diener darum kümmern, das Leben zu erhalten, anstatt es zu zerstören. Auch in Straßburg gab es Armut und Not. Die Zahl derjenigen, die ihr zerstörtes Heim verlassen mussten, um in der Stadt Schutz und ein Auskommen zu suchen, wuchs ständig. Wenn sich herumsprach, dass sich hier ein Findelhaus befand, würden diese Menschen vielleicht ihre Kinder in die Obhut seines Hauses geben, damit sie versorgt wurden. Es war besser, als sie verhungern zu lassen.

Ein entsprechendes Schild hing seit einigen Tagen über der Tür und immer wieder hatten sie beobachtet, wie es gemustert wurde.

Er wusste, dass es für die Eltern nicht einfach sein würde, ihre Kinder wegzugeben. Viele schämten sich ihrer eigenen Unfähigkeit, sie zu ernähren, oder taten das, was Bärbel vorgehabt hatte, wenn er nicht zufällig in jener Nacht einen langen Spaziergang unternommen hätte, weil er nicht schlafen konnte. Doch wahrscheinlich war dies kein Zufall gewesen. Es musste der Herrgott selbst gewesen, der ihn diesen Weg hatte nehmen lassen, statt eines anderen.

Um den Eltern die Abgabe zu erleichtern, war eine hölzerne Klappe neben der Haustür angebracht worden, in die man vor allem Säuglinge unbemerkt legen konnte. Eine Glocke, die mit der Klappe verbunden war, würde leise läuten, um sie darüber in Kenntnis zu setzen, dass sie einen Gast hatten. In der Zwischenzeit konnten sich die Mutter oder der Vater unbemerkt zurückziehen.

Ein solches Haus kostete natürlich eine Menge Geld, vor allem, wenn es mit hungrigen Mäulern bevölkert sein würde. Deshalb war er in letzter Zeit ständig unterwegs gewesen, und hatte bei den reichen Bürgern Straßburgs um Geld gebettelt für diejenigen, denen es nicht so gut ging. Bei einigen war er auf Unverständnis gestoßen, andere hatten ihm etwas Geld anvertraut und von einigen wenigen hatte er das Versprechen einer fortlaufenden Zahlung erhalten, sobald er die ersten Schützlinge vorweisen konnte. Jetzt hieß es zuwarten, bis diese Schützlinge hoffentlich eintrafen.

Wo Glück und Leid nah beieinanderliegen

»Brr Lukas!« Der hellbraune Wallach stemmte seine gewaltigen Hufe in den Boden und brachte die Kutsche zum Stehen. Valentin Strickler stieg steifbeinig vom Kutschbock. Mit unbeholfenen Schritten ging er zur Stallwand und band die Zügel des Pferdes an einen Eisenring, der dort verankert war. Versonnen tätschelte er das mächtige Hinterteil des Pferdes. Dann straffte er seine Schultern, als wappnete er sich für das, was vor ihm lag. Von den Geräuschen aufgeschreckt streckte ein dünner Junge seinen Kopf durch die Tür der Knechtskammer. Sein Haar war zerzaust und er rieb sich verschlafen über die Augen. Es war Michel, der den Sonntagnachmittag für ein kleines Schläfchen genutzt hatte.

Valentin nickte dem Jungen grüßend zu. »Lass ihn hier stehen. Ich komme gleich wieder.« Er glaubte nicht, dass die Unterhaltung mit Kaspar viel Zeit beanspruchen würde. Es war bereits Mitte April und noch immer gab er Jakob nicht frei. Es wurde langsam Zeit, dem Spuk ein Ende zu setzen.

Valentin klopfte an die schwere Eingangstür. Sie war solide gebaut, doch an einigen Stellen zeigte das Holz kleine Risse. Eine Folge des Winters, der in diesem Jahr kälter als sonst gewesen war. Das obere Fach öffnete sich. Katharina zuckte bei seinem Anblick für einen kurzen Moment zurück. Ein kaum merkliches Erschrecken. Man schien offenbar schon längst darauf zu warten, dass er vorbeikam.

»Guten Tag«, begrüßte Valentin das Mädchen dennoch freundlich. »Darf ich hereinkommen?«

»Äh, ja«, erwiderte sie. Sie öffnete die Tür ganz, damit er eintreten konnte.

Valentin nahm seinen Hut vom Kopf. Sein steifes Bein hob sich mühsam über die Türschwelle, als er Katharina den Flur entlang in die große Stube folgte. Katharina wandte ihm den Rücken zu. Die Schultern des Mädchens standen leicht in die Höhe. Es schien, als ob sie den Kopf aus Angst vor einer möglichen Auseinandersetzung eingezogen hatte. Valentin lächelte in sich hinein. Wahrscheinlich hatte sie nicht unrecht. Doch er würde nicht klein beigeben, wenn es zum Streit kommen würde.

»Der Valentin ist da«, sagte das Mädchen. Sie eilte zu ihrer Mutter, die mit ihrem Spinnrad vor dem Fenster saß, um das Tageslicht auszunutzen.

Kaspar hatte es sich, die Beine weit ausgestreckt, auf der Ofenbank gemütlich gemacht. Seine entspannten Gesichtszüge veränderten sich zu einem verkniffenen Lächeln, als der alte Bauer eintrat, doch er machte sich nicht die Mühe aufzustehen, um seinen Gast zu begrüßen.

Stattdessen erhob sich die Bäuerin. »Guten Tag, Valentin.« Klaras Mund verzog sich zu einem freundlichen Lächeln. Ihre Augen huschten jedoch voller Sorge zu ihrem Mann. Valentin konnte nicht sagen, ob ihre Freundlichkeit echt war oder nicht. Doch er mochte Klara, mehr als Kaspar. In diesem Punkt hatte Jakob recht. Er war ein aufgeblasener Kerl, der allzu gern vergaß, wo er herkam.

Der alte Bauer blieb in der Nähe der Tür stehen. »Guten Tag«, grüßte er höflich.

»Möchtest du etwas trinken?«, fragte Klara. Sie knetete mit nervösen Fingern eine Ecke ihres Fürtuchs. »Einen Schoppen Bier vielleicht?«

Valentin nickte dankbar. Er konnte einen Schoppen vertragen.

»Komm, setz dich her«, mit einer Geste lud Kaspar ihn ein, neben ihm Platz zu nehmen.

Valentin nahm das Angebot an und setzte sich mit einem Seufzer neben Kaspar auf die gemauerte Ofenbank. Die Kacheln, mit denen der Ofen verkleidet war, strahlten eine leichte Wärme aus. Er wurde vom Küchenherd aus befeuert, doch durch das mit aller Macht einziehende Frühjahr wurde es überflüssig, das Feuer länger als nötig in Gang zu halten. Sie führten ein belangloses Gespräch über das Wetter im Allgemeinen und die dadurch entstehende Feldarbeit, bis Klara mit zwei Steinkrügen voller Bier auftauchte, das einen herben Duft verströmte und mit einer schaumigen Krone überzogen war. Die beiden Männer prosteten sich zu und nahmen einen gehörigen Schluck von dem angenehm bitter schmeckenden Gebräu.

»Ich nehme an, dass du nicht nur gekommen bist, um uns einen sonntäglichen Besuch abzustatten«, nahm Kaspar das Gespräch wieder auf.

»Nein, das bin ich nicht«, erwiderte Valentin. Auch er hatte keine Lust, weiter um den heißen Brei herumzureden.

»Du weißt, warum ich hier bin. Nicht wahr?«

Kaspar sah dem Alten tief in die Augen. »Ich kann es mir denken.« Natürlich wusste er, worum es sich handelte. Es ging um Jakob. Mehr als zwei Monate waren seit jenem Tag vergangen, als der nichtsnutzige Knecht seine Pläne offenbart hatte. Er war immer noch wütend darüber, dass er sich einfach so davonschleichen wollte, und – was noch schlimmer war – das Mädchen zu heiraten gedachte, dass er für seinen eigenen Sohn ausgesucht hatte. Andreas' Ehrgefühl hatte mehr als nur ein wenig darunter gelitten, dass Elisabeth und ihr Vater ihm einen Korb gegeben hatten, damit sie *seinen* Knecht heiraten konnte. Wie, um alles in der Welt, konnten sie nur so dumm sein? Kaspar ließ sein Gegenüber nicht aus den Augen.

Das schmale, von Falten durchfurchte Gesicht blickte offen zurück. »Gib Jakob endlich frei. Du hast lange genug Zeit gehabt, dir einen neuen Knecht zu suchen.«

In Kaspar kochte der Zorn, doch er hielt sich zurück und lehnte sich lässig gegen die gekachelte Ofenwand. »Du willst doch nicht allen Ernstes behaupten, dass *mein* Knecht *deine* Tochter heiraten soll?«

Klara, die sich wieder an ihr Spinnrad gesetzt hatte, räusperte sich nervös. Katharina war hinausgeschickt worden, doch Valentin war sich sicher, dass sie an der Tür stand und lauschte. Andreas schien außer Haus zu sein.

»Warum nicht?«, entgegnete er. »Jakob ist ein anständiger Kerl. Ich wüsste nicht, weshalb er meine Tochter nicht heiraten sollte.«

»Er ist ein Habenichts und ein Tunichtgut dazu!« Kaspars Stimme klang nun scharf. »Ein schlechter Tausch gegen meinen eigenen Sohn. Er hätte durchaus mehr zu bieten gehabt.«

»Es ist nicht immer das Geld, worauf es ankommt«, erwiderte Valentin. Er strahlte eine Ruhe aus, die Kaspar noch wütender machte.

»Ach, und du denkst, Andreas hätte dies nicht zuwege gebracht?« Kaspars Stimme überschlug sich und er räusperte sich, um sie wieder in den Griff zu bekommen.

Valentin nahm einen langen Zug aus dem Krug, den er in der Hand hielt. »Ich will nicht mit dir streiten«, sagte er, »doch du wirst Jakob freigeben müssen.« Sein Blick war unerbittlich. »In zwei Wochen wird er aus der Knechtskammer ausziehen. Falls nicht, werde ich den Schultheißen über diesen Vorfall informieren. Haben wir uns verstanden?« Valentin stellte seinen Bierkrug mit einem satten Geräusch auf die Ofenbank und stand abrupt auf. »Einen guten Tag wünsch ich.«

Klara erhob sich eilig von ihrem Spinnrad, um den Gast hinauszubegleiten.

»Bemüh dich nicht.« Jeder Anflug von Freundlichkeit war aus dem Gesicht des Alten gewichen. »Ich finde allein hinaus.«

Die beiden Eheleute beobachteten stumm, wie er steifbeinig durch die geöffnete Tür hinkte.

»Ich sage es noch einmal«, rief ihm Kaspar hinterher. »Es ist ein schlechter Handel, den du abgeschlossen hast. Glaube mir. Der Tag wird kommen, an dem du an mich denken wirst.«

Kurz darauf fiel die Haustür ins Schloss. Klara musterte ihren Mann mit einem strengen Blick. »Du tust gut daran, auf Valentins Forderung einzugehen«, ihre Stimme klang nüchtern.

Kaspars Miene verzerrte sich vor Wut. Seit Wochen hatte er nicht mehr richtig geschlafen, so sehr ärgerte ihn das, was sein sauberer Neffe ihnen angetan hatte. Nun gut, dann sollte er eben gehen. Aber *er*, Kaspar Selzer, war noch nicht fertig mit ihm.

»Dieser aufgeblasene Affe! Diese widerliche Kreatur!«, donnerte Jakob wütend drauflos. »Das tut er doch absichtlich.«

»Das weißt du nicht mit Bestimmtheit, Jakob.« Elisabeth legte ihm begütigend ihre Hand auf die Schulter. »Vielleicht findet er wirklich niemanden.«

»Ach was«, entgegnete Jakob aufgebracht. »Es macht ihm Spaß, mich zu quälen.«

Jakob glaubte nicht, dass Kaspar sehr nach einem neuen Knecht suchte. Stattdessen ließ er ihn schuften wie ein Pferd, was auch Andreas zu genießen schien, gewissermaßen als Entschädigung für seine verschmähten Gefühle zu Elisabeth. Nichts hatte sich geändert. Alles war beim Alten geblieben und er war dabei so hilflos wie ein Tier in der Schlinge. Wenn er seinen Lohn nicht bekam, konnte er weder ins Wirtshaus noch irgendetwas zur Hochzeit beisteuern. Er kam sich dabei schäbig und unfähig vor, obwohl Elisabeth dies nicht so sah.

Sie standen im Hof der Stricklers, einer rechteckigen Einfriedung, die L-förmig von Haus, Scheuer und Stall umgeben war. Das Gehöft war längst nicht so groß wie das der Selzers, doch es war in einem ordentlichen Zustand, und Jakob freute sich darauf, hier seine Kraft einzubringen, um es erblühen zu lassen. Der Schotter unter ihren Füßen knirschte, als sie auf das Haus zusteuerten. Sie mussten sich nun nicht mehr im Wald treffen, obwohl sie dies hin und wieder trotzdem taten. Es war ein Ritual, das zu ihnen gehörte wie der sonntägliche Kirchgang. Doch heute war Jakob zum Haus der Stricklers gekommen. Er hatte mit Valentin über diese Angelegenheit gesprochen. Vielleicht wusste der alte Bauer noch irgendeinen Rat? Kurz darauf hatten Jakob und Elisabeth den hellbraunen Wallach aufgeschirrt und Valentin war zum Haus der Selzers aufgebrochen, um mit Kaspar ein Wörtchen zu reden. Jakob konnte es kaum mehr erwarten, die trappelnden Hufe des Pferdes auf der Straße zu hören, die von der Rückkehr seines Herrn kündeten. Sie näherten sich der dunklen Haustür, die sich an der Längsseite des Hauses befand. Das Haus selbst stand, wie fast alle Häuser, mit der Giebelseite zum Bach, der, durch einen breiten, grasbewachsenen Weg von ihm getrennt, glucksend davor entlangfloss.

»Komm herein«, auch Elisabeths Stimme klang ein wenig angespannt, obwohl sie Jakob immer noch zu beruhigen versuchte. »Mutter hat einen Kuchen gebacken. Sie freut sich sicher, wenn du davon probierst.«

Jakob folgte Elisabeth in die Stube, wo sich die Bäuerin über ihre Strickarbeit beugte. Es machte Jakob immer noch etwas befangen, wenn er ihr gegenübertrat, obwohl es keinen Grund dafür gab.

Christine Strickler war stets freundlich zu ihm, aber ihre leicht gebeugte Gestalt strahlte eine ruhige Autorität aus, die ihn verwirrte. Vielleicht lag es daran, dass er seine Mutter nie kennengelernt hatte und Marie schon so lange tot war. Die Bäuerin hatte ihm erzählt, dass sie Anna gekannt hatte. Sie sei ein stattliches Weib gewesen, was immer sie auch darunter verstand.

Plötzlich hob Christine den Kopf und lauschte. Ihr Blick glitt zum Fenster. Nun hörte auch Jakob das unverkennbare Geräusch von Hufen und das Holpern der Kutschenräder, als Valentin über die Brücke zum Hof einbog.

»Vater!« Elisabeth stürmte nach draußen, mit Jakob im Gefolge.

Der alte Bauer konnte sich ein zufriedenes Grinsen nicht verkneifen, nachdem er Lukas zum Halten gebracht hatte. »In zwei Wochen bist du frei!«

* * *

Sebastian Liebig durchschritt die schmale Stube wie ein Stier, den man von der Kette gelassen hatte. Bärbel lag schon seit dem frühen Morgen in den Wehen. Oder zumindest hätte sie seiner Meinung nach liegen sollen, doch sie weigerte sich standhaft. Zuerst war es nur ein leichtes Ziehen gewesen, das sie offenbar schon im Bett verspürte. Doch mit jeder Stunde nahm es zu und immer öfter blieb Bärbel stehen und hielt sich den Rücken. Seinen wiederholten Rat, sich ins Bett zu legen, lehnte sie so brüsk ab, als ob er sie zu irgendeiner Niedertracht verleiten wollte. Therese hatte ihm einen mahnenden Blick zugeworfen, worauf er jeden weiteren Versuch unterließ. Die alte Haushälterin musste ja schließlich wissen, was zu tun war, und Bärbel wurde im Laufe des Tages so reizbar wie eine wütende Hornisse.

Sebastian blieb vor dem Fenster stehen und starrte in den Abend hinaus. Regentropfen klopften sacht gegen die Scheibe. Das Wetter war so grau wie seine Seele. Unter seinem angstvollen Blick eilten die Menschen auf der tiefer liegenden Gasse mit eingezogenen Köpfen ihrem Ziel entgegen. Eine Frau kreischte auf. Sie glitt auf irgendetwas aus, verlor das Gleichgewicht und rettete sich mit heftig rudernden Armen vor dem Fall. Wenn es regnete, verwandelten sich die ungepflasterten Gassen der Stadt binnen weniger Stunden in ein schmutziges Gewühl aus Schlamm und Morast. Man musste aufpassen, wohin man trat. Nur die großen Straßen verfügten über eine Holzpflasterung, die wesentlich sauberer war. Vor drei Stunden war Sebastian selbst durch diese Gassen geeilt, so schnell er konnte. Er hatte Pfützen umschifft und sich bemüht, dem größten Dreck aus dem Weg zu gehen, der sich in Form von Schweinekot und anderen Unannehmlichkeiten allmählich in einen matschigen Brei verwandelte. Therese hatte ihn fortgeschickt. Sie hielt es für angebracht, die Wehmutter zu holen. Zu seiner Erleichterung hatte die Frau ihre Tasche gepackt und war ihm unverzüglich gefolgt.

In der Zwischenzeit war das Feuer in der Küche kräftig geschürt worden. Die Fensterläden hatte Therese zum Schutz gegen die kühle Luft geschlossen. Sebastian war vor der dampfenden Hitze des Raumes zurückgeprallt, doch die Wehmutter schien nichts Schlimmes daran zu finden. Sie hatte ihn angewiesen, etwas Stroh zu besorgen. Als er mit einem Bündel des gewünschten Materials erschien, nahm sie es ihm ab und verteilte es auf dem Boden, direkt vor seiner mit sich ringenden Frau. Sein Herz zog sich vor Mitleid zusammen, als er daran dachte. Bärbel saß neben dem Herd auf einem Schemel. Ihre ganze Aufmerksamkeit auf die Vorgänge in ihrem Innern gerichtet. Ihr Gesicht war krebsrot, die Augen glasig vor Schmerz. Er wollte zu ihr gehen, doch stattdessen hatte man ihm die Tür gewiesen. Ein Mann hatte bei einer Geburt nichts zu suchen. Sebastian war sich nicht sicher, ob er sich darüber freuen sollte, denn nun war das Stöhnen in qualvolles Schreien übergegangen. Eigentlich war er nicht sehr erpicht darauf zu *sehen*, was dort unten vor sich ging, aber er hätte Bärbel gern beigestanden in all der Not, die über sie schwappte wie das Jüngste Gericht. Ein neuer Schrei – noch qualvoller dieses Mal – drang an sein Ohr. Sebastian fuhr sich über die schweißnasse Stirn, während er mit unruhigen Schritten die Stube durchmaß. Er konnte nicht stillstehen und er schwitzte beinahe ebenso wie Bärbel in der Küche. Ihr Hemd war schweißdurchtränkt gewesen und der sich darunter wölbende Bauch spannte sich wie eine Trommel gegen das dünne Tuch. Sie hatte sich gewunden wie eine Schlange, die man in siedendes Wasser getaucht hatte, in einem Kampf, der einer Agonie gleichkam. Gott, wenn sie nur nicht stirbt! Zum hundertsten Mal schickte er ein Stoßgebet zum Himmel hinauf. »Bitte«, flehte er, »lass sie nicht sterben!« Er betete voller Inbrunst, denn es war das Einzige, das er tun konnte.

In einem Moment der Stille drifteten seine Gedanken ab. Das Findelhaus war immer noch leer. Nicht ein einziges Kind hatte den Weg zu ihnen gefunden. Sollte der Herrgott am Ende gar nicht wollen, dass sie fremde Kinder in ihr Haus aufnahmen? Doch wahrscheinlich war es besser, wenn es die nächsten Tage so blieb. So konnte sich Bärbel wenigstens nach der Geburt erholen. Vielleicht war es aber auch ein Fehler gewesen, darauf zu hoffen, dass man fremde Kinder in seine Obhut geben wollte. Ihm, einem unbekannten Pfarrer aus Böhmen, was man allzu deutlich an seiner Aussprache erkannte. Nun, es blieb ihm nichts anderes übrig, als diese Angelegenheit in Gottes Hände zu legen, genauso wie das Wohlergehen von Mutter und Kind, die sich unter seinen Füßen hörbar quälten.

Es vergingen weitere drei Stunden voller Angst und Sorge, bis ein markerschütternder Schrei durch den Stubenboden drang. Sebastian war mit seinen Nerven am Ende. Er hatte das unstete Laufen aufgegeben und sich an den Tisch gesetzt, den Kopf in seinen auf der Tischplatte ruhenden Armen verborgen. Ein zaghaftes Wimmern drang plötzlich an sein Ohr, das von einem kräftigen Schreien abgelöst wurde. Erstaunt hob Sebastian den Kopf. Das Kind. Es musste das Kind sein, das lautstark die neue Welt begrüßte. Doch was war mit Bärbel? Lebte sie noch? Er konnte nicht mehr an sich halten. Aufgeregt sprang er auf und lauschte. Das Kind war verstummt. Die Stimmen von Therese und der Wehmutter drangen undeutlich an sein Ohr, doch Bärbels Stimme konnte er nicht darunter entdecken.

Ein neuer Ton traf zaghaft auf sein angespanntes Gehör. Es war das leise Läuten einer Glocke. Die Erkenntnis traf ihn so unvermittelt wie zuvor der Schrei des Säuglings.

»Mein Gott, die Klappe!«, flüsterte er. Mit langen Schritten stürzte er die Treppe hinunter. In der Einlassung neben der Haustür lag ein winziger Säugling, geschnürt wie ein Bündel, das auf die Reise ging. Seine kleine Faust steckte in seinem Mund und er saugte kräftig daran. Vorsichtig hob Sebastian das Kind auf. In diesem Moment öffnete sich die Tür und Therese spähte heraus. Ihr Blick hätte verblüffter nicht sein können, doch sie fasste sich erstaunlich schnell.

»Ihr könnt jetzt hereinkommen«, sagte sie.

Sebastian taumelte mit dem Säugling im Arm in die Küche. Ein seltsamer Geruch schlug ihm entgegen. Ein Gemisch aus Blut und anderen Körperflüssigkeiten, das ihn lebhaft an seine Zeit als Heerespfarrer erinnerte. Bärbel thronte wie eine Königin auf ihrem Schemel, das Hemd an ihren Beinen war mit Blut durchtränkt. Sie hatte ihre Haube abgenommen und er sah den langen Zopf, der sich um ihren Kopf schlang. Eine rotgoldene Krone auf ihrem Haupt. Sie war zum Umfallen müde, doch sie strahlte eine innere Würde über den Sieg aus, den sie errungen hatte. Stolz hielt sie das Neugeborene in ihren Armen. Ein fast identisches Bündel zu dem Seinigen.

Sebastian fühlte sich so unwirklich wie ein Schlafwandler, als er auf sie zutrat. »Ich habe noch eines«, sagte er so heiser, als ob er sich erkältet hätte, und wusste nicht, ob er lachen oder weinen sollte.

* * *

»So, fertig!« Zufrieden stellte Jakob seine Mistgabel an die Stallwand.

Quirin, der neue Knecht, lächelte ihm freundlich zu. »Danke, dass du mir alles gezeigt hast, bevor du gehst.«

Jakob vollführte mit seiner Hand eine beschwichtigende Geste. »Ist nicht der Rede wert.«

Franziska gesellte sich zu ihnen. »Schade, dass du gehen musst«, sagte sie. Ein bekümmerter Blick lag in ihren Augen.

»Ich muss nicht gehen. Ich will«, verbesserte sie Jakob.

»Trotzdem ist es schade«, schmollte Franziska. »Ich hab dich immer gern gehabt.« Ihr Blick glitt zu dem neuen Knecht. Er war ein hübscher Kerl, mit dichtem, lockigem Haar. Sie blinzelte ihm kokett zu. *Die Trauer um mich wird nicht lange anhalten*, dachte Jakob amüsiert. Die drei gingen zur Stalltür. Michel war schon vorausgegangen. Er musste Andreas helfen, was immer dies auch sein mochte. Als Jakob die Tür öffnete, sah er Andreas aus der Knechtskammer eilen. Michel kam hinter ihm zum Vorschein, sein Gesicht ein Ausdruck ungläubigen Erstaunens. Andreas hielt etwas in der Hand. Es sah aus wie ein kleines, dunkelrotes Säckchen. Er umklammerte es wie einen kostbaren Schatz. Doch es war seine Miene, die Jakob stutzig machte. Seine Mundwinkel zogen sich zu einem siegessicheren Grinsen nach oben, das ganze Gesicht strahlte eine zufriedene Selbstgerechtigkeit aus, eine Genugtuung über etwas, von dem Jakob nicht wusste, was es war. Er sollte nicht lange darüber im Unklaren bleiben.

»Vater«, rief Andreas lautstark über den Hof, »sieh nur, was ich gefunden habe.«

Kaspar erschien am Fenster. Seine Brauen schoben sich fragend in die Höhe.

»Hier, sieh nur!« Andreas hob den Gegenstand in Richtung des Fensters. Der rote Stoff leuchtete in der Sonne auf. Kaspar gab einen verblüfften Laut von sich. »Wo hast du das her?«

Andreas' Kopf fuhr herum. »Von dem da!« Er zeigte mit dem Finger auf Jakob. »Deinem sauberen Knecht.«

Jakobs Augen weiteten sich vor Schreck. »Was? Was hast du bei mir gefunden?«

»Das weißt du ganz genau.« Mit einem Blick, der sein Publikum von der Wichtigkeit seines Fundes überzeugte, sah er um sich. »Kommt alle mit herein, dann werde ich euch zeigen, was für ein Lump der da ist.« Seine Augen ruhten anklagend auf Jakob, den er offensichtlich dafür verantwortlich machte.

»Andreas, was soll das?« Die Gesichter von Klara und Lina, der

Obermagd, erschienen hinter der Gestalt des Bauern am Fenster. Andreas schenkte ihnen keine Beachtung.

»Kommt nur alle her. Ihr werdet schon sehen.«

Das erstaunte Gesinde folgte ihm auf den Fuß. Einzig Jakob beschlich ein mulmiges Gefühl und Michel sah aus wie ein Schaf, das zur Schlachtbank geführt wurde.

»Hast du eine Ahnung, was das Ganze hier soll?«, flüsterte ihm Jakob zu.

Michel blieb ihm die Antwort schuldig, doch er schien mehr als verstört über das, was er gesehen hatte.

Der Haushalt des Bauernhofes versammelte sich eilig in der großen Stube, wo der Tisch bereits für die Morgensuppe gedeckt war. Klara nahm sich nicht einmal mehr die Zeit, das Brotmesser wegzulegen, mit dem sie eben noch altes Brot geschnitten hatte, um es in die erwärmte Milch zu tun.

»Hier«, Andreas warf seinen Fund mit einem harten »*Klong*« vor dem Bauern auf die Tischplatte. Es war tatsächlich ein Säckchen aus dunkelrotem Samt, dessen oberes Ende mit einer blauen Kordel zugeschnürt war. Irgendetwas Schweres schien sich darin zu befinden. »Sieh nach, was drin ist.«

»Aber das ist doch ...«, begann Katharina erstaunt.

»Sei still«, fuhr ihr Andreas herrisch über den Mund. »Lass Vater nachschauen.«

Mit seinen fleischigen Fingern öffnete Kaspar bedächtig die Schlaufe. Dann hielt er das Säckchen in die Höhe und ließ den Inhalt in seine Hand fallen. Ein überraschtes Murmeln erklang im Raum, als er seine gefüllte Handfläche vor den Augen der Zuschauer öffnete. Jeder kannte die Schmuckstücke, die sich darin befanden.

Klara keuchte auf: »Aber ... das kann doch nicht sein. Erst letzten Sonntag habe ich sie wieder in die Kommode gelegt«, rief sie erstaunt.

Ein goldener Ring glänzte im hellen Tageslicht, daneben eine feingliedrige Kette mit einem kleinen goldenen Kreuz. Es war der Hochzeitsring der Bäuerin, den sie wegen der schweren Arbeit nur sonntags anzuziehen pflegte, genau wie die Halskette, die schon ihrer Mutter gehört hatte.

»Wo hast du das her?« Die Stimme des Bauern klang scharf, als er sich an seinen Sohn wandte.

»Aus Jakobs Strohsack!«, erwiderte der mit großer Lässigkeit. »Ich wollte mit Michel frisches Stroh in den Sack füllen, damit Quirin nicht in den Ausdünstungen seines Vorgängers liegen muss, und als wir das Gebrauchte herausschüttelten, kam es zum Vorschein.«

»So ist das also«, der Bauer sprach leise und bedächtig, doch es war so still in der Stube, das man eine Heftnadel hätte fallen hören. »Mein sauberer Knecht bereichert sich an uns, bevor er das Weite sucht.«

Jakob fühlte, wie ihm die Galle hochstieg. Ihr saurer Geschmack versengte ihm brennend den Hals. »Das ist nicht wahr!«, rief er. »Ich habe nichts gestohlen!«

»Und warum haben wir die Schmuckstücke meiner Mutter in *deinem* Strohsack gefunden?«, erwiderte Andreas.

»Das weiß ich nicht!« Jakob sog mit einem tiefen Atemzug die Luft in seine Lungen und zwang sich zur Ruhe. Es war eine schwere Anschuldigung, die sie gegen ihn vorbrachten. Er musste sie mit aller Macht vom Gegenteil überzeugen und dazu brauchte er einen kühlen Kopf. »Vielleicht hast du sie selbst hineinfallen lassen, als ihr das Stroh aus dem Sack geschüttelt habt?«, wandte er sich an Andreas. Es war alles, was ihm auf die Schnelle dazu einfiel, und es war sogar mehr als wahrscheinlich. Gleichzeitig ging ihm auf, dass er seine Behauptung nicht beweisen konnte, und im Ernstfall galt immer noch das Wort des Herrn mehr als das seines Knechts.

Andreas wies mit dem Kinn auf Michel, der zutiefst unglücklich neben Jakob stand. »Michel hat's entdeckt. Nicht ich.«

Alle Augen richteten sich auf den Jungen. Bekümmert trat er von einem Bein aufs andere. »D..das ... stimmt«, brachte er nur mit Mühe heraus. Er hegte große Schuldgefühle, dass Jakob wegen seiner dummen Neugier in diese Misere hineingeraten war. Er hatte das Säckchen tatsächlich entdeckt und aus dem Stroh gefischt, wo es ihm sofort von Andreas aus der Hand gerissen wurde.

»Aber ich *habe* nichts gestohlen. So glaubt mir doch«, Jakobs Haut prickelte bis in die Fingerspitzen. Er verspürte den plötzlichen Drang wegzulaufen, fort von den anklagenden Blicken der anderen. Doch dies würde ihn nur noch mehr in Schwierigkeiten bringen.

»*Dir glauben*?«, höhnte der Bauer. »Dass ich nicht lache. – Außer der Tatsache, dass du die junge Stricklerin heiraten wirst, hast du noch nie viel Gescheites zuwege gebracht. Da liegt es doch nahe, noch etwas von Wert an sich zu nehmen, um vor dem Alten Eindruck schinden zu können!«

Jakob fühlte, wie er sich immer schlechter im Zaum halten konnte. Seine Glaubwürdigkeit schwamm davon, wie Felle, die man in den Fluss geworfen hatte. Er sah es in den Gesichtern von Franziska, Lina, Katharina, Quirin und Klara. Ein leises Aufleuchten des Misstrauens in ihren Augen, das Andreas gesät hatte. Und er wusste, warum Andreas dies tat.

»Dies ist nichts weiter als ein abgekartetes Spiel«, schrie Jakob verzweifelt. »Warum hast du das Stroh in meinem Bett gewechselt?«, wandte er sich an Andreas, der ihn kalt musterte. »Bei mir hat das keiner getan, als ich vor fast acht Jahren hier ankam. Ich erinnere mich noch gut daran, wie es vor sich hin gemodert hat.« Er wandte sich flehend an Kaspar. »Ich bin kein Dieb!«

»Oh doch, das bist du«, erwiderte der Bauer in aller Logik. »Ich werde dich vor den Schultheißen bringen, damit du deine gerechte Strafe bekommst.«

»Kaspar«, schrie Klara. »Das kannst du nicht machen.«

Katharina unterdrückte erfolglos ein Schluchzen. Jakob blickte wild um sich. Franziska hatte ebenfalls Tränen in den Augen und Michel stand mit hängendem Kopf in der Stube. Der Rest starrte ihn einfach nur an. Die Verzweiflung schnürte Jakob die Kehle zu. Sie alle wussten, was dies bedeutete. Es würde kein neues Leben für ihn geben, keine Hochzeit mit Elisabeth, denn auf Diebstahl stand der Strang! Schwarze Punkte vollführten einen plötzlichen, hektischen Tanz vor seinen Augen – dann setzte sein Denken aus. Sein Körper verselbstständigte sich. Er hechtete nach vorn und riss Klara mit einer fließenden Bewegung das Messer aus der Hand. Er war taub vor Wut und Enttäuschung. Die Umstehenden sprangen erschrocken zurück. Irgendjemand kreischte auf, doch Jakob war nicht mehr empfänglich dafür. Jetzt gab es nur noch den Bauern und ihn. Alles Blut wich aus seinem Körper und schien sich in seiner Hand zu sammeln, mit der er das Messer so fest umklammert hielt, dass seine Fingerknöchel weiß hervortraten. Sein Gesicht hatte einen unnatürlich grauen Farbton angenommen, nur seine Narbe leuchtete in einem tiefen Rot.

»Du zerstörst mein Leben nicht«, spie er hervor.

Der selbstgerechte Ausdruck im Gesicht des Bauern verschwand und machte einem Entsetzen Platz, das ihn vom Jäger zum Gejagten degradierte. Er öffnete den Mund, doch Jakob hatte das Messer bereits in die Höhe gerissen. Die Klinge war fast eine Elle lang und scharf genug, um die harte Kruste der Brotlaibe zu durchtrennen, die zweimal im Monat gebacken wurden. Nur einen Atemzug später sauste es herab und raste mit voller Wucht auf die Brust des Bauern zu. Wie aus weiter Ferne hörte Jakob einen kollektiven Schrei. Seine Bewegungen erschienen ihm unnatürlich langsam. All seine Sinne waren auf das Messer und Kaspars Brust gerichtet. Die Wucht des Aufpralls wurde jäh gestoppt, als die Spitze der Klinge auf den Widerstand einer Rippe traf. Das Echo ihrer Vibration drang bis in seine eigenen Knochen. Doch dann glitt sie ab, fand einen Weg an dem Hindernis vorbei und rutschte wie durch Butter in das wohlgenährte Fleisch des Bauern, immer tiefer hinein, bis nur noch das Heft in Jakobs Hand herausragte. Erst jetzt kam er zur Besinnung und entfernte seine Hand vom hölzernen Griff des Messers so rasch, als ob er sich verbrannt hätte.

Kaspar gab ein gurgelndes Geräusch von sich. Er riss die Augen vor Erstaunen weit auf und bedachte Jakob mit einem Blick, als ob er ihn zum ersten Mal richtig gesehen hätte. Dann taumelte er. Die Starre des Entsetzens wich abrupt aus den Zuschauern. Klara schrie nun wie am Spieß. Katharina heulte und Andreas sprang vor, um seinen Vater aufzufangen. Sanft glitt er in seinen Armen zu Boden.

Andreas zog das Messer aus seinem Körper. Ein Schwall Blut sprudelte aus der Wunde und zeichnete mit jedem Herzschlag einen immer größeren Kreis auf Kaspars Hemd.

Der Rest der Versammlung beobachtete die ungeheuerlichen Vorgänge mit ungläubigem Erstaunen.

Jakob stand einfach nur da. Er war müde – sterbensmüde. Die Kraft wich aus ihm wie aus einem versiegenden Brunnen, während sein Blick auf Kaspar ruhte.

Der Bauer umklammerte ängstlich die Hand seines Sohnes. *Seltsamerweise ist mir Andreas immer viel näher gewesen als mein leiblicher Sohn*, dachte er verwundert. Doch dann überrollten ihn die Vorgänge in seiner Brust. Er bäumte sich auf. Seine Augen traten weit hervor und verliehen ihm die Miene einer zutiefst unglücklichen Kröte. Ein kleines Rinnsal aus Blut lief aus seinem Mundwinkel. Noch zwei, drei Mal atmete er tief und seufzend ein. Dann ging er so still und leise von dieser Welt, wie er es in seinem ganzen Leben nicht gewesen war.

Elisabeth rannte weinend nach Hause. Vor lauter Hast stolperte sie über die Bohlen der Brücke, verfing sich in ihren Röcken und schlug der Länge nach hin. Ein heftiger Schmerz durchzuckte ihr Knie. Sie ignorierte ihn, rappelte sich auf und hastete weiter auf das Haus zu. »Vater, Vater!« Ihre Stimme überschlug sich vor lauter Kummer.

»Was ist denn?«, erschrocken stakste Valentin aus dem Stall. Er hatte von dem Aufruhr im Dorf gehört, sich aber nicht weiter darum gekümmert, weil eine Kuh gekalbt hatte und er ihr beistehen musste.

Elisabeth änderte die Richtung und kam nach Luft ringend bei ihm an. Er sah es auf den ersten Blick, dass etwas nicht stimmte. Es war nicht das schmutzige Kleid, das ihn beunruhigte. Sie war schrecklich aufgeregt, ihr hübsches Gesicht tränenüberströmt. Hektische rote Flecken hatten sich auf ihrer Haut gebildet, doch sie hörte nicht auf zu weinen. Es war ein tiefes hoffnungsloses Schluchzen, das ihm das Herz verkrampfte. »Nun beruhige dich erst einmal«, sagte er zärtlich und zog sie in seine Arme. Ihr Rücken erbebte unter seinen Händen in immer neuen Erschütterungen der Not. Sie vergrub ihr Gesicht an seiner Schulter und presste die Stirn gegen seine Knochen, bevor sie ihm erzählte, was vorgefallen war.

»Die Leute! Sie bringen Jakob in den Turm!« Ihre Tränen durchtränkten sein Hemd und benetzten die darunterliegende Haut.

Der Körper des Bauern versteifte sich. »*Was* tun sie? – Aber warum denn, um Gottes willen?«

»Weil er den Kaspar umgebracht hat!«

Ihre Antwort traf ihn wie ein Schlag. Die Worte Kaspars donnerten durch seine Ohren. ›Es ist ein schlechter Handel, den du abgeschlossen hast. Glaube mir. Der Tag wird kommen, an dem du an mich denken wirst.‹ *Du lieber Himmel*, dachte er. *Wie konnte das nur passieren*? Er hatte nicht damit gerechnet, dass Kaspars Worte jemals eintreffen würden. Seine Gedanken überschlugen sich. Es war nicht nur Jakob, der sich ins Unglück gestürzt hatte. Auch an Elisabeth würde diese Tat nicht ungeschehen vorüberziehen. Ganz abgesehen von dem Schmerz, den ihr die unausweichlichen Folgen bereiten würden, war auch sie mit einem Makel befleckt. Fast jeder hatte in der Zwischenzeit erfahren, dass sie und Jakob einander versprochen waren. Seit Mariä Lichtmess war dies kein Geheimnis mehr. Nun war sie das Liebchen eines Mörders! Die Dorfbewohner würden sie verachten und das Weite suchen, sobald sie erschien. Eine Strafe, gegen die sie nichts unternehmen konnten. Sie würde eine sehr einsame Frau werden. Was hatte er nur getan? Durch seine Entscheidung hatte er das Unglück seiner Tochter heraufbeschworen! Der Himmel über Valentin begann sich plötzlich zu drehen. Ihm wurde übel. Seine Beine gaben nach und in einem Anfall von Schwäche sackte er in sich zusammen.

»Vater! Was ist mit dir?« Elisabeths Tränen versiegten abrupt. Ihre tiefgrünen Augen blickten mit einem Ausdruck des Schreckens auf ihren Vater.

Doch der alte Bauer konnte nicht mehr antworten. Seine linke Gesichtshälfte hing schlaff und leblos herab und aus seinem Mund drangen die unmenschlichen Laute eines Tieres.

Jakob saß auf der Pritsche eines kahlen Raumes, der nicht viel länger als das rohe Holz war, auf dem er Platz genommen hatte. Eine wollene Decke lag darauf, sonst nichts. Er raufte sich vor Kummer die Haare und starrte auf die Sonnenstrahlen, die sich ahnungslos auf einer Wand aus grob gemauertem Stein neben ihm abzeichneten. Sie drangen auf der gegenüberliegenden Seite durch ein kleines, vergittertes Fenster, hoch über seinem Kopf, dem einzigen Kontakt zur Außenwelt, der ihm noch möglich war. Keine drei Schritte vor ihm befand sich eine schwere hölzerne Tür mit einem mächtigen Schloss. Der Scharfrichter hatte sie von außen verschlossen, als er ihn hierher gebracht hatte. Tief sog er die durchs Fenster dringende Frühlingsluft ein, die den modrigen Gestank seines Kerkers kaum vertreiben konnte. Wie hatte es nur so weit kommen können? Er wusste es selbst nicht mehr. Doch nun war es zu spät. Der Traum von einem glücklichen Leben war ausgeträumt – oder überhaupt von irgendeinem Leben. Der Bauer war tot. Du lieber Herrgott, er hatte seinen eigenen Oheim erstochen! Das hatte er doch gar nicht gewollt! Natürlich hatten sie ihn hereingelegt. Sie hatten ihn in die Enge getrieben – und plötzlich war er nicht mehr bei Sinnen gewesen. Eine Tatsache, die auch die Vorstellungskraft von Andreas und Kaspar weit übertroffen hatte. Das auf Kaspars Tod folgende Geschrei hatte fast das gesamte Dorf in Bewegung gesetzt. Man hatte ihn in den Hof gezerrt. Ein enormer Ring aus Menschen scharte sich in Windeseile um einen einzigen Punkt. Und dieser Punkt war er gewesen. Noch nie hatte er sich für etwas mehr geschämt, als für das, was er getan hatte. Er lehnte sich mit einem langen Seufzer an die Wand des Kerkers. Die Kühle des Gesteins drang unangenehm durch sein Hemd, doch es kümmerte ihn nicht. Er sah Elisabeths Gesicht vor sich. Sie war auch dort gewesen. Ihre grünen Augen voller Tränen, gezeichnet von abgrundtiefer Trauer und einem ebensolchen Schmerz. Er erinnerte sich, wie er ihren Namen geschrien hatte. Er wollte zu ihr gehen. Ihr alles erklären – doch man ließ ihn nicht. Stattdessen hatte man ihm mit einem Kälberstrick die Hände gefesselt und zum Haus des Schultheißen gebracht. Und nun saß er hier.

Im Turm auf dem Bühl in Kork. Einem Gerichtsplatz, der von Meierhöfen und einer Wirtschaft umgeben war. Hier wartete er auf sein Urteil, das in Kürze bekannt gegeben wurde.

Er machte sich keine unnötigen Hoffnungen. Sie würden ihn töten, dessen war er sich sicher. Plötzlich kam ihm sein eigenes, kleines, oft so unscheinbares Leben kostbar vor. Es war die Zeit der Stallarbeit und vor seinem inneren Auge sah er die anderen. Franziska, die melkte. Michel und den neuen Knecht, die den Stall ausmisteten, die Tiere fütterten und tränkten. Es hatte Tage gegeben, an denen er diese Arbeit nicht gern getan hatte. Sie als einen langweiligen Trott einer endlosen Abfolge aus der immer gleichen Arbeit gesehen hatte. Aber heute hätte er ihnen furchtbar gern dabei geholfen. Doch nun gab es kein Zurück mehr. Der Scharfrichter hatte ihn vorhin in den Keller des Turms geführt. Dort hatte er ihm die Geräte einer peinlichen Befragung vorgeführt, falls er seine Tat nicht gestehen sollte. Der Mann war im Vergleich zu ihm ein Riese, mit einem groben Körperbau und einem schlichten Gesicht, das man unter anderen Umständen als freundlich bezeichnet hätte. Seine bloße Gegenwart genügte, um die Folterinstrumente zum Leben zu erwecken. Doch es gab nichts zu leugnen. Seine Tat war so klar wie das Wasser eines Brunnens. Er hatte Kaspar tatsächlich umgebracht.

Nur einen Tag später trat das Gericht zusammen. Wie ein brausender Sturm rollten die Menschen heran. Selbst der Gesang der Vögel schien vor ihrem Andrang zu verstummen. Jakob stellte sich nach einer langen, schlaflosen Nacht auf seine Pritsche und spähte über den Rand des winzigen Fensters hinaus. Da kamen sie, schwatzend und lüstern auf ein Schauspiel, das ihnen nur alle paar Jahre geboten wurde. Er sank auf die Pritsche zurück. Sein Herz klopfte wie ein Schmiedehammer in seiner Brust. Würden sie die Strafe heute noch vollstrecken? Der kalte Schweiß brach ihm aus. Er fuhr sich mit der Hand über das Gesicht und versuchte zu beten, doch es gelang ihm nicht.

Die Glocke der Korker Kirche, die nur wenige Schritte vom Bühl entfernt stand, schlug zweimal. Der Pfarrer war gestern noch bei ihm gewesen. Er hatte ihm die ganze Geschichte erzählt, ihn sogar angefleht, er möge um Gnade für ihn bitten. Doch der Geistliche hatte nur traurig den Kopf geschüttelt. Es konnte keine Gnade für seinen Körper geben. Nur für seine Seele.

Die schweren Schritte des Scharfrichters hallten durch den Gang vor den Verliesen. Ein Schlüssel drehte sich quietschend in dem großen eisernen Schloss der Tür. Der Mann, der seine dunkelrote Henkerskleidung angelegt hatte, musterte Jakob mit unbeweglichen Gesichtszügen. Seine Augen ruhten mit einem distanzierten, fast kalten Blick auf ihm. Das Schicksal seines Gefangenen schien ihn nicht sonderlich zu interessieren, aber vielleicht musste dies so sein, wenn man einen solchen Beruf ausübte. Der hünenhafte Mann führte eine Kette mit sich, die an ihren Enden über je eine Eisenschelle verfügte.

»Es wird Zeit«, sagte er.

Jakob erhob sich. »Nun denn. – Es wird wohl das Einzige sein, was mir übrig bleibt.«

Der Scharfrichter ignorierte seine Antwort. »Streck deine Hände aus.«

Seufzend streckte Jakob die geforderten Körperteile nach vorne, und die Schellen schlossen sich mit einem hässlichen Geräusch um seine Gelenke. Jakob ließ die Hände sinken. Ein ungewohntes Gewicht zog an seinen Armen. Die Kette war nicht länger als eine Elle und schränkte seine Bewegungsfreiheit erheblich ein. Er fühlte sich wie ein Stier, der zum Schlachter geführt wurde. Mit unsicheren Schritten stieg er die Treppe des Turmes hinunter. Der Schweiß rann zwischen seinen Schulterblättern hindurch, als ihn der Scharfrichter ins Freie schob. Die Menschenmenge raunte bei seinem Anblick wie eine sich fortpflanzende Woge. Er vermied es, sie anzusehen – *irgendjemanden* anzusehen – und starrte stattdessen auf das Podest, vor das der Scharfrichter ihn führte.

Die hohen Herren des Gerichts hatten sich dort hinter einer langen Tischreihe versammelt. Jakob ließ den Blick über die Männer gleiten, die heute über Leben oder Tod entscheiden würden. Der lebhafte Eindruck einer Rabenschar zwängte sich ihm auf. Sie alle waren herausgeputzt und schwarz gekleidet. Schwarze Röcke mit einem, dem Stand entsprechenden, weißen Kragen und passenden Hüten, die vor ihnen auf dem Tisch lagen. Totenvögel allesamt. – Bereit für das große Fressen. Es hätte ihn nicht gewundert, wenn sie gekrächzt hätten.

Der Korker Schultheiß Diebold Kriekh saß aufrecht auf seinem Stuhl und beäugte ihn kritisch. Er hatte in der Mitte der langen Tischreihe Platz genommen und wurde auf jeder Seite von sechs Männern flankiert. Er hob seine Hand und in der hinter Jakob murmelnden Menge kehrte Stille ein.

»Wir, das Gericht zu Kork, haben heute das Urteil über einen gemeinen Mord zu fällen, der in Odelshofen begangen wurde.«

Ein Raunen ging durch die Menge, doch der Schultheiß gebot ihr mit gemessener Würde zu schweigen.

»Aus diesem Grunde haben sich sowohl der verehrte Amtmann Michael Moscherosch«, er wies mit der Hand auf den Mann neben ihm, der höflich den Kopf neigte, »und elf weitere Schöffen, deren Namen euch wohlbekannt sind, hier eingefunden.«

Das Korker Gericht umfasste die Dörfer Odelshofen, Querbach und Neumühl. Aus jedem dieser Orte saßen die angesehensten Bauern als Schöffen bereit. Doch da es von Amts wegen auch zu Willstätt gehörte, war Michael Moscherosch, Amtmann zu Willstätt, ebenfalls zugegen. Ein vornehmer Mann, dessen Hals ein breiter Spitzenkragen zierte, wie Jakob es bisher nur bei Frauen gesehen hatte. Ein kurz gestutzter Bart zierte sein schmales Gesicht.

»Der Besagte ist einer aus eurer Mitte«, fuhr der Schultheiß fort. »Jakob Selzer ist sein Name. Ein Knecht, den es vor Jahren nach Odelshofen verschlagen hat, wo er bei seinem Oheim, dem wertgeschätzten Kaspar Selzer, eine Bleibe fand. Sein Sohn ist heute hier, um Anklage gegen diesen Mann zu erheben.«

Das Brausen der Menge schwoll wie ein wütender Bienenschwarm an. Jakob senkte den Kopf vor Scham. Er wusste, dass sie recht hatten, auch wenn er dies so nicht gewollt hatte. Am liebsten wäre ihm gewesen, der Boden hätte sich aufgetan und ihn für immer verschluckt.

Diebold Kriekh ließ den Zuschauern ihren Willen, bis er erneut die Hand hob.

»Andreas Selzer«, rief er, damit man ihn noch im hintersten Winkel verstehen konnte. »Tretet vor.«

Die Menge hinter Jakob teilte sich, als Andreas nach vorne drängte. Er stellte sich keine vier Schritte von Jakob entfernt vor das Podest. Seine Gestalt war gebeugt, wie die eines alten, gebrochenen Mannes. Trotz der frühlingshaften Wärme trug er seinen mit Fuchspelz verbrämten Mantel als Zeichen seines Standes. Er schwitzte und knetete nervös den Hut in seinen Händen.

»Was habt ihr uns zu berichten?«, rief der Schultheiß.

Andreas räusperte sich, dann hob er seinen Kopf und hob mit lauter Stimme an. »Dieser Mann hier«, sein Finger stach anklagend in Jakobs Richtung, »war durch die Güte unseres Vaters jahrelang Knecht in unserem Haus. Vor zwei Tagen wollte er uns verlassen, doch bevor er entwischen konnte, haben wir bemerkt, dass er uns bestohlen hat.« Andreas Stimme schwoll dramatisch an. Sein Blick schweifte von den Herren des Gerichts zu Jakob. Seine gebrochene Seele schien auf einmal zu entschwinden und darunter lauerte die alte Arroganz in seinen Augen.

Die empörte Menge drängte nach vorn. Ein saurer Geruch aus Schweiß und ungewaschenen Körpern wehte zu Jakob herüber. Schmährufe drangen an sein Ohr. Er hielt den Kopf gesenkt, wie der arme Sünder, der er war.

»Fahrt fort«, brüllte der Schultheiß, um sich Gehör zu verschaffen, worauf die wissbegierige Menge erneut verstummte.

»Bei dem gestohlenen Gut handelte es sich um zwei Schmuckstücke meiner Mutter. Ihren heiligen Ehering hat er an sich genommen und eine Kette mit einem goldenen Kreuz. Er hatte es in seinem Strohsack versteckt und ich habe es gefunden, als ich das Stroh für seinen Nachfolger erneuern wollte.«

»Das ist doch nicht zu fassen«, rief eine ärgerliche Frauenstimme. »Beklaut seine eigene Herrschaft! Hängt ihn auf!« Ihre Rede wurde begeistert aufgenommen und äußerte sich in einem lauten aggressiven Geschrei.

»Ich bitte um Ruhe«, die brüllende Stimme des Schultheißen klang heiser. »Kann das jemand bezeugen?«

»Ja«, antwortete Andreas. »Michel, unser Unterknecht.«

»Er soll vortreten.«

Erneut teilte sich die Menge und Michel wurde vorgelassen. Der schlaksige Junge zitterte am ganzen Leib. Er warf einen verschämten Blick auf Jakob, bevor er sich dem Gericht stellte.

Diebold Kriekh sah ihn scharf an. »Kannst du die Worte deines Herrn bezeugen?«

»Ja.« Michels Stimme war so leise, dass nur diejenigen in seiner Nähe sie hören konnten.

»Lauter«, brüllte es aus der Menge.

Der Schultheiß hob fragend die Brauen.

»Ja«, wiederholte Michel noch einmal und senkte unglücklich den Kopf. »Ja, es ist wahr.«

Mit einer Geste entließ ihn der Schultheiß wieder. Für einen kurzen Moment trafen sich die Blicke von Michel und Jakob. Eine tiefe Trauer lag in den Augen des Jungen. Seine Lippen bewegten sich ohne einen Laut, doch Jakob verstand. Es war ein verzweifelter Appell. Ein Schuldenerlass, den er ihm gewähren sollte: *Vergib mir.*

Jakob schloss bejahend die Augen. Es war nicht der Junge, den die Schuld an dieser fürchterlichen Sache traf.

Diebold Kriekh wies mit einer Geste auf Andreas: »Fahrt fort.«

Andreas nahm den Faden wieder auf. Er schien sich in seiner Rolle immer wohler zu fühlen, denn nun trug er den Kopf hoch erhoben. »Als wir ihn schließlich zur Rede stellten, fühlte er sich in die Ecke gedrängt. Er hat meiner Mutter das Brotmesser aus der Hand gerissen und meinen Vater damit auf gemeine Weise *erstochen.*« Das letzte Wort brüllte er fast, um seiner Rede Nachdruck zu verleihen.

Jakob senkte die Lider. Nun war es heraus und jeder, der sich hier versammelte, hatte es gehört. Im ganzen Umkreis würde es niemanden mehr geben, der nicht von seiner Schuld wusste.

Der Blick des Schultheißen glitt zu Jakob hinüber. »Besagter

Jakob Selzer«, rief er. Jakob schrak zusammen, als sich die Aufmerksamkeit des Gerichts wieder ganz auf ihn richtete. »Was hast du zu deiner Verteidigung zu sagen?«

Jakob schluckte. »Nichts«, sagte er schließlich. Es war unnötig, sie auf das Komplott hinzuweisen, das Andreas und Kaspar geschmiedet hatten. Sie würden es ohnehin nicht glauben.

»Du bekennst dich also schuldig?«

Jakob räusperte sich, doch seine Stimme war einigermaßen fest, als er antwortete. »Ja, das tue ich.«

Das wütende Gesumm der Menge steigerte sich zu einem Missklang an Worten, die er lieber nicht hören wollte. Doch er konnte seine Ohren nicht vor ihnen verschließen und hörte immer deutlicher den Ruf nach Vergeltung. Die Männer auf dem Podest steckten ihre Köpfe zusammen. Panik stieg in Jakob auf. Sein Atem ging so stoßweise, als ob er meilenweit gelaufen wäre. Diese Männer würden keine Gnade kennen. Sie waren nur daran interessiert, die innere Ordnung der Dörfer aufrechtzuerhalten. Warum er gemordet hatte, interessierte sie nicht.

Die Beratung dauerte nicht allzu lange. Jakob kam ihre Eile nicht ungelegen. Er fühlte sich von Minute zu Minute unwohler vor den gaffenden Blicken der Menschen. Auch wenn ihn die meisten nur von hinten sahen.

Schließlich hob der Schultheiß erneut seine Hand. Sofort trat vollkommene Stille ein, die nur von dem sorglosen Gesang der Vögel unterbrochen wurde.

Diebold Kriekhs Brust blähte sich, bevor er zu seiner Rede ansetzte. »Das Gericht befindet den besagten Jakob Selzer für schuldig. Schuldig des Diebstahls an seinem Herrn und dessen heimtückischer Ermordung. Da er die Größe seiner Verbrechen nicht so wie ein Mann von besserer Erziehung erkennen konnte, wird er nicht enthauptet werden.« Jakobs Kopf fuhr in die Höhe. Ein kleiner Hoffnungsschimmer keimte in ihm auf. Sollte er doch nicht mit dem Tod bestraft werden? Seine Hoffnung wurde noch im selben Moment zerstört. »Aus diesem Grund wird man ihn in sieben Tagen durch den Strang hinrichten, mit dem ausdrücklichen Befehl, dass ihm das Genick nicht gebrochen werden darf«, fuhr der Schultheiß fort. »Dort soll er sechs Jahre hängen bleiben, als Mahnmal für all diejenigen, die es gelüsten sollte, ein ebensolches Verbrechen zu begehen.« Diebold Kriekh nahm einen Stab in die Hand, dessen geschältes Holz weiß schimmerte. Er hob ihn hoch in die Luft und brach ihn mit einem lauten Knacken in zwei Hälften. Dann warf er ihn Jakob vor die Füße.

Nicht nur Jakobs Atem stockte für einen Moment, die ganze Welt hielt inne. Für die Dauer einiger stolpernder Schläge in seiner Brust setzte die Zeit aus. Es wäre ihm lieber gewesen, es wäre so geblieben, oder wenigstens sein Herz täte ihm den Gefallen und versagte ihm den weiteren Dienst. Doch es pochte unbarmherzig weiter. Der Schweiß brach ihm erneut aus und sein Geruch überlagerte den der Menge. Es war sein eigener Gestank, der ihn anwiderte. Die scharfen Ausdünstungen der Angst.

Die Menge brüllte und tobte hinter ihm, und als sich Andreas zu ihm umdrehte, sah Jakob das Leuchten der Genugtuung in seinen Augen. »Bist du nun zufrieden?«, rief er ihm zu.

Andreas trat dicht an ihn heran. »Oh ja, das bin ich!«

Drei Tage später wurden die schweren Schritte des Scharfrichters von einem leiseren Geräusch begleitet. Jakob erhob sich von seinem ungemütlichen Lager und starrte zur Tür. Es mussten zwei Personen sein, die sich dem Kerker näherten. Der Schlüssel drehte sich quietschend im Schloss. Kurz darauf erschien die massige Gestalt des Scharfrichters durch die halb geöffnete Tür. »Ich habe dir jemanden mitgebracht«, sagte er. Ein kleines Lächeln umspielte seinen sonst so ernsten Mund. Dann schwang die Tür ganz auf.

Der Anblick des Besuchers versetzte Jakob einen Stoß vor die Brust. Sein Blut strömte auf einmal rascher durch die Adern. Elisabeth! Es war tatsächlich Elisabeth, die neben dem Scharfrichter stand und Jakob einen scheuen Blick zuwarf.

Er blieb wie angewurzelt stehen, unfähig, auch nur einen Schritt auf sie zuzugehen. Der hünenhafte Mann bemerkte die Befangenheit der jungen Leute und zog sich zurück. »In einer halben Stunde komme ich wieder«, sagte er.

Er wies Elisabeth mit einer Geste an, über die Schwelle zu treten, und schloss die Tür. Mit einem abschließenden Quietschen wurde sie versperrt. Nun waren sie beide in dem kleinen, schmucklosen Raum gefangen.

Sie wussten nicht, was sie tun sollten, und so standen sie einfach nur da, mehr als zwei Schritte voneinander entfernt, und blickten einander an. Elisabeth sah fürchterlich aus. Ihre von dunklen Rändern umschatteten Augen blickten so traurig, als ob er bereits gestorben wäre.

»Ich …«, hob sie an und brach ab, bevor sie richtig begonnen hatte. Sein Anblick schnürte ihre Kehle zu einem harten Kloß zusammen. Die letzten Tage zeichneten deutliche Spuren in Jakobs Gesicht. Er war so weiß wie eine getünchte Wand, was die Schwärze seines Haares und die Dunkelheit seiner Augen noch verstärkte. Er schien sich in letzter Zeit nicht rasiert zu haben. Der sprießende Bart gab ihm ein so verwegenes Aussehen, dass es Elisabeth schmerzte. Doch seine Augen strahlten eine Ruhe aus, die nicht in ihrem Herzen war.

»Wie konnte das nur passieren?«, stieß sie plötzlich hervor.

Jakob schüttelte traurig den Kopf. »Ich weiß es nicht. Ich war nicht mehr bei Sinnen.«

»Hast du die Schmuckstücke tatsächlich gestohlen?«

»Du lieber Himmel! Nein! Sie haben mich hereingelegt, verstehst du? Ich habe ihre Ehre verletzt und sollte dafür büßen. – Dabei war ihnen wohl jedes Mittel recht.« Ein flehentlicher Blick lag in seinen dunklen Augen. Er wollte, dass sie begriff, dass er nichts dafürkonnte.

Etwas von der Last in ihrem Innern fiel ab. Sie war sich fast sicher gewesen, dass Jakob kein Dieb war, doch es aus seinem eigenen Mund zu hören, war eine Erleichterung. »Ich glaube dir«, erwiderte sie.

»Trotzdem hätte es nicht zum Äußersten kommen dürfen«, fuhr er fort. »Bei Gott, was gäbe ich dafür, dieses Verbrechen ungeschehen zu machen.« Er fuhr sich mit beiden Händen durch die Haare und umschloss mit den Fingern den darunterliegenden Schädel. »Ich habe dich ins Unglück gestürzt«, rief er verzweifelt. »Und nicht nur dich, auch deine Eltern. Von Klara und Katharina ganz zu schweigen.«

»Und was ist mit Andreas?«

»Dergleichen Leute fallen immer die Treppe hinauf, anstatt herunter«, entgegnete er verächtlich. »Hast du ihn nicht bei Gericht gesehen? Wie er sich aufgeführt hat, als ginge es um ein Schauspiel, bei dem *ihm* die größte Rolle zukommt?«

»Ich war nicht dort. – Ich wollte nicht hören, was sie über dich sagen.«

Er nickte verstehend. »Und deine Eltern?«

Elisabeth schüttelte den Kopf. »Vater hat der Schlag getroffen, als er hörte, was du getan hast. Mutter weicht nicht von seiner Seite.«

Entsetzt ließ sich Jakob auf die Pritsche sinken. Er starrte zu Boden. Noch eine Schuld, die er zu tragen hatte. »Geht es ihm sehr schlecht?«

»Eine Seite seines Körpers hängt schlaff herab.« Elisabeths Augen füllten sich mit Tränen, doch sie blinzelte sie tapfer fort. »Er kann nur noch im Bett liegen, unfähig, selbst etwas zu tun. Nicht einmal sprechen kann er mehr.«

Ein stechender Schmerz fuhr mit der Schärfe einer Klinge in Jakobs Brust. Er hob die Hand, um Elisabeth zu berühren. Er wollte sie trösten, doch es gelang ihm nicht, und die Hand sank kraftlos auf das Holz der Pritsche zurück. »Du lieber Himmel«, murmelte er.

»Ich werde nicht dabei sein, wenn sie dich ...« Elisabeths Stimme war kaum mehr als ein Flüstern.

Er schluckte hart und nickte. Sie wollte nicht zusehen, wenn er eines unwürdigen Todes starb. In aller Klarheit ging ihm auf, dass dies die letzten Minuten waren, in denen er sie ansehen konnte. Einem plötzlichen Impuls folgend sprang er auf, durchmaß die wenigen Schritte, die zwischen ihnen lagen, und riss sie mit einer heftigen Bewegung an sich. Seine Lippen trafen stürmisch auf ihren Mund. Sie entzog sich ihm nicht. Er fühlte, wie ihr Körper sich ihm entgegendrängte, und er bereute es zutiefst, dass sie nur in seiner Fantasie beieinandergelegen hatten. Dann weinten sie beide. Ein Strom von Tränen benetzte ihre Gesichter, über das Schicksal, das ihnen beschieden war. Eine Tragödie, die sie voneinander trennte, noch bevor sie richtig miteinander verbunden waren. Sie klammerten sich wie zwei Ertrinkende aneinander, bis ihre Tränen versiegten. Dann küsste er sie noch einmal, dieses Mal sanfter. Er kostete ihren Mund wie ein kostbares Geschenk, das ihm nicht mehr lange vergönnt sein würde. Roch ihren Duft und schob sie schließlich sanft von sich. Seine Finger fuhren zärtlich über die fein geschwungenen Wangenknochen, die ihrem Gesicht jenen zauberhaften Eindruck verliehen, der sie auszeichnete, und weiter über ihre breiten, vollen Lippen. Er blickte in die moosgrünen Augen, von denen unter anderen Umständen ein intensives Glühen ausgegangen wäre. Nun waren sie dunkel vor Kummer. Er prägte sich jedes Detail ihres Gesichts ein, damit er sich ihm Himmel daran erinnern konnte – falls er überhaupt dorthin kam. »Du bist so schön«, sagte er staunend. Seine Lippen streiften über ihr Gesicht, küssten die geschlossenen Lider, die Wangen und schließlich noch einmal ihren Mund. Ein schmerzlich-süßes Gefühl strömte durch seinen Körper. Er hieß es willkommen, doch es war auch mit einer tiefen Trauer vermischt. Ein bittersüßer Abschied vor dem kommenden Ende. Viel zu früh hörten sie die Schritte des Scharfrichters. Sie hielten sich umklammert, bis die Tür aufschwang. Der große Mann räusperte sich mit einem lauten Geräusch. Er blickte zu Boden und zum ersten Mal entdeckte Jakob einen Ausdruck des Bedauerns in seinem Gesicht. Elisabeth hielt seine Hand, bis die zuklappende Tür es verhinderte. Dann war Jakob wieder allein mit sich und seinen Gedanken.

Meister Christian Burckhart, Scharfrichter und Wasenmeister zu Kork, überprüfte die Schlaufe des Stricks, während seine Gedanken um die bevorstehende Hinrichtung kreisten. Morgen würde es so weit sein. Er war nicht besonders scharf darauf, seinen Beruf auszuüben. Das arme Mädchen. Sie hatte so unglücklich ausgesehen, als sie den Jungen vor ein paar Tagen besucht hatte, und auch dem jungen Selzer war die Verzweiflung schier aus den Augen gesprungen. Es machte ihm keine Freude, einen anderen Menschen zu töten, dessen Schicksal ihn eigentlich nichts anging. Doch seine Geburt verpflichtete ihn dazu. *Da hat sich die Obrigkeit etwas Feines ausgedacht*, sinnierte er vor sich hin. Niemand wollte Scharfrichter werden. Die feinen Herren hatten sich einfach den Lauf der Natur zunutze gemacht, denn als Sohn eines Henkers war er dazu verdammt, den Beruf seines Vaters zu ergreifen. Etwas anderes stand ihm nicht offen. Diese Tatsache machte ihn zu einem einsamen Mann. Kein Mensch wollte mit einem Henker etwas zu tun haben. Außer seinem Weib, das ebenfalls die Tochter eines Scharfrichters war, seinen vier Kindern und einem Gehilfen befanden sich nur noch Tote in seiner Gesellschaft – und solche, die es werden sollten. Im Wirtshaus hatte er seinen eigenen Platz – ganz für sich allein. Auch einen eigenen Krug stellte man ihm zur Verfügung, aus dem niemand sonst zu trinken wagte, und in der Kirche musste er ganz hinten sitzen. Keiner wollte ihm zu nahe kommen, geschweige denn ihn berühren. Allein schon das hätte die ehrbaren Menschen besudelt, die ihn zwar die Drecksarbeit machen ließen, aber seinen Beruf für unrein erklärt hatten.

Auch als Wasenmeister durfte man nicht zimperlich sein. Schon als siebenjähriger Bub hatte er seinem Vater geholfen, Tiere, die an einer Krankheit gestorben waren, aus den Ställen zu holen, ihnen das Fell abzuziehen und die einzelnen Teile zu verwerten. Der unverwertbare Rest wurde auf dem Wasen, einem gesonderten Platz außerhalb des Dorfes, vergraben. Diese Arbeit war stinkend und schmutzig und er hasste sie ebenso sehr, wie das, was er morgen tun sollte.

Dabei war es schon ein Glück, dass er den Jungen nicht mit dem Richtschwert töten musste. Aber auch das Hängen wollte gelernt sein. Der Zimmermann hatte die Arbeit am Galgen heute Morgen beendet. Er hatte die Form eines Siebeners und stand in dem dafür vorgesehenen Galgenfeld in Odelshofen. Eine doppelte Leiter hatte er ebenfalls angefertigt. Noch einmal überprüfte der Henker den Strick. Wenn er richtig geknüpft war, besorgten die Gesetze der Natur den Rest.

Die Hinrichtung

Elisabeth hockte am Ufer des Baches und warf einen Stein ins Wasser. Heute war der Tag der Hinrichtung. Sie hatte sich an die Hanfrötze am anderen Ende des Dorfes geflüchtet, damit sie die ungeheuerlichen Vorgänge nicht sehen musste, die hinter ihrem Haus geschahen. Doch ihre lebhafte Fantasie spielte ihr einen Streich. Immer wieder sah sie die Schlinge vor sich. Wie sie sich inmitten einer johlenden Menge um Jakobs Hals legte. Sie konnte ihren Zug fast körperlich spüren. Ein atemloses Gefühl, das ihre Kehle verengte, bis sie mit einem tiefen Atemzug frische Luft in die Lungen pumpte.

Das Galgenfeld befand sich ganz in der Nähe ihres Hofes. Wenn sie den Garten betrat, konnte sie mühelos auf den Galgen blicken, den man dort aufgestellt hatte. Und von nun an würde das Liebste daran hängen, was sie auf Erden besaß. *Sechs Jahre lang.* Sie würde mit ansehen müssen, wie sein Körper dem Wetter ausgesetzt war und langsam vermoderte. Wie die Vögel an ihm fraßen, bis die Kleidung in Fetzen von seinem Leib hing. Sie schlug die Hände vor ihr Gesicht. Sie wusste nicht, wie sie *das* ertragen sollte. Doch es gab kein Entrinnen, weder für ihn noch für sie. Sie musste wieder nach Hause zurück, wenn die Hinrichtung vorbei war. Ihre Eltern brauchten sie. Der Körper ihres Vaters verfiel zusehends und noch immer konnte er sich nicht äußern. Sie konnte ihren Eltern nicht noch mehr Leid zufügen, indem sie nicht wieder heimkehrte. Sie hob die Hände von ihrem Gesicht und warf lustlos einen weiteren Stein ins Wasser. Ihr verzerrtes Spiegelbild schwamm inmitten der kreisförmigen Wellen, die auf den Aufprall folgten. Ein immer breiter werdender Ring. Ein Nachhall des Steins, den sie ins Wasser geworfen hatte. Wie das Schicksal, dachte sie. Immer weitere Kreise zog es und am Ende würden seine Wellen sie verschlingen.

Die Armsünderglocke begann zu läuten, als der Scharfrichter Jakob aus dem Wirtshaus am Bühl schob, in dem ihm das Henkersmahl gereicht worden war. Sechs Männer hatten ihn während eines Essens bewacht, das ihm nicht geschmeckt hatte. Ein kollektives »*Aah*« erscholl, als Jakob ins Freie trat. Eine enorme Menschenmenge hatte sich versammelt, um ihm das letzte Geleit zu geben. Ein schauriger Zug, wie Jakob fand, doch sein Publikum schien diese Meinung nicht zu teilen. Mit lüsternen Blicken starrten sie ihn an. Sie hatten sogar ihre Kinder mitgebracht, die wie übermütige Welpen durch die Menge hüpften. Er bemühte sich nicht, ihnen länger seine Aufmerksamkeit zu schenken, was auch gar nicht nötig war. Der Scharfrichter hatte seine Hände mit der ihm schon bekannten Kette gefesselt, als er ihn zum Wirtshaus führte. Nun öffnete er die Eisenschellen mit einem Schlüssel und schlang stattdessen einen Strick um seine Handgelenke, bis sie fest miteinander verbunden waren. Er schob ihn in den Schinderkarren, einem mit starken Holzstäben verschlossenen, viereckigen Wagen. Ein durchsichtiges Gefängnis, in das jeder hineingaffen konnte. Der Scharfrichter und sein Gehilfe nahmen auf dem Kutschbock außerhalb der Stäbe Platz, während der Pfarrer und ein mit einer Muskete bewaffneter Büttel sich hinter ihn setzten. Der Büttel stellte eine bauchige Flasche voller Wein neben sich, die mit einem hübschen Korbmuster umwunden war. Mit zermürbender Langsamkeit rollte der Karren durch die Straßen. Der Pfarrer in Jakobs Rücken sprach ihm abwechselnd Mut zu oder flehte den Herrgott um die Vergebung seiner Sünden an. Beides Dinge, die er dringend brauchen konnte. Eine Traube aus Menschen hatte sich um den Karren gebildet, die problemlos mit ihm Schritt halten konnte. Die meisten ließen ihrer Wut freien Lauf. Sie bespuckten ihn, pöbelten ihn an und schrien ihm Verwünschungen zu, doch er sah auch manche betroffene Gesichter, die ihm diesen schmachvollen Tod nicht zu wünschen schienen. Seine Augen suchten nach Elisabeth. Vielleicht war sie ja doch gekommen, um ihn noch ein letztes Mal zu sehen? Doch natürlich fand er sie nicht. Schließlich hatte sie ihm gesagt, dass sie nicht dabei sein wollte. Für gewöhnlich hielt sie ihr Wort – im Gegensatz zu ihm, wie er sich eingestehen musste. Er hatte versprochen, sie zu versorgen. Sie in Ehren zu halten und zu lieben mit all seiner Kraft. Nun würde er dies nicht mehr tun können. Ein tiefer Seufzer drang aus seiner Kehle. Er fühlte eine abgrundtiefe Ohnmacht, die sich in hilflose Angst verwandelte. Der Pfarrer legte ihm tröstend eine Hand auf die Schulter und langte mit der anderen einen Becher Wein nach vorne. Jakob leerte ihn mit großen, gierigen Schlucken. Der Wein war süß und schwer, doch er nahm ihm kaum die Angst, die wie eine Krankheit durch seinen Körper pulsierte. Hätte ihn doch die Wehmutter im Bauch seiner toten Mutter gelassen! Wie viel wäre ihm erspart geblieben! Und erst recht das, was ihm nun bevorstand. Er versuchte seine Aufmerksamkeit von dem lärmenden Pöbel wegzulenken, der sich sichtlich an dem Schauspiel ergötzte. Die Sonne schien milde von einem graublauen Himmel herab und er wendete ihr für einen Moment das Gesicht zu, die wärmenden Strahlen auf seiner prickelnden Haut.

Der Karren hatte Kork verlassen und fuhr nun durch Odelshofen. Im Hof der Selzers sah er Klara durch die Menge hindurch. Sie stand still unter dem Nussbaum und starrte in seine Richtung. Er konnte nicht sagen, ob es Wut oder Trauer war, die in ihren Augen lag. Aaron riss an seiner Kette und bellte wütend. Jakob sagte ihm still Lebewohl. Der Wagen fuhr weiter um die große Biegung der Straße. Ein letztes Mal sah er den Hof der Stricklers, der idyllisch hinter dem Bach lag. Er fragte sich, ob Elisabeth ihn wohl hinter einem der Fenster beobachtete. Er hoffte, dass sie es nicht tat. Sie sollte ihn so in Erinnerung behalten, wie er einmal war, und nicht erniedrigt durch einen Käfig und die geifernde Menge um ihn herum. Als der Karren Odelshofen verließ und die Pferde auf das Galgenfeld zusteuerten, hob er seinen Blick, um noch einmal seine geliebten Berge zu sehen, doch sie verschwanden im Dunst des graublauen Himmels. Ein undeutlicher Schattenriss – weiter nichts. Nur ein schwaches Echo des Berges, der einmal seine Heimat war. Plötzlich fiel ihm die Seelenwaage des Heiligen Michael ein. Wie würde sie wohl bei ihm ausschlagen, wenn er die diesseitige Welt verlassen hatte? Würden die guten Taten seine schlechten überwiegen? Er erinnerte sich, wie verächtlich er einst über die Entscheidungen seines Vaters geurteilt hatte. Das Schicksal war ihm in der Zwischenzeit ein unbarmherziger Lehrmeister gewesen. Es hatte ihn gelehrt, dass man im Leben allzu schnell die falsche Entscheidung treffen konnte.

Schließlich hielt der Wagen an und Jakobs Ziel lag unwiderruflich vor seinen Augen. Ein hoher Galgen ragte in den Himmel. Von seinem Querbalken hing in luftiger Höhe ein starkes Seil herab, dessen Schlinge man über eine Doppelleiter erreichen konnte. Jakobs miteinander verbundenen Hände zitterten, als er bei seinem Anblick noch einmal einen tüchtigen Schluck des Weines durch seine Kehle rinnen ließ. Der Scharfrichter öffnete den Verschlag und gebot ihm, auszusteigen. Seine Knie waren so weich wie Wachs, als seine Füße den festen Boden berührten. Doch der Scharfrichter hielt ihn mit festem Griff und führte ihn unter dem heißeren Geschrei der Menge zur Leiter. Die meisten von ihnen waren anständige Leute, ehrbare Bewohner der Dörfer, und er fragte sich flüchtig, warum sie sich in solch einen schreienden Pöbel verwandelt hatten. Doch es spielte keine Rolle mehr. Mit gefesselten Händen stolperte Jakob die Leiter hinauf. Der Scharfrichter war direkt hinter ihm und stieß ihn immer wieder an, wenn er einen Moment verharrte. Sein Gehilfe hielt die Leiter vom Boden aus, damit sie unter dem Gewicht der beiden Männer nicht kippte. Oben angekommen schob er Jakob einen Sack über den Kopf. Christian Burckhart war ein abergläubischer Mensch und wollte nicht mit dem bösen Blick gebannt werden, wenn Jakob sein Leben aushauchte.

Das Gewebe des Tuchs vor Jakobs Augen war undurchdringlich und tauchte ihn in eine gräuliche, einsame Leere. Fast vollständig seines Sehvermögens beraubt, fühlte er, wie sich die Schlinge um seinen Hals legte. Er schloss die Augen, obwohl dies auch nicht mehr viel ausmachte, und begleitete in seinen Gedanken die Schritte des Henkers, der Sprosse für Sprosse nach unten kletterte. Dann war es still. Vollkommen still. Die Menge hatte aufgehört zu toben, zu sehr darauf konzentriert, nichts von dem zu verpassen, was sich nun ereignen würde. Jakobs Herz begann zu rasen. Gleich würde es so weit sein! Er blähte seinen Brustkorb auf und sog die Luft tief in seine Lungen, obwohl er wusste, dass ihn das auch nicht retten würde. Aber er musste es einfach tun. Die Luft trat aus seinem halb geöffneten Mund wieder aus, ohne dass etwas geschah. »Nun mach schon«, murmelte er, »damit es endlich vorbei ist.« Der unbändige Wunsch nach einem schnellen Ende kam in ihm auf. Er wollte es endgültig hinter sich haben. Ein kräftiger Zug an der Leiter, der sie von seinen Beinen riss, und er würde frei in der Luft schweben. Ein kurzer Todeskampf – und es war vorüber. Mit ganzer Kraft beschwor er Elisabeths Gesicht herauf. Sein letzter Blick sollte ihr gelten, bevor die Schwärze ihn umschlang.

Plötzlich regte sich die Menge unter ihm. Ein nervöses Vibrieren durchlief sie vom ersten bis zum letzten Mann. Jakob spitzte die Ohren. Was war das für ein Geräusch, das zuerst verhalten, dann immer lauter an seine Ohren drang? Es war das monotone Schlagen einer Trommel, vermischt mit dem Getrappel von Pferdehufen und dem Stampfen vieler Schritte, die mit dem Takt der Trommel einhergingen.

Ein Raunen fuhr durch die Menschenmenge. Nicht gefährlich dieses Mal, sondern furchtsam.

»Haalt!«, ertönte ein gebieterischer Ruf. Die Trommeln verstummten. »Was geht hier vor?« Der seltsam gesprochene Dialekt eines unbekannten Mannes tönte zu ihm herauf.

Die Stimme des Scharfrichters antwortete so unterwürfig, wie es Jakob nicht von ihm gewohnt war. »Eine Hinrichtung, Euer Gnaden.«

»Das sehen Wir selbst!«, erklang die herrische Stimme erneut.

Was war dort unten los? Jakob reckte den Hals, zog ihn aber sofort in ängstlicher Erwartung wieder zurück. Seine Knie wackelten wie Espenlaub. Freies, aufrechtes Stehen auf einer Leiter war anstrengend. Erst recht, wenn man eine Schlinge um den Hals hatte. Du lieber Himmel, wenn er sich nur nicht selbst aus lauter Schwäche in den Tod stürzte!

Der Schultheiß mischte sich nun ein. »Euer Gnaden, wenn ich bemerken darf …« Offensichtlich durfte er nicht, denn seine Stimme verstummte, bevor er den Satz zu Ende bringen konnte.

»Er klettere hinauf und nehme ihm den Sack vom Kopf, damit Man ihn sehen kann.« Dieser Befehl galt wohl dem Scharfrichter.

Die Leiter wackelte gefährlich, als der große Mann wieder nach oben kletterte. Seine Hände nestelten an Jakobs Hals herum und mit einem letzten abschließenden Ruck glitt der Sack von seinem Kopf. Die Schlinge jedoch verharrte an Ort und Stelle. Ein gleißendes Licht blendete Jakob mit einer Heftigkeit, die seine Augen zum Tränen brachten. Er kniff sie zusammen, öffnete sie aber gleich darauf wieder, um den unvorhergesehenen Besucher in Augenschein zu nehmen.

Ein Mann blinzelte ihn neugierig von unten her an. Das Pferd, auf dem er saß, war genauso prächtig ausstaffiert wie er selbst. Ein enormer Schlapphut mit einer seitlich aufgeschlagenen Krempe und einer großen Feder zierte seinen Kopf. Die darunter hervorquellende Haarpracht wallte dunkel und lockig bis über seine Schultern. Seinen Rock, von einer überraschend grünen Farbe, zierte ein breiter, weißer Hemdkragen aus Spitze, als sei er auf dem Weg zu einem fröhlichen Fest. Doch der Degen, der deutlich sichtbar an seiner Seite hing, und die hohen, mit Sporen besetzten Stiefel verminderten diesen Eindruck wieder. Auch sein Gefolge trug nicht zu der Annahme bei, dass es sich um eine festliche Gesellschaft handelte. In zwei ordentlichen Reihen schlängelte sich eine eindrucksvolle Schlange den Weg entlang: Landsknechte, zu Fuß und zu Pferde, gespickt mit Musketen und Piken, die wie Igelstacheln in die Luft ragten. Boten des Krieges, von dem ihr Landstrich bis jetzt verschont geblieben war. Das Heer schien von Willstätt zu kommen und anscheinend hatte es, angesichts der jüngsten Ereignisse, niemand vorher bemerkt.

»Was hat Er angestellt?«, schrie der Mann, der allem Anschein nach ihr Führer war.

Jakob brauchte eine Weile, bis ihm klar wurde, dass er selbst mit dieser eigentümlichen Redeweise angesprochen wurde. »Ich habe einen Mann getötet«, antwortete er mit zittriger Stimme.

»Wie hat Er das getan?«

»Mit dem Messer.«

Ein breites Lächeln teilte den gepflegten Bart des Mannes, der aus einem schwungvollen Schnurrbart und einem gestutzten Knebelbart am Kinn bestand. »Wie Uns scheint, ist Er sehr erfolgreich damit gewesen!«

Jakob wusste nicht, was er antworten sollte – was er überhaupt von der ganzen Sache halten sollte – und starrte den Mann stattdessen einfach nur an. Die Menschenmenge unter ihm tat es ihm offenen Mundes nach.

»Was für einen Beruf hat Er?«

»Ich bin Knecht.« Ein leiser Hoffnungsschimmer regte sich in ihm. Der Mann schien echtes Interesse an ihm zu haben. Es war nicht mehr als ein Hauch, denn noch immer kratzte ein raues Seil an der empfindlichen Haut seines Halses.

Ein abschätzender Blick traf ihn von unten. »Starke Muskeln hat Er jedenfalls. – Kann Er kämpfen?«

»Nein«, antwortete Jakob zerknirscht. »Ich meine, nicht richtig. Aber ...« Seine Hoffnung begann zu schwinden. »... aber ich könnte es lernen«, setzte er gleich darauf nach. Er würde nicht aufgeben, solange es noch das Fünkchen einer Aussicht gab, lebendig von dieser Leiter zu steigen.

Der Mann überlegte für Jakobs Geschmack ein wenig zu lang, bis er sich zu einer Entscheidung durchrang. »Nun, Er kann wählen, was ihm lieber ist. Der Tod am Strang oder der Dienst im Heer des Kaisers.«

Was für eine Frage, dachte Jakob. Darauf konnte es nur eine Antwort geben. »Ich will lieber ins Heer«, krächzte er.

Der Mann nickte. »Henker«, rief er mit befehlsgewohnter Stimme. »Er löse die Schlinge von seinem Hals!«

»Du scheinst mehr Glück als Verstand zu haben«, murmelte ihm der Scharfrichter ins Ohr, doch tief in seinem Herzen freute er sich für den Jungen.

Jakob folgte dem Scharfrichter die Leiter hinunter. Unter den ungläubigen Blicken der Menge zerschnitt er die Fesseln an Jakobs

Handgelenken. Tiefe, schmerzende Gräben hatten sich in der Haut gebildet. Der Strick hatte ihm das Blut abgeschnitten und seine Finger begannen schmerzhaft zu pulsieren, als es in sie zurückfloss. Er kümmerte sich nicht weiter darum, denn es gab etwas Wichtiges zu tun. Ehrfurchtsvoll trat er zu dem Mann, der immer noch auf seinem Pferd saß, und machte einen steifen Diener. »Ich danke Euch«, sagte er. Seine aus tiefstem Herzen gesprochenen Worte zauberten ein verhaltenes Lächeln auf die Lippen des Mannes. Er neigte huldvoll das Haupt. »Wir hoffen, dass es sich als gute Entscheidung erweist, Ihn vor dem Strang bewahrt zu haben.«

»Ich werde mein Bestes geben«, erwiderte Jakob.

»Vom heutigen Tag an ist Er rekrutiert.« Der stolze Mann rief seinen Adjutanten herbei.

Dieser ritt an die Seite seines Vorgesetzten, salutierte und nahm Jakob unter seine Fittiche. »Neben dem Pferd ist Sein Platz. Hat Er verstanden?« Die Worte des Landsknechts klangen nicht so freundlich wie die seines Herrn. Er musterte Jakob mit einem Blick, als ob er Unrat wäre.

Trotzdem wagte Jakob einen Vorstoß. »Wer ist das?«, fragte er mit leiser Stimme. Er wollte wenigstens wissen, wie sein Lebensretter hieß.

»Wolf Rudolf Freiherr von Ossa, Oberst im Dienste des kaiserlichen Heeres«, war die knappe Antwort.

In diesem Moment hob Oberst Ossa erneut seine Stimme. »Wir sind gekommen, um mit der Ermächtigung des Bischofs von Straßburg, dem hochwohlgeborenen Leopold Wilhelm von Habsburg, Truppen anzuwerben.« Er ließ seine Augen durch die Menge schweifen, um die Wirkung seiner Worte zu prüfen. Der Bischof von Straßburg war ein katholischer Mann und noch dazu der Bruder des Kaisers. Doch in dieser Gegend waren die Menschen evangelische Lutheraner. Es würde ihnen nicht schmecken, auf der Gegenseite zu kämpfen, und nur diejenigen locken, die auf ein Abenteuer hofften oder den Sold gut gebrauchen konnten. »Hat man ein Wirtshaus, in dem Wir uns niederlassen können?«

Der Schultheiß trat vor und verneigte sich vor dem Oberst. »Wenn Ihr gestattet, Euer Gnaden.«

Der Mann in dem vornehmen Aufzug nickte wohlwollend.

»In Kork ist eine Wirtschaft, in der Ihr sicher Aufnahme findet. Ich kann Euch hinführen, wenn Ihr wollt.«

»Gut!«, entschied Ossa. »Morgen soll sich jeder willige Mann dort einfinden«, rief er. »Wir brauchen jeden, der kämpfen kann und einen anständigen Sold begehrt. Inzwischen wird Unser Heer in den Dörfern Quartier nehmen, bis Wir wieder abzureisen gedenken.«

Ein erschrockenes Zischen der Dorfbewohner drang an Jakobs Ohr. Die ängstlichen Gesichter hatten jede Spur einer lüsternen Sensationslust verloren. Jakob spürte eine Bewegung, die wie ein Ruck durch die Menge hindurchging. Die hintersten Reihen brachen ab und huschten unauffällig davon. Dann setzte eine hastige Flucht ein, die den Platz auf dem Galgenfeld in Minutenschnelle leerte. Plötzlich ging es um ihr eigenes Leben, um das sie fürchten mussten. Um ihr Hab und Gut und um die Vorräte, die sie unter Mühen angesammelt hatten.

Der Oberst bellte einen Befehl. Die Trommeln nahmen ihren monotonen Takt wieder auf und das Heer setzte sich in Bewegung.

Erst in diesem Moment fiel eine unbeschreibliche Last von Jakobs Schultern. Ihm wurde fast schwindelig dabei und seine Beine fühlten sich so leicht an, dass er meinte zu schweben. »Danke, danke, danke«, murmelte er und hob seine Augen zum Himmel. Es war ein Wunder, dass er noch lebte. Ein Wunder, dass ihn überglücklich machte. Er hätte die ganze Welt umarmen können vor lauter Freude. Plötzlich fiel ihm etwas ein. »Elisabeth«, rief er. Bei all dem Durcheinander hatte er sie ganz vergessen. Er musste zu ihr gehen. Ihr sagen, dass er noch am Leben war, und sie warnen vor dem, was auf sie zukam. Sie musste sich in Sicherheit bringen! Er schlug einen Haken, doch sein Bewacher hatte ihn nicht aus den Augen gelassen. Der Adjutant packte ihn hart am Kragen.

»Halt! Wohin?«

»Ich muss zurück. – Zurück zu meiner Verlobten. Ich muss ihr sagen, dass ich noch am Leben bin.«

»Er geht nirgendwo hin«, erscholl die blaffende Stimme des Mannes über ihm. Er hielt ihn immer noch am Kragen gepackt und schüttelte ihn nun wie einen räudigen Hund. »Er ist jetzt ein Landsknecht. Und nur Sein Vorgesetzter wird Ihm sagen, wohin Er geht. Hat Er verstanden?«

Jakob nickte. Er hatte verstanden. Jäh begriff er, dass er von einer Zwangslage in die andere geraten war. Zwar war er dem Strang entkommen, aber trotzdem konnte er nicht tun und lassen, was ihm beliebte. Der Krieg würde ihn genauso von Elisabeth fernhalten, als wenn er gestorben wäre. Und ob er jemals lebendig zurückkam, stand auf einem ganz anderen Blatt.

Elisabeth trat schweren Schrittes den Rückweg an. Die Hinrichtung musste vorbei sein. Sie hatte lange genug gewartet. Das Unglaubliche war geschehen. Jakobs Tod eine Tatsache, die nicht mehr rückgängig zu machen war. Doch nun war es an der Zeit, sich um den Hof zu kümmern, der erbarmungslos ihren Dienst forderte. Eine tiefe Trauer hatte sich ihrer Seele bemächtigt. Es gelang ihr kaum, einen Schritt vor den anderen zu setzen. Ihr Leben lag in Scherben und am liebsten hätte sie sich auf den Boden gelegt und wäre nie mehr aufgestanden. Wie sollte sie nur ohne Jakob weiterleben?

Im Dorf war es seltsam still. War es die gleiche Trauer, die auch sie empfand, die seinen Bewohnern zu schaffen machte? Wohl kaum. Aber vielleicht hatte sie nun ein schlechtes Gewissen gepackt? – Oder die Hinrichtung war zu schrecklich gewesen. Elisabeth schluckte krampfhaft bei diesem Gedanken. Wie konnten sie nur so grausam sein? Ihr Blick fiel die Straße hinunter. Sie war fast zu Hause. Nur wenige Häuser weiter befand sich die Biegung, die zum Galgenfeld führte. Plötzlich blieb sie wie angewurzelt stehen. Der Kopf einer Schlange bog gerade in diese Biegung ein. – Eine geordnete Schlange aus Menschen. Das monotone Geräusch einer Trommel begleitete sie. Schlagartig wurde Elisabeth klar, dass es die Soldateska des Krieges war, die sich ihren Weg durch das Dorf zu bahnen begann. Ein eisiger Schreck durchfuhr sie. Immer neue Nachrichten über die

Gräueltaten der Heere hatten in letzter Zeit das Dorf erreicht. Bis jetzt hatte sie kaum damit gerechnet, selbst einmal davon betroffen zu sein, doch nun ... Sie begann zu rennen. Ihre Röcke flogen um ihre weit ausgreifenden Beine. Plötzlich wusste sie, warum es im Dorf so still war. Die Beobachter der Hinrichtung mussten die Landsknechte schon viel früher bemerkt haben. Nun packten sie eilig ihre Sachen, um wenigstens ihre Habe in Sicherheit zu bringen. Sie rang heftig nach Atem, als sie die Haustür erreichte. Sie löste den Riegel und schwang sie mit einer heftigen Geste auf. Das Holz fuhr krachend gegen die Wand. »Mutter«, rief sie. »Der Krieg! Er kommt direkt auf uns zu!«

Mit langen Schritten durchmaß Elisabeth den Flur und die Küche. Ihre Eltern sahen sie mit verschreckten, weit geöffneten Augen an, als sie in die Schlafkammer stürmte. »Wir müssen sofort verschwinden«, rief sie mit gehetzter Stimme. »Die Landsknechte – sie kommen immer näher.« Sie warf einen Blick aus dem Fenster. Das Trommeln des Heeres näherte sich mit schonungsloser Gleichmäßigkeit. »Schnell! Zieh Vater an, während ich das Pferd anspanne.« Der Blick ihrer Mutter, die auf einem Stuhl neben dem Bett saß, ließ Elisabeth innehalten. Er war nüchtern und gefasst und er zeigte nicht die Spur von Eile.

»Wir werden nicht mitkommen.« Christine Stricklers Stimme klang fast tonlos.

»Aber das geht doch nicht!«, rief Elisabeth. Sie brüllte es fast. Nicht mehr lange, und die Männer würden den Hof erreichen. Dann war es zu spät, um etwas zu unternehmen.

»Dein Vater ist zu krank, um zu fliehen – und ich möchte bei ihm sein, wenn ...« Ihre Stimme brach ab.

»Du lieber Herrgott«, rief Elisabeth. »Ihr könnt doch nicht einfach herumsitzen und warten, bis sie euch umbringen!«

Valentin Strickler stammelte etwas, das Elisabeth nicht verstand. Sein Gesicht verzog sich zu einer grotesken Grimasse, die keinen Sinn ergab, doch ihre Mutter schien zu verstehen, was er meinte.

Christine griff nach der Hand ihres Mannes und streichelte sacht mit dem Daumen über die pergamentartige Haut. Ein feines Netz aus bläulichen Adern zeichnete sich deutlich darunter ab. In den langen Jahren ihrer Ehe hatten sie und Valentin gelernt, sich auch ohne Worte zu verstehen. Sie waren wie ein eingefahrenes Gespann, perfekt aufeinander abgestimmt. »Sie werden uns schon nichts tun«, erwiderte sie ruhig. »Wir sind beide zu alt, um noch eine Gefahr darzustellen. Und falls doch ... will ich an seiner Seite sein.« Ihre Augen blickten flehend zu ihrer Tochter. »Verstehst du?«

Elisabeth schossen die Tränen in die Augen. Ja, sie verstand. Sie verstand sogar sehr gut. Wahrscheinlich hätte sie auch nicht anderes gehandelt, aber es schnürte ihr das Herz zusammen, wenn sie daran dachte, dass sie auch diese Beiden noch verlieren könnte. Auf einen Schlag würden die drei liebsten Menschen in ihrem Leben für immer entschwinden. Sie würde vollkommen allein sein! Sie holte tief Luft und stieß sie mit einem heftigen Schnauben wieder aus. »Gut, dann werde ich auch hierbleiben.«

Vater wurde unruhig. Er bäumte sich im Bett auf und versuchte mit drängenden Lauten, sie vom Gegenteil zu überzeugen.

»Auf keinen Fall wirst du das«, entgegnete ihre Mutter entschieden. »Du wirst dein junges Leben nicht wegen zweier alter Leute wegwerfen, deren Ende nur noch eine Frage der Zeit ist. – Selbst wenn sie deine Eltern sind.«

Das Trommeln kam näher. Schritt für Schritt. Von ihrer Furcht getrieben blickte Elisabeth zum Fenster. Noch konnte sie nichts sehen außer dem Bach, der vor dem Haus dahinfloss. Das Bild einer trügerischen Schönheit.

»Du musst gehen! Sofort!« Die dunkle Stimme ihrer Mutter duldete keinen Widerspruch. »Sie werden dich schänden, wenn du hierbleibst. Willst du das?«

Elisabeth schüttelte den Kopf.

»Dann geh!« Christine Strickler erhob sich von ihrem Platz und nahm ihre Tochter in die Arme. Sacht strich sie die Tränen von Elisabeths Wangen. Ein Rinnsal der Verzweiflung. Sie stellte sich auf die Zehenspitzen und küsste ihre Tochter auf den Mund. »Verabschiede dich von deinem Vater«, ihre Stimme klang rau, aber entschlossen. »Und nimm das restliche Mehl, damit noch etwas zu essen da ist, wenn du wiederkommst.«

Elisabeth nickte und trat an das Bett, in dem ihr Vater lag. Zitternd hob er seine rechte Hand und legte sie auf ihre Wange, als sie sich hinabbeugte. Sein schiefes Gesicht war schmerzverzerrt. Tränen liefen in einem schmalen Strom an seinen Schläfen hinab. »Auf Wiedersehen, Vater«, schluchzte Elisabeth, dann küsste sie ihn, machte kehrt und hastete davon. Christine Strickler stand kerzengerade, als ihre Tochter aus der Kammer stürmte. Keine Regung lag in ihrem Gesicht. Als sie fort war, setzte sie sich an das Bett ihres Mannes. Erst dann gestattete sie sich zu weinen.

In der Vorratskammer standen zwei volle Säcke mit Mehl neben einem schon halb verbrauchten. Die Trommeln waren inzwischen fast da. Kurz entschlossen schwang sich Elisabeth den halb vollen Sack auf den Rücken. Für die beiden anderen war es zu spät. Sie würde es niemals schaffen, das Pferd vor den Wagen zu spannen, um unbemerkt mit ihm zu verschwinden. Jetzt galt es nur noch das nackte Leben zu retten. Der Sack hing schwer über ihrer Schulter und drückte sie in die Knie. Doch sie schaffte es, damit durch die Haustür zu huschen. So schnell sie konnte lief sie zur Scheune, wo es noch einen Hinterausgang gab. Der erste Landsknecht setzte den Fuß auf die Brücke, als Elisabeth sich über das Feld davonmachte.

Der Landsknecht

Jakob befand sich inmitten einer illustren Gesellschaft, die auf einer großen Matte in der Nähe von Neumühl ihr Lager aufgeschlagen hatte. Eine Reihe aus Zelten stand an ihrem Rand, dicht vor dem Gebüsch, mit dem sie eingefriedet war. Längst nicht alle Landsknechte waren in den wenigen Häusern der umliegenden Dörfer untergekommen. Zu seinem Erstaunen stellte Jakob fest, dass sich nicht nur Männer in den geräumigen Zelten befanden. Auch Frauen, Kinder und sogar Vieh schienen sich dort häuslich niederzulassen, als wäre es eine Selbstverständlichkeit. Über mehreren Feuerstellen hingen inzwischen Töpfe an einem eisernen Gestell, aus denen es verführerisch duftete. Ein fast normales Familienleben zwischen täglicher Arbeit und Kindergeschrei spielte sich vor seinen Augen ab, das nur durch die Tatsache des Umherziehens und die riskante Tätigkeit des Vaters getrübt wurde. Sie mussten leben wie die Zigeuner, die durch das Land zogen. Immer unterwegs, von Ort zu Ort und ohne eine feste Bleibe. – Und von diesem Tage an gehörte er dazu! War wie sie den Befehlen eines Führers ausgeliefert, der sie umherschieben würde, wie es ihm gefiel. Wie die Figuren auf einem großen Schachbrett strebten sie einem höheren Ziel entgegen, von dem sie nichts verstanden.

Natürlich hatten sie ihn nicht in Odelshofen bleiben lassen. Es war viel zu riskant, dass er sich dort in irgendeinem Schlupfwinkel versteckte und sich seiner Bestimmung entzog. Doch er hatte seinen Hals gereckt und in den Hof der Selzers geblickt, als das Heer dort vorüberzog. Seine Bewohner hatte er nicht zu Gesicht bekommen, aber er hatte gesehen, wie das Vieh aus dem Stall gezerrt wurde und man die Gebäude nach Essbarem und anderen verwertbaren Dingen durchstöberte. Das Blut gefror ihm in den Adern, wenn er daran dachte. Hoffentlich hatten sich Elisabeth und ihre Eltern rechtzeitig in Sicherheit bringen können. Den ganzen Tag über war ein Strom aus Stallvieh, Kornsäcken und allen möglichen essbaren Dingen auf die Nachbarmatte gebracht worden, die als Lagerplatz zu dienen schien, bis Jakob sich fragte, wovon die Bauern eigentlich leben sollten, wenn die Soldateska weitergezogen war.

Nun war es Nacht. Die Dunkelheit legte sich wie eine schwere samtene Decke über das Lager, geschmückt mit den friedlich, leuchtenden Punkten der Sterne. Ein bunt gekleideter Haufen hatte sich an den Lagerfeuern eingefunden, die sich nun wie brennende Nester über die Matte verteilten. Den Landsknechten schien es nicht schlecht zu ergehen, was Jakob angesichts der Plünderungen, die er gesehen hatte, nur zu gern glaubte. Jedenfalls war ihre Kleidung ein buntes Durcheinander aus Hemden, Hosen, Röcken und Stiefeln, das weder der einfachen, in unauffälligen Farben gehaltenen Bauernkleidung noch derjenigen der Bürger entsprach.

»Komm, trink einen Schluck!«, Peter, ein dürrer junger Landsknecht mit einem langen Kinn, das ihn wie ein gutmütiges Pferd aussehen ließ, drückte ihm einen Holzbecher in die Hand. »Wirst ihn brauchen können.«

Jakob nahm den Becher dankend an. Der Schreck des heutigen Tages hing ihm noch in den Gliedern. Vermischt mit den neuen Eindrücken rief er eine dumpfe Taubheit in ihm hervor. Er führte den Becher zum Mund und stellte erstaunt fest, dass es Wein war.

»Schmeckt gut, nicht?« Die kühle Nachtluft bildete weiße Atemwölkchen aus Peters Mund.

Jakob nickte und blickte ins Feuer. Goldene Flammen leckten an den Holzscheiten, die so säuberlich gehackt waren, dass sie aus einem der Bauernhäuser stammen mussten.

»Ist gar nicht so übel bei uns, wirst schon sehen«, fuhr Peter fort. Den ganzen Tag über war er Jakob wie ein haftender Schatten gefolgt, nachdem sich der Adjutant wichtigeren Dingen zugewandt hatte. Peter hatte geduldig seine Fragen beantwortet, ihm etwas zu essen und einen Platz zum Lagern besorgt, direkt neben seinem eigenen. Doch Jakob war sich sicher, dass Peter dies nicht aus purer Zuneigung tat, sondern weil man ihn zu seiner Bewachung abgestellt hatte.

»Bist du schon lange im Heer?« Jakob lenkte seinen Blick auf das gutmütige Pferdegesicht neben ihm, während er seine Hände den wärmenden Flammen entgegenstreckte.

»Seit ein paar Wochen.«

»Hast du ... Bist du freiwillig hier?«

Peters Mundwinkel kräuselten sich zu einem belustigten Grinsen nach oben. »Du meinst, ob ich auf demselben Weg ins Heer gekommen bin wie du?«, vervollständigte er die unausgesprochene Frage.

Jakob nickte und schaute betreten zu Boden.

»Nein«, erwiderte Peter. »Es gab kein Auskommen mehr, da, wo ich herkomme.« Peter stammte aus dem Elsass, das 1622 unter Mansfelds Truppen arg gelitten hatte. »Hier bekomme ich meinen Sold und bis jetzt gab es immer genug zu essen. Ganz zu schweigen von den Weibern, die du haben kannst.« Sein langes Kinn wies auf die drei leicht bekleideten Mädchen, die sich mit verheißungsvollen Blicken dem Feuer näherten. Gelächter brandete auf, als sich eines der Mädchen auf den Schoß eines Landsknechts setzte. Einem stämmigen Mann, dem dies nicht ungelegen kam.

»Hast du schon einmal gekämpft?« Jakob beobachtete interessiert, wie der Landsknecht mit dem Mädchen scherzte und ihr ohne Scheu an den Hintern fasste.

»Nein. Bis jetzt noch nicht. Aber ich hab keine Angst davor. Lieber krepiere ich mit 'nem vollen Bauch, als mit 'nem leeren.«

Mit dem Fortschreiten der Nacht steigerte sich die weinselige Stimmung. Es war eine raue Gesellschaft, in der sich Jakob befand, die von Stunde zu Stunde überschwänglicher wurde. Der Würfelbecher machte die Runde und er hörte Witze, die ihm eine Schamesröte ins Gesicht trieben, bei der er froh war, dass man sie angesichts der Dunkelheit nicht sehen konnte. Der Landsknecht und das Mädchen hatten sich erhoben und waren im Dunkel der Büsche verschwunden. Jakob hielt sich mit dem Trinken zurück und nahm nur kleine Schlucke, wenn Peter ihm den Becher anbot. Peter selbst schien dies nicht zu bemerkten. Seine Augen wurden glasig und seine Stimme kommentierte nur noch schleppend den Streit zweier Landsknechte, der über dem Würfelspiel entbrannt war. Schließlich berührte er Jakobs Arm.

»Komm, wir gehen schlafen.« Mit schweren Schritten schlurfte Peter zu dem Zelt, das sechs Landsknechten Unterschlupf bot. Zwei lagen bereits schnarchend auf ihrem Lager. Peter wies mit der Hand auf Jakobs Platz und kroch unter seine eigene Decke. Kurze Zeit später hatte sich eine neue Tonart in den Chor der Schnarchenden eingereiht.

Jakob lag mit gekreuzten Armen auf dem Rücken. Die Hände unter den Kopf geschoben, starrte er mit geöffneten Augen in die

Nacht hinein. Die aufwühlenden Erlebnisse des Tages und seine Sorge um Elisabeth hielten ihn wach. Sollte er versuchen zu fliehen? Er musste einfach *wissen*, wie es Elisabeth ging. Danach konnte er wieder zum Heer zurückkehren, denn er hatte dem Oberst sein Wort gegeben. Vielleicht würde Elisabeth mit ihm gehen, um wie die anderen Frauen bei ihm zu sein, egal, wohin es sie verschlug? *Nein*, dachte er kurz darauf, *das würde sie nicht*. Sie musste ihre Eltern versorgen, erst recht, da ihr Vater nun so krank war. Unter gar keinen Umständen würde sie ihre Eltern verlassen und sie einem ungewissen Schicksal ausliefern, ohne die Aussicht, sie jemals wiederzusehen. Doch er wollte wenigstens nachschauen, ob alles in Ordnung war.

Seine Augen hatten sich in der Zwischenzeit an die Dunkelheit im Zelt gewöhnt. Der Mond beschien die weißen Tuchbahnen wie silberne Flügel. Die Umrisse der Schlafenden bildeten einen deutlichen Kontrast in dem gräulichen Licht. Unauffällig sah er sich um. Alles lag in tiefem Schlummer. Vorsichtig schlüpfte er unter seiner Decke hervor und schlich leise aus dem Zelt. Auf der Matte war außer den üblichen Geräuschen schlafender Menschen nichts zu hören. Die Feuer waren niedergebrannt und schwelten in einem Haufen aus Glut, schwarzen Holzstückchen und Asche vor sich hin. Zwei Landsknechte hatten es sich neben einem der Feuer gemütlich gemacht, wahrscheinlich zu betrunken, um in ihr eigenes Zelt zurückzukehren. Jakob grinste still in sich hinein. Sie würden eine ungemütliche Nacht im Freien verbringen, bis sie ihre schmerzenden Muskeln in die Wärme ihres Lagers zurücktreiben würden.

Langsam schlenderte er in das angrenzende Gebüsch, wo er nach ein paar Schritten fast über zwei Gestalten gestolpert wäre. Jakob blieb wie angewurzelt stehen. Trotz der kühlen Luft brach ihm der Schweiß aus. Beinahe wäre es um ihn geschehen gewesen. Ein leises Murmeln, das glücklicherweise im Schlaf von sich gegeben wurde, und eine leichte Drehung, die zwei mondbeschienene Gesichter zum Vorschein brachte, setzte ihn darüber in Kenntnis, wer zu seinen Füßen lag. Das Mädchen und der Landsknecht, die er vom Feuer hatte weggehen sehen, lagen friedlich ineinander verschlungen in einem Nest aus Mänteln. Sorgsam darauf bedacht, kein Geräusch zu verursachen, schlich er weiter. Tiefer in das Gebüsch hinein, das ihn auf der anderen Seite in die Freiheit entlassen würde. Nur noch ein kleines Stück und er war frei.

»Halt! Wer da?« Die schneidende Stimme eines Mannes drang jäh durch die Nachtluft.

Jakob erstarrte vor Schreck. Natürlich! Sie hatten Wachen aufgestellt, um das Lager zu beschützen. Wie konnte er nur so dumm sein zu glauben, er könne einfach so verschwinden. »Ich!«, rief er mit zittriger Stimme, was nicht nötig gewesen wäre, denn der Wächter hatte ihn bereits entdeckt und stand nur wenige Schritte von ihm entfernt. »Ich muss pissen«, fügte er entschuldigend hinzu.

»Dann mach«, erwiderte der Mann. Er ließ Jakob, der an seinem Hosenlatz nestelte, nicht aus den Augen.

Der Wächter blieb bei ihm, bis er fertig war, und Jakob blieb nichts anderes übrig, als danach in sein Zelt zurückzukehren. Jeglicher Hoffnung beraubt, warf Jakob die Decke über sich und sann verzweifelt nach einem neuen Plan, bevor der Schlaf ihm die Gedanken raubte.

Am nächsten Morgen trat er mit Peter den Weg zum Korker Bühl an, wo Ossa in der Wirtschaft auf die Bewerber wartete. Überraschenderweise waren sie nicht allein unterwegs. Jakob entdeckte viele Männer mit bekannten oder gänzlich unbekannten Gesichtern. Sie folgten den Trommeln, die Ossa ausgeschickt hatte, um Werbung für das Heer zu machen. Heute würden sie sich einschreiben lassen, um von nun an für den Kaiser zu dienen. Die meisten waren junge Burschen, so wie er, denen die Abenteuerlust aus den Augen glühte.

Der Gerichtsplatz des Bühls füllte sich mit einem lauten Gemisch aus lachenden und schwatzenden Männern, als sie dort ankamen. Von seinem Dorf sah Jakob nicht viele. Nur eine Handvoll Knechte war gekommen, die auf besseren Lohn hofften. Michel war nicht darunter. Er konnte es ihm nicht verdenken. Er wäre auch nicht hier, wenn er eine Wahl gehabt hätte. Auch die Söhne der Bauern waren nicht unter den Bewerbern. Sie hatten sich rechtzeitig davongemacht, damit man sie nicht zwangsweise rekrutieren konnte, und würden erst wieder nach dem Abzug der Soldateska aus ihren Verstecken kriechen. Auch dafür hatte Jakob Verständnis. Niemand war so dumm, seinen eigenen Hof unbestellt zurückzulassen.

Die Bewerber wurden angewiesen, sich in einer Reihe aufzustellen, bis einer nach dem anderen vor den Schreiber geführt wurde. Jakob war einer der letzten, die vor ihn traten. Ein kleiner schmächtiger Mann saß an einem der Tische im dämmrigen Licht der Schankstube. Dunkle Tintenflecke hatten sich an Daumen und Zeigefinger seiner rechten Hand gebildet, in der er eine angespitzte Feder hielt. Ein aufgeschlagenes Buch lag vor ihm, die Seiten mit den Namen der neuen Landsknechte beschriftet. Oberst Ossa hatte neben ihm Platz genommen, um die Männer in Augenschein zu nehmen. Ein Funke der Erkenntnis leuchtete in seinem Gesicht auf, als er Jakob erblickte.

Die rot geränderten Augen des Schreibers fixierten Jakob mit einem verkniffenen Blick. Sie erinnerten ihn an einen Maulwurf, der gerade seine Nase durch die Oberfläche der Erde steckte.

»Name?«, fragte der Mann und blinzelte ihn kurzsichtig an.

»Jakob Selzer.«

»Alter?«

»Neunzehn Jahre – fast zwanzig«, setzte er nach.

»Herkunft?«

»Das Hanauerland. – Das heißt, eigentlich stamme ich vom Erzkasten.«

»Das tut nichts zur Sache«, erwiderte der Mann gelangweilt.

»Stand?«

»Ledig«, antwortete Jakob und dachte mit Bedauern an die geplatzte Hochzeit.

Oberst Ossa beugte sich vor und legte dem Mann eine Hand auf die Schulter. »Er halte fest«, sagte er mit gebieterischer Stimme, »dass dieser Mann auf zehn Jahre zum Dienst verpflichtet ist.« Seine Augen, die fast so dunkel wie Jakobs eigene waren, richteten sich auf ihn. »Eine angemessene Zeit für den Erlass eines Todesurteils!«

Jakob erwiderte nichts, aber er schluckte hart den Kloß hinunter, der in seiner Kehle steckte. *Zehn Jahre!* Eine verdammt lange Zeit. Ob Elisabeth so lange auf ihn wartete?

Der Schreiber schob einen Gulden über den Tisch. »Dies ist das Handgeld, damit Ihr ein Auskommen bis zum Musterplatz habt. Der Ort desselben wird Euch noch bekannt gegeben.« Mit einer gelangweilten Geste wurde er dazu aufgefordert, zu gehen.

Jakob blieb nicht viel Zeit, um über seinen neuen Stand nachzudenken. Die Männer mussten zu der Matte zurückmarschieren, wo man sie in Gruppen einteilte. Peter stellte sich wie selbstverständlich neben ihn.

»Kommst du auch mit zum Musterplatz?«

Der Landsknecht mit dem gutmütigen Pferdegesicht antwortete mit einem breiten Grinsen. »Natürlich. Du dachtest wohl nicht, dass ihr allein dorthin gehen sollt? Die Hälfte würde unterwegs mit dem Handgeld verschwinden.« Peter erklärte ihm, dass auf etwa neunzig noch nicht gemusterte Bewerbsmänner zehn erfahrene Landsknechte abgestellt wurden, die sicherstellen mussten, dass unterwegs niemand entwischte. Vier Gruppen bildeten sich im Laufe des Tages. Eine ungeheure Summe, wie Jakob fand, doch Peter klärte ihn darüber auf, dass dies immer noch zu wenig war und Ossa seine Werbung in anderen Gebieten fortsetzen würde.

»Dann bleiben wir noch eine Weile hier?« In Jakobs Stimme schwang eine Spur von Hoffnung mit. Vielleicht ergab sich doch noch die Gelegenheit, Elisabeth nur ein einziges Mal noch zu sehen?

»Nein«, antwortete Peter fröhlich. »Morgen geht es los.«

In Jakobs Herz bildete sich ein Splitter aus Eis, der sich von Stunde zu Stunde vergrößerte. Das Schicksal hielt ihn wieder einmal so fest umklammert wie eine verpuppte Mücke im Netz einer Spinne. Für ihn würde es kein Entkommen mehr geben. Er ging einer ungewissen Zukunft entgegen und es war mehr als wahrscheinlich, dass er weder Elisabeth noch Bärbel jemals wiedersehen würde.

Elisabeth schlich über die Brücke, die zum Hof der Selzers führte.

Ein spitzer Stein bohrte sich in ihre nackte Fußsohle, nachdem sie diese in den Hof setzte. Sie erstickte mit Mühe den Schrei, der ihre Kehle heraufkroch. Das Haus der Selzers war erleuchtet. Sie hörte die Stimmen mehrerer Männer, die sich lautstark zu amüsieren schienen. Sie hoffte, dass keine der Frauen, die normalerweise auf dem Hof lebten, der Gegenstand ihrer Heiterkeit war.

Sie hatte es gestern bis auf eine der Rheininseln geschafft, die zwischen Kehl und Straßburg lagen. Ein Dickicht aus Büschen und Bäumen inmitten des Wassers verbarg sie dort vor neugierigen Blicken. Sie war nicht die Einzige, die dort Zuflucht suchte. Mehrere Bewohner des Dorfes fanden sich ebenfalls auf der Insel ein. Nass bis zur Hüfte schleppten sie Teile ihres Besitzes mit sich, die sie gerade noch tragen konnten.

Nachdem der erste Schreck verebbt war, begannen sie sich zu unterhalten. Das gemeinsame Elend schweißte sie zusammen. Und so erfuhr Elisabeth, dass man Jakob gar nicht hingerichtet hatte. Jedenfalls sagten die Leute das. Ob es wirklich stimmte, dass Jakob noch am Leben war? Sie konnte es kaum glauben und schalt sich eine dumme Kuh, dass sie nicht zum Galgen hinübergesehen hatte, als sie übers Feld gelaufen war. Sie hatte es sorgsam vermieden, auch nur einen Blick in seine Nähe schweifen zu lassen. Ihr Schmerz war ohnehin schon groß genug, nachdem Mutter ihr halsstarrig erklärt hatte, dass sie mit Vater im Haus bleiben würde. Doch sie musste sich eingestehen, dass es so am besten war. Vater hätte den hastigen Transport nicht überlebt und ihre Mutter wollte lieber bei ihm bleiben, als ihn allein der Willkür der Landsknechte auszusetzen. Es war sogar mehr als wahrscheinlich, dass sie den beiden alten Leuten nichts tun würden.

Doch nun galt es eine andere Frage zu klären. Elisabeth musste wissen, was mit Jakob geschehen war. Sie musste sich mit eigenen Augen davon überzeugen, dass er noch lebte. – Falls er noch lebte. Deshalb hatte sie das Risiko auf sich genommen und war in der Dunkelheit zurückgeschlichen.

Die Knechtskammer war nicht mehr weit. Nur noch ein paar

Schritte, dann war sie da. Plötzlich hörte sie ein dumpfes Rumpeln und das leise Schleifen einer Kette auf dem harten Boden. Elisabeth war wie gelähmt vor Schreck. Sie riss die Augen weit auf, als sich ein schwarzer Schatten von den scharfen Konturen der Hundehütte löste. Es war Aaron, der Hofhund, der mit gemächlichen Schritten auf sie zuschlenderte. Er blieb vor ihr stehen, stellte die Ohren und legte den Kopf schief. Sonderbarerweise bellte er nicht. Langsam hob Elisabeth ihre Hand und streckte sie dem Hund entgegen. Er schnüffelte ausgiebig daran und schien mit dem Ergebnis zufrieden zu sein. Sie fühlte eine raue Zunge, die mit einem feuchten Geräusch über ihre Fingerknöchel glitt. Elisabeth lächelte und hob die Hand, um den Hund hinter den Ohren zu kraulen. Jakob hatte ihr erzählt, dass er dies besonders gern mochte. Dann drehte sie sich um und schlich unter Aarons wachsamen Blicken weiter. Vorsichtig zog sie die Tür zur Knechtskammer auf. Es war dunkel in dem schmalen Raum, aber sie hörte das gleichmäßige Atmen seiner schlafenden Bewohner. Leise schlich sie zum hinteren Bett, das Michel gehörte. Sachte stieß sie ihn an. Ein erschrecktes Grunzen ertönte. Sie griff hastig dorthin, wo sie den Kopf vermutete, traf ihn und hielt ihm den Mund zu. Abrupt setzte Michel sich auf.

»Pst«, wisperte sie. »Ich bin‘s nur. – Elisabeth«, fügte sie erklärend hinzu.

Michel nickte und nahm ihre Hand von seinem Mund.

»Du hast mir einen gehörigen Schrecken eingejagt«, flüsterte er. »Was machst du denn hier?«

»Ich muss etwas wissen.« Elisabeth sah zur Seite, doch von dem anderen Bett kam keine Regung. »Lebt Jakob noch?«

Michel räusperte sich mit einem leisen Geräusch. »Tja, ich denke schon.«

Elisabeths Augenlicht gewöhnte sich langsam an die Dunkelheit, was durch das schwache Licht noch verbessert wurde, das durch das kleine Fenster in die Kammer schien, hervorgerufen von Mond und Sternen.

»Ich selbst war nicht bei der Hinrichtung«, fuhr Michel flüsternd fort. »Ich konnte nicht zusehen, wie …« Seine Stimme brach ab.

Elisabeth nickte verständnisvoll. »Ich bin auch nicht dort gewesen.«

»Aber Quirin wollte sich das Schauspiel nicht entgehen lassen. – Plötzlich kam er angeschossen. Er ist so schnell gerannt, dass ihm fast die Luft weggeblieben ist. Du kannst dir sicher denken, was er erzählt hat.«

Elisabeth brummte zustimmend.

»Die Bäuerin hat sich kurz darauf mit Andreas, Katharina und den Mägden davongemacht. Nur wir mussten hierbleiben, damit jemand da ist, um das Vieh zu versorgen.« Er verzog das Gesicht zu einer undeutlichen Grimasse. »Na, ja, viel ist es ja nicht mehr. Sie haben fast alles mitgenommen.«

»Und Jakob? Was ist mit Jakob?«, drängte ihn Elisabeth.

»Quirin hat gesagt, dass sie ihm die Strafe erlassen haben. Stattdessen muss er nun im Heer dienen. Wahrscheinlich für eine sehr lange Zeit.«

Elisabeth ließ entmutigt die Schultern sinken. *Natürlich* freute sie sich, dass Jakob noch lebte, doch er würde genauso wenig bei ihr sein wie zuvor. »Weißt du, wie lange?«

Michel schüttelte den Kopf. »Ich habe ihn seither nicht mehr gesehen. Ich schätze, sie werden ihn nicht mehr gehen lassen, – jetzt, da sie ihn haben.«

Elisabeth nickte. Sie hatte so sehr gehofft, Jakob wiederzusehen. Jetzt war auch diese Hoffnung zunichte. Ob sie versuchen sollte, ihn zu finden? Nein, das war zu gefährlich. Sie wusste nicht, wo Jakob war. Er konnte überall sein und wenn man sie entdeckte ... Daran wollte sie lieber nicht denken. Wenn sie ihm doch wenigstens etwas schicken könnte. Einen Brief, dass es ihr gut ging. Doch weder konnte sie schreiben, noch konnte Jakob lesen. Es musste etwas anderes sein. Etwas, das er ohne Worte verstand. Plötzlich kam ihr eine Idee. Der Hund! Jakob hatte oft von ihm gesprochen und ihr erzählt, wie sehr sie einander mochten. »Komm mit«, flüsterte sie.

Gemeinsam schlichen sie nach draußen. Michel sah aus wie ein Gespenst, als das Mondlicht auf sein weißes Hemd traf. In dem großen Haus war es jetzt still, aber es brannten immer noch Kerzen in der Stube.

»Mach den Hund los«, wisperte Elisabeth.

»Was?«

»Du sollst den Hund von der Kette lassen.«

Michel gehorchte ohne weitere Fragen. Der Hund wedelte mit dem Schwanz, als die Kette leise klirrend von seinem Hals glitt.

Elisabeth nahm ihr Brusttuch ab und band es Aaron um den Hals. Dann ging sie in die Knie und schlang ihre Arme um den massigen Körper des Tieres. Sein hechelnder Atem strich warm über ihren Rücken. »Lauf zu Jakob«, wisperte sie. Tränen tropften in das struppige Fell des großen Hundes. »Bring ihm einen Gruß von mir und pass gut auf ihn auf, damit er heil zu mir zurückkommt.«

Elisabeth richtete sich auf. Die großen, bernsteinfarbenen Augen des Hundes hefteten sich auf sie. Gemächlich ging er zu seiner Hütte und hob sein Bein, um sich in einem ausgiebigen Schwall an ihrer Wand zu entleeren. Dann drehte er sich um und lief davon.

»Glaubst du, er hat dich verstanden?«, flüsterte Michel.

»Ich weiß es nicht. – Aber ich hoffe es.«

Ein grauer, regnerischer Morgen brach an, als sich die Truppe formierte. Jakobs Stimmung war genauso trübselig wie das Wetter. Dies also war nun der Tag, an dem er Elisabeth endgültig verlassen musste – ohne die Gewissheit, sie jemals wieder zu sehen.

Ein gebrüllter Befehl setzte die Truppe in Marsch. Er ergab sich seinem Schicksal, obwohl ihm jeder Schritt im Herzen brannte. Plötzlich durchlief die Männer eine Bewegung. Eine respektvolle Schneise bildete sich vor ihm, wie eine Bugwelle unter einem unsichtbaren Kiel. In ihrer Mitte lief ein großes Tier direkt auf ihn zu! Jakob brauchte nur wenige Sekunden, um es zu erkennen. »Aaron«, rief er. Der Hund bellte kurz auf und blieb hechelnd vor ihm stehen. Seine lange Nase bohrte sich in Jakobs Schenkel und Jakob beugte sich nieder, um ihn hinter dem Ohr zu kraulen. An seinem Nacken hing etwas. Ein Tuch! Die Erkenntnis traf ihn wie ein Blitzschlag.

Elisabeth! Es war Elisabeths Tuch, das man ihm um den Hals gebunden hatte! Er erkannte es an der typischen Stickerei, die den Rand verzierte. Die Männer beobachteten ihn. Nur mit Mühe hielt er seine Tränen zurück. Er band das Tuch los, betrachtete es ungläubig und legte es dann um seinen eigenen Nacken. Tief sog er den Duft seiner Liebsten in seine Lungen, nahm ihn in sich auf wie ein kostbares Geschenk und ein tiefer Friede begann seinen Körper zu durchströmen. Sie hatte Aaron geschickt, um ihm zu sagen, dass sie auf ihn wartete! »Komm mit, mein treuer Freund«, sagte er zu dem Hund. »Wir ziehen in den Krieg.«

Die Geschichte der »Kinder des Bergmanns« ist noch nicht zu Ende! Fragen Sie in Ihrer Buchhandlung nach dem Fortsetzungsband …

Worterklärungen

Adlerstein: Amulett, braungelber Toneisenstein mit lockerem Kern. Er symbolisierte die Gebärmutter mit dem Kind und war daher ein begehrter Glücksbringer für werdende Mütter.
Altvater: Großvater
Erzkasten: Schauinsland, Berg im Schwarzwald, in der Nähe von Freiburg
Fürtuch: Latzschürze
Gezähe: Werkzeug eines Bergmanns, bestehend aus Schlägel und Bergeisen
Hundestößer: Fördermann, der für den Transport des Gesteins verantwortlich war.
Muhme: Tante
Mundloch: Eingang eines Stollens an der Oberfläche des Berges
Nachen: kompaktes, flaches Boot
Ochsenziemer: Schlagstock
Oheim: Onkel
Scheidstube: In ihr wurde auf einer Klaubetafel das Gestein nach erzhaltigem und taubem Gestein sortiert.
Scheuer: Scheune
Schnefler: Schnitzer
Schniedesel: Schindelhobel
Segen des Priesters:
»Der Herr sei mit Euch.«
»Und mit Deinem Geiste.«
»Der Name des Herrn sei gepriesen.«
»Von nun an bis in Ewigkeit.«
»Unsere Hilfe ist im Namen des Herrn.«
»Der Himmel und Erde erschaffen hat.«
»Es segne Euch der allmächtige Gott. Der Vater und der Sohn und der Heilige Geist.« »Amen.«

Steiger: Aufsichtsperson im Bergbau
Unschlitt: Beleuchtung eines Bergmanns, z. B. Kienspäne
Weidling: Fischerboot
Wehmutter: anderes Wort für Hebamme
Zoller: Zöllner

Quellen

Der Bergbau im Schauinsland von 1340 bis 1954 von Paul Priesner (Anmerkung: In den Bergwerken am Schauinsland wurden nur acht Stunden gearbeitet, aber in vielen anderen Bergwerken dauerte die Schicht 12 Stunden.)
Geschichte der Ortenau von Karl Hanß
Chronik Willstätt im Wandel der Zeit
Geschichte des badischen Hanauerlandes, von Dr. Johannes Beinert
Gebet der Pochjungen leicht abgewandelt nach einem Gebet aus St. Andreasberg. (Wir, die Pochjungen)
Historische Bücher über die Dörfer Kork und Legelshurst
Geschichte einer Hexe, nacherzählt aus Zauberer u. Hexen (Timelife 1984)
Wer war wer im Dreißigjährigen Krieg, von Dr. Klaus Koniarek sowie das Historische Museum in Straßburg und zahlreiche andere Quellen zur Geschichte der Stadt

Weitere Erklärungen:

Ein Diebold Kriekh ist aus dem Jahre 1627 als Schultheiß in Kork bekannt.
Michael Moscherosch war zur gleichen Zeit Amtmann und Kirchenschaffner der Grafen zu Hanau-Lichtenberg und wurde ab 1618 zum Schöffen des Gemeindegerichts berufen.
Christian Burckhart war um 1652 Scharfrichter in Kork. Ein früherer Scharfrichter ist leider nicht bekannt.
Für den Wohnsitz der Familie Abendrot habe ich mir das Kammerzellhaus ausgesucht, ein ehemaliges Kaufmannshaus, das zu den berühmtesten und wohl auch schönsten Häusern in ganz Straßburg zählt. Sein Inneres zur damaligen Zeit ist jedoch frei erfunden.

Der Wohnsitz der Stricklers steht heute noch und wird – inzwischen schön renoviert – von einem meiner Verwandten bewohnt. Es gehört zum Erbe meiner Herkunftsfamilie wie die Namen Strickler und Selzer.

In der Geschichte wurden die heutigen Ortsbezeichnungen verwendet, da manche damaligen Namen verfremdet oder schlicht unaussprechlich sind.

Dank

Danken möchte ich all jenen, die mir geholfen haben, diesen Roman zu schreiben, und mir mit Rat und Tat zur Seite standen.

Der Forschungsgruppe Steiber für eine unvergessliche Führung im Museumsbergwerk auf dem Schauinsland, ihre hilfreichen Antworten und den Hinweis auf weiterführende Literatur.

Herrn Hans Herrmann und Herrn Helmut Schneider für die geduldige Beantwortung meiner Fragen und das Besorgen weiteren Materials.

Dem netten Nachtwächter für seine interessante Führung durch die nächtlichen Straßen Straßburgs und seine Erläuterungen über den Münsterplatz.

Ilona Hurst und Klaus Lusch, die jede Seite des Manuskripts durchgelesen und mir wertvolle Tipps gegeben haben.

Sowie Birgit Sester, meiner unermüdlichen Motivatorin.

Und zu guter Letzt meinem lieben Mann, der mich wie immer unterstützt und begleitet, mit den Romanfiguren gekämpft und gelitten hat, und so manches Mal seinen Unmut über die nervenaufreibenden Wendungen in meinen Geschichten bekundete.

Weitere Bücher von Heidrun Hurst:

Der weiße Rabe

Bestell-Nr. 5.122.304
ISBN 978-3-8429-2304-1
360 Seiten, € 14,95

Ein schrecklicher Ruf eilt den schnellen Drachenbooten voraus. Die wilden Krieger aus dem Norden gieren nach Kampf und Beute, Ruhm und Ehre. Sie wollen sich und ihren erbarmungslosen Göttern beweisen, dass sie furchtlose Helden sind. Denn für Schwächlinge gibt es in der Welt der Wikinger keinen Platz. Leif Svenson ist fast noch ein Kind, als er in diese Welt eintritt. Fest entschlossen, ein ruhmreicher Krieger zu werden, können ihn alle Kämpfe, Demütigungen und Intrigen nicht davon abbringen. Er ahnt noch nichts von dem dunklen Geheimnis, das über seinem Leben liegt. Aber es kommt der Tag, an dem die Schatten länger werden. Der Jäger wird zum Gejagten, und Leif Svenson kann der Entscheidung nicht mehr ausweichen.
Eine packende, historische Erzählung aus dem Norden.

Das Opfer des Wikingers

Bestell-Nr. 5.122.303
ISBN 978-3-8429-2303-4
336 Seiten, € 14,95

Norwegen im Jahr 802 n. Chr. Leif Svenson und seine Frau Aryana haben geahnt, dass es nicht einfach sein würde, den Menschen in seinem Heimatdorf die lebendige Hoffnung nahe zu bringen, die er selbst kennengelernt hat. Der neue Glaube ist so ganz anders als die Lebensweise und Götterwelt der Nordmänner. Wie die Liebe zu Gott und zweier Menschen zueinander siegt, wird in diesem packenden, gut recherchierten Roman beeindruckend erzählt.